ALLISON WINN SCOTCH

Vom Schicksal geküsst

Buch

Was passiert, wenn man gerade noch dachte, das Leben sei perfekt, und plötzlich wird einem der Boden unter den Füßen weggezogen? Diese Frage muss sich Willa Chandler-Golden stellen, deren Vater mit seinem Selbsthilfe-Bestseller über die Macht des Schicksals die Welt verändert hat. Willa selbst ist zwar nicht hundertprozentig überzeugt von den Theorien ihres Vaters, muss jedoch zugeben, dass das Universum ihr ein ganz angenehmes Leben beschert hat: einen zuverlässigen, liebevollen Ehemann, eine spannende Karriere. Na gut, es läuft vielleicht nicht immer alles perfekt – negative Schwangerschaftstests, zerstrittene Geschwister –, aber das ist nun mal das, was für sie vorbestimmt ist, und alles in allem ist das Leben, wenn man nicht zu viel darüber nachgrübelt, doch wirklich wunderbar.

Doch dann schlägt ihr (offenbar doch nicht so zuverlässiger) Ehemann Folgendes vor: eine zweimonatige Beziehungspause. Zwei Monate, in denen sie herausfinden sollen, ob sie ohne einander nicht leben können und in denen er von New York nach Kalifornien ziehen wird, um sich dort beruflich selbst zu verwirklichen. Und bevor Willa herausfinden kann, was das Schicksal sich jetzt dabei gedacht hat, wird sie völlig unerwartet gefeuert, ihr zwölfjähriger Neffe Nicky zieht für den Sommer bei ihr ein, und ihr Exfreund, ihre erste große Liebe, kontaktiert sie aus dem Nichts heraus über Facebook. Als dann auch noch ihre beste Freundin Vanessa einen Job bei *DareYou!* ergattert, der angesagtesten neuen TV-Reality-Show, in der Kandidaten Mutproben bestehen und sich mit ihren größten Ängsten konfrontieren müssen, ist das Chaos perfekt. Denn Vanessa hat eine Idee, wie sie Willa dazu bringen kann, ihr Leben endlich selbst in die Hand zu nehmen …

Autorin

Allison Winn Scotch, geboren 1973, ist *New-York-Times*-Bestsellerautorin und Journalistin und hat u. a. für Magazine wie *Men's Health*, *Self*, *Shape* und *InStyle* geschrieben. Außerdem verfasst sie einen Blog namens »Ask Allison«. *Vom Schicksal geküsst* ist ihr erster Roman bei Blanvalet. Die Autorin lebt mit ihrer Familie in Los Angeles.

ALLISON WINN SCOTCH

Vom Schicksal geküsst

ROMAN

DEUTSCH VON ANDREA BRANDL

blanvalet

Die amerikanische Originalausgabe erschien 2013
unter dem Titel *The Theory of Opposites* bei Camellia Press.

MIX
Papier aus verantwortungsvollen Quellen
FSC® C014496

Verlagsgruppe Random House FSC® N001967
Das FSC®-zertifizierte Papier *Holmen Book Cream*
für dieses Buch liefert Holmen Paper, Hallstavik, Schweden.

1. Auflage
Taschenbucherstausgabe Juni 2015
bei Blanvalet, einem Unternehmen der
Verlagsgruppe Random House GmbH, München

Umschlaggestaltung: © Johannes Wiebel | punchdesign
Umschlagmotiv: Getty Images/Robert Daly
Redaktion: Margit von Cossart
AF · Herstellung: sam
Satz: DTP Service Apel, Hannover
Druck und Bindung: GGP Media GmbH, Pößneck
Printed in Germany
ISBN: 978-3-7341-0121-2

www.blanvalet.de

Für all jene, die ihren Weg gefunden haben.

Und für Michelle, Laura, Elisabeth, Katherine und Annika,
die mir geholfen haben, meinen eigenen zu finden.

Luke: »Also … also, das glaub ich einfach nicht.«
Yoda: »Darum, darum versagst du.«

1

Will man meinem Vater Glauben schenken – was viele Leute tun –, gibt es keine Zufälle. Vielmehr geht er davon aus, dass das Leben aus lauter vorherbestimmten Erlebnissen besteht, die uns wie eine Flipperkugel von einem Schicksalsmoment zum nächsten katapultieren, unser gesamtes Leben hindurch bis zum unvermeidlichen Ende, dem Tod.

Kurz gesagt: Mein Vater hat das Konzept des freien Willens mehr oder weniger ausgeschlossen und behauptet stattdessen, wir alle seien auf Gedeih und Verderb dem Schicksal ausgeliefert, ganz nach dem viel zitierten und fürchterlich nervigen Motto: *Alles geschieht aus einem guten Grund.*

Mein Vater gilt sozusagen als Legende, zumindest genoss er diesen Ruf bis zu dem Tag, als nicht er wie erwartet den Nobelpreis für seine mathematischen Studien verliehen bekam, sondern sein Protégé Punjab Sharma, der inzwischen ein Konkurrenzlabor an der UCLA leitet. Die Zeremonie schaffte es sogar auf die Titelseite der *New York Times* – aber nicht etwa wegen Punjabs bemerkenswerter Erkenntnisse, sondern weil mein Vater etwa zehn Sekunden nach der Verkündung aufs Podium stürmte, sich Sakko und Krawatte vom Leib riss und sie den Juroren mit den Worten »Sie würden ein Genie ja noch nicht mal erkennen, wenn Sie selbst eins wären!« entgegenschleuderte. Und als die

Sicherheitsleute ihn niederwarfen – und zwar wortwörtlich, denn sie packten ihn und nagelten ihn mit dem Gesicht voran auf dem Boden fest –, schaffte er es sogar noch, sich eine Champagnerflöte zu schnappen und sie Dr. Barton Meriweather an den Kopf zu schleudern, der prompt eine Schnittwunde an der linken Augenbraue davontrug.

Als meine Mutter ihn abholen kam (zu diesem Zeitpunkt begleitete sie ihn schon längst nicht mehr zu Preisverleihungen, weil sie »doch bloß eine Plattform für verschrobene Zausel, die metaphorisch die Länge ihrer Schwänze vergleichen« waren, womit sie den Nagel absolut auf den Kopf traf), fragte sie nur trocken: »Und gleich erzählst du mir, dass das alles so kommen musste und es das Schicksal vorherbestimmt hat, dass du deinen jahrelangen Einsatz und deinen guten Ruf auf einen Schlag zerstörst, stimmt's?«

Mein Vater biss sich auf die Lippe und starrte schmollend aus dem Fenster der Limousine.

Will man also meinem Vater Glauben schenken, könnte man den Tag, an dem alles anfing, als Schicksalstag bezeichnen. Es könnte ein Wink des Schicksals gewesen sein, dass mir gestern Abend in der U-Bahn die Brieftasche aus der Handtasche gestohlen wurde, und Teil des universellen Masterplans, dass ich den Diebstahl erst heute Morgen bemerke. Und dass ich, als es mir endlich auffällt, nicht gleich reagiere, weil einer der wichtigsten Kunden der Werbeagentur, in der ich arbeite, nicht einmal eine Stunde später bei mir im Büro stehen wird und ich als einer der kreativen Köpfe nicht die leiseste Ahnung habe, wie ich Inkontinenzeinlagen Sex-Appeal einhauchen könnte. Und da ich so in Gedanken versunken bin, komme ich auch nicht auf die Idee, meine Kreditkarten sperren zu lassen oder panisch zu werden. Ich stürze ins Badezimmer, wo mein Mann Shawn noch unter der Dusche steht, weil er (ebenfalls kein Zufall) verschlafen hat, und rufe ihm über das Rauschen hinweg zu, dass ich mir vierzig Dollar und seine Monatskarte von ihm leihen muss. Und als ich das Geld herausnehme, fällt mir eine Quittung einer angesagten neuen Weinbar namens Grape! in der 16. Straße vom Vorabend in die Finger, obwohl Shawn doch erzählt hat, er habe sich spontan mit seinen supercoolen IT-Freunden zu einem kleinen Spiel getroffen. Und gerade als ich das Geld in meine Jackentasche (nicht in meine Brieftasche, logischerweise) stopfe und dabei schnell meine Facebook-Nachrichten checke, lese ich eine Freundschaftsanfrage von Theodore Brackton, dem Typ, mit dem ich auf dem College mal zusammen war und den ich erst am Vorabend gegoogelt hatte. In einem kurzen Anfall von Panik schießt mir durch den Kopf, er könnte vielleicht gespürt haben, dass ich irgendwo hier draußen bin, dass ich gestern an ihn gedacht, seinen Namen gegoogelt und unter dem Deckmäntelchen einer anonymen IP-Adresse Ausschau nach ihm gehalten habe. Aber bevor ich ernsthaft darüber nachdenken kann, dass Theodore Brackton mich ebenfalls internetmäßig gestalkt haben könnte – ganz zu schweigen davon, mir Gedanken über diese Quittung, die Weinbar und meine gestohlenen Kreditkarten zu machen –, bekomme ich eine Nachricht von meiner Chefin Hannah.

SMS von: Hannah Burnett
An: Willa Chandler-Golden
DIE GANZE NACHT GEKOTZT. BIN TOTAL FERTIG. MUSS WINDELTERMIN ABSAGEN. REISSEN SIE DIE TYPEN VOM HOCKER.

Ich stöhne und rufe Shawn zu, er solle bitte meine Kreditkarten sperren. Dann stopfe ich die Quittung ebenfalls in meine Jackentasche und stürme zur Tür hinaus. Leider vergesse ich dabei, dass die Putzfrau den Parkettboden mit Öl behandelt hat, obwohl ich ihr schon x-mal gesagt habe, sie solle es lassen. Prompt rutsche ich aus und versuche noch, mit rudernden Armen gegen die Schwerkraft anzukämpfen, aber es nützt nichts. Ich lande mit voller Wucht auf dem Hintern und spüre – trotz des positiven Schwangerschaftstests von vor vier Tagen – einen Schwall Blut in mein Höschen schießen. Meine Periode hat eingesetzt.

Ja, mein Vater würde jetzt sagen, dass nichts davon Zufall ist, sondern alles genau so passieren sollte, dass ich nämlich, völlig egal, was ich an diesem Morgen und Shawn am Vorabend getan haben mag, mit einem gezerrten Oberschenkelmuskel und einem weiteren empfängnislosen Monat auf dem frisch geölten Fußboden enden würde. Er würde Faktoren wie die Erdachse, die Erdanziehungskraft, die menschliche Psyche und diverse Algorithmen ins Feld führen, die ich mir schon lange nicht mehr anhöre (genauso wenig habe ich sein Buch *Außer Rand und Band – Weshalb Sie längst die Kontrolle über Ihr Leben verloren haben könnten!* gelesen). Mein Vater würde argumentieren, dass all das Teil eines größeren Plans sei und ich genau hinhören solle, wenn ich wirklich schlau sei. Millionen Leser hätten genau das getan. (Hat er auch erwähnt, dass sein Meisterwerk zweiundvierzig Wochen am Stück auf der Bestsellerliste stand? Nein? Das wundert mich.)

Ich stehe auf und streiche meinen Rock glatt.

Und genau an diesem Punkt würde besagter schlauerer Teil von mir ihm jetzt unter die Nase reiben, dass er den Nobelpreis eben doch nicht bekommen hat.

Aber so schlau bin ich zu diesem Zeitpunkt noch nicht. Also werde ich wohl den Mund halten, noch einmal duschen und mich auf den Weg zur Arbeit machen.

2

»Gestern Abend hab ich deinen Vater bei Piers Morgan gesehen«, begrüßt Alan Alverson mich im Aufzug.

»Hmm.« Ich tue so, als würde ich eine wichtige Mail lesen, obwohl wir beide wissen, dass es hier gar kein Netz gibt.

»Der Mann könnte tatsächlich das größte Genie unserer Zeit sein.«

Ich werfe Alan – der darauf besteht, dass wir ihn *Alain* nennen, als stammte er aus dem Herzen von Paris und nicht aus Livingston, New Jersey – einen scharfen Blick zu.

»Bist du zu der Überzeugung gelangt, *bevor* oder *nachdem* Piers von der neuesten einstweiligen Verfügung erzählt hat, die gegen ihn verhängt wurde?«

»Also, ich hatte eher den Eindruck, dass er schamlos um den Nobelpreis betrogen wurde.«

Alan hat eine ganz eigene und fürchterlich unangenehme Art, jedes Wort übertrieben zu artikulieren. Ich spüre, wie ein Muskel in meiner Schläfe zu zucken beginnt, kann aber nicht sagen, woran es liegt: daran, dass er Partei für meinen Vater ergreift oder weil mir seine harten Ts und gerollten Rs wie Peitschenhiebe um die Ohren schnalzen.

Der Aufzug hält in unserem Stockwerk, und wir steigen aus, bevor ich widersprechen kann. Es fiel mir schon immer schwer, mit den Lobeshymnen auf meinen Vater umzugehen, vor allem, wenn sie aus dem Mund von Leuten stammen, die ihn gar nicht persönlich kennen. Die Beziehung zwischen meinem Vater und mir ist eine hochkomplexe Mischung aus Ehrfurcht und Verunsicherung, aus Sehnsucht nach Zuneigung und völliger Leere. Seine Leser und die Piers-Morgan-Zuschauer betrachten ihn als den reinsten Gott, für mich hingegen ist er sterblich. Meistens, aber nicht immer. Manchmal – an den Tagen, wenn er in Höchstform ist und ich geistig vernebelt bin, hat er auch bei mir diesen Status.

»Viel Glück mit den Windeln«, murmelt er und kratzt die Kurve.

Ich krame ein Pfefferminzbonbon aus der Tasche, wobei mir die Quittung wieder in den Sinn kommt. Und das Bargeld. Und meine gestohlene Geldbörse. Und Theodores Freundschaftsanfrage. Und meine Periode.

»Scheiße«, fluche ich, an niemand Bestimmten gerichtet, aber meine Assistentin Isabelle hat es offenbar mitbekommen, denn sie drückt mir mit einem mitfühlenden Blick einen Milchkaffee in die Hand.

»Die Dependables-Leute kommen in einer Viertelstunde. Die PowerPoint-Präsentation ist vorbereitet, Croissants, Muffins und Obst stehen auf dem Konferenztisch.«

»Wie viel wiegen Sie, Izzy?« Ich trete einen Schritt zurück und mustere sie von oben bis unten.

»Ich? Na ja … fünfundfünfzig Kilo.« Sie hält inne. »Dürfen Sie mich so was überhaupt fragen?«

»Und wie alt sind Sie?«

»Vierundzwanzig.«

»Sie wohnen in der Innenstadt.« Sie nickt. »Und Sie sind Single?«

»Wenn es um ein Blind Date geht … Ich will Ihnen ja nicht zu nahetreten, Willa, aber ich habe die Profile von

Shawns Freunden auf Facebook gesehen und bin nicht interessiert.«

»Sie sind auf Facebook mit ihm befreundet?«

»Ich habe über zweitausend Freunde.« Sie zuckt die Achseln. »Na ja, Shawn ist ein heißer Typ … keine Ahnung.« Sie lässt den Blick über meinen leicht schief sitzenden Rock und meine Seidenbluse schweifen, die gut daran tun würde, Kontakt mit dem Bügeleisen zu bekommen. »Ja, er ist echt heiß. Was macht er noch mal beruflich?«

»Er ist IT-ler.«

»Genau, stimmt ja! Wie Mark Zuckerberg? Shawn ist zwar tausendmal süßer als Mark Zuckerberg, aber Mark hat nun mal Facebook erfunden, deshalb würde ich ihn wahrscheinlich nicht von der Bettkante stoßen. Und seine Freunde … Die sehen zwar aus wie Mark, bloß hatten sie leider nicht die Idee mit Facebook. Also kein Interesse an Blind Dates. Trotzdem danke.«

»Aha. Shawn ist also ein echt toller Typ, ja?«, fahre ich fort, während ich mich frage, ob Isabelles Worte die schlimmste oder eleganteste Klatsche sind, die ich je gehört habe. »Waren Sie jemals in dieser neuen Weinbar in der 16. Straße? Ich glaube, bei *Time Out* war sie erst kürzlich auf dem Cover.« (Ehrlich gesagt weiß ich das nur, weil ich letzte Woche im Wartezimmer meines Frauenarztes drin geblättert habe, ansonsten habe ich noch nie von dem Laden gehört.)

»Meinen Sie das Grape!? Klar. Schon vor einer Ewigkeit.«

»Ich dachte, die hätten erst vor Kurzem aufgemacht.«

»Privateinladung.«

»Klar.«

Ich mustere Isabelle eingehender. Sie ist jung, hübsch

und musste sich vermutlich noch nie Gedanken über so etwas wie Schicksal, Zufälle, die Unbill des Lebens und die Frage machen, wie ihr Ehemann die Quittung einer Weinbar in der Tasche haben kann, obwohl er doch offiziell mit den anderen ultracoolen IT-Superstars von morgen (mindestens vier davon stehen auf der Wired2Go-Liste der »vierzig schärfsten Typen unter vierzig«, drei von ihnen sind zwar Marke Spargeltarzan mit Glatze, aber macht ja nichts) zum Sport verabredet war. Izzy braucht sich (noch) keine Gedanken zu machen, dass ihr Uterus zur Dörrpflaume verkommt, über den Feuchtigkeitsstatus ihrer Zervix, die Höchsttemperatur während der Ovulation, darüber, dass der Sex irgendwann sterbenslangweilig wird, dann nämlich, wenn er nur noch der Fortpflanzung dient. Sex ist das perfekte Beispiel für meine Theorie, würde mein Dad jetzt sagen. Hättest du nicht exakt in diesem Moment kopuliert, an diesem Abend, und in dieser Sekunde den Höhepunkt erreicht, hättest du ein völlig anderes Kind geboren! Seine Stimme würde klingen, als würde nicht jedes werdende Elternpaar genau mit diesen Erwägungen an die Babyplanung gehen, nämlich nach dem Motto: Hätte sich die Frau nicht rittlings auf ihren Mann gesetzt, während dieser vor einer Kochsendung (auf die er heimlich steht, obwohl sie eher auf eine weibliche Zuschauerschaft zugeschnitten ist) döste, weil *jetzt eben gerade der perfekte Zeitpunkt für eine Empfängnis* war, hätte sie statt einem kerngesunden Jungen einem weniger kerngesunden Mädchen das Leben geschenkt. Oder Zwillingen. Oder sie hätte eine Fehlgeburt erlitten. Oder einen weiteren Monat ohne zweite Linie auf dem Schwangerschaftstest leben müssen. Wer weiß das schon? Na ja, mein Dad, wenn man ihn fragen würde.

»Was würde ein verheirateter sechsunddreißigjähriger Mann Ihrer Meinung nach im Grape! machen, Izzy?«

»Saufen?« Sie sieht auf die Uhr hinter ihr. »Noch zwölf Minuten, bis die Windeltypen kommen.«

»Saufen. Klar. Logisch.«

Wahrscheinlich sind sie nach dem Spiel noch einen trinken gegangen.

»Oder Frauen aufgabeln«, fügt sie beiläufig hinzu und ruft eine Fashionwebsite auf, ohne einen Gedanken daran zu verschwenden, welchen Flächenbrand sie damit entzündet. Aber wahrscheinlich kapiert sie einfach nicht, was sie mir damit sagt. »Ich meine, die Typen sind doch alle total krank. Igitt. Mit so jemandem würde ich mich in tausend Jahren nicht einlassen. Meine Freundin Candice – aber bitte erzählen Sie es keinem – hat letzte Woche mit einem Kerl von Goldman rumgemacht. Und nachdem sie im Bett gelandet waren, fiel ihm plötzlich ein, dass er ja verheiratet ist.«

»Äh … danke. Das hilft mir enorm weiter.«

Ich schnappe meinen Milchkaffee und gehe in mein Büro.

»Ach ja, gerade fällt mir ein … ich hab neulich den Newsletter vom Grape! geschickt bekommen. War gestern zufällig Mittwoch? Da ist nämlich Ladies' Night. Wenn Sie Lust haben, können wir gern nächste Woche mal hingehen.«

Ich bleibe in meiner Bürotür stehen. *Natürlich* hat sie einen Newsletter bekommen. *Natürlich* war gestern Abend Ladies' Night. Und *natürlich* war Shawn nicht nur dort, weil er nach dem Spiel noch Durst hatte. Es gibt keine Zufälle. Ich hasse es, wenn mein Vater recht hat.

SMS von: Willa Chandler-Golden
An: Vanessa Pines
SOS. Hab gleich ein Meeting mit Dependables. Wird ewig dauern. Ganz schnell: ein sexy Synonym für Blasenschwäche?

SMS von: Vanessa Pines
An: Willa Chandler-Golden
Engelströpfchen?

SMS von: Willa Chandler-Golden
An: Vanessa Pines
Zu spirituell. Stell dir Harrison Ford mit Windeln vor: Welches Wort fällt dir als Erstes ein?

SMS von: Vanessa Pines
An: Willa Chandler-Golden
Igitt.

SMS von: Willa Chandler-Golden
An: Vanessa Pines
Sehr hilfreich. Wieso bist du eigentlich Bestseller-Autorin?

SMS von: Vanessa Pines
An: Willa Chandler-Golden
Pures Glück.

SMS von: Willa Chandler-Golden
An: Vanessa Pines
Gibt's nicht.

SMS von: Vanessa Pines
An: Willa Chandler-Golden
Blödsinn!

SMS von: Willa Chandler-Golden
An: Vanessa Pines
Jemand hat gerade »unfreiwillige Nässe« vorgeschlagen. O Gott.

SMS von: Vanessa Pines
An: Willa Chandler-Golden
Du brauchst dringend einen neuen Job. Wo ist Hannah?

SMS von: Willa Chandler-Golden
An: Vanessa Pines
Krank. Derselbe Idiot sagt gerade »zufällige Feuchtigkeit«.

SMS von: Vanessa Pines
An: Willa Chandler-Golden
Der Typ muss gefeuert werden. Und Hannah ist nicht krank, sondern gehört in die Klapse.

Zum ersten Mal seit mindestens zwei Wochen wartet Shawn auf mich, als ich nach einem siebenstündigen Meetingmarathon mit den Windeltypen, in dessen Verlauf ich, sehr zum Unmut der Geschäftsführer, feststellen musste, dass es tatsächlich keine Möglichkeit gibt, aus Inkontinenzeinlagen einen sexy Lifestyle-Artikel zu machen, die Tür aufschließe.

»Hi, wie schön, dass du zu Hause bist«, begrüße ich ihn.

Shawn trinkt einen großen Schluck aus seiner Bierflasche und reckt zur Begrüßung flüchtig das Kinn in meine Richtung.

»Hey. O Mann, ich bin total fertig.«

Früher haben wir uns während der Woche jeden Abend im Deli an der Ecke, beim Chinesen oder sonst einer Kneipe getroffen, wo man für unter zehn Dollar ein Essen bekam. Wir diskutierten hin und her, bis wir endlich etwas auf der Speisekarte gefunden hatten, das uns beiden schmeckte, sodass wir teilen konnten. Jeden Abend saßen wir irgendwo, fünf Tage die Woche, komme, was da wolle, immer dicht nebeneinander in einer Nische oder an einem winzigen Ecktisch. Wir strahlten vor Selbstzufriedenheit und Stolz auf unsere neu gefundene Liebe, und die Leute rings um uns herum lächelten, als hätten wir sie mit unserer Euphorie über unser junges Glück angesteckt. Lucy, die Kassiererin unseres Lieblingschinesen, spendierte uns regelmäßig eine Runde Frühlingsrollen und meinte: »Sie so glücklich. Ich so glücklich.«

Nach einer Weile ließen die anfängliche Verliebtheit und die Euphorie nach und pendelten sich auf einen normalen, lauwarmen Beziehungsalltag ein, und die fünf Restaurantabende pro Woche fielen immer mehr der Bequemlichkeit zum Ofer. Wir versuchten nicht länger, uns gegenseitig mit zwanzigminütigen Knutschorgien zu beeindrucken, um ein Gratisfrühlingsröllchen spendiert zu bekommen, und der Sex wurde sterbenslangweilig, weil sich alles nur noch um meinen Eisprung drehte. Inzwischen hat unsere Beziehungsflaute offenbar ihren absoluten Tiefpunkt erreicht: Ich komme von der Arbeit nach Hause, er sitzt mit der Bierflasche in der Hand da, reckt vage das Kinn in meine Richtung und sagt: »Hey.«

Mein Vater würde sagen: Das ist der natürliche Lauf der

Dinge. Man kann schließlich nicht ständig rammeln wie die Karnickel (im übertragenen, aber auch im wortwörtlichen Sinne), wir folgen nun einmal nicht mehr bloß unserem Instinkt. Daher ist die Tatsache, dass Shawn und ich nur noch zweimal pro Woche abends essen gehen, nicht weiter besorgniserregend. Zumindest bis zu der Sache mit dem Grape! nicht.

Ich bin so fasziniert von der Vorstellung (Karnickel! Wieso versuchen wir nicht wenigstens, ein klein bisschen wie die Karnickel zu sein), dass ich zu Shawn, der schon halb auf der Couch eingeschlafen ist, sage: »Los, lass uns doch auf einen Sprung ins Hop Lee gehen. Vielleicht schaffen wir's ja, so lieb miteinander zu sein, dass Lucy uns ein paar Frühlingsrollen spendiert.«

»Noch mal rausgehen? Ich bin so fertig, dass ich mich noch nicht mal aufraffen kann, von der Couch aufzustehen. Können wir nicht einfach was bestellen?«

»Na gut.«

Mein kurzer Anfall von Abenteuerlust schrumpft in sich zusammen wie ein Ballon, aus dem jemand die Luft herausgelassen hat. Als wäre es kein rührender Liebesbeweis von ihm gewesen, mit mir ins Hop Lee zu gehen und so lange mit mir zu knutschen, bis wir etwas spendiert bekämen.

Möglicherweise spürt er meinen Unmut oder hört die Enttäuschung in meinem Tonfall, denn er knallt seine Bierflasche auf den Couchtisch, springt hoch, schlingt den Arm um meine Taille und kippt mich hintenüber wie Fred Astaire am Ende einer Tanznummer.

»Ach, was soll's.«

»Wir gehen also doch?«, frage ich, noch immer mit durchgedrücktem Rücken und seiner Hand knapp über meinem Hintern.

Er drückt mir einen flüchtigen Kuss auf den Hals und zieht mich wieder hoch. »Das war mein maximalster Energieschub für heute Abend. Aber ich wollte nicht, dass du denkst, ich würde mich nicht für dich anstrengen.«

»Ich nehme es wohlwollend zur Kenntnis.« Ich lächle ihn an, völlig hingerissen von seinem spielerischen Charme. Vielleicht hat er ja meine Gedanken gelesen. »Und? Schönen Tag gehabt?«

Er lässt sich wieder auf die Couch plumpsen.

»Nicht übel. Ich habe den Auftrag von Wired2Go bekommen. Und ich kriege dasselbe Honorar wie für den Microsoft-Auftrag. Wie ist es mit deinen Kackhöschen gelaufen?«

»Beschissen.«

»Ha!« Er lacht aus tiefster Seele, etwas, das ich in letzter Zeit nicht mehr allzu oft erlebe.

Ständig ist er müde oder hockt über einem seiner Laptops oder sonstigen elektronischen Gerätschaften, die ihm mehr Zuwendung abverlangen als ich. *Sie haben siebenundvierzig neue Nachrichten, die allesamt sofort beantwortet werden müssen, sonst explodiert dieses Mobilgerät wie eine Granate in Ihrer Hand! Keine Angst, Ihre Frau ist morgen früh auch noch da!*

»Weißt du eigentlich, wie süß du aussiehst, wenn du lachst?«

»Lachen ist die beste Medizin«, kontert er, schnappt sich die Fernbedienung und zappt durch die Sender.

Ich krame die Lieferkarte des Hop Lee aus der Küchenschublade. »Ach ja, hast du Bargeld? Du hast meine Kreditkarten doch sperren lassen, oder?«

»Ja, ich hab angerufen. Keine neuen Buchungen. Wahrscheinlich ist sie gar nicht gestohlen worden, sondern du hast sie bloß verloren.«

Ich lausche auf den Hauch eines Vorwurfs in seinem Tonfall: Shawn hat seine Kreditkarte noch nie verloren. Für so etwas ist er viel zu penibel und gut organisiert. Seine Eltern sind beide Professoren am MIT, daher hat er Ordnung, Struktur, analytisches Denken und To-do-Listen quasi mit der Muttermilch aufgesogen – die perfekten Voraussetzungen für eine mühelose Laufbahn von der Grundschule bis nach Harvard. Er würde niemals den Reißverschluss seiner Tasche offen lassen oder in der U-Bahn seinen iPod herausziehen und so konzentriert Musik hören, dass er nicht mehr mitbekommt, was um ihn herum passiert. Ganz im Gegensatz zu mir, aber ich tue das nur, weil Achtzigerjahre-Heavymetal meine heimliche Leidenschaft ist, für die ich mich schäme und sie daher ausschließlich in der Gegenwart Wildfremder höre. Nein, Shawn ist der Inbegriff der Zuverlässigkeit und Vorhersehbarkeit, und deshalb würde er nie im Leben seine Kreditkarte verlieren.

Ich sehe zu, wie er sich auf die Couch fläzt und fasziniert eine *National-Geographic*-Dokumentation über die Stammesältesten eines afrikanischen Naturvolks verfolgt. In diesem Moment fällt mir der Grape!-Beleg wieder ein. Vielleicht ist er ja doch nicht so penibel, kalkulierbar und risikoscheu, wie ich immer dachte. Er und seine Freunde, die Könige des IT-Business, die ihre Börsengangtausender damit verpulvern, gertenschlanken Schönheiten in zu engen Tops Drinks zu spendieren … Eigentlich sieht das Shawn nicht ähnlich, andererseits lässt diese Quittung in meiner Jackentasche etwas anderes ahnen.

Ich starre an die Zimmerdecke und wünsche mir inbrünstig, wir könnten auf einen Sprung ins Hop Lee gehen und uns unsere Frühlingsrollen verdienen.

»Ich habe meine Brieftasche nicht verloren, sondern sie

wurde mir gestohlen«, erkläre ich schließlich eine Spur schärfer, als ich vielleicht sollte.

»Das wäre nicht das erste Mal, Willa.«

Das stimmt. Seit wir zusammen sind, ist meine Brieftasche schon dreimal spurlos verschwunden.

Ehe ich mich verteidigen kann, erwacht Shawns Handy zum Leben und gibt dieses SMS-Summen von sich, das einen überallhin zu verfolgen scheint. (Wenn irgendwo auf der Welt eine Website abschmiert, und diese Computertypen können ihr Leid nicht via SMS klagen, würde mit der IT-Welt ernsthaft etwas nicht stimmen.) Er verstummt, liest und fängt an zu tippen.

Hallo? Waren wir nicht gerade mitten in einer Unterhaltung? Wieso ist dein Handy wichtiger als die Frühlingsröllchen?

»Amanda fragt, ob wir Nicky dieses Wochenende nehmen können.«

»Aber wir … na ja … okay.«

Er tippt bereits die Antwort.

»Shawn!« Wieder ist mein Tonfall schärfer als beabsichtigt … Vielleicht aber auch genauso scharf, wie ich ihn haben will. Seine fliegenden Finger erstarren, und er sieht auf. »Wir haben seit einem Monat kein Wochenende mehr zusammen verbracht«, fahre ich eine Spur sanfter fort. »Ich will ja nicht der Buhmann sein, aber …«

»Willa, wir sind alles, was er hat. Und du liebst Nicky doch.«

»Ich liebe Nicky, das stimmt«, räume ich ein.

Aber nicht mehr ganz so wie früher. Ein pubertierender Zwölfjähriger ist nämlich bei Weitem nicht so süß wie ein niedlicher Siebenjähriger. Im nächsten Moment verachte ich mich dafür, dass ich meine Liebe an Bedingungen knüpfe. Ich muss mich ernsthaft fragen, was das über mich und über meine Zukunft als Mutter aussagt. In diesem Moment läutet das Telefon, und augenblicklich hebt sich meine Laune. Das muss MasterCard sein. Ich wusste doch, dass meine Karte gestohlen wurde und ich sie nicht verloren habe!

Ich hebe ab.

»Hier ist die Abteilung für Kartenbetrugswarnung. Spreche ich mit Willa Golden?«

Eigentlich ist Golden ja Shawns Nachname. Bei unserer Hochzeit vor drei Jahren wollte ich meinen eigenen Nachnamen – Chandler – um jeden Preis ablegen, nachdem er mir wie ein Schatten, genauer gesagt wie der Schatten meines Vaters, gefolgt war. Aber obwohl ich wusste, dass Shawn mein Schicksal war, jener Mann, der »für mich bestimmt war«, konnte ich mich nie richtig daran gewöhnen. Golden … Ich wünsche mir so sehr, dass er ein natürlicher Teil von mir wird, trotzdem zögere ich bis heute, wenn jemand im Restaurant »Mrs. Golden!« ruft, und muss zweimal auf meinen Führerschein sehen, um auch ganz sicher zu sein. Shawn ist mein Mann. Ich bin seine Frau. Willa Golden. Als wäre das *Chandler* bloß die Zwischenphase in meinem Leben gewesen.

»Ja«, sage ich zu dem MasterCard-Typen. »Hier ist Willa Golden.«

»Wir haben verdächtige Bewegungen auf Ihrer Kreditkarte bemerkt und würden gern die Zahlungen mit Ihnen durchgehen.«

Ich sehe Shawn an und recke die Faust. Meine Kreditkarte wurde also doch gestohlen! Ich wusste es! Er erwidert meinen Blick achselzuckend.

Ich konzentriere mich auf das Telefonat.

Ja, denke ich dann. Ich hatte recht. Ich habe gewonnen!

Allerdings kann ich meinen Triumph nicht lange genießen, weil mir wieder einfällt, wie sehr ich Shawn liebe und dass es sich bei dieser Grape!-Sache um ein Missverständnis handeln muss und dass mein Dad das hier nicht als Sieg bezeichnen würde. Sondern schätzungsweise eher als Niederlage.

Später gehen Shawn und ich zu unserem gewohnten Donnerstagabendprogramm über: Essen vom Chinesen, dabei *DareYou!* gucken, ein absoluter Quotenrenner, bei dem die Kandidaten, angestachelt von ihren Konkurrenten und dem Moderator (einem blonden Kerl mit markantem Kiefer namens Slack Jones, der nach der x-ten Staffel längst zur traurigen Berühmtheit geworden ist), allerlei Mutproben bewältigen müssen. Am Ende kassiert der Gewinner 100.000 Dollar. Einige wenige bereiten sich ihr ganzes Leben auf die Teilnahme vor. Es gibt sogar eigene *DareYou!*-Foren, in denen sich die Leute darüber austauschen – zweifellos eine schräge Obsession, aber es gibt bestimmt noch viel schrägere.

Ich würde es zwar nie offen zugeben, aber ich sehe mir die Sendung an, weil ich wissen will, welche Auswirkungen Faktoren wie die Schwerkraft, Natur, Geschwindigkeit, die Drehkraft oder ein lockeres Seil im direkten Vergleich zu menschlichem Versagen haben können: Gelingt es den Kandidaten, ihre Angst so weit unter Kontrolle zu halten, um sich an einem über einem Abgrund gespannten Drahtseil entlangzuhangeln? Schaffen sie es, Nerven zu bewahren, während ihre unübersehbar unfähigen Partner aus einem Vulkankrater kraxeln müssen? Können sie sich so leise durchs Gestrüpp bewegen, dass die Berglöwen sie nicht bemerken? Bekommen sie ihren Würgereflex in den Griff, wenn man sie zwingt, einen Urin-Smoothie zu trinken?

Das ständige Wechselspiel zwischen den beeindruckenden Fähigkeiten der Kandidaten und ihrem himmelschreienden Unvermögen fasziniert mich so an diesem Format, auch wenn die meisten Leute es sich nur ansehen, weil sie Zeuge davon werden wollen, wie eine Handvoll Idioten sich komplett zum Affen macht.

»Okay«, sagt Shawn in der Werbepause, nimmt sich ein Frühlingsröllchen aus der Schachtel und beißt die Spitze ab. Fettige Krümel rieseln auf seine Brust. »Ich weiß ja, dass Nicky gerade eine schwierige Phase durchmacht, und ich weiß auch, dass du dir ein bisschen mehr Zeit für uns wünschst …«

»Du etwa nicht? Ich dachte immer, du magst unsere Wochenenden.«

»Du weißt genau, wie ich das meine.«

Ehrlich gesagt bin ich mir da nicht so sicher, denke ich. Grape! Das ist ja wohl der dämlichste Name aller Zeiten für eine Bar!

»Aber ich mach's wieder gut, okay? Ich lasse mir etwas ganz Tolles, Romantisches für uns einfallen. Und so sexy, dass du die Finger nicht von mir lassen kannst.« Er lächelt, und ich lächle ebenfalls, wenn auch eigentlich nur, weil ich ihm so gern glauben möchte. Es war doch bloß eine lächerliche Quittung, ein winziger Beweis dafür, wo er gewesen ist. Grape! Bestimmt hat es rein gar nichts zu bedeuten. (Mein Dad würde jetzt sagen, dass nichts jemals nichts bedeuten kann. Alles bedeutet etwas, und alle Wege führen nach Rom, blablabla.) Ich verdränge den Gedanken, dass

Shawn sich in puncto Sex und Romantik seit mindestens einem Jahr nichts mehr hat einfallen lassen (wegen des Microsoft-Auftrags. Hey, Mr. Gates, was tun Sie eigentlich so, um Ihre Frau glücklich zu machen?), und davor auch nicht viel häufiger, wenn ich ehrlich sein soll. Aber das ist völlig okay für mich, weil ich sowieso nicht der Typ für übertriebene Gefühlsduseleien bin. Wir essen gern chinesisch. Wir sehen uns gern *DareYou!* im Fernsehen an. Wir lieben unsere Couchlümmel-Donnerstagabende. Ich fände es zwar ganz nett, ein bisschen zu knutschen und uns die Frühlingsröllchen zu verdienen, aber Shawn braucht mich nicht nach Bali oder sonst wohin zu entführen, um seine Liebe zu mir unter Beweis zu stellen. Sich nicht abends in Clubs herumzutreiben und mich anzulügen würde schon reichen. Zumindest für den Anfang.

Er streckt die Hand aus und drückt meine Wade, dann erscheint Slack Jones und verkündet die erste Aufgabe der heutigen Folge, die darin besteht, dass ein Pärchen in ein Nest voller Vipern abgeseilt wird. Wenn es den beiden gelingt, ganz stillzuhalten, werden die Schlangen sie in Ruhe lassen. Wenn nicht, na ja … Es gibt einen Arzt auf dem Gelände. Tatsächlich ist letztes Jahr ein Kandidat bei einem Ringkampf mit einem Grizzly umgekommen, allerdings hat der Sender darauf gepocht – und sich dadurch eine drohende Klage vom Hals geschafft –, er sei im Vorfeld per Vertrag darüber aufgeklärt worden, dass die Teilnahme auf eigene Gefahr erfolge.

»Gab's das nicht schon mal?«, fragt Shawn.

Er stopft sich das restliche Stück Frühlingsrolle in den Mund, sodass sich seine Backen wölben, und grinst ohne den Anflug eines schlechten Gewissens. Ich kenne diese Backenhörnchennummer. Er hat sie gleich bei unserem zweiten Date abgezogen und mich damit so zum Lachen gebracht, dass ich mich an meinem Wein verschluckt habe. Izzy hat völlig recht: Shawn ist die große Ausnahme in der IT-Welt. Mit seinen grünen Augen, dem kastanienbraunen Dreitagebart und dem markanten Kiefer, neben dem Slack Jones gnadenlos abstinkt, ist er viel zu attraktiv, um hinter irgendeinem Computerbildschirm zu versauern.

»Ja, aber letztes Mal waren es Klapperschlangen«, antworte ich und lasse meinen Blick bewundernd über sein Gesicht schweifen.

In Wahrheit habe ich nie ganz verstanden, dass ein Mann wie Shawn ausgerechnet mit mir zusammen sein will, abgesehen davon, dass wir füreinander bestimmt sind. Vanessa meint, ich habe ein massives Problem mit meinem Selbstwertgefühl und müsse dringend zum Therapeuten, aber mir reicht schon die Gewissheit, dass er sich für mich entschieden hat und damit alles so gekommen ist, wie es das Universum wollte. Sie hat mir sogar die Kontaktdaten ihres Lieblingstherapeuten gegeben, aber die SMS blieb zwei Wochen unbeachtet in meinem Posteingang, bevor mein Handy sie automatisch gelöscht hat.

Ich sauge mir eine Nudel in den Mund. »Wie war's eigentlich gestern Abend beim Spiel?«, platze ich heraus, obwohl ich vor zwei Minuten noch Stein und Bein geschworen habe, dass es unwichtig ist.

»Gut«, antwortet er und sieht wieder in den Fernseher. »Scheiße, die Frau im Roten versaut es komplett.«

»Wer hat gewonnen?«

»Es hat doch gerade erst angefangen.«

»Nein, ich meinte das Spiel.«

»Oh.« Er sieht mich kurz an, dann wendet er sich wieder dem Bildschirm zu, wo tatsächlich eine Kandidatin so heftig zittert, dass die Regie schätzungsweise bald einen Seismologen einschalten muss. »Wir haben nicht mitgezählt, sondern bloß ein bisschen rumgeballert … du weißt schon. Ein paar Jungs waren krank, deshalb haben wir nur ein bisschen Dampf abgelassen.«

»Hmmm.«

Eigentlich liegt mir etwas anderes auf der Zunge. Am liebsten würde ich seine Lüge entlarven, mit der Quittung vor seiner Nase herumwedeln und »Ha!« rufen, aber ich verkneife es mir. Damit würde ich nur eine riesige Welle auslösen, und auch wenn mein Vater anderer Meinung sein mag, ist es manchmal besser, nicht alles zu wissen. Die Gewissheit kann eine echte Belastung sein.

»Heiliger Strohsack!«, brüllt Shawn.

Die Frau in Rot, übermannt von ihrer Angst, schreit wie am Spieß, und keiner weiß, ob die Vipern erst jetzt ihre Schwäche bemerken und deshalb zuschlagen oder ob die Ärmste in Wahrheit schon geliefert war, noch bevor sie überhaupt in die Grube gestiegen ist.

Shawn hebt die Hand zum Highfive. Ich klatsche mit gespielter Begeisterung ab, und es drängt sich mir die Frage auf, was schlimmer ist: die gefakte Realität im Fernseher oder die echte Realität, die mir womöglich schon bald ins Gesicht schlagen wird.

3

Später schläft Shawn auf dem Sofa ein, in der Hand immer noch sein Handy, das von Zeit zu Zeit erbebt, wenn eine SMS oder eine Mail oder sonst eine wichtige Eilmeldung aus der Welt des Internets eingeht, die niemals schläft. Ich sehe ihm eine Weile zu – einatmen, ausatmen, einatmen, ausatmen. Es ist nicht nur sein gutes Aussehen, das ihn so anziehend macht, nein, das Äußere ist lediglich der Teil von ihm, der Mädchen wie Izzy als Erstes ins Auge sticht. Abgesehen davon hat er etwas Magnetisches, ganz ähnlich, wie man es auch von Superstars kennt. Den »flotten Dreier« nennt Vanessa dieses Phänomen, diese Mischung aus gutem Aussehen, Köpfchen und dem gewissen Etwas. Und dabei konnte sie ihn nie so gut leiden, wie ich es mir von meiner besten Freundin wünschen würde. Sein Geheimnis ist die Art, wie er einen ansieht, die Verlässlichkeit in seinem Blick, diese Stabilität.

Wieder summt sein Handy, und er regt sich. Für den Bruchteil einer Sekunde schäme ich mich dafür, dass ich ihn so offen anstarre. Ist meine Sehnsucht nach ihm schon so groß, dass ich allein vom Anblick seiner welligen Haare und seines schlaksigen Körpers weiche Knie bekomme?

Ich trete neben ihn und berühre seine Schulter.

»Shawn, komm ins Bett. Es ist schon spät.«

Er brummt im Schlaf und dreht den Kopf weg.

»Komm, Shawn. Zeit, ins Bett zu gehen.«

Seine Lider heben sich flatternd, und er sieht mich an.

»Ist es wieder so weit? Müssen wir?«

Er greift nach seinem Handy, will den Ovulationskalender aufrufen. Er glaubt, ich wecke ihn, damit wir Babysex haben können. Ist es schon so weit gekommen? Bin ich zu seiner Ehefrau mutiert, die nur noch mit ihm schlafen will, weil sie sich ein Baby wünscht?

»Nein. Komm einfach nur ins Bett.«

»Fünf Minuten«, murmelt er und ist bereits wieder in seinen Traum geglitten.

Ich warte noch einen Moment, in der Hoffnung, dass er noch einmal wach wird, aber er tut es nicht. Ich lösche die Lichter im Wohnzimmer und sage mir, dass es eigentlich gar nicht so übel ist, allein zu schlafen, zumindest ab und zu. Im Türrahmen drehe ich mich noch einmal zu ihm um. Ich kann nur hoffen, dass dies nicht der Beginn einer viel tieferen Kluft zwischen uns ist.

Shawn und ich versuchen schon seit sieben Monaten, ein Baby zu bekommen. Nach der Hochzeit haben wir uns überlegt, wie alles laufen soll – besser gesagt, Shawn hat das getan, und ich habe zugehört und seine Pläne abgenickt. Wir haben sogar ein Diagramm angelegt, weil wir beide im Grunde unseres Herzens die geborenen Diagrammmenschen sind und Ordnung brauchen. Wir haben uns darauf geeinigt, erst einmal zwei oder drei Jahre zusammenzuleben, um herauszufinden, wer wir sind, als Paar, und dann wollten wir ein Kind bekommen, kurz darauf das zweite, bevor wir uns einen Hund zulegen und ein Haus mit einem hübschen weißen Zaun kaufen würden, wo wir bis zu unserem Lebensende glücklich wären.

Oder so in der Art.

Und so wie Shawn sich alles zurechtgelegt hatte, klang

unsere Lebensplanung absolut einleuchtend: Er würde dicke Aufträge an Land ziehen, wir würden Geld auf die hohe Kante legen, um unbesorgt leben zu können, und wenn die Zeit reif war, könnte ich meinen Job aufgeben (natürlich nur, wenn ich das wollte, meinte er) und zu Hause bei den Kindern bleiben oder vielleicht ein Ehrenamt in der Bibliothek übernehmen. Ich nickte und sagte zu allem Ja und Amen. Ich mag Kinder, und auch wenn ich vielleicht nicht diesen übermächtigen Drang verspüre, Mutter zu werden (was bei meinen übermäßig rationalen und nüchtern denkenden Eltern kein Wunder ist), ist es doch der Sinn und Zweck einer Ehe, eine Familie zu gründen. Außerdem ist Shawn der perfekte Onkel für Nicky und kann meine elterlichen Defizite garantiert locker wettmachen.

Und jetzt stecken wir mittendrin. Planmäßig. Nur mein Bauch spielt nicht mit. Sieben Monate lang nichts. Sieben Monate der Vorfreude, der Erwartung. Und dann der Periode. Ich habe Vanessa erzählt, ich sei drauf und dran, Clomifen einzuwerfen, woraufhin sie mir Horrorgeschichten von Frauen auftischte, denen ein Bart wuchs. Ein richtiger Vollbart, sagte sie, obwohl ich zu 99 Prozent sicher bin, dass sie das nur erfunden hat, weil sie schuldenfrei ist, im Augenblick freiwillig Single und es zwar meistens gut mit mir meint, gelegentlich aber einen gewissen (in für eine Freundin erträglichem Rahmen) Egoismus an den Tag legt. Dann erzählte ich es meiner Mutter, die nur seufzte und, da wir ja alle über Jahrzehnte hinweg der Gehirnwäsche meines Vaters unterzogen wurden, genau das laut aussprach, was ich ohnehin bereits gedacht hatte: »Vielleicht soll es ja einfach gerade nicht sein.«

Dann, vor vier Tagen, zeigte sich nach sieben endlosen Monaten endlich ein hellrosa Streifen auf dem Schwangerschaftstest. Und ich registrierte ein leises Ziehen im Bauch, als könnte ich das Baby bereits spüren, diese winzige Bohne, die in mir heranzureifen begann. Und heute Morgen – war es tatsächlich erst heute Morgen? – setzte meine Periode ein, und mir ging auf, wie blöd es von mir gewesen war, so vorschnell zu sein und mir einzubilden, ich hätte dem Schicksal ein Schnippchen geschlagen.

Scheiße. Ich hasse es so sehr, wenn mein Vater recht hat.

Allein. Vielleicht bin ich genau das bald häufiger, als wir gedacht hätten.

Ich schließe die Schlafzimmertür und setze mich mit meinem Laptop aufs Bett. Er fährt hoch, ich schiebe mir ein Kissen in den Rücken und klicke meine Lesezeichenleiste an. Als ich die Facebook-Seite aufrufe, beschleunigt sich mein Puls, so als würde ich etwas Verbotenes tun, als wüsste ich ganz genau, dass ich es nicht tun darf. Vielleicht ist es ja auch so.

Ganz oben über meinem Profil prangt Theodore Bracktons Freundschaftsanfrage, leuchtend wie ein Atompilz. Denn obwohl Shawn mein Schicksal ist, frage ich mich ab und zu (in letzter Zeit sogar häufiger), ob das Schicksal auch ganz anders hätte kommen können. Ob ich die Sterne womöglich fehlinterpretiert habe, ob sie versehentlich in der falschen Reihenfolge gestanden haben, ob vielleicht alles anders hätte kommen können.

Ich schiebe die Maus auf die Anzeige.

Annehmen.

Ablehnen.

Ignorieren.

Ich höre Shawn im Wohnzimmer. Offenbar hat er den Fernseher ausgeschaltet, denn es kehrt Stille ein.

»Shawn?«

Keine Antwort.

Ich überlege kurz, ihn noch einmal zu wecken. Ihn ins Bett zu holen. Andererseits bin ich auf Facebook, außerdem kann ich den Zweifel, die Saat des Argwohns in meinem Herzen nicht länger leugnen. Izzys unschuldige Mutmaßung kommt mir wieder in den Sinn, das, was sie über Shawn und Mark Zuckerberg gesagt hat, und ich frage mich, ob Mrs. Zuckerberg wohl auch auf Facebook ist und, falls ja, ob ich ihr eine Nachricht schicken und sie fragen könnte, was sie an meiner Stelle tun würde.

Ich sehe aus dem Fenster. Die Straßenlampen brennen.

Shawn war mir immer treu gewesen. Ich hatte bisher nie einen Anlass, mir Sorgen zu machen. Schätzungsweise hätte ich ihn einfach fragen sollen, was er in der Weinbar zu suchen hatte, statt mit meinen vagen Fragen herumzustochern, während er sich längst im Fernsehkoma befand. Aber unsere Ehe basiert nun mal nicht auf Streit und Auseinandersetzungen, sondern auf Pragmatismus (das klingt verdächtig nach Russenbraut, aber so meine ich es nicht). Ich will damit sagen, dass Shawn mein persönlicher Nordpol ist – das Einzige in meinem Leben, das ich niemals infrage stelle, weil ich von einem Mann großgezogen worden bin, der mir beigebracht hat, dass Fragen zu nichts führen und Antworten schwammig und missverständlich sind und überdies sowieso passiert, was passieren muss. Weshalb also sich die Mühe machen und nachbohren? Ich stelle keine hohen Anforderungen an ihn, weil er ja sowieso mein Partner fürs Leben ist. Das ist die Antwort. Meine Antwort. Dass ich ab und zu Angst habe, Shawn mit seiner Attraktivität, seinem Wahnsinnserfolg und seinem Die-vierzig-schärfsten-Typen-unter-vierzig-Glamour nicht zu verdienen, ist im Grunde unerheblich. Vanessa würde sagen (was sie auch schon x-mal getan hat), dass ich genau aus diesem Grund dringend zum Psychiater müsste, aber für mich ist Psychotherapie genau dasselbe wie Antworten: völlig unnötig. Der Weg steht längst fest. Weshalb sich also mit überflüssigen Gedankenspielchen belasten?

Shawn und ich haben uns vor sechs Jahren auf Match.com kennengelernt, bevor er zum Star der IT-Welt wurde. Damals waren wir bloß Shawn und Willa. Er schrieb mich mit dem Satz *Was wollen zwei so normale Leute wie wir eigentlich hier?* an. Ich musste lachen, deshalb ignorierte ich meinen Instinkt, der mir sagte, dass Internetdating nur etwas für Spinner und Cyber-Freaks ist, und schrieb zurück: *Das Schicksal herausfordern.* Vor dem Hintergrund, dass wir laut der Theorie meines Vaters unser Schicksal nicht beeinflussen können, fand ich die Antwort absolut grandios und unglaublich geistreich. Ich drückte auf Senden und fragte mich, wieso um alles in der Welt ich meinen Vater in mein virtuelles Liebesleben hineinziehen musste. Shawn entging die Anspielung (oder er googelte meinen Namen nicht sofort), und er schickte mir unverzüglich eine weitere Mail.

Ich sah mir sein Profil an und erkannte auf Anhieb, wie er darauf kam, dass wir gut zusammenpassen könnten: Wir waren beide die Sandwich-Kinder, lasen gern klassische Literatur, hatten die Frage, was uns am meisten abtörnt, mit »Leute, die aus reiner Streitlust ständig diskutieren müssen«, und die Frage, was wir am anziehendsten fänden, mit »Leute, die zuverlässig sind und Verantwortung übernehmen« beantwortet. Auf die Frage, mit welchem Land er sich am ehesten vergleichen würde (auf Match.com muss jeder bei der Anmeldung einen zweiseitigen Fragebogen ausfüllen, um »potenziellen Partnern einen möglichst umfassenden Einblick zu geben, was Sie so einzigartig macht«, und logischerweise riskiert keiner, von seinem künftigen Lebenspartner übersehen zu werden, nur weil man zu faul war, die schwachsinnigen Fragen zu beantworten), hat er die Schweiz angegeben. Und ich dachte, o mein Gott! Ich bin auch die Schweiz, und zwar so was von!!!

Und für ihn galt dasselbe. Zusammen waren wir die Schweiz im Turbogang, die Schweiz auf Speed, sozusagen. Was super funktioniert, wenn man verheiratet ist, zumindest so lange, bis es nicht mehr gut läuft, weil einer eine Grape!-Quittung gefunden hat und sich fragen muss, ob der andere vielleicht in Wahrheit ... keine Ahnung, Nordkorea oder so was ist.

Annehmen.

Ablehnen.

Ignorieren.

Mein Finger schwebt über Theodores Freundschaftsanfrage, doch ich unterdrücke den Impuls, den mir mein Instinkt eingibt, eine der drei Alternativen zu wählen. (*Instinkt ist lediglich der fehlgeleitete Versuch des Menschen, sich einzureden, er hätte eine bestimmte Situation in der Hand.* Aus: *New-York-Times*-Bestseller *Außer Rand und Band – Weshalb Sie längst die Kontrolle über Ihr Leben verloren haben könnten*, S. 33). Vielleicht ist es ja auch völlig egal, wofür ich mich entscheide, genau das rede ich mir schon mein ganzes Leben ein. Trotzdem habe ich die Alternativen direkt vor Augen:

Annehmen.

Ablehnen.

Ignorieren.

Wann ist Facebook eigentlich zur Analogie des Lebens geworden?

Um 4:12 Uhr schrecke ich aus dem Schlaf. Das Licht brennt, der Laptop liegt auf meinem Bauch. Shawn schläft immer noch auf dem Sofa. Das gab es noch nie bei uns – dass wir getrennt schlafen, meine ich –, und als ich die Hand nach der Nachttischlampe ausstrecke, kommt mir der Gedanke, wann sich eigentlich unsere Lebensgewohnheiten zu verändern begonnen haben.

Er ist müde, sage ich mir. Schließlich arbeitet er wie ein Verrückter. Und er ist einer der vierzig heißesten Typen unter vierzig, verdammt noch mal! Ich kann wohl kaum erwarten, dass er ständig strammsteht, oder? Bestimmt schläft Mark Zuckerberg auch mal am Schreibtisch ein.

Ich stelle den Laptop neben das Bett und lösche das Licht. Im Dunkeln kneife ich die Augen zusammen und hoffe, dass sich der Schlaf bald wieder einstellt, dass meine Ängste im Kampf über meine Müdigkeit unterliegen. In diesem Moment piepst mein Handy.

Ich sehe aufs Display. Eine SMS von Hannah, meiner Chefin. Nein, ein Foto. Zumindest gehe ich davon aus, dass sie das ist. Entsetzt starre ich auf die Nahaufnahme ihrer Brüste, zwei dicke, überquellende Cantaloupe-Melonen mit einem tiefen Spalt dazwischen. Im Grunde könnten sie jeder gut ausgestatteten Frau gehören, aber der Anhänger ihrer Halskette – ein vierblättriges Kleeblatt, das sie nie ablegt – verrät sie.

Einen Moment lang frage ich mich, ob das eine Art Strafe dafür sein soll, weil das Meeting mit den Windeltypen in die Hose gegangen ist. Soll ich darauf antworten? *Windeln für Erwachsene können nun mal nicht sexy sein! Hier sind Faktoren wie Stabilität und Zuverlässigkeit gefragt, nicht Protzerei und der Drang, mit seinen Reizen zu spielen!* oder etwas in dieser Art?

Ich starre an die Zimmerdecke, als mir plötzlich aufgeht, dass meine Ehe vielleicht in Wahrheit wie eine dieser Windeln ist.

Bevor ich Hannah eine patzige Erwiderung schicken kann, verlässt mich der Mut auch schon wieder. Unverhohlene Konfrontation war noch nie meine Stärke, und vielleicht weiß sie ja noch gar nicht, dass das Meeting nicht gut gelaufen ist. Vielleicht ist sie gerade auf einer Sauftour, und schlafende Hunde sollte man tunlichst nicht wecken, das weiß jedes Kind.

Also schreibe ich: *Ich glaube, das Foto war nicht für mich gedacht.* Und sende ein stummes Gebet hinterher, dass es um Himmels willen so sein möge. Vielleicht gibt es ja doch Zufälle. Die Schicksalstheorien meines Vaters hin oder her – könnte es trotzdem sein, dass meine Chefin mir versehentlich eine Sex-SMS schickt? Und falls ja, wo fangen diese Zufälle an, und wo hören sie auf? Mit einer nicht beantworteten Freundschaftsanfrage auf Facebook? Mit einem fälschlicherweise positiven Ergebnis beim Schwangerschaftstest?

Ich stelle meinen Laptop wieder auf meinen Bauch.

Google: positives Ergebnis beim Schwangerschaftstest Irrtum
Suchergebnisse:
Wie mache ich einen Schwangerschaftstest?
Amazon: 20% Rabatt auf alle Schwangerschaftstests!
Wendy Williams Show: Ich habe nichts von meiner Schwangerschaft bemerkt!
DeinBabyundDu.com: Dreimal falsches positives Ergebnis?????
Bingo!

@Iluvbooboo: Also, Folgendes: Seit dem fünften Tag nach dem Sex habe ich jeden Tag auf ein Teststäbchen gepinkelt, und es kam jedes Mal ein zweiter Streifen. Aber vielleicht war es ja nur vom Pipi. Wie soll ich den Unterschied zwischen einem Baby- und einem Pipi-Streifen erkennen????? Kann mir jemand helfen??????

@mamabaer: Dasselbe ist mir auch passiert! Diese Scheißtests nerven! Ich würde die Penner, die diese blöden Dinger herstellen, am liebsten eigenhändig erwürgen. Jedes Mal hoffe ich von Neuem, und am Ende kommt doch wieder Tante Rosa zu Besuch. Ich hasse Tante Rosa fast genauso wie diese Scheißtests!

@dreaminofbaby: Ladys, wir sollten eine Petition gegen die Hersteller von Schwangerschaftstests starten! Die Dinger sind doch alle Mist!

@Iluvbooboo: Ich bin dabei!!!!!!! Wo soll ich unterschreiben?

@NurseEllen: Liebe @Iluvbooboo: Es kommt sehr selten vor, dass Schwangerschaftstests ein positives Ergebnis anzeigen, obwohl keine Schwangerschaft vorliegt. Ich würde Ihnen raten, sich an Ihren Arzt zu wenden und eine Blutuntersuchung vornehmen zu lassen. Oder vielleicht gehört das alles auch zu Gottes Plan für Sie.

@Iluvbooboo: Bei allem Respekt, Schwester Ellen, aber scheren Sie sich zum Teufel. Und Gottes Plan können Sie gleich mitnehmen!

Ich versuche, mich in das Forum einzuloggen, um @Iluvbooboo eine ermutigende Mail zu schicken. Etwas ganz Einfaches wie *Genau, völlig richtig!!!* Oder: *Wer sind Sie überhaupt, Schwester Ellen? Woher wollen ausgerechnet Sie wissen, welchen Plan Gott für uns vorgesehen hat?* Oder: *Also kriegen nur Leute, für die der liebe Gott glücklicherweise einen Plan vorgesehen hat, Kinder?*

Ich versuche es mit verschiedenen Namen – WillaGolden, WillaChandler, WillaChandlerGolden –, habe aber den richtigen vergessen. *Tut uns leid, dieser User-Name existiert nicht*. Was gut ist, denn gerade als ich aufgeben will, kommt eine neue SMS von Hannah.

Oops. Sorry. Nicht für Sie.

Da hast du's, Dad, denke ich. Es gibt also noch Zufälle. Vielleicht hast du ja doch nicht immer recht.

Eigentlich ist mein Vater erst so von diesem Schicksals- und Unvermeidbarkeitsglauben besessen, seit sein Zwillingsbruder gestorben ist. Auf den alten vergilbten Fotos aus Großmutters Album wirkt er wie ein völlig normaler kleiner Junge, an dem nichts vermuten lässt, dass er eines Tages ein strikter Anhänger der gnadenlosen Rationalität werden würde. Zu Dads Verteidigung muss ich allerdings sagen, dass Williams Tod ein Vorfall himmelschreiender Willkür war, ein Aufeinandertreffen von Ereignissen, die sich zu einem wahren Sturm vereinigten – sowohl im wortwörtlichen als auch im übertragenen Sinne: Die beiden Brüder befanden sich auf einem Florida-Trip, als ein Hurrikan über das Gebiet zog und eine umgestürzte Palme durch das Dach ihres drittklassigen Motels schlug. Der Baum stürzte geradewegs in Williams Bett und zerquetschte ihm den Brustkorb. William war auf der Stelle tot. Mein Vater, der neben ihm schlief, fuhr hoch und registrierte den schmalen Grat zwischen Leben und Tod, zwischen völliger Unversehrtheit und dem tödlichen Umstand, dass das Herz unter der Last eines Baumstamms zerdrückt wurde. In diesem Moment wurde ihm bewusst, dass er sein Leben lediglich der Entscheidung verdankte, in dieser Nacht in dem Bett zu schlafen, das näher bei der Tür stand.

Was wäre gewesen, wenn … wenn wir in einem anderen Motel abgestiegen wären? Wenn wir nicht nach Tampa, sondern nach Miami gefahren wären? Wenn wir angehalten hätten, um eine Nudelsuppe zu essen, statt durchzufahren? Mit all diesen Fragen quälte mein Dad sich tage-, wochen-, monatelang herum. Aber das machte William nicht wieder lebendig.

Also stürzte mein Vater sich in sein Studium, verabschiedete sich von den Fragen nach dem Wie, Wann und Warum und beschloss stattdessen zu beweisen, weshalb es hatte so kommen müssen und niemand etwas dagegen hätte tun können. Im Lauf der Jahre hat er sich immer weiter in seinen Thesen vergraben.

Meine Mutter erzählt mir immer wieder gern die Geschichte meiner Geburt: Der Arzt hielt das dunkelviolette, schreiende, strampelnde Bündel hoch. »Es ist ein Mädchen!«, sagte er, woraufhin meine Mutter völlig entsetzt »Aber das ist völlig unmöglich! Sie sollte doch ein Junge sein!« rief und hysterisch in Tränen ausbrach, wie es eine hormongebeutelte Frau direkt nach der Geburt tun kann, weil sie sämtliche Strampler und Mützchen in Blau gekauft hat.

Und mein Dad? Für ihn war das keine große Überraschung. Damals steckte er mitten in seinem dritten Beitrag für das *Journal of Science* und war auf dem besten Weg, der nächste Einstein zu werden. Er sah mich bloß an, zuckte die Achseln und sagte: »Ach, wir nennen sie trotzdem William. So ist das Leben nun mal. Ich kann es nicht mehr ändern, selbst wenn ich wollte.«

Meine Mutter erklärte, dies sei genau der richtige Zeitpunkt, es zu ändern, schließlich sei die Geburtsurkunde noch nicht ausgestellt, die Geburtsanzeigen seien noch nicht gedruckt und verschickt. Aber mein Vater blieb hartnäckig, und meine Mutter (schon damals ihre eigene, völlig erschöpfte Version der Schweiz … wie man nun mal wird, wenn man nach Jahren merkt, dass der Mann, den man liebt, in Wahrheit komplett durchgeknallt ist, gleichzeitig aber der brillanteste Mann auf Erden sein könnte) ließ ihm seinen Willen. Als ich in den Kindergarten kam, einigten sie sich auf Willa, weil mich jeder für einen Jungen hielt, der gern Mädchenkleider trägt. Und auch wenn ich damals noch ganz klein war, erinnere ich mich genau daran, dass ich vor Freude über meinen neuen Namen völlig aus dem Häuschen war: Nach all den Jahren als William war es eine Wohltat, endlich ein neues Lebenskapitel aufschlagen zu dürfen.

4

»Ich brauche irgendetwas ganz Tolles, womit ich am Wochenende bei Nicky Eindruck schinden kann«, sage ich am nächsten Morgen zu Vanessa. Schwüle Junihitze hängt über der Stadt, die die Poren verstopft und das Haar in feuchten Strähnen am Kopf kleben lässt.

»Eine Nutte?«

»Er ist zwölf.«

»Na gut, dann eben nächstes Jahr.«

»Genau. Schreib es auf die Liste.«

»Mit dreizehn wird er zum Mann werden.« Mit gespielter Begeisterung wirft Vanessa die Arme in die Luft, was prompt die Aufmerksamkeit eines Taxifahrers erregt. »Geiler Arsch!«, ruft er.

Sie wirft ihm einen Luftkuss zu, dann biegen wir in den Central Park ab. Vanessa schwingt dynamisch die Arme, damit alle Welt sieht, dass dies kein schnöder Morgenspaziergang, sondern richtiger Sport ist.

»Was wir hier machen, ist kein richtiges Powerwalking«, erkläre ich ihr. »Powerwalking bedeutet, dass man sich richtig zügig bewegt, um den Puls nach oben zu bringen.«

»Genau das versuche ich ja«, gibt sie zurück. »Aber davon mal ganz abgesehen … kannst du dich nicht einfach darüber freuen, dass ich so früh aufgestanden bin, nur um dich ins Büro zu begleiten?«

»Das sagst du jeden Freitag.«

Bei der Hochzeit mit Shawn hat Vanessa mir das Versprechen abgenommen, dass ich keine dieser Frauen werde, die nur noch Ehefrau sind, ihre Sätze ausnahmslos mit »wir« anfangen und jede Kleinigkeit zuerst von ihrer besseren Hälfte absegnen lassen müssen. (Was, wenn ich mir unsere Lebensplanung mit Kindern, einem Haus mit weißem Gartenzaun und einer netten ehrenamtlichen Tätigkeit in der städtischen Bücherei so ansehe, erschreckende Parallelen zu mir aufweist.) Ich will nicht behaupten, sie hätte sich nicht für mich gefreut, trotzdem hat sie mich Stein und Bein schwören lassen, dass wir beide uns niemals auseinanderleben würden, obwohl natürlich niemand sagen kann, was die Zukunft bringen wird, weil die Zukunft schlicht und einfach vorherbestimmt und damit nicht beeinflussbar ist. Also marschieren wir brav jeden Freitagmorgen miteinander durch die Stadt: Ich auf dem Weg ins Büro und sie auf der Suche nach einer Inspiration für ihre Schreiberei.

»Ich habe den Auftrag übrigens bekommen«, sagt sie, als wir den John Lennon's Imagine Circle umrunden und uns an den kamerabehängten Touristenhorden vorbeischieben, die um diese Uhrzeit bereits die Wege bevölkern.

»Auftrag?«

»Den *DareYou!*-Begleitratgeber, schon vergessen? *DareYou! – Das Leben ist nichts für Feiglinge! Wage den Sprung in ein neues Leben!«* Sie muss um einen Japaner herummanövrieren, der sich offenbar nicht entscheiden kann, ob er nach links oder nach rechts gehen will. »Na ja, einen Pulitzerpreis kriege ich wohl nicht dafür, dafür aber einen dicken, fetten Honorarscheck mit einem anständigen Bonus dazu.«

Jetzt fällt es mir wieder ein. In der Theorie war ich restlos begeistert von dem Konzept – sich trauen, Grenzen überschreiten und sein Leben von Grund verändern –, in der Praxis hingegen hält sich meine Begeisterung in Grenzen. Außerdem glaube ich an diesen Kram nicht. Aber egal.

»Klingt doch super! Und wer braucht schon einen Pulitzerpreis?«

»Dein Dad?«, antwortet sie.

Wir grinsen, bleiben stehen und lassen eine Pferdekutsche vorbei.

»Theo hat mir vorgestern eine Freundschaftsanfrage geschickt«, sage ich. Irgendwann muss ich schließlich mit der Sprache herausrücken.

»Und das erzählst du mir erst jetzt?«

Sie schlingt sich ihr Sweatshirt um die Hüften und bindet ihren Pferdeschwanz neu.

»Ich hatte andere Dinge im Kopf. In erster Linie diese Windelkampagne, die wir vergeigt haben. Hannah ist heute bestimmt komplett von der Rolle.«

»Aber bloß, weil sie ständig kokst.«

»Nein. Na ja, deswegen auch. Heute Morgen um vier hat sie mir versehentlich eine SMS mit ihren Titten geschickt.«

Vanessa bricht in schallendes Gelächter aus. »Die Frau ist echt unglaublich.«

»Trotzdem tobt sie bestimmt vor Wut, weil das Meeting gestern absolut beschissen gelaufen ist. Mann, diese Woche macht mir das Universum ganz schön die Hölle heiß.«

»Nein, nicht das Universum, sondern Hannah. Aber man kann nicht erwarten, dass es im Leben flutscht, wenn man sich jeden Abend ein halbes Kilo Koks reinzieht.«

»Na ja, vielleicht hat sie ja keine Kontrolle über …«

Vanessa bleibt abrupt stehen und hebt die Hand. »Sei still. Ich will nichts von diesen Sprüchen hören, die dein

Vater immer von sich gibt. Von wegen … keiner hat eine Wahl. Wir alle führen das Leben, das uns das Schicksal zugeteilt hat. Das ist doch alles Blödsinn, Willa. Totaler Blödsinn. Hannah hat sehr wohl eine Wahl und kann selbst entscheiden, damit aufzuhören. Sie will bloß nicht.«

Wenn man Vanessa nicht kennt, könnte man glauben, sie wäre bereits auf dem besten Weg, der nächste Lebenshilfe-Guru zu werden, nur wegen dieses Ratgebers, den sie demnächst schreiben wird. Aber Vanessa war schon immer so streitbar und unerbittlich. *Du entscheidest und sonst keiner. Lebe dein Leben. Lass dich nicht unterkriegen. Nimm dir, was dir zusteht.* Als wir uns kennengelernt haben, hatte sie die Wand ihres Wohnheimzimmers komplett mit der Nike-Kampagne *Just Do It!* vollgepflastert. Und wieso sollte ich ihr widersprechen, wenn ich nicht mal sicher bin, welche Argumente ich ins Feld führen soll? Vanessa hat ihre festen Überzeugungen, wohingegen ich immer noch unsicher bin, woran ich glauben soll. Ich weiß nicht recht, was ich vom Prinzip des freien Willens, von Schicksal und Bestimmung und vom Bestseller meines Vaters halten soll, der als der sensationellste Ratgeber seit *The Secret* angepriesen wurde, obwohl ich mit diesem ganzen Brimborium aufgewachsen bin. Manchmal glaubte ich, ersticken zu müssen, wenn ich mich nicht von den Fesseln meines Elternhauses befreien würde. Gleichzeitig erschienen mir viele von Dads Argumenten logisch und nachvollziehbar. Und außerdem war es schon immer leichter, die Pferde nicht scheu zu machen, oder?

Wenn ich das allerdings laut sagen würde, käme bloß wieder Vanessa mit einem ihrer »Da! Du tust es schon wieder. Entscheide endlich selbst und steh dazu«- Sprüche daher.

»Jedenfalls«, nehme ich den Gesprächsfaden wieder auf,

»ist heute Schadensbegrenzung angesagt. Heute Abend kommt Nicky, und ich bin immer noch nicht schwanger, deshalb habe ich das mit Theo völlig vergessen.«

»Tut mir leid, dass das mit der Schwangerschaft wieder nicht geklappt hat«, sagt sie aufrichtig mitfühlend.

»O Mann!«, stöhne ich und recke die Faust gen Himmel. »Scheißuniversum!«

Eine Mutter schiebt ihren Buggy an uns vorbei und wirft mir einen vernichtenden Blick zu, ehe sie abrupt abdreht.

Vanessa schüttelt grinsend den Kopf, ich sehe beschämt zu Boden.

»Ehrlich gesagt bin ich gar nicht so traurig darüber, dass es nicht geklappt hat. Ich sollte es zwar sein, aber …«, ich sehe der Mutter nach, wie sie den Weg entlang in Richtung Brücke geht und Sekunden später verschwunden ist, »… aber vielleicht ist eben nicht jede Frau dazu bestimmt, Mutter zu werden.« Vielleicht hat @NurseEllen ja doch recht.

»Du bist doch diejenige, die glaubt, jeder sei dafür bestimmt, der Mensch zu sein, der er sein soll«, hält Vanessa dagegen – so formuliert, klingt es absolut lächerlich.

»Touché«, sage ich und bücke mich, um meinen Schnürsenkel neu zu binden. »Außerdem könnte es sein, dass Shawn mich betrügt. Wahrscheinlich bilde ich es mir bloß ein, reagiere über oder so …«

Ich weiche ihrem Blick aus, aber mir ist klar, dass das keine Dauerlösung ist. Sie sieht mich einen Moment lang an, dann streckt sie mir die Hand hin und zieht mich hoch.

»Du reagierst nie über, Süße. Das steckt nicht in deinen Genen.«

Ich stöhne lautlos und lasse den Blick einen Moment über das Häusermeer schweifen, über all den Beton und

Stahl, die klaren, kompromisslosen Strukturen. Genau so sollte das Leben sein, denke ich, wohl wissend, dass mein Vater Jahre damit zugebracht hat, seine Theorie zu beweisen (ein Stein liegt auf dem anderen, alles hat seinen Platz, nichts geschieht grundlos). Und am Ende steht man im obersten Stockwerk und kann mit dem Verständnis, wie man so weit hinaufgelangen konnte, auf die Welt hinunterblicken.

Da! Ich tue es schon wieder. Ich bestätige die Theorie meines Vaters. Das passiert mir manchmal, auch wenn es mir lieber wäre, ich würde es nicht tun.

Hannah sieht nicht gut aus, als ich ins Büro komme. Sie trägt einen dunkelblauen Rollkragenpullover, der viel zu warm für die Jahreszeit ist, ihre Wangen sind eine Spur zu rot und erinnern mich vage an den Unterbauch eines Schweins. Einen Moment lang sehe ich ihr Gesicht als Speckstreifen vor mir. Das Haar ist an ihren Schläfen festgebacken, offenbar mit einer Mischung aus Schweiß und altem Gel oder Frisiermousse, falls das überhaupt noch jemand verwendet. Hannahs Blick schweift über mich hinweg zu den Unterlagen auf ihrem Schreibtisch.

»Ich möchte nicht über die SMS sprechen«, sagt sie tonlos.

»Ich werde kein Wort darüber verlieren.«

Mir ist unbehaglich zumute, während ich mein Gehirn fieberhaft nach etwas Geistreichem durchforste, womit ich die Anspannung ein wenig lösen könnte. Aber bevor mir etwas einfällt, legt sie los.

»Als ich Ihnen gesagt habe, Sie sollen die Windeltypen vom Hocker hauen, habe ich es genau so gemeint. Ich wollte, dass Sie Ihre Sache gut machen, nicht total beschissen.«

»Ist das Wortspiel beabsichtigt?«

Ihre verquollenen Augen verengen sich zu Schlitzen. »Wie bitte?«

»Entschuldigung. Schlechter Zeitpunkt. Shawn hat bloß gestern Abend denselben Scherz gemacht.« Ich ziehe einen Stuhl heran und setze mich hin. In diesem Moment bemerke ich die leeren Kartons in der Ecke. »Ziehen Sie um?«

»Wenn man es so bezeichnen will.«

Sie hebt ein Poster vom Boden auf, das sie offenbar vor Wut heruntergerissen hat. Die Klebebandstreifen stehen wie auf Halbmast von der Wand ab.

»Sehen Sie das, Willa? Sehen Sie es? Wissen Sie, was da steht?« Sie wedelt mit dem Poster vom Mount Washington in meine Richtung. Und obwohl es halb zerknüllt ist und ich den Schriftzug nicht richtig erkennen kann, weiß ich, dass ich jetzt nicken und Ja sagen muss. Außerdem kenne ich den Slogan, weil das Poster schon an meinem ersten Tag in der Agentur hinter ihrem Schreibtisch hing. Sie wedelt noch aufgebrachter damit herum. »In Freiheit leben oder sterben, Willa. In Freiheit leben oder sterben!«

Sie springt auf, schleudert es zu Boden und tritt noch einmal nach, zur Untermauerung ihrer Erregung.

»Es tut mir leid, Hannah, aber ich kann Ihnen nicht ganz folgen.« Vielleicht hat sie einen Nervenzusammenbruch erlitten.

Die Psyche kann nicht zusammenbrechen. Unsere Seele ist darauf ausgelegt, nahezu jede Art körperlicher oder emotionaler Belastung auszuhalten. Lassen Sie sich von keinem etwas anderes erzählen! Jede Diagnose »Nervenzusammenbruch« ist in Wahrheit nichts anderes als die Feststellung, dass jemand mit der Realität nicht umgehen kann! Aber genau dazu müssen wir in der Lage sein! Aus: *New-York-Times-*Bestseller *Außer Rand und Band – Weshalb Sie längst die Kontrolle über Ihr Leben verloren haben könnten, S. 58*)

»Nein, natürlich nicht. Ich habe Ihnen gesagt, Sie sollen sie vom Hocker hauen, was Sie auch getan haben, aber auf eine so negative Weise, dass sie uns jetzt abgeschossen haben«, tobt sie.

»Abgeschossen?«, wiederhole ich kleinlaut.

»Sie haben den Account verloren, Willa. William. Willa William. Willabee. Und Sie allein tragen die Verantwortung dafür!« Sie beginnt, das Poster systematisch in winzige Fetzen zu reißen, die sie wie Konfetti über ihren Schreibtisch regnen lässt.

»Ich ... Das ist nicht fair, finde ich ... Ich meine, immerhin waren Sie noch nicht mal ...«

»Oh, es ist sehr wohl fair! Die haben gesagt, Sie hätten die Hälfte des verdammten Meetings damit zugebracht, auf Ihrem Handy rumzutippen!«, kreischt sie. Stille senkt sich über die Abtrennwände, hinter denen die Schreibtische meiner Kollegen stehen. Ich höre es förmlich, spüre, wie sie die Köpfe recken und herüberstarren, als Hannah den letzten Posterfetzen zerknüllt und mir ins Gesicht schleudert. Sie verfehlt mich, und der Ball schnellt von der Glastrennwand zurück. »Und selbst wenn es nicht fair sein sollte, kann es Ihnen egal sein. Weil man mich nämlich gerade vor die Tür gesetzt hat, und das bedeutet, dass Sie auch gleich Ihren Hut nehmen können!«

Sie stößt den Atem aus und lässt sich auf ihren Schreibtischstuhl fallen, als hätte sie gerade erfolgreich einen Exorzismus über die Bühne gebracht.

»Moment mal.« Allmählich dämmert es mir. »Ich wurde *gefeuert*?«

»Alan hat seit heute Morgen meinen Job.«

»Alan Alverson?«

»In Freiheit leben oder sterben, Willabee. In Freiheit leben oder sterben.«

»Aber ich habe nicht …« stammle ich, bevor ich innehalte, weil ich keine Ahnung habe, wovon sie redet, und schon gar nicht, was ich darauf sagen soll.

Sie hebt den Kopf und sieht mir ins Gesicht. »Nein«, sagt sie langsam. »Sie haben nicht. Sie haben nie.«

Der Fernseher plärrt auf voller Lautstärke, als ich die Wohnungstür aufschließe, was seltsam ist, weil Shawn eigentlich bei einer Konferenz sein sollte, die den ganzen Tag dauert. Ich stelle meinen halb vollen Karton auf den Boden. Es hat sich herausgestellt, dass man in fünf Jahren hingebungsvoller Arbeit bei Weitem nicht so viel ansammelt, wie man annehmen würde: ein paar lapidare Auszeichnungen (meine Schuppenshampoo-Kampagne wurde für einen Preis nominiert, aber leider habe ich gegen Herbal Essences den Kürzeren gezogen), ein gerahmtes Foto von mir und David Hasselhoff (er war das Gesicht einer Motoröl-Kampagne, die wir auf die Beine gestellt haben) und ein paar Unterlagen, in die ich schätzungsweise nie wieder einen Blick werfen werde.

Ich ziehe einen Stapel Papier heraus, zerknülle ihn, stopfe ihn in den Mülleimer und knalle mit Nachdruck den Deckel zu (nur um auch ganz sicher zu sein, dass ich sie tatsächlich nie wieder ansehe). Blöderweise ist es einer dieser Eimer mit Automatikdeckel, der nicht mit einem dramatischen Knall zuschlägt, sondern sich ganz langsam absenkt. Ich verfolge das erbärmliche Schauspiel, bis mich der Lärm aus dem Wohnzimmer aus meiner Trance reißt.

Wieso ist der Scheißfernseher so laut?

Ich gehe zur Couch und taste unter den Sofakissen nach der Fernbedienung, als mir ein Gedanke durch den Kopf schießt: *Verdammt. Vielleicht ist Shawn hier. Und vielleicht ist er nicht allein!!!* Meine Gedanken überschlagen sich. Das Universum, das mir Shawn geschickt hat, könnte ihn mir womöglich genauso schnell wieder wegnehmen. Ich tauche hinter der Sofalehne ab, aus dem einfachen Grund, weil ich aus Hollywood-Filmen weiß, dass man das in dieser Situation so macht, und weil mir gerade nichts Besseres einfällt. Ich kneife die Augen zusammen und wünsche mir, ich hätte diesen Therapeuten angerufen.

Shawn könnte hier sein! Und zwar nicht allein! Grape! Es ist völlig unwichtig, dass ich seine Schweiz bin! Womöglich wechselt er in dieser Sekunde die Fronten!

Die Toilettenspülung rauscht, und ich presse mich fester gegen die Couch, als würde ich dadurch unsichtbar werden. Ich kneife immer noch die Augen fest zusammen. Schritte ertönen (*von einer oder zwei Personen?*), dann gibt die Polsterung nach, als sich jemand darauf fallen lässt.

»Hey«, sagt eine Stimme über mir, die definitiv nicht Shawn gehört.

»O Gott!«, schreie ich und schnelle hoch.

Nicky bricht in lautes Gelächter aus, hält sich den Bauch und krümmt sich vor Vergnügen.

»O Mann, du hättest mal dein Gesicht sehen sollen!«

Mein Brustkasten fühlt sich an, als würde er gleich zerplatzen.

»Nicky, Gott, hast du mich erschreckt! Was machst du denn hier? Hast du heute keine Schule?«

Er zuckt die Achseln, als würde das alles erklären.

»Weiß deine Mom, dass du hier bist?«

»Bloß, dass ich heute hier übernachte.« Er schnappt die Fernbedienung und dreht die Lautstärke noch ein bisschen höher, als wollte er ausprobieren, ob er mein Trommelfell zum Platzen bringen kann.

»Mach sofort leiser!«, brülle ich.

»Was?«, brüllt er zurück.

Er wendet sich wieder dem Bildschirm zu, wo eine Dokumentation über Giftspinnen läuft und genau in dieser Sekunde eine Nahaufnahme von einem besonders behaarten Exemplar erscheint. Nickys Mom hat uns gewarnt. Sie sagte, dass er im Moment eine etwas »düstere Phase« durchlebe und sich intensiv mit dem Tod auseinandersetze, insbesondere dem seines Vaters und der Frage nach dem Warum und der Bedeutung im großen, allumfassenden Weltgefüge. Amanda hatte leider keine Antwort darauf, genauso wenig wie die dreitausend anderen Familien. Wie soll man einem kleinen Jungen erklären, dass sein Dad wie jeden Morgen zur Arbeit fuhr und neunzehn Terroristen ausgerechnet an diesem Tag auf die Idee kamen, mit Flugzeugen in das Gebäude zu fliegen, in dem sich sein Büro befand. Und dass sein Leben hatte so jäh enden müssen, gerade als seine Frau festgestellt hatte, dass sie schwanger war, wo es doch in vielerlei Hinsicht erst angefangen hatte.

Man kann die Fakten erklären und alles in die richtigen Worte fassen, mit den richtigen Adjektiven und dem richtigen Maß an Abscheu und Entsetzen garnieren, trotzdem gibt es keine Erklärung dafür, keine angemessene Antwort auf seine Frage nach dem Warum.

Mein Dad würde natürlich sagen, dass es keine korrekte Antwort auf dieses »Warum« geben kann, weil so etwas wie eine rationale Antwort per se nicht existiert. So ist nun mal das Leben, sagt er in Situationen wie dieser immer, als hätte er diesen Spruch erfunden, was nicht der Fall ist, obwohl es Millionen Leser dank seiner gründlichen Gehirnwäsche glauben.

Ich knöpfe Nicky die Fernbedienung ab und mache leiser. Inzwischen hat die Spinne ein Opfer gefunden: eine Feldmaus, die mindestens doppelt so groß ist wie sie. Mit aufgerissenen Augen und offenem Mund verfolgt Nicky das Schlachtfest auf dem Bildschirm. Ich setze mich neben ihn. Er löst den Blick vom Fernseher und lächelt verschmitzt.

»Ziemlich scheiße gelaufen, was?«

»Stimmt«, bestätige ich seufzend. Die Maus ist mittlerweile tot, sozusagen mausetot, einem Angriff zum Opfer gefallen, mit dem sie nicht im Leben gerechnet hat.

»Stimmt«, sage ich noch einmal. »Ziemlich scheiße gelaufen.«

Auszug aus:

Außer Rand und Band – Weshalb Sie längst die Kontrolle über Ihr Leben verloren haben könnten, S. 73ff:

1975 haben meine Kollegen an der University of Australia in Brisbane eine Studie mit 400 Ratten durchgeführt. Sie haben mehrere Labyrinthe angelegt (als Metapher für unser Leben, lieber Leser) und hier und da mit Fallen, Hindernissen und diversen Versuchungen versehen. Am Ende des Labyrinths lag ein besonders geruchsintensives Stück Käse – die Wahl fiel auf Roquefort, weil dieses Experiment »Detektiv Rockford«, der Lieblingsserie des leitenden Wissenschaftlers, gewidmet war, gewissermaßen als ironische Reminiszenz an den großen Fernsehdetektiv (ein wunderbares Wortspiel – ich wünschte, mir wäre es eingefallen).

Ein Drittel der Testratten bekam vorher ein winziges Stück Käse verabreicht, damit die Tiere begriffen (und sowohl intellektuell als auch im wortwörtlichen Sinne registrierten), wonach sie suchen sollten. (Auch diese Metapher ist Ihnen, geschätzter Leser, bestimmt nicht entgangen. Man hat den Ratten ihr Ziel vor Augen geführt, genauso wie wir Menschen unser Ziel kennen – das, wonach wir streben. Was sich, wie Sie längst erkannt haben, wenn Sie mein Buch bis hierher gelesen haben, meiner Ansicht nach unserer Kontrolle entzieht.) Die restlichen Ratten durften entweder an dem Käsestück schnuppern oder bekamen … gar nichts. (Willkommen in der Realität, liebe Nager!)

Ziel war es herauszufinden, ob die Ratten trotz einer gewissen Auswahl an Versuchungen oder Alternativrouten auf dem Weg zum Käse bereits im Vorfeld begriffen hatten, dass sie am Ende eine Belohnung erwartet und sie ihr Ziel schneller erreichen können, wenn sie sich konsequent vorwärtsarbeiten, auch wenn es dabei gilt, Hindernisse wie auf dem Weg herumliegende Murmeln zu umgehen oder sich nicht von lauten Geräuschen aus dem Konzept bringen zu lassen. Weiter sollte ermittelt werden, ob die Ratten, die ein Stück vom Käse probiert hatten, eine höhere Erfolgsrate verzeichnen konnten als jene, die nicht wussten, woraus ihre Belohnung bestand oder die lediglich einmal kurz am Preis geschnuppert hatten.

Folgendes Ergebnis ließ sich festhalten, liebe Leser: Man ließ die Ratten ungehindert herumlaufen, wobei sich herausstellte, dass es keinerlei Zusammenhang gab zwischen der Erfolgsquote der Tiere, die ihr Ziel bereits im Vorfeld kannten (und man darf diesen Tieren einen gewissen Ehrgeiz bei der Bewältigung der Aufgabe unterstellen, denn mal ganz ehrlich, bei Ratten stehen normalerweise ganz andere Leckereien auf dem Speiseplan), und der jener Tiere, die ziellos durch das Labyrinth geirrt waren und die Hindernisse nicht aus Ehrgeiz, sondern aus reinem Selbstschutz überwunden hatten. Ratten aus allen drei Gruppen haben sich gleichermaßen verirrt und sich vom Weg abbringen lassen, einige endeten sogar in der Falle am Ende. Etwa ein Drittel der Ratten schaffte es, zum Roquefort zu gelangen, meistens aus purem Glück, weil sie einfach immer weitergegangen waren. Einige rannten schnell genug und entgingen dadurch den Fallen, andere waren so langsam, dass sie bereits zuschnappten, bevor sie hinkamen. Eine rationale Erklärung für Erfolg und Misserfolg gab es nicht. Es war einfach nur eine Horde Ratten, die durch ein Labyrinth rannte, ohne dass ihre Entscheidungen und Instinkte dabei irgendeine Rolle gespielt hätten.

Liebe Leser, die Metapher hierfür brauche ich wohl nicht noch eigens hervorzuheben, oder?

Am Ende bleibt der Käse meistens unerreicht.

5

Um halb acht ist Shawn immer noch nicht zu Hause, deshalb schicke ich Nicky los, uns an der Ecke eine Pizza zu holen. Er fragt mich, ob er kurz im Deli vorbeigehen und eine Schachtel Skittles kaufen darf. Ach, was soll's, ich bin schließlich nicht seine Mutter, denke ich und gebe ihm drei Dollar extra. Am liebsten würde ich ihn ja bitten, mir eine Flasche Wein mitzubringen, aber ich will lieber nicht wissen, ob er einen gefälschten Ausweis hat. Bei einem Zwölfjährigen in New York kann man nie wissen.

Ich war mit zwölf jedenfalls weit davon entfernt, ein selbstsicheres New Yorker Mädchen zu sein, ganz im Gegensatz zu meiner älteren Schwester Raina, die das Selbstbewusstsein gepachtet hatte (heute arbeitet sie als Partnerin bei Williams, Russell & Chance, einer großen Anwaltskanzlei, und hat einen tollen Mann und vier wunderbare Kinder), wohingegen mein kleiner Bruder Oliver der Kreative in der Familie ist. (Er unterrichtet Yoga in einem indischen Aschram und hat über 100.000 Follower auf Twitter, was mir für einen durchgeistigten Yogamann irgendwie unpassend erscheint, aber was weiß ich schon …)

Ich war nie besonders, sondern immer bloß William, die eigentlich Willa sein sollte. Ich war nicht wie Nicky mit all seinen Facetten und den vielen Fragezeichen, trotzdem ist auch in meinem Leben nicht immer alles glattgelaufen. Ich war weder sonderlich beliebt noch sonderlich unbeliebt, weder klug noch dumm. Mit meinem dunklen Haar und den großen Augen konnte man mich als leidlich hübsch bezeichnen, aber nicht auffallend attraktiv, außerdem bekam ich sehr spät Brüste und verlor meine Unschuld erst im November meines ersten Collegejahrs. Inzwischen hatte ich Vanessa kennengelernt, die mir sagte, wer ich sein sollte, und ich bin ihrem Rat brav gefolgt. Ich trug Doc Martens (bis sie nicht länger cool waren), ich trank Amstel, weil es tausendmal cooler war als Zima (obwohl ich Zima insgeheim lieber mochte), ich lernte, auf die Musik von Prince zu tanzen und Zigaretten zu rauchen, ohne husten zu müssen, und küsste so viele Jungs, dass schließlich einer bereit war, mit mir ins Bett zu gehen.

Aber mit zwölf? Keine Ahnung, wer ich damals war. Anlässlich meines zwölften Geburtstags flog meine Mutter mit mir nach Disney World. Eigentlich war ich viel zu alt dafür, aber meine Mutter hatte es mir angeboten, außerdem war ich noch nie dort gewesen und hatte so gut wie nie Gelegenheit, mit ihr allein zu sein, also klatschte ich mit gespielter Begeisterung in die Hände und warf ihr die Arme um den Hals. Gleich am ersten Tag, als wir auf dem Splash Mountain hinunterfahren wollten, gab es einen Kurzschluss, und das Floß saß fest. Richtig fest. Und zwar so lange, dass sogar in den Nachrichten darüber berichtet wurde. Knappe fünf Stunden steckten wir im Kanal fest. Nach vier Stunden fing ein Typ aus Kentucky, der mit seiner Braut die Flitterwochen in Disney World verbrachte, lautstark an zu brüllen, er werde Walt Disney verklagen.

»Ja! Genau! Zeig's ihnen!«, zeterte seine Frischangetraute.

Die vier Fahrgäste zwei Floßwägelchen vor uns befanden sich ziemlich dicht am Wasserbecken und beschlossen irgendwann, dass sie keine Lust mehr hatten, noch länger zu warten. Sie sprangen hinein. Allerdings glaubte ich, nur drei von ihnen wieder auftauchen und ans rettende Ufer schwimmen gesehen zu haben, also wartete ich mit angehaltenem Atem, während ich mich fragte, ob es das Schicksal der armen vierten Person war, wegen einer kaputten Sicherung aus einem Floßwägelchen zu springen, nur um dann auf dem Betonboden des Beckens aufzuschlagen und zu ertrinken. Doch dann schnellte sie plötzlich an die Oberfläche und brüllte etwas von einem gebrochenen Knöchel, woraufhin ein Mann ins Wasser sprang, um sie zu retten.

Meine Mutter beobachtete das Schauspiel mit einem gewissen Gleichmut, den ich von ihr geerbt habe – eine Mischung aus Faszination und gespannter Erwartung, was wohl als Nächstes passiert, gepaart mit tiefer Verunsicherung über die eigenen Regungen –, und sah mich achselzuckend an.

»Tut mir leid, dass dein Geburtstag so ein Reinfall ist«, sagte sie.

»Es braucht dir nicht leidzutun. Du konntest es schließlich nicht wissen.«

»Kann sein. Trotzdem ist es ein Reinfall.«

Nach fünf Stunden wurden wir endlich befreit, und als Entschädigung bekamen wir einen Gutschein für das Mitternachtsbuffet und einen weiteren, der uns lebenslangen Gratiseintritt in den Park gewährleistete. Aber unser Bedarf an Abenteuern war gedeckt, deshalb stiegen wir am nächsten Morgen ins Taxi zum Flughafen und traten verfrüht die Heimreise an. Mein Dad, der den Vorfall in den Nachrichten verfolgt hatte, lachte nur und drückte mir ein Skateboard mit einer Schleife in die Hand – als hätte ich mir jemals ein Skateboard gewünscht und als hätte er sich jemals auch nur einen Pfifferling um meine Wünsche geschert.

»Ich bin nicht William«, sagte ich zu ihm.

Er sah mich mit schief gelegtem Kopf und gerunzelter Stirn an, deshalb seufzte ich nur und warf das Skateboard in Olivers Zimmer, ging in mein eigenes und knallte die Tür hinter mir zu.

Nicky kommt mit einer Pepperoni-Pizza und einer Schachtel Tropical Skittles zurück, was echt eklig klingt, im Notfall aber als Vorspeise ziemlich lecker sein kann.

»Cool«, sagt er. »Meine Mom erlaubt mir nie, dieses Zeug zu essen. Sie ist auf dem totalen Bio-Trip.«

»Ich sollte auch mehr auf meine Ernährung achten. Es heißt, dadurch könnte man drei Lebensjahre gewinnen.« Ich lecke das Fett von einer Pepperoni ab und spüre, wie sich der ölige Film auf meinen Gaumen legt. Bio oder nicht, ist doch sowieso völlig egal.

»Du könntest aber auch morgen von einem Bus überfahren werden.«

Ich nicke. »Stimmt.«

»Aber eigentlich ist es gar nicht so übel, von einem Bus überfahren zu werden«, fährt er fort und saugt einen langen Käsefaden zwischen die Lippen. »Ich meine, so als Art zu sterben. Zack, bumm, und das war's.«

»Ich habe heute meinen Job verloren.« Das Fett rinnt meine Kehle hinab.

»Das ist echt übel.«

»Du bist der Erste, dem ich es erzähle. Was ziemlich verrückt ist.«

»Stimmt. Wo ist eigentlich Onkel Shawn?«

Mein Handy piepst.

»Das könnte er sein.«

Wie ein pawlowscher Hund greife ich nach dem kleinen mobilen Ding.

Facebook: SIE HABEN EINE NACHRICHT VON THEODORE BRACKTON ERHALTEN

»Scheiße«, stoße ich halblaut hervor. Und als ich Nickys Blick registriere: »Tut mir leid. Das hätte ich nicht sagen dürfen. Mist! Miiiiiist!«

»Macht doch nichts. Ich sage die ganze Zeit *Scheiße*.«

»Solltest du aber nicht. Wieso verbietet dir das deine Mutter nicht? Wenn du dich zum Beispiel für ein College bewirbst und beim Vorstellungsgespräch *Scheiße* sagst, kriegst du den Studienplatz nicht.«

Ich gehe zum Kühlschrank, um nachzusehen, ob noch Wein da ist. Irgendwo in diesem Haus *muss* doch eine Flasche Wein sein.

»Ich bin ein 9/11-Kind. Ich könnte sogar ›Ihre Mutter ist ein verficktes Drecksstück‹ sagen, und sie würden mich trotzdem nach Harvard lassen.«

Ich unterbreche meine Suche abrupt und sehe ihn an. »Erstens darf man so etwas Schreckliches zu niemandem sagen, zweitens bezweifle ich, ob das stimmt. Und falls doch, solltest du dir drittens dringend ein paar Dinge überlegen, an die du dich halten willst. Ich spreche davon, ein gewisses Niveau niemals zu unterschreiten.«

»Ich habe Niveau«, hält er dagegen. »Mein Englischlehrer sagt, niemand hätte so viel Fantasie wie ich. So viel, dass ich sogar eines Tages Schriftsteller werden könnte.«

»Ehrlich?«

»Wieso überrascht dich das so?«

»Tut es gar nicht.« Ich richte meine Aufmerksamkeit wieder auf das unterste Kühlschrankfach, allerdings finde ich nur eine Flasche Bier, die vermutlich noch vom vorletzten Super-Bowl-Endspiel stammt, aber ist ja auch egal.

»Ich hab dich noch nie Bier trinken gesehen«, stellt Nicky lächelnd fest. »Ich meine, du bist eher der Weißweintyp.«

»Bist du zwölf? Oder siebenunddreißig? Ich finde es nämlich reichlich abgedreht, wie du mit mir redest.«

»Gleich und gleich gesellt sich gern.« Er lacht.

»Willst du damit sagen, ich sei abgedreht? Ich mag vieles sein, aber abgedreht bestimmt nicht. Ich bin die Schweiz.«

»Abgedrehte Leute merken nie, was für schräge Vögel sie in Wahrheit sind«, kontert er trocken. »Selig sind die geistig Armen …«

»Das stimmt allerdings. Na dann, prost.« Ich stoße mit seiner Cola an.

Theodore Brackton
321 Freunde
Heimatstadt: Seattle, WA
Beziehungsstatus: kompliziert

Betreff: Du kannst mich jederzeit ignorieren

Liebe W.,
ich kann mich nicht entscheiden, ob ich dir schreiben will oder lieber nicht. Also schreibe ich. Aber jetzt kann ich mich nicht entscheiden, ob ich die Nachricht abschicken soll oder nicht. Witzig, was? Nein, eigentlich

nicht, sondern eher ironisch. Trotzdem. Ich stecke in der Zwickmühle und weiß nicht, wie ich da wieder herauskommen soll. Wer hätte das gedenkt? (Habe ich ernsthaft »gedenkt« geschrieben? Sieht ganz so aus. Bitte entschuldige. Ich weiß nicht recht, wie ich anfangen soll. Außerdem bin ich schrecklich nervös. Und ich habe Schiss.)
Mir ist klar, dass es absolut schräg ist, dir zu schreiben. Ich meine, als wir uns das letzte Mal gesehen haben, lief es nicht gerade gut zwischen uns, und bestimmt hasst du mich wie die Pest. Ich könnte es verstehen.
Also: Kürzlich wurde mir mitgeteilt, dass ich an Hodenkrebs erkrankt bin. Ich weiß, ich weiß, ist es zu fassen? Schätzungsweise sind meine Eier krank geworden, weil ich sie so oft benutzt habe, und jetzt haben sie beschlossen, sich an mir zu rächen. (Okay, dir ist klar, dass das nur ein Witz ist, ja? Und originelle Witze waren ja noch nie meine Stärke.) Ich werde wieder gesund – minus eins meiner Eier, aber ansonsten ist bald wieder alles fit –, trotzdem kommt man unwillkürlich ins Grübeln, wenn so etwas passiert. Man denkt über die Entscheidungen nach, die man im Leben bereits getroffen hat, und die, von denen man geglaubt hat, dass man sie eines Tages in seinem Leben noch treffen würde. Klingt das halbwegs nachvollziehbar? Eigentlich bin ich der letzte Mensch, der an den Punkt kommen könnte, an dem er nicht mehr weiterweiß, aber als sie mich vor ein paar Monaten in den OP gerollt haben, musste ich die ganze Zeit bloß denken: Wieso hab ich es mit Willa vermasselt, und was kann ich dagegen tun?
So viel dazu. Wow. Das ist eine Menge Stoff für eine Facebook-Nachricht. Das soll jetzt keine »Bitte verlass

sofort deinen Mann für mich«- oder »Bitte, hab doch Mitleid mit mir«-Nachricht sein. Ich wollte es dir einfach nur sagen.
xo
T.

Ich wusste, ich hätte die Nachricht niemals öffnen dürfen. Genau das sage ich mir, als ich mich, von heftigen Bauchkrämpfen geschüttelt – aus Nervosität, wegen des Adrenalins, wegen Theodore oder Pandoras Facebook-Büchse – auf dem Badezimmerboden krümme.

Wieso musste ich das lesen?

Ich muss Vanessa anrufen, die mir bestimmt sagen wird, ich soll ihm zurückschreiben. Oder Raina, die mir unter die Nase reiben wird, dass ich trotz allem eine Idiotin bin. Oliver hat mir mal gezeigt, wie ich atmen muss, wenn eine Panikattacke im Anzug ist, also setze ich mich mühsam auf und zwinge mich, ganz ruhig ein- und auszuatmen und darauf zu achten, dass sich mein Zwerchfell ganz gleichmäßig hebt und senkt. Mein eines Nasenloch pfeift, als ich ausatme.

Beim Gedanken an Theodore steigt so etwas wie Reue in mir auf. Reue, sagt mein Vater, sei nichts als fehlgeleitete Sehnsucht nach Vergangenem. Man könne noch so liebevoll oder gar wehmütig über sein Leben nachdenken und sich endlos mit der »Was wäre gewesen, wenn«-Frage herumquälen, es ändere nichts. Die Gegenwart bleibt die Gegenwart, und die Zukunft wird genau das bringen, was sie bringen soll, so sein Credo.

Wieder zieht sich mein Magen zusammen, und ich versuche krampfhaft, meinen Anflug von Nostalgie zu unterdrücken … darüber, dass ich vielleicht doch Ja zu Theo hätte sagen sollen, dass womöglich in Wahrheit er meine Schweiz war und ich einfach nur genauer hätte hinsehen müssen. Mir ist bewusst, wie albern das ist und dass ich nichts rückgängig machen kann, außerdem ist Shawn der Mann, der für mich bestimmt ist. Aber Gefühlsregungen wie Bedauern und Nostalgie und die »Was wäre gewesen, wenn«-Fragen haben nun einmal die Tendenz, sich zu verselbstständigen, auch wenn man weiß, dass es idiotisch ist.

Ich umarme die Kloschüssel und übergebe mich. Dann hieve ich mich hoch, schleppe mich zum Waschbecken und spritze mir kaltes Wasser ins Gesicht. Schließlich sehe ich auf und befehle meinem Spiegelbild, diesen Teil meines Lebens so weit wegzuschieben, wie es nur geht.

Ich drücke die Toilettenspülung gleich zweimal nacheinander, um sicherzugehen, dass auch alles weg ist. Es sieht danach aus, andererseits sollte ich allmählich wissen, dass nichts jemals so ist, wie es auf den ersten Blick scheint.

»Du arbeitest in letzter Zeit ziemlich lange«, sage ich später an diesem Abend zu Shawn, als er zwar endlich den Weg nach Hause gefunden hat, aber ständig seine Mails checkt, während Nicky durch die Pay-TV-Kanäle zappt, obwohl er eigentlich längst im Bett sein sollte.

»Hm. Viel um die Ohren.«

»Das neue Projekt?«

Er lehnt sich gegen den Kühlschrank. Ich merke ganz genau, dass er mir nur mit einem Ohr zuhört.

»Was?« Er sieht auf. »Oh. Nein. Ich meine, ja, aber ich war heute Abend mit den Jungs noch kurz auf der Driving Range.«

»Auf der Driving Range? Aber du spielst doch gar nicht Golf.«

»Ich versuche, es zu lernen.« Er sieht zum Fernseher hinüber. Seine Augen weiten sich. »Moment, Moment, Moment. Da läuft ja *Die Hard*.«

Grape! Golf!

Shawn springt über die Sofalehne und lässt sich hinfallen. Shawn ist eigentlich kein Mann, der über Sofalehnen springt. Er ist zwar schlank, hält aber noch eisern an den traditionellen Computerfreak-Mantren wie »Auch beim Tippen verbrennt man Kalorien« und »Trainier lieber deinen Gehirnmuskel als deinen Bizeps, Alter« fest. (Einer seiner Kumpels hat sogar einen Aufkleber mit diesem Spruch auf dem Kofferraum.) Ich beobachte ihn, wie er Bruce Willis zusieht, und frage mich, ob er heimlich ohne mich Sport betreibt (früher gehörte eine gemeinsame Joggingstrecke über drei Meilen zu unserem Wochenendprogramm, bis wir zu dem Schluss gelangten, dass null Meilen wesentlich entspannender sind als drei, und schließlich ist das Wochenende doch zum Entspannen da, oder?), und falls ja, mit wem. Oder für wen.

»Der Typ ist doch mindestens hundert«, wirft Nicky ein. »Und hat 'ne Glatze.«

»Du brauchst dringend mehr männliche Vorbilder«, gibt Shawn zurück. »John McClane ist der Allergrößte.«

Erst jetzt fällt mir auf, dass Shawns Haare anders aussehen als sonst, irgendwie seltsam gestylt.

»Apropos männliche Vorbilder«, werfe ich ein. »Vergiss nicht, dass wir morgen Abend mit meinen Eltern zum Essen verabredet sind. Nicky, du bist auch eingeladen.«

»Ich dachte, wir hätten uns darauf geeinigt, dass wir das Essen sausen lassen.« Shawn dreht sich nicht einmal um.

»Es war zu spät. Das Restaurant hätte eine Gebühr verlangt.«

Shawn schweigt einen Moment. »Oh«, sagt er dann. »Ich habe mehr oder weniger Karten für das Yankees-Spiel besorgt. Ich wollte mit Nicky hin.«

»Was heißt *mehr oder weniger*? Hast du sie gekauft oder nicht?«

Endlich sieht er mich an. »Ich habe sie gekauft.«

Sein typisches Pseudoentschuldigungslächeln breitet sich auf seinen Zügen aus, und ohne Grape!, die neue Golfleidenschaft, die neue Frisur, den flotten Sprung über die Sofalehne und den drohenden Schweizverrat hätte ich sein Lächeln wahrscheinlich erwidert und es gut sein lassen.

Stattdessen hole ich einen Becher Eiscreme aus dem Tiefkühlfach und knalle ihn auf den Tisch. Die Plastikfolie will nicht abgehen, also klemme ich ihn mir zwischen die Beine und fange an zu zerren. Shawn unternimmt nie etwas, ohne es vorher mit mir abzusprechen. Wir nutzen sogar eine Partner-App namens *Together To Do!*, damit beide jederzeit über die Pläne des anderen auf dem Laufenden sind. Nur zu Ihrer Information: Diese App ist unglaublich praktisch. Man stellt einfach etwas hinein, was der Partner zu erledigen hat, und dann taucht es auf seiner To-do-Liste auf. Und das sage ich jetzt nicht nur, weil ich die Werbekampagne dafür konzipiert habe.

Stöhnend ramme ich den Portionierlöffel in das betonharte Eis (Wichtig: »Kühlfachtemperatur regeln« auf Shawns Liste setzen) und spüre, wie mein Bizeps und mein Unterarm unter der Anstrengung pulsieren. Winzige Schweißperlen erscheinen auf meiner Stirn. Ich bohre den Löffel noch etwas fester in die schokoladige Masse. Schließlich gelingt es mir, ein winziges Stückchen herauszuarbeiten. Eigentlich sollte ich es in Shawns Schälchen geben, stattdessen schiebe ich es mir direkt in den Mund.

Ah … Herrlich. Die perfekte Mischung aus Zucker und Rachsucht.

Ich ramme den Portionierer ein zweites Mal in die Masse und bemühe mich, meine Verärgerung zu ignorieren, ebenso wie den Gedanken an Theodores Facebook-Nachricht. Ignorieren ist mein Spezialgebiet. Endlich gelingt es mir, ein ordentliches Stück Eiscreme aus dem Becher zu bekommen. Erschöpft stoße ich den Atem aus.

Wieso hab ich es mit Willa vermasselt?

Ich nehme mir vor, später, wenn Shawn schläft, Hodenkrebs zu googeln.

6

Raina erklärt sich bereit, mich am nächsten Abend zum Essen mit unseren Eltern zu begleiten. Um Punkt achtzehn Uhr fährt ihr Cadillac Escalade vor. Sie winkt mich zu sich auf den Rücksitz und gibt dem Chauffeur ein Zeichen loszufahren, ehe sie sich zurücklehnt und mich von oben bis unten mustert.

»Bevor du etwas sagst oder mir Tipps gibst, wie ich mehr Glanz in mein Haar oder einen strahlenderen Teint bekomme, sage ich gleich eins: Ich habe gestern meinen Job verloren«, erkläre ich, während wir im Stop-and-Go die Third Avenue entlangkriechen.

»Ich finde, wir sollten lieber die Park Avenue nehmen, Cliff«, sagt sie.

»Aber erzähl es Mom und Dad nicht«, füge ich hinzu.

Cliff bremst etwas zu heftig. Ich schnelle nach vorn, wobei der Sicherheitsgurt auf mein Schlüsselbein drückt.

»Ich würde nie etwas über dein Haar sagen.« Sie lächelt kurz, dann runzelt sie die Stirn. »Du bist gefeuert worden?« Sie bemüht sich um eine besorgte Miene, doch mir fällt auf, dass sich ihre Brauen kaum bewegen. Ich starre sie an. »Ja«, gesteht sie. »Ich bin schwach geworden und hab mir Botox spritzen lassen … Aber erzähl es Mom und Dad nicht.«

»Ich fürchte, das wird gar nicht nötig sein. Es ist ziemlich off…«

»Halt den Mund«, unterbricht sie scharf. »Das gibt sich im Lauf der Zeit.«

»Entschuldige.«

»Soll ich mich in der Kanzlei mal umhören?«

»Wegen des Botox?«

»Wegen eines Jobs für dich, Willa. Und … bitte. Ich habe vier Kinder unter sieben Jahren, bin eine von drei weiblichen Partnern in der Kanzlei und werde nun mal nicht jünger. Das Botox war ein Geschenk, das ich mir selbst gemacht habe.«

»Hast du dasselbe nicht schon über deinen Personal Trainer gesagt?«

»Der auch.«

»Also, wenn du mich fragst, klingt das alles echt seltsam. Weiß Jeremy davon?«

»Ach, halt den Mund!« Endlich geht es weiter, wenn auch nur zwei Blocks. »Außerdem bin ich ziemlich sicher, dass Nicholi schwul ist«, fügt sie wie nach reiflicher Überlegung hinzu und seufzt. »Aber erzähl mir, was bei der Arbeit passiert ist. Brauchst du Hilfe?«

»Windeln für Erwachsene, das ist passiert.«

»Was?«

Ich hole tief Luft, um ihr von den Inkontinenzeinlagen, dem Problem, diesen Dingern ein sexy Image zu verpassen, und meinen Mails an Vanessa zu erzählen, die mit einem bahnbrechenden Slogan das Ruder noch mal hätte herumreißen und meinen Kopf retten können, als mir klar wird, dass es in Wahrheit witzlos ist. Außerdem läutet ihr Handy. Sie wirft einen Blick auf das Display und klappt es eilig zu.

»Jeremy hat geschworen, dass er es schafft, mit allen vieren fertigzuwerden. Gemeint hat er damit, dass er mit ihnen fertigwird und mich währenddessen mit Fragen traktiert. *Lieber Ehemann: Wenn du in Eloisas Unterwäscheschublade nachsiehst, wirst du dort bestimmt ihre Unterwäsche finden.*«

»Wo ist Gloria?«

»Zweimal im Monat gebe ich ihr samstagabends frei.«

»Das ist ja sehr großzügig von dir.«

»Herrgott noch mal, Willa. Ich weiß, dass ich eine reiche berufstätige Mutter mit einer Vollzeithilfskraft bin. Ich bin verwöhnt, durchgeknallt und Gott weiß was sonst noch alles. Im Ernst, ich hab's kapiert! Aber du hast mich darum gebeten, heute Abend umzudisponieren, damit ich dich zu einem Abendessen mit unseren Eltern begleiten kann, weil dein geliebter Ehemann gegen die heiligen Gesetze von Shilla verstoßen hat …«

Cliff wirft einen Blick in den Rückspiegel, wendet ihn aber ganz schnell wieder ab.

»Was ist Shilla?«

»Noch nie gehört? So nennen wir euch – Shawn und Willa. Das ist euer Promi-Spitzname. Weil ihr nie etwas ohne einander tut.«

Sie lächelt, weil sie ganz genau weiß, dass es zwar gemein, aber auch ein kleines bisschen wahr ist.

»Shilla?«, wiederhole ich. »Für mich klingt das eher nach einer Eskimosiedlung in Alaska.«

»Na ja, Brangelina seid ihr jedenfalls nicht.«

»Könnten wir aber sein.«

»Du bist definitiv nicht Angie.« Sie hält kurz inne. »Tut mir leid, da hat wohl die Eifersucht aus mir gesprochen. Ich nehm's zurück. Du könntest ohne Weiteres Angie sein.«

Wir wissen beide, dass es nicht so ist, trotzdem ist es nett von ihr, es zu sagen.

»Inwiefern bist du eifersüchtig?«

»Weil ihr alles zusammen macht. Weißt du noch, als wir zur Maniküre wollten und Shawn mitgekommen ist, weil er an diesem Sonntag nichts Besseres vorhatte?«

»Das klingt ziemlich erbärmlich.«

Ist er ernsthaft nur mitgekommen, weil er nichts Besseres mit seiner Zeit anzufangen wusste?

»Nein, ehrlich gesagt, fand ich es sogar süß von ihm. Okay, und auch ein bisschen gruselig, das stimmt.« Raina lacht und inspiziert nachdenklich ihre Nägel. »Erinnerst du dich noch, wann Jeremy das letzte Mal freiwillig Zeit mit mir verbracht hat?«

»Frag doch so was nicht. Er liebt dich heiß und innig. Außerdem ist Shawn heute nicht mitgekommen, also machen wir doch nicht alles zusammen.«

Weil er zu beschäftigt ist und dringend ins Grape! musste? Und weil er zu müde ist, um ins Hop Lee zu gehen und sich mit Zungenküssen ein paar Frühlingsrollen zu verdienen!

Wieder bleiben wir an einer Ampel stehen. Der Verkehr ist zum Erliegen gekommen. Taxifahrer hupen genervt, Fußgänger strömen über die Straße und zwischen den Autos hindurch, ohne sich um Verkehrsregeln zu scheren.

Ich lasse das Fenster herunter. »Es gibt auch so was wie Verkehrsregeln, schon mal gehört?«, brülle ich.

Eine junge Frau, die vermutlich auf dem Heimweg von ihrem lausig bezahlten Job bei einer drittklassigen Zeitschrift ist, zeigt mir wütend den Stinkefinger. Ich spüre, wie mir das Blut in die Wangen schießt, und lasse eilig das Fenster wieder zugleiten.

»Keine Ahnung, wieso ich das getan habe«, murmle ich.

»Ist auch egal. Aber hör bitte auf, mir heute Abend auf

den Keks zu gehen. Ich habe schon genug am Hals. Außerdem hast du immer noch Shilla.«

»Tut mir leid, was ich vorhin über Botox gesagt habe«, erkläre ich, weil ich mich nicht streiten will. »Das war gemein. Ich bin gefeuert worden, Shawn hat vielleicht eine Art vorgezogener Midlife-Crisis-Schrägstrich-Affäre und ich kranke Fantasien von Theodore Brackton …«

Schweigend fahren wir weiter. Nach ein paar Sekunden macht Cliff das Radio an. Ein tumber Hiphopper, begleitet von wummernden Bässen, gibt irgendwelchen Blödsinn von sich, den kein Mensch versteht. Raina wippt mit dem Kopf – schätzungsweise kennt sie den Song aus dem Soul Circle – und kramt etwas aus ihrer Handtasche.

»Da.« Sie hält mir eine Tablette hin.

»Was ist das?«

»Xanax.« Sie schiebt sich eine in den Mund.

»Du nimmst Xanax?«

»Ich bitte dich, William, jeder nimmt Xanax.« Sie massiert ihren Nasenrücken. »Aber du warst ja schon immer die Letzte, die irgendwas mitgekriegt hat.«

Meine Eltern erwarten uns im Four Seasons. Ich sehe sie schon vor mir – meine Mutter, die sich mit ihrer Serviette die Mundwinkel abtupft, während mein Dad die Speisekarte studiert, als sähe er sie heute das allererste Mal. Das Xanax hat mich besänftigt und den Konturen etwas von ihrer Schärfe genommen. Normalerweise bin ich immer ein ganz klein wenig … angespannt, beklommen, darauf bedacht, meinem Vater alles recht zu machen. An diesem Abend dagegen lasse ich mir nicht von meinen Komplexen die Luft abschnüren. Ich fühle mich beinahe, als wäre ich immun gegen alles.

Meine Mutter winkt, dann sieht sie Raina neben mir, und ihre Freude über meinen Anblick weicht einem Ausdruck blanker Verzückung. Ihre Erstgeborene. Die verlorene Tochter. Und ich. Das Kind, das eigentlich ein Sohn hätte werden sollen.

Wir treten an ihren Tisch. Meine Mutter steht auf, legt beide Hände um Rainas Wangen und gibt ihr einen Kuss.

»Na, das ist ja eine Überraschung. Beide Kinder am selben Tisch.«

»Es gibt noch ein drittes, Mom«, erinnere ich sie, als der Kellner meinen Stuhl zurechtrückt und ich mich hinsetze.

»Ach Oliver. Ohne Tweeter wüsste ich noch nicht mal, dass er überhaupt existiert.«

»Twitter«, korrigiere ich.

»Ja, sag ich doch!«

»Hallo, Mädels.« Dad nimmt meine Hand und küsst sie. »Raina, was führt dich hierher? Ich dachte, du würdest dich auf einen Prozess vorbereiten.«

»Shawn ist mit Nicky bei einem Yankees-Spiel. Hat sich ganz kurzfristig ergeben«, sage ich.

»Ich habe tatsächlich einen Prozess vorzubereiten, habe mir aber trotzdem Zeit genommen.«

Dad gibt dem Kellner ein Zeichen. »Gut«, meint er. »Es gibt da ein paar Dinge, über die wir gern reden wollen.«

»Nur mit mir allein?«

Ich bin nicht sicher, ob es am Xanax liegt, dass ich das Gefühl habe, er druckst herum, oder ob er sich absichtlich so vage ausdrückt.

»Mit euch Kindern«, antwortet meine Mutter und schürzt die Lippen, sodass ihr dunkelroter Lippenstift in die Fältchen um ihren Mund ausblutet. Sie sieht müde aus, erschöpfter als bei unserem letzten Treffen, einem gemeinsamen Abendessen einen Monat zuvor.

»Stirbt einer von euch beiden?«, fragt Raina aufrichtig besorgt.

Ich merke ihr an, dass sie an die Tabletten gewöhnt ist, an ihre Wirkung, die das Hirn so schön wattig macht. Sie konsumiert die Dinger regelmäßig wie Bonbons oder ein Glas Wein. Sie ist klar im Kopf, aber trotzdem sanfter, zumindest für ihre Verhältnisse.

»Keiner von uns stirbt«, sagt meine Mutter. Dennoch fummelt sie mit ihrer Gabel herum und kann sich nicht überwinden, uns anzusehen.

»Bestellen wir doch erst mal«, schlägt Dad vor. »Ich habe einen Bärenhunger. Ich war den ganzen Tag bei CNN. Die Gästebetreuung ist eine Katastrophe.«

»Das hast du ja sehr geschickt angestellt«, wirft Raina ein. »Deine Pseudobescheidenheitsnummer, meine ich.«

»Was?« Meine Mutter sieht sie verwirrt an.

»Vergiss es«, blafft Raina.

»Sprich gefälligst nicht in diesem Ton mit mir, junge Dame«, herrscht Dad sie an. »Ich habe keine Ahnung, wovon du redest. Pseudobescheidenheitsnummer …« Er schreibt Anführungszeichen in die Luft, was ich ziemlich albern finde – ist das etwa ein Versuch, einen auf Teenager zu machen? Aber dann fällt mir wieder ein, dass Dad ja schon immer gern alles, was er sagt, mit Anführungszeichen versehen hat, dass es seine Art ist, die Geschichte von jemand anderem nachzuerzählen.

»In Myarmar gab es ein Erdbeben, bei dem viele Menschen ums Leben gekommen sind«, fährt er fort. »Und ich habe nur versucht, meine Meinung dazu zu sagen. Sie hatten mich für die ganze Sendung eingeladen.«

»Das weiß ich doch, Dad«, versucht Raina zu beschwichtigen.

Mittlerweile hat der Kellner den Wein serviert. Sie greift nach ihrem Glas und trinkt einen großen Schluck. Ich lächle – ein schiefes, leicht lobotomisiertes Lächeln. Ich hatte völlig vergessen, wie streitlustig Raina sein kann. Ich erinnere mich noch genau, wie sie sich strikt geweigert hat, Dads Schicksalsprophezeiungen anzuerkennen; sie ist stattdessen ihren eigenen Weg gegangen, hat ihr Ding gemacht. Nach einem anstrengenden Jurastudium führt sie heute ein Leben mit massenhaft Arbeit, mehreren Kindern, Wohltätigkeitsarbeit, einem schicken SUV und einem festangestellten Kindermädchen, das augenscheinlich jeden zweiten Samstagabend frei hat, während sie selbst nach diesem scheinbar Unerreichbaren sucht, wonach sich jede berufstätige Mutter sehnt: Ausgeglichenheit. Von ihrer Xanax-Abhängigkeit will ich lieber gar nicht erst anfangen. Trotzdem lässt sie sich von Dad nicht für blöd verkaufen, was sie als Mitglied eines einzigartigen Ein-Mann-Clubs qualifiziert. Na ja, eigentlich gehört das Nobelpreis-Komitee auch dazu, wenn man diese fünf Gentlemen (und natürlich Punjab Sharma) mitzählen will, was mein Vater ganz bestimmt nicht tut.

»Also, sollte einer von euch beiden bald sterben müssen, sagt es uns bitte, und zwar jetzt«, werfe ich ein.

Meine Lider fühlen sich ungewohnt schwer an, mein Kopf dagegen scheint eigentümlich leicht zu sein. Es ist, als würde ich schweben – eigentlich gar kein so übles Gefühl. Ich muss an Theodore denken. Vielleicht hätte ich ihm ja doch zurückschreiben sollen. Das Problem ist bloß, dass ich mir selbst nicht so ganz über den Weg traue. Ich habe Zweifel an allem und jedem, obwohl ich gleichzeitig fest an die Unverrückbarkeit des Schicksals glaube. Folglich befinde ich mich in einem ständigen Zustand der Verwirrung und des Konflikts, heraufbeschworen von meinem Vater und von meiner eigenen Unfähigkeit, mich gegen seine Weltanschauung aufzulehnen, genährt.

All das weiß Theodore nur allzu genau, schließlich kennt er mich in- und auswendig. Andererseits war ich damals, als wir noch zusammen waren, erst fünfundzwanzig. Ich habe mich hoffentlich inzwischen ein Stück weiterentwickelt, immerhin liegt unsere Trennung sieben Jahre zurück. Ein ganzes Leben. Oder zumindest ein Teil eines Hundelebens.

Ich schließe die Augen und lausche dem Klappern des Bestecks, dem Klirren der Gläser, dem Stimmengewirr und den leisen Klavierklängen, die aus den Restaurantlautsprechern perlen. Und dann kommt mir ein Gedanke: Ich mag geheiratet, mich in der Agentur hochgearbeitet haben, Tante geworden sein und auf einen Haufen Schwangerschaftstests gepinkelt haben, trotzdem sitze ich hier, im selben Restaurant, am selben Tisch, an dem wir immer sitzen, mit meiner Schwester, die sich mit meinen Eltern kabbelt. Mein Dad ist derselbe Megalomane wie immer, meine Mutter macht wie üblich keine Anstalten, ihm Einhalt zu gebieten, und womöglich fliegt mir Shilla (allmählich finde ich Gefallen an dem Spitznamen) demnächst um die Ohren. Und dann wird mir plötzlich bewusst, dass sich in Wahrheit gar nicht so viel verändert hat. Dass ich heute im Grunde noch dieselbe bin wie mit fünfundzwanzig.

Die Menschen ändern sich nicht, sagt mein Vater, und bei Gott, wenn meine zweiunddreißig Jahre auch nur einen Hauch Aussagekraft besitzen, hat er wohl recht. O Gott!

Ich öffne die Augen gerade noch rechtzeitig, um zu sehen, wie meine Mutter ihre Serviette in den Schoß legt.

»Lassen wir uns doch erst mal den Wolfsbarsch schmecken«, sagt sie.

Ehrlich gesagt, habe ich nichts dagegen, mir meinen Wolfsbarsch schmecken zu lassen, aber Raina verzieht das Gesicht, und ich fühle mich verpflichtet, ihr zu Hilfe zu eilen, da sie mich schließlich mit diesem herrlich benebelnden Stoff versorgt hat.

»Aber wenn einer von euch beiden bald sterben muss, können wir uns nicht einfach den Wolfsbarsch schmecken lassen«, sage ich.

»Würde einer von uns tatsächlich bald sterben müssen, kann ich nur hoffen, ihr nehmt es so entspannt auf, wie es gerade den Anschein hat«, kontert mein Dad. »Dabei«, er kann es einfach nicht lassen, »wäre es nur das, was passieren *muss*. Sollten eure Mutter oder ich unerwartet sterben, wünsche ich mir, dass ihr möglichst wenig Brimborium darum macht.«

Ein Muskel an Rainas Kiefer zuckt, und sie streckt den Nacken. Ein Wirbel springt mit einem lauten Ploppen in seine Position zurück.

»Also, was ist los?«, fragt sie. »Sobald wir es wissen, lassen wir uns gern auch den Wolfsbarsch schmecken.«

Meine Mutter räuspert sich und schürzt kurz die Lippen. Sie wirft meinem Vater einen Blick zu, doch der sieht weg. Wie gewohnt, ist er ihr keine große Hilfe.

»Also gut, dann will ich mit der Sprache herausrücken.« Meine Mutter greift nach ihrem Weinglas. »Dein Vater hat ein schwieriges Jahr hinter sich. Mit dem … Nobelpreis …«

»Dir ist aber schon klar, dass es Schlimmeres auf der

Welt gibt, als auf der Shortlist für den Nobelpreis zu stehen, oder, Dad?«, bemerkt Raina.

»Für ihn war es eine Katastrophe«, erklärt meine Mutter. »Und dann auch noch diese einstweilige Verfügung. Schrecklich …«

»Punjab hatte kein Recht, so vorzugehen! Der Preis steht ihm nicht zu!«, wettert mein Vater.

Ein Bröckchen Brot aus seinem Mund landet mitten in der Olivenölpfütze auf meinem Brotteller. Ich verziehe das Gesicht und schiebe ihn in Richtung Tischmitte.

»Jedenfalls hat euer Vater angesichts all dessen mehrere Entscheidungen getroffen. Und ich bin zwar nicht unbedingt damit einverstanden, aber … nun ja …«

Meine Mutter macht eine vage Geste, als würde das alles erklären. *Aber … nun ja.* Tatsächlich erklärt es einiges. In dieser Familie reichen manchmal einzelne Worte oder Gesten voll und ganz.

Mein Dad räuspert sich ebenfalls, hustet einen Schleimklumpen aus seiner Kehle und fährt fort. »Sie versucht, euch zu erklären, dass ich vorhabe, mir eine Geliebte zu nehmen.«

Raina prustet und spuckt ihren Schluck Wein ins Glas zurück. Und ich registriere trotz meines benebelten Zustands, wie sich meine Augen weiten und mir die Kinnlade herunterfällt.

»Großer Gott, Dad!« Raina schlägt sich die Hände vors Gesicht und sackt zusammen. »Ganz ehrlich! Großer … großer Gott!«

»Bin ich froh, dass ich nicht den Wolfsbarsch genommen habe!«, bemerke ich.

»Also, Mädels, lasst uns doch fair bleiben«, sagt meine Mutter, als müsste sie ihn auch noch verteidigen, als wäre die Tatsache, dass sie es vierzig Jahre mit ihm ausgehalten hat, nicht schon das größte Geschenk, das sie ihm machen konnte. »Euer Dad und ich sind viele, viele Jahre verheiratet, und da ist es nur normal, auch andere Alternativen in Erwägung zu ziehen. Und, nun ja, er hat mir seinen Vorschlag auf sehr plausible Weise unterbreitet, und inzwischen kann ich mir sogar vorstellen, selbst auch die Fühler auszustrecken.«

Der Kellner, der sich gerade unserem Tisch genähert hat, um die Bestellung aufzunehmen, bleibt abrupt stehen und dreht zum Nebentisch ab.

»Mom! O mein Gott!«, stößt Raina hervor.

»Schatz, du bist fast vierzig, da sollte ich dir doch wohl die Wahrheit sagen können.«

Raina kramt ihr Handy aus der Handtasche.

»Ich muss hören, ob mit den Kindern alles in Ordnung ist. Entschuldigt mich. Außerdem bin ich nicht mal annähernd vierzig.«

Sie springt auf. Wortlos sehen wir zu, wie sie quer durchs Restaurant flüchtet.

»Sie war schon immer eine Korinthenkackerin. Nicht so wie du, Willa«, sagt mein Dad.

Er folgt meiner Schwester mit dem Blick, bis sie in der Lobby verschwunden ist. Damit will er in Wahrheit etwas ganz anderes sagen, nämlich: Sie hat mich noch nie wirklich verstanden, und das bedeutet, sie hat mich nie so sehr geliebt wie du.

»Ich bitte dich, halt den Mund«, schnauze ich ihn an, weil ich es nicht ertrage.

Mein Vater zeigt keine Regung, doch ich sehe die Ader an seiner Schläfe pulsieren.

»Willa …« Meine Mom legt die Hand auf meine.

»Mom!« Plötzlich sind meine Augen voller Tränen.

Meine Mutter beugt sich zu mir herüber, sodass mir der Duft ihres Chanel-Parfums in die Nase steigt – eine Erinnerung an meine Kindheit, an jene komplexe Sehnsucht nach dem, was längst vergangen ist.

»Sei nicht traurig«, sagt sie. »Im Grunde ist es nach vierzig Jahren fast eine Wohltat.«

7

Shawn macht Eier zum Frühstück. Auch das gehört zu unserer festen Wochenendroutine. Würde Raina eine Liste der »Shilla-Gemeinsamkeiten« zusammenstellen (was ihr zuzutrauen wäre), kämen die Sonntagseier schätzungsweise direkt unter der Partnermaniküre.

Nicht der Duft nach gebratenem Speck weckt mich, sondern das Läuten an der Wohnungstür. Das Xanax hat mich in einen traumlosen, fast ohnmachtsähnlichen Schlaf fallen lassen, und als ich aufwache, weiß ich für einen kurzen Moment nicht, wo ich bin. Meine Lider sind schlafverkrustet, und mein Mund fühlt sich an, als hätte ich Klebstoff verschluckt.

Jemand klopft. Sekunden später erscheint Vanessas Kopf im Türrahmen.

»Na toll«, sagt sie, als hätte ich wissen müssen, dass sie kommt, und sollte längst fix und fertig sein.

»Was machst du denn hier? Es ist … keine Ahnung, gerade mal acht Uhr, und ich habe keinen Job mehr, also verschwinde. Ich will schlafen.«

»Es ist Sonntag, deshalb spielt es keine Rolle, ob du arbeitslos bist oder nicht. Du hast versprochen, dass du mich zu dem Sprung begleitest. Du weißt schon, die Ankündigung für das *DareYou!*-Buch!«

Das hatte ich völlig vergessen. Um den Tourismus anzukurbeln, hat die Stadtverwaltung an der Brooklyn Bridge eine Bungee-Anlage installieren lassen – völlig übertriebener Schnickschnack, finde ich. Und wenn sich der Bürgermeister mal die Mühe machen würde, in die 42. Straße zu fahren, wüsste er, dass sich dort die Touristenmassen auf den Füßen herumtreten und wir nicht noch mehr Besucher in die Stadt locken sollten. Aber egal. Die *DareYou!*-Produzenten haben jedenfalls den Event auf die Beine gestellt, um das Erscheinen des Begleitbuchs zur Sendung anzukündigen – eine einfache Pressemeldung herauszubringen ist offenbar nicht ihr Stil. Nein, sie müssen natürlich die Autorin von einer Brücke schubsen. Vanessa wollte unbedingt, dass ich mitkomme, weil sie bei jeder Höhe oberhalb des fünften Stockwerks in Schockstarre verfällt, was sie jedoch nicht davon abgehalten hat, den Auftrag anzunehmen. Vanessa ist ein Mensch, der sich von nichts und niemandem Angst machen lässt.

Ich nehme an, ich habe den Sprung in unsere *Together-To-Do!*-App eingetragen, in meinem Xanax-Dunst aber vergessen, noch mal nachzusehen. Ich greife nach meinem Handy.

Together To Do!:

Bungee mit Vanessa: Ankündigung Begleitbuch zur Sendung!!!!!

»O Gott«, krächze ich. »Okay. Gib mir zehn Minuten.«

Sie schließt die Tür, und ich strecke mich aus. Meine Wirbelsäule knackt, mein Hirn ist immer noch völlig benebelt. Ich kauere auf der Bettkante, bis ich mich aufraffen kann, ins Badezimmer zu gehen, mir die Zähne zu putzen und in eine Jogginghose und ein Top zu schlüpfen, das ich irgendwann im Laufe der Woche auf den Boden habe fallen lassen. Ich sehe in den Spiegel, betrachte mein bleiches, faltiges Gesicht, das nur vage Ähnlichkeit mit einer Frau in den Dreißigern besitzt, und versuche, mich zusammenzureißen. Höchste Zeit, in die Gänge zu kommen.

»Du hast deinen Job verloren?«, fragt Shawn, als ich in die Küche komme.

Ich lag längst im Koma, als er und Nicky von dem Spiel nach Hause kamen. Offenbar hat er auch die heutige Nacht auf dem Sofa verbracht, denn er trägt immer noch sein Derek-Jeter-Fanshirt.

Ich werfe Vanessa einen finsteren Blick zu. »Hast du es ihm gesagt?«

»Ich habe überhaupt nichts gesagt. Ich sitze bloß hier, esse meine Eier und kümmere mich ansonsten um meinen eigenen Kram.«

Sie fuchtelt mit ihrer Gabel herum, versenkt sie dann in ihrem Frühstück und schiebt sich demonstrativ einen großen Bissen in den Mund.

»Nicky war's. Hattest du vor, es mir überhaupt zu erzählen?«

»Natürlich, was denkst du denn?«

»Ach ja?«

Ich ziehe einen Barhocker heran, während Shawn reflexartig wie ein Fließbandarbeiter einen Teller vor mir auf die Frühstückstheke stellt. Seit wir zusammenleben, brät er jeden Sonntagmorgen Eier. Zu Beginn unserer Ehe hat er den Speckstreifen an den unteren Tellerrand und zwei Erdbeeren in die Mitte gelegt, damit es wie ein lächelndes Gesicht aussah, gewissermaßen als freundliche Begrüßung. Inzwischen – ich beäuge die gelb-weiße Pampe angewidert – ist es einfach nur ein Klecks Rührei mit Speck. Vermutlich sollte ich dankbar sein, dass er überhaupt noch an unserem Sonntagsritual festhält und nicht stattdessen von mir verlangt, zum Brunchen in ein schickes Restaurant in

Williamsburg zu fahren, oder bei Sur la Table eine Crêpepfanne gekauft hat, aber meine Dankbarkeit verflüchtigt sich mit jeder verstreichenden Sekunde mehr. Ich schiebe das Rührei auf meinem Teller hin und her, um Zeit zu schinden.

»Ich wollte es dir erzählen«, sage ich schließlich, »allerdings habe ich dich seither kaum zu Gesicht bekommen. Na ja, jetzt weißt du es. Hannah war vollgekokst bis unter die Hutschnur und hat von mir verlangt, die Windel-Kampagne ohne sie zu präsentieren. Ich habe dir ja erzählt, dass es katastrophal gelaufen ist. Jedenfalls haben uns die Kunden den Etat entzogen, Hannah wurde gefeuert und ich auch. In Freiheit leben oder sterben, Shawn, darum geht's! Nur darum geht's! *In Scheißfreiheit leben oder sterben*!«

Nun schiebe ich mir einen Riesenbissen in den Mund und reiße melodramatisch die Augen auf, gewissermaßen als Ausrufezeichen für meine Geschichte.

»Was willst du damit sagen? Worum geht es hier wirklich?«

»Es ist das Scheißuniversum, Shawn!«, belle ich. »Was soll ich deiner Meinung nach denn tun, verdammt noch mal?«

Vanessa stößt einen lauten Seufzer aus, während Shawn mich finster anstarrt. »Wieso blaffst du mich so an? Ich hab dir doch gar nichts getan.«

Ich lasse den Kopf auf die Theke sinken.

»Tut mir leid.« Ich sehe ihn an. »Ich hätte es dir sagen müssen. Und dass ich so mit dir rede, tut mir auch leid. Ich gelobe hoch und heilig, nicht länger wütend auf dich zu sein. Wut ist auch keine Lösung.«

Vanessa macht ein Gesicht, als hätte sie in eine Grapefruit gebissen.

»Ich wusste gar nicht, dass du wütend auf mich bist.«

Shawn lässt die restlichen Eier aus der Pfanne auf einen Teller gleiten, damit Nicky sie später essen kann, obwohl schon jetzt klar ist, dass er sich die Hände um den Hals legen und unter lauten Würgegeräuschen fragen wird, ob er nicht Pop Rocks und eine Sprite zum Frühstück haben kann. Was er natürlich bekommt. (Die Geschichte, der Magen eines Jungen, der in den Achtzigern genau diese Kombination ausprobiert hat, sei geplatzt, ist bloß ein Ammenmärchen. Es ist rein gar nichts passiert, ich hab's gegoogelt – nur falls Sie Zweifel an unseren Fähigkeiten als Ersatzeltern haben sollten.)

»Ich glaube, ich sollte lieber schon vorgehen«, sagt Vanessa. »Ich muss um neun da sein. Die haben ein Kamerateam bestellt, daher muss ich in die Maske, was eigentlich lächerlich ist, weil sie lieber keine Nahaufnahme von mir machen sollten, wenn ich mit dem Kopf nach unten am Seil baumle und mein Gesicht völlig verzerrt ist.« Sie klettert von ihrem Hocker. »Außerdem hätte ich die Eier vielleicht lieber nicht essen sollen, weil mir bestimmt sowieso alles wieder hochkommt. Was reingeht, muss auch wieder raus, heißt es doch immer so schön, oder?«

»Warte«, sagt Shawn, an mich gerichtet. »Mal ernsthaft. Wieso bist du wütend auf mich?«

»Wann hast du mit dem Golfen angefangen?«

Mein Tonfall ist ein wenig zu forsch und unfreundlich für ein entspanntes Plauderstündchen am Morgen.

»Ich … ich weiß auch nicht. Ich probiere bloß ein paar neue Sachen aus, das ist alles.«

»Und diese Jacke da drüben …« Auf dem Sofa liegt eine Motorradjacke, die mir erst jetzt auffällt. »Was ist das? Tragen IT-ler das neuerdings?«

»Wahnsinn, die ist ja cool.« Vanessa geht hinüber und befingert sie. »Die ist ja eine originale Varvatos. Nicht übel. Was hast du für die hingeblättert?«

»Herrgott noch mal, Vanessa, kannst du ein einziges Mal die Klappe halten?«, schnauze ich sie an, rudere aber sofort zurück. »Tut mir leid, entschuldige, ich weiß auch nicht, was in mich gefahren ist.«

»Hey, alles kein Problem. Ich schaffe das auch allein. Macht ihr einfach euer Ding hier. Ruf mich später an. Vielleicht gehen wir ja einen Kaffee trinken.«

Sie gibt mir einen flüchtigen Kuss auf die Wange und kratzt die Kurve, bevor ich sie anflehen kann, mich nicht allein zu lassen. Shawn und ich stehen nebeneinander in der Küche. In demonstrativem Schweigen schenkt er sich noch einen Kaffee ein, gibt einen Schuss Milch in seine Tasse, dann einen zweiten und schließlich einen dritten, so wie jeden Morgen, aber zum ersten Mal, seit wir uns kennen, treibt er mich damit in den Wahnsinn. Ich will aber nicht, dass mich mein Ehemann in den Wahnsinn treibt! Ich will Shilla! Dann fällt mir allerdings das Grape! wieder ein und die Tatsache, dass ich nicht diejenige bin, die hier womöglich Verrat der allerschlimmsten Sorte begeht.

Er lässt aufs Körnchen genau ein halbes Päckchen Süßstoff in seinen Kaffee rieseln, rührt um, nippt daran und seufzt. Dann zieht er ein breites Stück Frischhaltefolie von der Rolle und legt es so liebevoll und behutsam über Nickys Teller wie eine Mutter, die ihr Neugeborenes wickelt. Schließlich dreht er sich zu mir um.

»Also, wieso bist du so wütend auf mich?«

»Ich bin nicht wütend auf dich.«

»Doch, bist du. Du hast gerade gesagt: ›Ich gelobe hoch und heilig, nicht länger wütend auf dich zu sein.‹«

Gerade als ich ihm das Wort Grape! an den Kopf werfen will, läutet sein Handy. Er schnappt es und geht ran.

»Hey«, sagt er, geht zum Sofa und setzt sich auf die Armlehne. »Oh. Okay. Klar. Wie lange?«

Pause.

»Hm. Okay. Nein, nein, das geht schon. Ich meine, natürlich muss ich mit Willa reden.« Wieder Schweigen.

Ich spüre, wie mich der Mut verlässt. Ich kann jetzt nicht mit ihm über die Weinbar reden. Das würde womöglich alles ins Rollen bringen, eine Lawine auslösen, der ich mich jetzt im Augenblick nicht stellen will. Außerdem muss er etwas mit mir besprechen. Ich bin starr vor Angst, versuche, ruhig zu atmen – ein, aus, ein, aus, so wie Oliver es mir gezeigt hat – und mich nicht von meiner Panik übermannen zu lassen. Worüber muss Shawn gleich mit mir reden? Eine Affäre, die Scheidung, einen One-Night-Stand. Und mit wem telefoniert er überhaupt? Bitte, liebes Universum, lass mich nicht hängen. Mach, dass Shawn nicht wie dieser Goldman-Typ ist, der mit Izzys Freundin Candice geschlafen hat.

»Ja, ja, das kriegen wir schon irgendwie hin«, sagt Shawn. »Klar. Ja. Nein, ich verstehe das voll und ganz, und bestimmt hat Willa auch kein Problem damit.«

Ich gestatte mir einen kurzen Moment der Erleichterung, denn ihm sollte wohl klar sein, dass ein Anruf von irgendeiner Schlampe, die er im Grape! aufgegabelt hat, oder sonst etwas in dieser Richtung definitiv nichts ist, womit ich *kein Problem* habe. Ich sehe zu ihm hinüber, aber er blickt konzentriert aus dem Fenster. Wer weiß, wen oder was er in der Ferne sieht. Ich bin es jedenfalls nicht.

»Er schläft noch«, sagt er. »Ich sage ihm, er soll dich anrufen, sobald er wach ist.«

Wieder Pause.

»Okay. Mach's gut. Nein, nein, ich verstehe das vollkommen.«

Er beendet das Gespräch und starrt einen Moment lang zu Boden, ehe ihm wieder einzufallen scheint, dass ich immer noch vor meinen glibberigen Eiern sitze, dass wir mitten in einem Gespräch waren und es einiges zu klären gibt.

»Das war Amanda.« Er steht langsam auf, als hätte ihn all seine Kraft verlassen.

»Okay.«

»Wir müssen uns noch etwas länger um Nicky kümmern«, fügt er hinzu, ohne mich dabei anzusehen, und nimmt seine Kaffeetasse.

»Ja, klar. Wie lange genau?«

»Äh … praktisch den gesamten Sommer.«

»Praktisch den gesamten Sommer?«

»Sie hat sich doch um diese Stelle in Tansania beworben, und es hat tatsächlich geklappt. Was toll ist. Ich meine, sie hat einen Job, in dem sie etwas auf der Welt bewirken kann.«

»Das hat niemand bestritten.« Unwillkürlich frage ich mich, ob man mit der Aufgabe, sich eine sexy Werbekampagne für Inkontinenzeinlagen für alte Leute auszudenken, etwa nichts bewirkt. Hallo! Ich weiß selbst, dass die Dinger der größte Schwachsinn der Welt sind! Weshalb habe ich Vanessa wohl sonst an diesem Morgen eine Mail geschrieben und sie um einen coolen Slogan angebettelt. Versuch du doch mal, Indiana Jones mit Blasenschwäche sexy aussehen zu lassen!

»Na ja«, fährt Shawn fort. »Dort, wo sie hingeht, ist es im Moment für Nicky eben nicht sicher, abgesehen davon ist dieser Job so ziemlich das Einzige, was sie außer ihm hat, und es ist ja nur bis August.«

»Das ist unser gesamter Sommer, Shawn! Ich dachte, wir … wir versuchen, ein Baby zu bekommen!«

»Das können wir doch auch, während Nicky hier ist, Willa.«

»Weißt du was? Lass uns einfach für eine Weile pausieren. Wir versuchen eine Weile, kein Baby zu bekommen.« Meine Stimme ist eine Spur zu laut geworden. »Ich glaube, ich will das alles gerade einfach nicht.«

Bestimmt reagiere ich komplett über. Andererseits ist es eine Riesenerleichterung. Kaum sind die Worte ausgesprochen, spüre ich es ganz tief in meinem Innern. Es ist, als hätte mir jemand ein Zentnergewicht von den Schultern genommen, das schon viel zu lange auf mir gelastet hat. Vielleicht hat @NurseEllen ja doch recht, und ich sollte mich bei ihr entschuldigen. Vielleicht ist nicht jede Frau dafür geschaffen, Nachwuchs zu bekommen, und wenn dies Gottes Plan ist, es uns wissen zu lassen, sollten wir vielleicht innehalten und genau zuhören.

»Was? Jetzt wollen wir also plötzlich doch kein Baby haben?«

»Du hast gehört, was ich gesagt habe! Die Sache ist vom Tisch! Ich meine, wir schaffen es ja noch nicht mal, obwohl wir alles versuchen! Ich bin schon wieder nicht schwanger, und vielleicht ist es einfach ein verdammtes Zeichen!«

»Wieso das denn jetzt auf einmal? Weil Nicky in den nächsten Wochen im Gästezimmer schläft?«

»Nein!«, schreie ich noch lauter. Ich atme ein und atme aus, schön durch die Nase, wie Oliver es mir gezeigt hat. (Das ist die Pranayama-Atmung«, hat er mir erklärt. Es gibt Meisteryogis, die auf diese Weise sogar zum Orgasmus kommen.) Ich spüre, wie sich mein Pulsschlag verlangsamt.

»Es ist wegen … des Golfspielens und … der Yankees und …«, sage ich zögernd etwas leiser.

Ich bemühe mich nach Kräften, aufrichtig zu sein, mit der Sprache herauszurücken und alles aufs Tapet zu bringen, was mir auf der Seele brennt, aber ich bringe es einfach nicht über mich. Mein Dad würde jetzt sagen, das läge nur daran, dass mein Bewusstsein zu große Angst davor hat, etwas in Bewegung zu setzen, dem ich mich nicht gewachsen fühle, aber er würde mir auch erklären, dass es in Wahrheit keine Rolle spiele, denn wenn eine Katastrophe im Anflug sei, würde sie über kurz oder lang unweigerlich ausbrechen. Ich würde es viel einfacher ausdrücken: Ich will das Wort Grape! nicht aussprechen, weil ich schlicht und ergreifend ein elender Feigling bin, der um jeden Preis verhindern will, dass sich irgendetwas ändert.

»Was zum Teufel ist bloß mit dir los, Willa?«, blafft Shawn mich an. »Du willst plötzlich doch kein Kind mehr mit mir, bloß weil ich mit dem Golfen angefangen habe? Was heißt das denn? Wir *wollten* doch Kinder haben. Wir waren uns einig. Das war Teil unseres Plans.«

»Wenn du es so formulierst, dann lass uns eben ein Kind bekommen! Am besten gleich Zwillinge!«

Dieses Pranayama-Zeug bringt überhaupt nichts. (Ein Orgasmus? Wie bitte? Vom Atmen? Das glaubst du ja selbst nicht, Dalai Lama.)

Die Tür des Gästezimmers geht auf, und Nicky kommt herausgeschlurft. Sein Haar ist völlig zerzaust, seine mageren Beine ragen aus seinen Boxershorts.

»Was läuft denn hier für eine Scheiße?«

»Du sollst nicht *Scheiße* sagen, Nicky«, ermahne ich ihn.

Er zuckt bloß die Achseln.

»Ist das für mich?« Er hat den Teller mit den Eiern entdeckt, schwingt sich auf den Hocker, löst die Folie ab und macht sich gierig darüber her.

»Deine Mom hat angerufen«, sagt Shawn, der offenbar die Gelegenheit, vom Thema abzulenken, beim Schopf packt. »Wir müssen uns unterhalten, Alter.«

Ich frage mich, ob Shawn das erste Mal jemanden »Alter« nennt, und ob ihm bewusst ist, dass er wie ein kompletter Vollidiot klingt. Und dann hasse ich mich für diesen Gedanken. Ich will ihn am liebsten aus meinem Kopf verbannen.

»Von mir aus«, sagt Nicky.

»Von mir aus«, werfe ich ein.

»Von mir aus«, erwidert Shawn, was bei Weitem nicht die weiße Flagge ist, die ich mir erhofft hatte.

Ich nehme meine Handtasche und gehe. Die Tür fällt hinter mir zu, dann rastet das Schloss ein. Ich stehe vor dem Aufzug und versuche verzweifelt, den Mut aufzubringen, wieder hineinzugehen und mich zu entschuldigen.

Wenn der Aufzug kommt, bevor ich bis zwanzig gezählt habe, steige ich ein. Wenn nicht, gehe ich zurück.

Ich komme nicht mal bis elf.

Die Tür geht auf, und ich steige ein. Das Universum hat mir ein Zeichen gesandt. Und ich reagiere darauf.

Das Taxi setzt mich am Fuß der Brooklyn Bridge ab, wo ein riesiges Banner hängt. DARE YOU! WAGE DEN SPRUNG IN EIN NEUES LEBEN! prangt in riesigen roten Lettern darauf. Rings um mich herum bleiben die Fußgänger stehen und fragen sich – vielleicht –, ob so etwas tatsächlich möglich ist. Es ist ganz einfach, grübelt die junge Frau links neben mir vielleicht. *Wage den Sprung in ein neues Leben!* Vielleicht begegnet sie ja dann endlich einem Mann, der sie anruft, nachdem sie mit ihm im Bett war. Das ist die Antwort, sinniert der Fettsack neben ihr vielleicht. *Wage den Sprung in ein neues Leben!* Vielleicht kann er dann endlich aufhören, mitten in der Nacht Sahneschnittchen hinunterzuschlingen, und schafft es, die zehn Kilo abzunehmen, die schuld an seinem Scheißleben sind und ihn daran hindern, endlich richtig durchzustarten.

Ich schaue gerade noch rechtzeitig nach oben, um Vanessa nach Luft schnappen zu sehen. Sie zögert für den Bruchteil einer Sekunde, aber dann schließt sie die Augen, zählt bis drei und lässt sich nach vorn fallen. Ich höre ihre schrillen Schreie den ganzen Weg bis nach unten, gekrönt von einem lauten »Wahnsinn! Das ist ja der Hammer!«, als sie unten ankommt. Sie stürzt in die Tiefe, schnellt hoch und fällt ein weiteres Mal ins Leere, während die Zuschauer spontan applaudieren und Vanessa triumphierend die Faust reckt. Sie wippt zweimal unten, dann bricht sie in hyänenartiges Gelächter aus.

Mit angehaltenem Atem verfolge ich das Schauspiel, und als ich wieder Luft bekomme, breche ich unvermittelt in Tränen aus – meine Reaktion auf ihre Tapferkeit, ihren Mut. Und weil ich so etwas nie im Leben schaffen würde.

Als sie hochgezogen wird, macht sie mich offensichtlich in der Menge aus, denn sie schreit: »Willa Chandler-Golden! Du bist die Nächste!«

Und wir lachen schallend, weil wir beide wissen, dass das nicht so sein wird.

Vanessa besteht darauf, dass wir zu Fuß nach Hause gehen, obwohl es mehr als fünf Meilen sind und die Junihitze noch drückender geworden ist. Ich schlinge mein Haar zu einem Knoten im Nacken und zupfe mein Top vom Körper, aber es ist zu spät – winzige Schweißpünktchen sprenkeln bereits den Stoff.

»Du solltest Hannah sagen, sie muss unbedingt mal Bungee ausprobieren. Das würde ihr ordentlich das Hirn durchblasen!«

Wir gehen durch Chinatown, wo viel zu viel Betrieb für einen Sonntagmorgen herrscht. Hühnerleiber baumeln in den Schaufenstern, Billigimitathandtaschen hängen an Verkaufsständen, Touristen schieben sich die Bürgersteige entlang. Vanessa, noch völlig high vom Adrenalin, schwebt förmlich durch die Straßen. Ein Typ versucht, mir eine gefälschte Rolex anzudrehen, aber ich verziehe nur das Gesicht und lehne ab.

»Weshalb sollte ich das tun?«, frage ich Vanessa. »Außerdem redet sie vermutlich nie wieder ein Wort mit mir.«

»Weil ich glaube, dass sich Koksen ganz genauso anfühlt, nur ist Bungee-Jumping gesünder. Und man weiß nie, was passiert, deshalb sollte man alte Brücken nie einreißen.«

»Sondern lieber runterspringen?«

»Haha.«

Wir gehen weiter, quer durch Little Italy in Richtung Soho, mit jedem Häuserblock verändert sich das Stadtbild.

An der Ecke Broadway/Houston befindet sich ein angesagtes neues Yogastudio namens Yogiholics!, aus dem eine Horde spindeldürrer Frauen in schwarzen 7/8-Sporthosen und Lululemon-Tops quellen, ihre Sonnenbrillen aufsetzen und sich lautstark zum Brunch verabreden. Vanessa und ich bleiben stehen, als die Dünnste und Größte der Gruppe sagt: »Wahnsinn, ist Oliver nicht der beste Lehrer der

Welt? Seine Pranayama-Atmung törnt mich jedes Mal regelrecht an, ich schwöre.«

Die Ampel wird grün, und die Frauen überqueren plappernd und kichernd die Straße. Die meisten wirken glücklich und gelöst – bestimmt werfen auch sie alle heimlich Xanax ein, so wie Raina.

»Komisch«, sage ich. »Ein Yogalehrer namens Oliver. Wie viele scharfe Yogalehrer mit diesem Namen gibt es wohl?«

»Ist dein Bruder nicht in Indien? Ich habe letzte Woche erst seinen Twitter-Account gecheckt.«

»Der weltberühmteste Yogaguru hat einen Twitter-Account. Wie albern«, bemerke ich eine Spur zu gehässig.

Vanessa runzelt die Stirn. »Oliver mag albern sein, trotzdem tut er keinem etwas.«

»Stimmt, du hast recht«, räume ich ein und spüre, wie mir das Blut ins Gesicht steigt. »Im Moment läuft es bei mir ziemlich beschissen.« Ich erzähle ihr von Nicky, von der Idee meines Vaters, sich eine Geliebte zuzulegen, von Shawns ekligen Eiern, seiner Kaffeegewohnheit und dem pubertären Gequatsche mit Nicky. Ganz zu schweigen von unserem Streit am Morgen, den sie ja mitbekommen hat. »Shawn und ich streiten uns nie. So was wie Scheißphasen gibt es bei uns einfach nicht.«

»Wie es aussieht, wohl doch.«

Am liebsten würde ich ihr an die Gurgel gehen, weil sie recht hat, aber ich murmle nur: »Ach, was weiß ich.«

»Die Ungewissheit, die bringt dich um, ganz klar«, stellt Vanessa fest.

»Ich bin ziemlich sicher, es gibt auch noch andere Arten zu sterben.«

»Klar gibt's die, aber darauf würde ich mich in deiner Situation lieber nicht verlassen.«

OLIVER CHANDLER
Yogi, Naturalist, Veganer, Student, Lehrer, Wanderer, Liebhaber des Lebens und der Schönheit. Namaste!
121 Freunde
104.531 Follower

Amazballs Power-Vinyasa-Kurs, heute bei Yogiholics! Danke für euer tolles Ommm heute, Ladys (1 Stunde)

@RainaChandler-Farley: Wie bitte?! Du bist in NYC, und so erfahre ich davon???
(3 Stunden)
@Savylady Ein Vögelchen hat mir gezwitschert, dass du in die Stadt kommst. Melde dich.
(2 Tage)
@Alliebaby Juhuu! Kann's kaum erwarten! Wie in alten Zeiten. Balthazar diese Woche?
(3 Tage)
Manchmal sind schlechte Nachrichten in Wahrheit gute Nachrichten. Man muss nur tiefer graben. (Schönen Gruß an Daddy.)
(5 Tage)
Lass alles, was dir gesagt wird, auf dich wirken. Lausche, dann wirst du auch hören.
(1 Woche)

»Tja, sieht ganz so aus, als wäre er in New York«, stellt Vanessa fest und steckt ihr Handy wieder ein.

»Und offenbar verzapft er immer noch denselben Mist.«

»Du solltest dir auch einen Twitter-Account zulegen«, sagt sie.

»Wieso? Ich habe nichts Spannendes zu erzählen.«

Zwei Stunden und fünf Meilen später bin ich wieder zu Hause, allerdings habe ich keine Lust, nach Hause zu gehen. Mir ist klar, dass es im Grunde egal ist, denn es kommt ohnehin irgendwann, wie es kommen muss: Wir werden uns streiten (dabei streiten wir uns nie), wir werden uns Gemeinheiten an den Kopf werfen (dabei gibt es so was sonst nie zwischen uns), wir werden herumdiskutieren, und alles wird so laufen, wie es laufen muss. Das Problem an den Theorien meines Vaters ist, dass sie einen unwillkürlich in einen Zustand der Passivität versetzen, solange man an sie glaubt: Weshalb sollte ich mir die Mühe machen, mich mit jemandem zu streiten? Weshalb die Wahrheit sagen, wenn all die Wahrheiten womöglich sowieso sinnlos sind? Können wir nicht einfach vorspulen, bis zu der Stelle, wo wir wieder glücklich sind? Denn wenn wir wieder glücklich sind, spielt all das, was passiert ist, während wir unglücklich waren, überhaupt keine Rolle mehr.

Ich schiebe den Schlüssel ins Schloss und drehe ihn um. Nichts von dem, was passiert ist, spielt eine Rolle. Entschuldige dich einfach, denke ich.

Shawn liegt auf dem Sofa. Er trägt eine Jogginghose und ein T-Shirt, beides schweißnass. Als er die Tür hört, richtet er sich auf und macht den Fernseher aus.

»Nicky ist für eine Weile zu einem Freund gegangen«, sagt er, ohne sich zu mir umzudrehen.

»Du warst joggen?« Ich bleibe in der Diele stehen.

»Ja, Willa, ich war joggen. Ist das in Ordnung für dich?«

»Was willst du? Ich frage doch nur.«

Shawn stößt einen Seufzer aus, als wäre dies das Schlimmste, was ein Mensch auf der Welt sagen kann, und sieht mich endlich an.

»Ich will mich nicht mit dir streiten.«

»Das will ich auch nicht.« Ich spüre, wie die Anspannung von mir abfällt. Mein Magen entkrampft sich, das Adrenalin, das durch meine Venen pumpt, verebbt allmählich. Nichts von dem, was passiert ist, spielt eine Rolle. Wir machen einfach da weiter, wo wir davor aufgehört haben. Wir schaffen das, ganz klar. Wie albern, Angst zu haben, wir könnten es vielleicht nicht schaffen.

»Aber …«, fängt er an und hält dann inne. »Aber …«, setzt er ein weiteres Mal an.

Trotz all seiner Stärken – und er hat viele – ist Shawn keinen Deut besser als ich. Ich spüre, wie mich neuerlich der Mut verlässt. Hier stimmt etwas nicht, und zwar ganz und gar nicht, und ob ich nun meinen Instinkten traue oder nicht (wobei mein Vater mir beigebracht hat, es tunlichst bleiben zu lassen), werde ich das Gefühl nicht los, dass wir kurz vor einer sehr drastischen Wendung stehen.

Er betrachtet seine Hände und schüttelt den Kopf. »Wired2Go will, dass ich den Sommer in ihrer Zentrale in Palo Alto verbringe«, stößt er ganz schnell hervor, als hätte er Angst, er könnte den Mut verlieren, wenn die Worte nicht in einem Schwall über seine Lippen kommen.

Ich lasse den Atem entweichen. Das ist nicht die Katastrophe, mit der ich gerechnet habe. Keine dramatische Wendung. Okay, es entspricht vielleicht nicht dem Plan, den wir uns vor drei Jahren zurechtgelegt haben, aber mit einem Sommer in Kalifornien kann ich mich notfalls arrangieren.

»Das mit vorhin tut mir leid. Ich hätte dir sagen müssen, dass ich meinen Job verloren habe.« Meine Entschuldigung scheint komplett an ihm abzuprallen. Er nimmt meine Worte kaum zur Kenntnis, als müsste er unbedingt loswerden, was er sich vorher zurechtgelegt hat. »Na ja«, fahre ich also fort. »Das ist natürlich nicht gerade toll, aber du kannst an den Wochenenden ja nach Hause kommen. Oder ich komme dich besuchen. Schließlich habe ich im Moment ja sowieso keinen Job. Vielleicht könnte ich sogar mitkommen.« Ich kneife die Augen zusammen und versuche, mir mich in Palo Alto vorzustellen.

»Ich hab schon damit gerechnet, dass du nicht begeistert sein wirst.« Wieder seufzt er. Dann betrachtet er mich, ganz eindringlich, als wollte er sich mein Gesicht einprägen, weil dies womöglich das letzte Mal ist, dass er mich sieht. Ich trete einen Schritt auf ihn zu, bleibe jedoch abrupt stehen, als er fortfährt. »Hast du eigentlich nie das Gefühl … keine Ahnung … auf der Stelle zu treten?«

»Auf der Stelle zu treten? Eigentlich nicht. Ich meine, nein, habe ich nicht.«

»Tja, aber ich.«

»Du hast das Gefühl, auf der Stelle zu treten?«, wiederhole ich. »Mit mir?«

»Ja«, antwortet er, dann korrigiert er eilig: »Nein. Nein. Nein, das habe ich nicht gemeint.«

Der Raum beginnt sich zu drehen, und ich muss mich mit der Hand an der Wand abstützen.

»Geht es um das Grape!?«, flüstere ich und spüre, dass ich gleich ohnmächtig werde.

»Das Grape!?«

»Ja, das Grape! Das GRAPE!, die Weinbar, in der du warst, als du angeblich mit deinen Schlaubergerfreunden beim Sport warst … Mit deinen Jungs, die dich vergöttern, weil du rein zufällig besser aussiehst als sie, aber trotzdem ein Wolf im Schafspelz bist.«

Ich kann nur hoffen, dass er mich wegen meiner albernen Metaphern nicht auslacht. Wie konnte ich bloß mit so einem Schwachsinn ankommen?

»Woher weißt du …«, setzt er an, beendet seinen Satz aber nicht, während mir dämmert, dass er glaubt, es sei sowieso total unwichtig.

»Betrügst du mich? Hast du eine Scheißaffäre mit irgendeiner Frau aus dem Grape!, die fruchtbarer ist und größere Titten hat als ich?«

»Was? Nein!« Er steht auf, macht jedoch keine Anstalten, auf mich zuzutreten. »Ich bin nur … Wie kommst du darauf?«

Ich frage ihn noch einmal, leiser diesmal, weil ich meinen Verdacht endlich ausgesprochen habe und die ehrliche Antwort darauf hören will und nicht nur das erste, instinktive Leugnen.

»Shawn. Sag es mir einfach. Betrügst du mich? Genüge ich dir nicht mehr?«

»Nein!«, blafft er zu laut zurück, was mich erneut in Rage bringt. »Ich bin nur … Herrgott, Willa. Es ist echt schwierig …«

»Was ist so schwierig? Deine Affäre? Deine neue Frisur? Diese blöde Lederjacke? Dass du auf einmal den Golfer in dir entdeckt hast oder … neuerdings sonntags ohne mich joggen gehst?«

Er setzt sich wieder hin. »Ach scheiße, ich weiß es doch auch nicht.«

Minutenlang verharren wir so – er den Blick auf seine Hände gerichtet, ich mit dem Rücken an der Dielenwand –, und keiner scheint in der Lage zu sein, die richtigen Worte zu finden, um sich aus dieser Erstarrung zu befreien. Shawns Handy summt in seiner Hosentasche, aber er geht nicht ran.

»Also … was ist nun?«, frage ich, als ich es nicht länger aushalte. »Ich verstehe nicht, was du mir sagen willst.«

»Ich schätze, ich will damit sagen …«, er lässt seine Fingerknöchel knacken, »… dass ich versuche, ein bisschen mehr Schwung in mein Leben zu bringen. Und ich betrüge dich nicht.« Seine Stimme versagt, und ich spüre, wie auch in mir etwas zerbricht. »Ich war in diesem Club, weil es eben mal was anderes war, weil ich mich amüsieren wollte. Es hat einfach Spaß gemacht. Die Jungs wollten unbedingt hin, und … meine Güte … ich auch. Ausgehen, etwas Neues ausprobieren, etwas tun, was man sonst nie tut. Ich liebe dich, ganz ehrlich, aber manchmal habe ich das Gefühl, als wäre mein ganzes Leben nichts als eine einzige beschissene *Together-To-Do!*-App.« Er seufzt. »Immer derselbe Trott, wie in einem Hamsterrad.«

»Dann steig doch aus.«

»Genau das versuche ich ja. Was denkst du denn, was ich gerade tue?«

Ein Hamsterrad. Er fühlt sich wie in einem Hamsterrad, mehr nicht.

»Und was hat Palo Alto damit zu tun?«

Er antwortet nicht sofort. Zweimal durchbricht das Piepsen des Handys die Stille. »Ich habe mir nur überlegt, dass ich vielleicht allein fahren sollte. Oder vielleicht nehme ich Nicky eine Zeitlang mit.«

»Du willst allein dorthin?«

Ich spüre Galle in meiner Kehle aufsteigen – mein ausgeprägter Würgereflex ist immer das erste Zeichen, dass ich unter Stress stehe. Ich schlucke, aber die Übelkeit bleibt.

»Na ja … vielleicht … eine kleine Pause … eine Auszeit.«

»Eine Pause … eine Auszeit? Von mir?«

»Von uns. Nichts Offizielles oder so. Ich liebe dich ja, aber …«

»Ich … wie kommt das auf einmal?« Ich rutsche an der Wand entlang zu Boden und lasse den Kopf zwischen die Knie sinken, in der Hoffnung, dass der Raum aufhört, sich zu drehen. Xanax. Genau das brauche ich jetzt. Ich muss dringend Raina anrufen. Ich glaube, ich muss mich häufiger mit ihr treffen. »Ich kann Golfstunden nehmen! Oder mit dir zu den Yankees-Spielen gehen.«

Ich höre Schritte, dann steht er vor mir.

»Willst du immer nur Shilla sein, für alle Ewigkeit?«

Ich sehe ihn an.

»Du weißt von Shilla?«

»Ja, wieso sollte ich nicht davon wissen?«

»Ich hasse Baseball, trotzdem würde ich mitkommen.« Ich fange an zu weinen. Ich weiß noch, dass er mir vor ein paar Monaten einen Gutschein für eine Golfstunde geschenkt hat, aber ich habe ihn in irgendeine Schublade gestopft und prompt vergessen. »Ich werde Golfen lernen.«

»Aber das brauchst du nicht. Du musst nichts lernen, was du nicht willst«, sagt er. »Genau darum geht es doch. Dass ich ohne dich gehen will, aber du nicht damit klarkommst.«

Mir läuft der Rotz aus der Nase. »Was zum Teufel ist so verkehrt an Shilla?«

»Gar nichts.« Er ist ganz ruhig. »Aber vielleicht brauchen wir nur ein klein wenig Distanz, um wieder Shawn und Willa sein zu können. So mochte ich uns irgendwie lieber.«

Ich schweige.

»Ich habe das Buch von deinem Vater noch mal gelesen, und was er sagt, klingt durchaus nachvollziehbar.« Er rattert das Inhaltsverzeichnis herunter. »*Der Masterplan des Universums – Begrüße ihn mit offenen Armen. Der Weg des geringsten Widerstands – Der sinnlose Kampf gegen die Trägheit der Masse. Mach die Augen zu und lass dich vom Schicksal führen. Sei, was du längst bist. Befreie dich selbst.*«

»Wovon zum Teufel redest du? Das sind seine Philosophien, in hübsche, gut verdauliche Häppchen aufgeteilt. Es sind Worte. Sie bedeuten rein gar nichts«, höre ich mich zu meiner eigenen Verblüffung sagen. »Und was du tust, hat nichts mit dem Weg des geringsten Widerstands zu tun! Du machst alles kaputt! Du zerstörst unseren Lebensplan!«

»Es ist genau wie der Sinnspruch vorn in dem Buch«, fährt Shawn fort, als hätte er meinen Einwand gar nicht gehört. »*Wenn du etwas liebst, gib es frei. Wenn es zu dir zurückkehrt, ist es für immer dein. Wenn nicht, sollte es nicht sein.*«

Ich schweige.

»Vielleicht ist es das«, sagt er schließlich. »Vielleicht ist es bei dir und mir ganz genauso.«

»Also gibst du mich frei?«

»Vielleicht nicht für immer.«

»Die Ewigkeit ist nicht wichtig. Wichtig ist nur das Jetzt.«

»Dann für jetzt«, sagt er.

Und dann gibt er mich frei.

8

REGELN FÜR SHAWNS UND WILLAS PSEUDO-TRENNUNG
*gültig ab 12. Juni bis zum vereinbarten Datum im August

1. Shawn und Willa brechen jeglichen Kontakt während der vereinbarten Zeitspanne zueinander ab – es sei denn, es ereignet sich ein Notfall, wie zum Beispiel der Tod eines nahen Angehörigen oder Ähnliches.
2. Nimmt eine Vertragspartei zur anderen Kontakt auf, ist der Kontaktierte nicht verpflichtet, auf die Mail/den Anruf/die SMS/die Facebook-Nachricht zu reagieren.
3. Innerhalb der vereinbarten Zeitspanne dürfen die Vertragsparteien leben, als wären sie Singles.

3a. Sollte es also während der Vertragslaufzeit zum körperlichen Kontakt mit Dritten kommen, hat dies keinerlei Auswirkungen auf die Ehe, sofern die Parteien danach noch länger verheiratet bleiben möchten.

3b. Voraussetzung ist jedoch, dass im Falle eines sexuellen Kontakts zu Dritten geschützter Verkehr praktiziert wird.

4. Es ist den Vertragsparteien zwar nicht verboten, sich gegenseitig bei Google oder Facebook zu checken, trotzdem sollten beide darauf verzichten.

4a. Beide Parteien einigen sich jedoch darauf, ihren Beziehungsstatus auf Facebook nicht auf »kompliziert« zu ändern, ohne die andere Vertragspartei vorher darüber zu informieren.

5. Sollte die Notwendigkeit einer Kontaktaufnahme bestehen, aber lediglich für Alltägliches wie die Frage, wo Nicky die nächsten Tage verbringen soll, steht den Vertragsparteien hierfür die eigens dafür eingerichtete Mailadresse shawnandwilla@gmail.com zur Verfügung.
6. Viel Spaß!

9

Shawn fliegt an einem Mittwoch. Für jeden anderen ist es ein ganz normaler Mittwoch, für mich jedoch keineswegs. Verlegen verabschieden wir uns voneinander (»Wir sehen uns im August!« und »Tu nichts, was ich nicht auch tun würde – hahaha!«), dann will er mich küssen, aber ich drehe den Kopf weg, sodass sich lediglich unsere Nasen flüchtig berühren.

Nicky bläst die Backen auf und macht eine Geste, als hielte er eine explodierende Bombe in den Händen.

»Komm schon, Alter, sei nicht so«, sagt Shawn. »Wir sehen uns nächste Woche in Palo Alto. Wired2Go hat das coolste Büro aller Zeiten, mit einer Seilrutsche zwischen den Stockwerken. Du wirst begeistert sein.«

»Klingt cool«, sagt Nicky, geht ins Gästezimmer und schließt die Tür hinter sich.

»Und einen Gemeinschaftsraum, wo man Pac-Man und Donkey Kong spielen kann«, ruft Shawn ihm hinterher und massiert sich die Stirn. »Scheiße, als bräuchte er noch mehr von diesem Blödsinn.«

»Noch ein Scheidungskind auf der Welt«, sage ich tonlos.

»Wir lassen uns nicht scheiden, Willa. Und ich habe ein schrecklich schlechtes Gewissen seinetwegen.«

Er hält inne. Ich frage mich, ob er seine Meinung nicht doch ändert, ob er wegen Nicky bleiben und dann feststellen würde, dass ich diejenige bin, die er in Wahrheit braucht. Ich sollte *Bitte, geh nicht!* rufen, aber leider siegt wieder einmal die Gewohnheit: Wenn sowieso passiert, was passieren muss, wieso dann dagegen ankämpfen? In diesem Moment hasse ich mich für meine Passivität.

»Könnte sein, dass Nicky dir das nie verzeiht«, sage ich deshalb.

Shawn sieht mich an, als hätten meine Worte ihn mitten ins Herz getroffen, so wie ich es haben wollte. »Ich habe alles für ihn getan, was man nur tun kann«, sagt er.

Und das stimmt. Obwohl es vor unserer Zeit war, weiß ich, dass Shawn nach Kyles Tod zu Amanda gezogen ist. Er war bei ihr im Kreißsaal, hat Nicky an seinem ersten Tag in die Vorschule begleitet und ist samstags mit ihm zu den Junior-Spielen in die Vororte gegondelt.

»Trotzdem könnte es sein, dass er dich dafür hasst.«

Es ist zwar bestimmt total unfair von mir, aber über Nickys Gefühle zu sprechen fällt mir leichter als über meine eigenen.

»Klar, dass ich wieder mal der Buhmann bin«, sagt er nur und verschließt sein Herz ganz schnell wieder.

Ich halte ihm die Tür auf. Ich will, dass er geht, bevor er (oder das Universum) noch mehr Kummer und Leid heraufbeschwören kann.

»Guten Flug.« Als könnte jemand ernsthaft gewährleisten, dass ein Flug gut und sicher verläuft oder, falls nicht, irgendetwas dagegen unternehmen. Ich sage nur *United 93*. Wie viele Ehefrauen haben »Guten Flug« oder »Gute Reise« oder »Pass gut auf dich auf« zu ihren Ehemännern gesagt. Als hätte es irgendetwas genützt.

Aber Shawn zieht seinen Koffer hinter sich her und sagt: »Danke.«

Ohne auch nur einen Gedanken an das Schicksal zu verschwenden.

Rainas ältere Kinder sind während der Ferien tagsüber im Sommerlager, während die beiden Kleinen, eineiige Zwillinge namens Bobby und Greyson, in der Obhut von Supernanny Gloria bleiben. Alle nennen sie nur »die Zwillinge«, und manchmal ist Raina ein wenig besorgt (falls sie überhaupt Zeit dafür findet, sich um so etwas Sorgen zu machen), die beiden könnten womöglich niemals eine eigene Identität außerhalb ihres Zwillingsdaseins entwickeln. Aus der Ferne und meistens auch aus der Nähe gleichen die beiden einander wie ein Ei dem anderen: hellbraune Haare, verschmitztes Grinsen, Sommersprossen im Gesicht, exakt dieselbe Größe und dasselbe Gewicht … Es ist, als würde einem das Gehirn einen Streich spielen und vorgaukeln, dass man doppelt sieht, aber nicht etwa tatsächlich, sondern eher im Sinne einer Illusion. Raina hat darauf bestanden, dass sie sich unterschiedlich anziehen, damit ich mich im Zweifelsfall daran orientieren kann, dass Bobby das Shirt mit dem Grafikmuster trägt und sein Bruder sich eher für klassischen Chic entschieden hat. Außerdem hat Bobby sich vor ein paar Monaten bei einem Sturz im Klettergarten den rechten Vorderzahn ausgeschlagen, deshalb erkenne ich ihn auf Anhieb, sobald er lächelt.

Eineiige Zwillinge machen mir immer ein klein wenig Angst – nicht nur wegen der unheimlichen Optik, sondern auch weil ihre Existenz im Grunde die offizielle Bestätigung für die Theorie meines Vaters ist: Hätte sich Rainas Eizelle nicht geteilt, gäbe es nur einen von ihnen. Sie hätten nicht diese miteinander verwobenen Persönlichkeiten, hätten nicht diesen Bruder, der ab und zu die eigenen Gedanken lesen kann oder weiß, was man will, noch bevor es einem selbst bewusst ist. Stattdessen gäbe es nur einen von ihnen. Bobby. Oder Grey. Welcher von ihnen hätte wohl das große Los gezogen?

Wir sitzen in der U-Bahn, und Bobby verpasst Grey aus nicht ersichtlichen Gründen eine Backpfeife. Grey hat ihn offenbar geärgert, vermutlich durch seine bloße Existenz. Grey beginnt zu schreien, wobei sich seine bleichen Wangen dunkelrosa färben, und Bobby wirft mir ein halb zahnloses Grinsen zu, als wäre ich eine Verbündete in seinem Späßchenklub. Als wollte er mir sagen: Und, du blöde Kuh? Welcher wäre wohl der Zwilling gewesen, der überlebt hätte?

Obwohl Nicky acht Jahre älter ist als die Zwillinge, war es seine Idee, sie in die Körperwelten-Ausstellung im South Street Seaport einzuladen. Ich habe zweimal gefragt, ob er auch sicher ist, dass er mit zwei Vierjährigen mit verschwitzten Händchen losziehen will, weil ich offen gestanden unsicher war, ob *ich* mit zwei Vierjährigen mit verschwitzten Händchen losziehen will, aber er sah mich an, als hätte ich drei Köpfe, und meinte: »Ja, logisch. Die sind echt süß. Magst du keine Kinder?«

Ich hatte auf Anhieb keine Antwort parat, weil ich nicht mit Gewissheit sagen konnte, ob ich Kinder tatsächlich mag. Ich kann mich ja noch nicht mal selbst sonderlich leiden. Und obwohl Nicky mir in den vier Tagen, seit mein Ehemann losgezogen ist, um auf einer Seilrutsche durchs Büro zu flitzen, statt den »… bis dass der Tod euch scheidet«-Teil des Ehegelöbnisses zu ehren, wider Erwarten sehr ans Herz gewachsen ist, war ich nicht bereit, ihm meine unerschütterliche Kinderliebe zu schwören. Erstens hat die Pubertät die seltsamsten Auswirkungen auf die Schweißdrüsen eines Zwölfjährigen, und zweitens legt er, wenn man seinen Status als 9/11-Kind einmal beiseitelässt, für meinen Geschmack eine beunruhigende Affinität zum Tod an den Tag. Was der Grund ist, weshalb wir uns die Körperwelten-Ausstellung überhaupt ansehen.

»Kannst du nicht einfach fragen, ob sie mitkommen dürfen?«, jammerte er.

»Ich glaube nicht, dass eine Anatomieausstellung das Richtige für Vierjährige ist.«

»Aber jeder muss sterben, Willa«, erklärte er mir. »Das ist nun mal eine Tatsache. Selbst Vierjährige wissen das.«

Ich wollte widersprechen, war jedoch zu müde, also schrieb ich Raina eine SMS. Sie antwortete unverzüglich.

SUPER! Gloria und die Jungs sind in einer halben Stunde fertig.

Wir sitzen also in der U-Bahn, und Grey hört endlich auf zu weinen, doch seine anfängliche Bestürzung über den Angriff schlägt in Wut um. Mit geblähten Nasenlöchern starrt er auf den schmutzigen Fußboden und kaut auf seiner Unterlippe herum.

»Er ist ein bisschen empfindlich, weil sein Fisch heute Morgen gestorben ist«, erklärt Gloria und drückt ihm einen Kuss aufs Haar.

»Frank ist tot«, echot Bobby sachlich.

»Jeder muss irgendwann sterben«, bekräftigt Nicky und wendet sich mir zu. »Siehst du? Ich hab's dir doch gleich gesagt.«

»Wir sind aufgewacht, und er ist einfach im Wasser geschwommen«, erklärt Bobby.

Seine hohe Kinderstimme schallt durch den Waggon. Er spricht einige Wörter noch falsch aus, und ein winziger Teil von mir wünscht sich, er wäre mein kleiner Sohn. Raina hat mir erklärt, wie das Muttersein funktioniert: Viele, viele winzige Momente summieren sich zu einem riesigen Hügel voller Liebe, verwoben mit zahllosen anderen Momenten des Frusts, der Fehleinschätzung und Komplexität.

»Wie schade. Bist du sehr traurig darüber?«, frage ich ihn und beuge mich zu ihm hinunter.

Bobby zuckt die Achseln. Grey schweigt, aber ich sehe, dass seine Nasenlöcher immer noch beben und er schmollt. Er ist sauer, ganz eindeutig, genau wie sein Großvater. *Punjab Sharma!*

»Grey, Tante Willa hat dich etwas gefragt«, sagt Gloria.

»Schon gut, er braucht nicht zu antworten, wenn er nicht will. Ich verstehe schon.« Ich richte mich wieder auf.

Die U-Bahn ruckelt. Instinktiv *(vergiss deine Instinkte!)* greifen alle Fahrgäste nach einem Griff oder einer Schulter, an der sie sich festhalten können. Grey packt Glorias Hand. Dann sieht er mich an.

»Frank ist nicht gestoben. Bobby hat ihn totgemacht.«

»Stimmt ja gar nicht!«, schreit Bobby.

»Stimmt doch!«, schreit Grey und ballt seine winzige Hand zur Faust, als seine Wut die Oberhand gewinnt.

»Stimmt gar nicht!«

Bevor Gloria reagieren kann, schnellt Greys Faust vor, geradewegs auf Bobbys Mund mit seinem noch übrigen Vorderzahn, aber bevor sie auftreffen kann, greift das Schicksal ein – oder der U-Bahnfahrer steigt zu schnell auf die Bremse. Wir alle werden unvermittelt nach vorn katapultiert. Bobby fällt auf Glorias Knie, während Grey, der arme kleine Kerl, vom Sitz rutscht und auf dem Hintern landet.

Niemand kann sagen, wieso es ausgerechnet so kommen

musste – Frank ist tot, Bobby triumphiert, und Grey hockt auf dem ekligen Fußboden des U-Bahn-Waggons, wo sich Milliarden Bakterien und Viren tummeln und er sich Gott weiß was einfangen könnte.

Ich sehe ihn an, erkenne die Resignation in seinen Zügen und helfe ihm hoch.

»Mir geht's gut«, sagt er, aber seine tränenerfüllten Augen und sein bebendes Kinn verraten ihn.

»Mir auch«, sage ich. Obwohl auch ich eine ganze Liste an Anzeichen habe, die mich verraten.

Wir treffen Vanessa vor der Ausstellung. Sie ist blendender Laune, was ich ein klein wenig respektlos angesichts meiner derzeitigen Lebenssituation finde, ganz zu schweigen von den zahlreichen Leichen, die wir uns gleich ansehen werden.

»Ich habe eine Idee«, sagt sie, als wir kurze Zeit später vor einem Muskelgewebeexponat irgendeines armen Teufels stehen bleiben. »Und zwar eine verdammt coole.«

»Wusste der arme Mann eigentlich, dass nach seinem Tod Tausende Menschen seinen Körper anstarren würden, was meinst du? Wollte er das wirklich?«, frage ich, ohne auf ihre Ankündigung einzugehen, und beuge mich so weit vor, dass ich nur mein eigenes Spiegelbild in der Glasscheibe erkennen kann.

»Er ist tot«, sagt Nicky hinter mir. »Deshalb weiß er es nicht, und es kann ihm auch völlig egal sein.«

»Na, du kannst einen ja richtig runterziehen«, bemerkt Vanessa. »Bist du immer so?«

»Meine Mom sagt, das liegt an der Pubertät«, kontert er achselzuckend. »Wenn du mich fragst, könnten auch die Terroristen etwas damit zu tun haben.«

Er geht weiter zum nächsten Exponat.

»Wow!«, stößt Vanessa hervor.

»Wem sagst du das? Allerdings hat er nicht ganz unrecht.«

Der Junge wächst mir mit jedem Tag mehr ans Herz.

Die Geschichte der Anatomie steht auf einem Schild über unseren Köpfen.

Bobby läuft zur nächsten Leiche. »Penis!«, quiekt er und beginnt, haltlos zu kichern.

Grey stellt sich auf die Zehenspitzen und zeigt auf einen weiteren Körper. »Titties!«, schreit er und bricht in ähnlich hysterisches Gekicher aus wie sein Bruder.

»Jungs!«, tadelt Gloria.

Eine Frau wendet sich ihr zu. »Jungs sind nun mal Jungs, daran wird sich wohl nie etwas ändern.«

Gloria nickt und lächelt, weil sie ganz genau weiß, wie recht die Frau hat. Die Welt wird wohl kaum untergehen, wenn zwei Vierjährige kichernd durch ein Museum rennen und *Penis!* und *Titties!* schreien. Um zu begreifen, was wahrer Weltuntergang bedeutet, braucht sie nur Nicky anzusehen. Gloria schiebt die beiden Kleinen weiter, die bereitwillig Jagd auf ihren (angeheirateten) Cousin auf dem Korridor machen.

Ich sehe ihnen hinterher.

Bitte, bleibt für immer vier, denke ich. Werdet niemals zwölf. Und schon gar nicht zweiunddreißig. Mit zweiunddreißig ist alles so schrecklich kompliziert.

»Bevor ich dir meine grandiose Idee erklären kann, will ich über Shawn reden«, sagt Vanessa. »Seit Mittwoch gehst du dem Thema aus dem Weg.«

»Ich gehe dem Thema nicht aus dem Weg, sondern es ist, was es ist. Eine Beziehungspause. Nichts Endgültiges.

Er ist in Palo Alto, und ich bin hier. Was gibt es dazu zu sagen?«

»Einiges. Darüber gibt es sogar eine ganze Menge zu sagen.«

»Mir unter die Nase zu reiben, dass er ein Arschloch ist, hilft mir jedenfalls auch nicht weiter. Bis jetzt hat Shawn sich noch nie wie ein Arschloch benommen. Ich liebe ihn, wie du weißt.«

»So leid es mir tut, Willa, aber im Moment benimmt er sich nun mal wie ein Arschloch.«

Wir folgen den Kindern, die ein gutes Stück vorausgelaufen sind, bleiben stehen, gehen weiter, betrachten weitere Teile des menschlichen Körpers, die zwar irgendwo in uns versteckt liegen, zumindest mir jedoch völlig fremd erscheinen – Nieren, Leber, Bauchspeicheldrüse, Lunge. All das habe ich auch?

»Also gut«, nimmt Vanessa den Gesprächsfaden wieder auf. »Dann reden wir eben nicht über Shawn, sondern über dich.« Sie berührt meinen Ellbogen, damit ich langsamer gehe.

»Mir geht's gut. Wenn es so kommen sollte, dann ist es eben so.«

»Willa, das ist doch absolut lächerlich.«

»Was soll ich denn sonst sagen? Dass ich Liebeskummer habe? Dass mir das Herz blutet? Was soll das bringen? Am Ende wird sich alles einrenken. Im August ist alles wieder in Butter, da bin ich mir ganz sicher.«

»Deshalb kannst du ja trotzdem jetzt gerade Liebeskummer haben.« Sie hält inne. »Davon mal ganz abgesehen – was wünschst du dir eigentlich? Dass im August wieder alles so ist, wie es war?«

»Natürlich, was denn sonst?«

»Er hat sich gerade so mir nichts, dir nichts eine Pause von dir genommen.«

»Das weiß ich selbst!«

»Wieso überlegst du dir dann nicht, ob es tatsächlich das ist, was du willst?«

Ich lasse den Kopf hängen. »Keine Ahnung. Ich weiß nicht, was ich darauf antworten soll.«

»Wieso nicht?« Sie wendet sich mir zu und sieht mir in die Augen.

Ich bin nicht in der Lage, ihre Frage zu beantworten, also gehen wir weiter zu Gloria und den Jungs, allerdings hat sich ein Grüppchen Frankokanadier vor uns gestellt. Statt an ihnen vorbeizugehen, betrachten wir das Exponat in der Vitrine vor uns.

Das menschliche Herz:

Ein menschliches Herz wiegt durchschnittlich zwischen 200 und 425 Gramm und ist kaum größer als Ihre Faust. Am Ende eines langen Lebens hat ein Herz mehr als 3,5 Milliarden Schläge, sprich Kontraktionen und Relaxationen, absolviert.

Ich hole tief Luft und denke an Greys kleine Faust. Und daran, wie oft das Herz von Kyle, Nickys Vater, geschlagen haben mag. Jedenfalls keine 3,5 Millionen Mal.

»Ich möchte dir einen Vorschlag machen«, sagt Vanessa. »Ich habe mich heute Morgen mit meinem Verleger und dem *DareYou!*-Team getroffen.«

»Wenn du von mir verlangst, dass ich als deine nächste Angehörige im Todesfall informiert werde, weil du unbedingt auch noch einen Fallschirmsprung ohne Fallschirm machen musst, vergiss es.«

»Nein, darum geht's nicht.« Sie hält inne. »Obwohl, na ja, irgendwie doch.«

Die Frankokanadier gehen weiter, wir blicken weiter auf das Herz, fasziniert von seiner Kraft und seiner Fähigkeit, Leben zu ermöglichen, aber es auch zu beenden.

»Was wäre, wenn ich dir sagen würde, dass wir die Chance haben, ein für alle Mal zu beweisen, dass dein Vater unrecht hat? Dass du nicht bis August herumsitzen und darauf warten musst, dass dein Leben endlich anfängt?«

»Könnten wir endlich mit diesem blöden August aufhören? Ich will jetzt nicht darüber nachdenken.«

Sie winkt ab. »Okay. Also, was wäre, wenn ich dir sagen würde, dass wir sehr wohl unser Schicksal in der Hand haben und selbst darüber bestimmen können, was aus unserem Leben wird?«

»Ich würde antworten, dass das Nobelpreis-Komitee das bestimmt anders sieht.«

»Pfeif auf das Nobelpreis-Komitee.«

»Das würde mein Dad wohl auch sagen.«

Vanessa lächelt, deshalb ringe ich mir ebenfalls ein Grinsen ab.

»Ich habe meinen Lektoren eine neue Idee für die Umsetzung des Buches unterbreitet. Eine viel bessere. Und sie sind begeistert. Ich habe ihnen erzählt, dass ich ein Schlupfloch in den Theorien deines Vaters entdeckt habe.«

»Es gibt kein Schlupfloch, Vanessa. Seine Theorie ist unter anderem deshalb so brillant, weil du nicht widerlegen kannst, dass ein bestimmtes Ereignis nicht bewusst herbeigeführt wurde. Einen nicht greifbaren Beweis kann man nicht widerlegen.«

»Wenn du mich fragst, schon. Aber dafür musst du mir vertrauen.«

»Vanessa, du weißt, dass ich dir vertraue, aber ich bin nicht interessiert.«

Sie packt mein Handgelenk und zwingt mich, sie anzusehen.

»Willa, fragst du dich nie, wie sich dein Leben entwickeln würde, wenn du nicht als William geboren worden wärst? Wenn du die Chance bekommen hättest, dein Leben ohne den Einfluss deines Dads zu leben?«

Jeden Tag.

Nein, eigentlich stimmt das nicht. Manchmal, und selbst dann ist es fürchterlich anstrengend, sich die Alternativen auszumalen, deshalb erspare ich mir den Aufwand in der Regel.

»Bitte, lass uns das gemeinsam machen. Lass uns das Buch schreiben. Die Geschichte erzählen. Im schlimmsten Fall könnten wir unser Leben dadurch verändern.«

Ich spüre, wie mein Herz zu hämmern beginnt, vor Anspannung, vor blankem Entsetzen und lähmender Angst bei der Vorstellung, einen Sprung zu wagen, der alles verändern könnte.

»Ich lebe mein Leben doch schon«, sage ich schließlich.

»Na ja, wenn man es genau nimmt, eigentlich nicht.«

10

Google.com/Suche
Suchbegriff: Theodore Brackton
17.192 Ergebnisse

Theodore Brackton – Wikipedia. Die freie Enzyklopädie
Theodore Brackton (geb. 14. April 1978) ist ein Unternehmer und Gründer von Y.E.S. – Your Every Success. Seit der Gründung des Unternehmens im Jahr 2008 hat Brackton zahlreiche Konzernvorstände und andere Entscheidungsträger in Politik und Wirtschaft bei der erfolgreichen Entscheidungsfindung mithilfe analytischer Recherchen und laut *Time*-Magazin einer der erfolgreichsten und besten Evaluierungsstrategien der Branche unterstützt. Es heißt, Präsident Obama höchstpersönlich …

Time – Ist dies das Gesicht unserer Zukunft?
Lokaltermin in der Seattler Firmenzentrale von Y.E.S.: Theodore Brackton sitzt am Konferenztisch, den Blick auf die in der Zimmerdecke eingelassenen Strahler geheftet, wirft einen Stressball in die Luft und fängt ihn mühelos mit der linken Hand wieder auf, wieder und wieder, während seine Mitarbeiter wortlos dasitzen und zusehen. Im Hintergrund laufen mehrere Fernseher ohne Ton. Plötzlich, ohne jede Vorwarnung, schnellt Brackton vor und schreit: »Ja! Ich hab's!« Was hat er? Die Lö-

sung für einen drohenden Prozess wegen sexueller Belästigung gegen den Boss eines großen Filmstudios, den wir …

Inside Seattle
Theodore Brackton und Sonya Nordstrom feiern Verlobung
Hundert Mitglieder der Seattler Hipster-, Mode- und Technikszene feierten gestern Abend ausgelassen in Tom Douglas' Seatown, einem der Hotspots der Stadt. Die Feier galt als eine der wichtigsten Partys der Saison, denn keiner wollte sich die Gelegenheit entgehen lassen, mit dem dreiunddreißigjährigen, vom Time-Magazin als »das Gesicht unserer Zukunft« bezeichneten Jungunternehmer und seiner zukünftigen Frau, Finanzchefin bei Nordstrom und Tochter des Moguls John Nordstrom, abzufeiern. Die beiden Turteltäubchen haben sich rein zufällig kennengelernt – sie hatten versehentlich bei einem Spiel der Mariners die Plätze vertauscht. Damit hätte das Team mit seiner katastrophalen Saisonleistung zumindest zwei Menschen glücklich gemacht, scherzten die Frischverliebten …

New York Post
Neues von der Westküste
Ein heiß gehandelter (und mit einem nicht minder heißen Body gesegneter) Firmenboss und »Gesicht unserer aller Zukunft« geht offenbar künftig wieder allein durchs Leben. Allem Anschein nach hat eine kürzliche Erkrankung eine radikale Kehrtwende bei dem erfolgsverwöhnten Jungunternehmer ausgelöst, sodass seine Zukünftige ihm wohl doch nicht ihr Y.E.S.-Wort geben

wird. Ihr Daddy wird ihn trotz der großzügigen Rücknahmepolitik bei Nordstrom unter Garantie nicht wieder in die heiligen Hallen zurückkehren lassen, selbst wenn er es sich noch mal überlegen und ihn um die Hand der Unternehmertochter anbetteln sollte.

»Wir werden Folgendes tun«, sagt Vanessa, nachdem wir uns endlich von den Leichen losgerissen haben und in meine Wohnung zurückgekehrt sind.

Eilig klappe ich meinen Laptop zu – eigentlich hatte ich gar nicht vor, Theodore zu googeln, aber neuerdings ertappe ich mich ständig dabei, dass ich an ihn denke und mich frage, ob er wohl auch an mich denkt und darauf wartet, dass ich auf seine Mail reagiere und unsere längst beendete Beziehung wieder aufleben lasse. Ich schiebe den Laptop ein Stück zur Seite, als könnte ich Theodore (das Gesicht unserer Zukunft) dadurch aus meinen Gedanken verbannen.

Vanessa steht auf, geht in die Küche und gibt etwas Müsli in eine Schale.

»Kriege ich auch was?«, fragt Nicky, ohne den Blick vom Fernseher zu lösen.

»Wir werden Folgendes tun«, sagt Vanessa noch einmal und nimmt ein zweites Schälchen aus dem Schrank. »Ich habe da so eine Theorie – die Theorie des Gegenteils.«

»Im Sinne davon, dass sich Gegensätze anziehen? Was wird das? Eine Analyse meiner Beziehung zu Shawn? Wir sind nicht gegensätzlich, also kannst du dir den Aufwand genauso gut sparen.«

»Meine Mom und mein Dad waren sehr gegensätzlich«, wirft Nicky ein und dreht sich zu uns um. »Zumindest erzählt Mom mir das immer. Aber dadurch hätten sie ganz viel voneinander gelernt.«

Er wendet sich wieder ab, der kurze Anflug der Verletzlichkeit ist so schnell wieder verschwunden, wie er aufgeflackert ist.

»Das ist wirklich süß von dir, so etwas zu sagen, Nicky. Ich kannte deinen Dad ja nicht, aber nach allem, was ich über ihn weiß, war er völlig verrückt nach deiner Mom.«

Er antwortet nicht, weil er längst wieder in den definitiv nicht altersgerechten HBO-Film versunken ist – ein Typ schnupft Kokain, dann holt er aus und verpasst einem anderen Ganoven eins auf die Nase.

»Nein, meine Theorie des Gegenteils hat nichts mit dir und Shawn zu tun, es geht um etwas anderes: Was wäre, wenn wir genau das Gegenteil von dem tun würden, was dein Vater den Leuten rät? Wenn wir genau das Gegenteil von dem tun würden, was uns unser Instinkt sagt?«

»Du weißt, auf meine Instinkte ist keinerlei Verlass.«

»Ja, das weiß ich. Genau deshalb bist du ja die ideale Koautorin für dieses Buch.« Sie drückt mir die Müslipackung in die Hand, und ich schütte etwas in meine Hand. »Du bist ein Mensch ohne jeden Bezug zu seinem Bauchgefühl. Wofür, wie wir beide wissen, einzig und allein dein Vater verantwortlich ist. Aber wenn du mich fragst, wird es höchste Zeit, dass du aufhörst, ihm die Schuld für alles in die Schuhe zu schieben.«

»Das tue ich doch gar nicht. Mein Leben ist nun mal, wie es ist.«

»Mann, du kannst einem so was von auf den Geist gehen«, stöhnt Vanessa, was sie darf, weil sie mich seit meinem achtzehnten Lebensjahr kennt und weiß, wie ich bin.

»Übrigens hab ich das Buch von deinem Dad gelesen«, schaltet sich Nicky wieder ein. »Ich fasse es nicht, wie viele Leute diese Scheiße glauben.«

»Sag nicht schon wieder *Scheiße*, Nicky«, tadle ich. »Du hast sein Buch gelesen?«

Im ersten Moment gibt er keine Antwort, weil ihn die Vorgänge auf dem Bildschirm (wo gerade mehrere Asiaten von einem Drogenbaron erschossen werden) viel zu sehr in ihren Bann ziehen, aber als sämtliche Beteiligten tot in ihren Blutlachen liegen, sagt er: »Ja. Mein Therapeut hat gemeint, es könnte mir helfen, diese Scheiße mit meinem Dad besser zu verstehen.«

»Und? Hat es?«, frage ich.

»Was denkst du wohl?«, gibt er zurück. »Vielleicht bin ich einfach nicht blöd genug, diesen Schwachsinn zu glauben.«

»Viele kluge Leute tun es.«

Vanessa verdreht die Augen. »Ich persönlich finde ja, je dämlicher man ist, desto leichter fällt es einem, seine Theorien nicht in Frage zu stellen.«

»Also, bitte! Seine Theorien beruhen auf wissenschaftlichen Erkenntnissen.«

Ich nehme einen Becher, gebe Wasser hinein, stelle ihn in die Mikrowelle und drücke auf »Tee.« Mit einem Piepsen erwacht sie zum Leben.

»Weniger, als du denkst«, widerspricht Vanessa. »Hast du es in letzter Zeit mal gelesen? Gut und schön, er hat eine Horde Ratten durch ein Labyrinth rennen lassen und ein paar Familien, denen das Schicksal übel mitgespielt hat, über zehn Jahre begleitet, aber gegen das Argument, dass es keine Zufälle gibt und Willkür nicht existiert, ist wohl kaum anzukommen.«

»Weil man das Unwiderlegbare eben nicht widerlegen kann«, wirft Nicky ein. »Seht ihr, ich bin doch kein Dummkopf.«

Vanessa tritt zu ihm und kneift ihn in die Wangen.

»Du bist mein kleiner Protegé«, sagt sie und ärgert ihn so lange, bis er ihre Hände wegschlägt und so tut, als wäre ihre Zuneigung das Schlimmste, was einem Menschen widerfahren kann. »Nicky hat recht, und genau da kommt meine Idee ins Spiel, Willa. Das Buch deines Vaters basiert komplett darauf, immer mit dem Strom zu schwimmen und sich vom Leben dorthin führen zu lassen, wohin es einen treibt.«

»Und nicht nach links abzubiegen, wenn man eigentlich nach rechts abbiegen wollte«, wirft Nicky ein.

»Und genau aus diesem Grund biegen wir ab sofort nach links ab. Und ich werde dir sagen, wann«, fügt Vanessa hinzu.

»Ich … ich verstehe nicht ganz.«

Vielleicht bin ich ja die Idiotin hier. Blöderweise kann ich jetzt nicht zugeben, dass ich das Buch nie von der ersten bis zur letzten Seite gelesen habe – aus dem einfachen Grund, weil ich keinen Sinn darin gesehen habe. Schließlich habe ich die Theorien meines Vaters tagtäglich gelebt. Die Worte auf den Seiten konnten mir nichts sagen, was ich nicht längst wusste.

»Die Theorie des Gegenteils!« Vanessas Stimme wird vor Erregung eine Spur lauter. »Wir werden seine Theorien ›Lass dich vom Leben dorthin führen, wohin es dich treibt‹ und ›Es ist, wie es ist‹ oder ›Nichts geschieht ohne Grund‹ widerlegen, indem wir genau das Gegenteil leben. Wir werden uns mit voller Absicht auf die Überholspur stürzen und auf dem schmalen Grat balancieren, der das Leben erst lebendig macht.«

Ich kaue auf meiner Unterlippe herum. Es gefällt mir ganz und gar nicht, dass mein Leben lebendig werden soll.

Ich bleibe viel lieber in meiner sicheren, behaglichen Ecke, wo ich glücklich und zufrieden bin. Schließlich bin ich die Scheißschweiz, verdammt noch mal!

»Ich weiß genau, dass du am liebsten Nein sagen würdest«, fährt sie fort. »Und genau deshalb musst du jetzt Ja sagen. Fang an, deinem Vater zu widersprechen, jetzt sofort. Willa Chandler-Golden, ich will, dass du etwas riskierst. Ich will, dass du deine Grenzen austestest und gegen all die Prinzipien verstößt, die dich dein ganzes Leben lang begleitet haben. Verändere dein Schicksal, indem du Entscheidungen triffst, die du sonst niemals treffen würdest.«

»Ich weiß nicht recht«, sage ich und zupfe am Nagelhäutchen meines Daumens herum.

»Du weißt nie recht«, stöhnt sie. »Genau deshalb musst du darauf vertrauen, dass ich weiß, was das Richtige ist. Ich weiß es. Komm schon, Willa, ich bin deine beste Freundin. Hat man sich erst mal getraut, nicht bloß auf das Vorhersehbare zu vertrauen, passieren ganz von allein unvorhergesehene Dinge. Genau darauf beruht die Theorie des Gegenteils doch. Und das werden wir beweisen.«

»Du glaubst ernsthaft, dass mein Dad diesen Ansatz nicht längst in Betracht gezogen hat?«

»Nein, hat er nicht. Er hat sich auf bewusste Entscheidungen konzentriert und nicht darauf, wissentlich genau das Gegenteil von dem zu tun, was das Leben vorgibt.«

»Hmm«, brumme ich.

»Das ist scheißbrillant«, meldet sich Nicky zu Wort.

Ausnahmsweise verzichte ich darauf, ihn für seine Wortwahl zu tadeln.

Mail von: Raina Chandler-Farley
An: Willa Chandler-Golden, Oliver Chandler
Betreff: unsere Eltern
Ich finde, wir sollten uns dringend über ihren derzeitigen Geisteszustand unterhalten, ganz zu schweigen von ihrem Familienstand. Ich gehe davon aus, dass Dad endgültig durchdreht und dass er Mom mit sich ins Verderben reißt. Oliver, ich habe auf Twitter gesehen, dass du in New York bist. (Ich habe dir auch einen Tweet geschickt, hast du das nicht mitbekommen? Es wäre nett gewesen, wenn du ein kurzes Lebenszeichen von dir gegeben hättest, aber natürlich habe ich nichts anderes von dir erwartet.) Na ja, da wir uns also alle gleichzeitig in derselben Stadt aufhalten, könnten wir uns ja vielleicht am Montag im Pain Quot auf der Madison zum Mittagessen treffen. Die Kanzlei ist wegen Reparaturarbeiten der Klimaanlage geschlossen, und Jeremy passt auf die Kinder auf. Allerdings würden sie sich natürlich auch freuen, ihren Onkel wieder mal zu sehen.
Bitte gebt mir Bescheid, ob es klappt.
Raina

RAINA CHANDLER-FARLEY, ESQ.
PARTNERIN
WILLIAMS, RUSSELL AND CHANCE, LLP
MAIL: RCF@WRC.COM

Mail von: Oliver Chandler
An: Willa Chandler-Golden, Raina Chandler-Farley
Betreff: Re: unsere Eltern
Meine geliebten Schwestern! Namaste! Womit belohnt euch euer wunderbares Leben? Ich hoffe, mit ein klein

wenig Schönheit und viel, viel Liebe! Ich bin tatsächlich wegen einiger unerwarteter persönlicher Angelegenheiten in der Stadt, und nichts würde mich glücklicher machen, als gemeinsam mit euch beiden am Montag das Brot zu brechen. Ich ernähre mich inzwischen von veganer Rohkost (ich kann es kaum erwarten, euch zu erzählen, wie sich diese Umstellung meiner Ernährungsgewohnheiten auf meine körperliche und mentale Verfassung ausgewirkt hat), aber bestimmt findet sich auf der Karte des Pain Quot etwas Passendes für mich. In meiner *Vegan fürs Leben!*-App hat der Laden drei Sterne, außerdem verwenden die Köche »bevorzugt regionales Obst und Gemüse«. Ich wohne im Tribeca Grand, schaffe es aber, um 14 Uhr dort zu sein. Besetzt bitte ein schönes Plätzchen in der Sonne für mich. Namaste!

Mail von: Willa Chandler-Golden
An: Raina Chandler-Farley, Oliver Chandler
Betreff: Re: Re: unsere Eltern
Du bist auch auf Twitter, Raina? Wieso erfahre ich eigentlich immer alles als Letzte?

11

Raina und ich sind pünktlich (klar), Oliver hingegen nicht (auch das war klar). Eigentlich dachte ich, das Pain Quot müsste an einem Montag um 14 Uhr leer sein, aber allem Anschein nach gibt es massenhaft Arbeitslose außer mir. Auf dem Weg zu unserem Tisch nicke ich ihnen zu.

Hi, ja, ich hab meinen Job auch verloren.

Hallo, ist die Ellen Show auch Ihr Highlight des Tages?

»Oliver lebt wieder mal nach der Weltzeituhr«, sage ich zu Raina, als wir uns an einen grob gezimmerten Landhaustisch, der in einer Ecke steht, setzen. Sie verdreht die Augen und hämmert weiter wütend auf ihr Blackberry ein. Ich werfe einen Blick auf die Speisekarte und überlege, ob jemand Quinoa ernsthaft mag oder es nur isst, weil es eben gerade angesagt ist. Dann betrachte ich Raina. Das Botox hat zwar ihre Stirnfalten geglättet, trotzdem hat ihr Gesicht immer noch etwas Verkniffenes, Angespanntes. Für jemanden, der nur eine von drei weiblichen Partnern in der Anwaltskanzlei ist, scheint sie keinen allzu großen Spaß an ihrem Job zu haben.

»Macht dir dein Job eigentlich Spaß?«

»Wie?«, fragt sie, ohne ihre Tipperei zu unterbrechen.

»Dein Job. Bist du gern Anwältin?«

»Was?« Sie sieht mich vage an. »Was? Ach, keine Ahnung. Ja, klar. Es ist ganz okay.« Sie richtet ihre Aufmerksamkeit wieder auf ihr Handy.

Ich bestelle eine Minzlimonade (klingt nach einer gesunden Begleitung zu meinem Quinoa), Raina nimmt einen doppelten Espresso. Schließlich schlägt sie ihr Blackberry mit ihren eigenen Waffen, indem sie es auf den Tisch schmeißt.

»Man möchte meinen, wir retten hier Leben.«

»Apropos Leben retten«, ertönt eine Stimme hinter ihr.

Wir sehen auf – der legendäre Oliver Chandler, Homöopath, Veganer, Super-Yogi der Stars und Sternchen und aktuell gemeldeter Einwohner Mumbais, steht leibhaftig vor uns. Und er schimmert förmlich, als wäre er von einem feinen glitzernden Schweißfilm bedeckt, was ihn aus irgendeinem Grund noch attraktiver wirken lässt. So als hätte sein Körper nur darauf gewartet, im Nachmittagsschein zu erstrahlen. Sein dunkelbraunes Haar ist voller als meins, seine Augen dunkler. Der Kerl hat es weiß Gott drauf.

»Wieso? Rettest du neuerdings Leben?« Raina steht auf und umarmt ihn.

»Gib mir eine Stunde Zeit, Schwesterherz, und dein Leben wird nie wieder dasselbe sein.« Er beugt sich vor und küsst mich, dann setzt er sich.

»William, ich will dir ja nicht zu nahetreten, aber du siehst echt beschissen aus.«

»Ich freu mich auch, dich zu sehen, Oliver.«

»Wenn ein Bruder seiner Schwester nicht sagen darf, dass sie beschissen aussieht, stimmt etwas mit der Welt nicht mehr.«

»Mein Mann hat mich verlassen.«

»Noch ein Grund mehr, großartig auszusehen. Es gibt doch auch noch andere Fische im Teich.«

Theodore, denke ich unwillkürlich, bereue es aber sofort, weil ich mir in Wahrheit wünsche, dass Shawn sich vor mir auf die Knie wirft und mich anfleht, zu mir zurückkommen und alles dafür tun zu dürfen, dass es wieder so wird, wie es einmal war.

»Oliver«, sagt Raina. »Wir haben dich seit über einem Jahr nicht mehr gesehen. Ich musste erst mal auf Twitter gehen, um zu erfahren, dass du in New York bist.«

»Es war ganz kurzfristig.« Er schnappt sich die Speisekarte. »Der Quinoa-Salat soll ein Gedicht sein. Gaga meinte, ich soll ihn unbedingt nehmen.«

»Lady Gaga macht Yoga?«, hakt Raina zweifelnd nach.

Ich kann mich nicht entscheiden, was mich mehr beeindruckt: dass Oliver Lady Gaga trainiert oder dass Raina weiß, wer Lady Gaga ist.

»Lady Gaga macht alles«, sagt Oliver, als müssten wir wissen, was das bedeutet.

»Und wie ist Indien so?«, hake ich nach, fest entschlossen, jeden Gedanken an Shawn und an Theo zu verbannen.

»Superheiß«, antwortet er und winkt die Kellnerin heran. »Aber wenn man ihn errichtet, kommen sie auch.«

»Ich habe nicht die leiseste Ahnung, was du uns damit sagen willst.« Raina bestellt den Tunfischsalat ohne Mayo, das Pesto auf einem separaten Teller und ohne Brot. Ich nehme den Tunfischsalat mit Mayo und dem Pesto und dem Brot. Das Quinoa war lediglich theoretisch eine gute Idee, Lady Gaga hin oder her.

»Ich spreche vom Aschram. Habt ihr nicht mitbekommen, dass *Travel and Leisure* ihn zum drittbesten Yoga-Retreat gekürt hat?«

»Nein, haben wir nicht«, antwortet Raina.

»Ist aber so.« Er zuckt die Achseln. »Deshalb habe ich den Laden aufgebaut. Und sie sind alle gekommen.«

»Wieso bist du dann hier? Solltest du nicht in einem nach Räucherstäbchen duftenden Zelt sitzen und Seelen retten?« Sie schnüffelt. »Oder nach Marihuana? Glaub bloß nicht, ich würde es nicht riechen.«

»Raina, Schwesterherz, ich verstehe nicht, wieso du so feindselig bist«, gibt Oliver in diesem supernervigen Yogagurutonfall zurück, den er sich gefälligst für das Ende seiner Sessions aufheben soll, wenn alle in ihrer »Ommmmmmm«- und »Ich bin von innerem Frieden erfüllt«- und »Möge das Licht, das mich lenkt, auch das Licht sein, das dich lenkt«-Beseeltheit herumschweben. »Außerdem ist das kein Marihuana, sondern Patchouliöl. Das ist gut für meine Verdauung. Ich bringe Jeremy bei Gelegenheit mal ein Fläschchen vorbei.«

»Ich bin überhaupt nicht feindselig«, widerspricht Raina, obwohl ihr Tonfall das genaue Gegenteil verrät. »William und ich müssen uns bloß mit Problemen herumschlagen wie dem, dass Mom und Dad sich Geliebte zulegen wollen, während du seit über einem Jahr durch Abwesenheit glänzt, und es wäre eben ganz hilfreich, wenn sich der Sohn des Hauses ab und zu mal blicken ließe, um zur Hand zu gehen.«

»Natürlich nicht im eigentlichen Wortsinn. Das übernehmen ja offensichtlich andere.«

Er lacht. Rainas Nasenlöcher beben.

»Wieso nennen mich eigentlich plötzlich alle William?«, frage ich.

Seufzend rümpft Raina die Nase, dann erwacht ihr Blackberry erneut zum Leben.

»Herrgott!«, stößt sie hervor, schnappt es, steht auf und geht tippend zum Eingang.

Einen Moment lang sitzen Oliver und ich schweigend

am Tisch. »Also, raus mit der Sprache, Ollie, wieso bist du hier?«, frage ich schließlich. »Das kommt alles so plötzlich. Du hättest uns wirklich vorher Bescheid geben können.«

Er senkt den Kopf. »Ich weiß, Willa. Das weiß ich doch, verdammt.«

Als er mich wieder ansieht, wirken seine bildschönen Wangenknochen mit einem Mal eingefallen, und er sieht bei Weitem nicht mehr so attraktiv aus wie noch einen Moment zuvor.

»Ich habe gerade ein bisschen Ärger am Hals. Nichts Schlimmes … ich meine, es ist gar nichts … Na ja, doch, ist es schon … aber … bitte, sagt Mom und Dad nichts davon.«

»Wovon?«

Raina hat ihre Minikrise offenbar überwunden. Sie kommt wieder an unseren Tisch, setzt sich hin, zieht ein Medikamentenfläschchen heraus und schüttelt eine Tablette in ihre Handfläche. Dann lässt sie eine zweite herausfallen und schiebt sie mir über den Tisch hinweg zu.

»Selbstmedikation?«, bemerkt Oliver.

»Nein«, antwortet Raina. »Das ist gut für unsere Verdauung.«

»Ich werde mir darüber kein Urteil erlauben.« Die Kellnerin serviert ihm ein Heißgetränk, das nach einer Mischung aus Urin und Gras riecht. Oliver nimmt einen Schluck. Das Zeug scheint ihn geradewegs in eine Art Nirwana zu katapultieren. »Oh Mann, Will, hast du das schon mal probiert? So wie deine Haut im Moment aussieht, wäre das genau das Richtige für dich.«

Ich überlege kurz, ob ich mich beschweren soll, allerdings sind Beleidigungen wie diese bei uns an der Tagesordnung. Also schüttle ich bloß den Kopf. Das Zeug verströmt einen Gestank wie die öffentliche Toilette im Central Park.

»Lenk nicht vom Thema ab. Was ist das für ein Ärger, den du da am Hals hast?«, beharrt Raina. »Die anderen magst du mit deinem Kamasutra-Gelaber um den Finger wickeln, aber mich täuschst du nicht.«

»Könnte ich derartige Angriffe nicht wegatmen, wäre ich jetzt ernsthaft beleidigt. Jeder Mensch, dem ich begegne, soll sich nachher ein klein wenig besser fühlen, glücklicher sein, das ist mir ein tiefes inneres Anliegen. Kannst du dasselbe auch von dir behaupten? Ist das Licht, das in dir scheint, genauso hell und strahlend wie das, das in mir scheint?«

»Ach, Oliver, verschon mich mit diesem Schwachsinn.«

»Also gut.« Wieder senkt er den Kopf. »Yogameister Dari hat mich gebeten, in das Retreat zu investieren und dann weitere Investoren zu finden, die wiederum andere Investoren finden sollen …« Er macht eine kreisende Handbewegung.

»Ein Pyramidensystem!«, ruft Raina. »Du hast dich in ein Pyramidensystem hineinziehen lassen!«

»Großer Gott!«, rufe ich, nehme sein Glas mit dem Urinzeug und hebe es an die Lippen, weil ich dringend etwas zu trinken brauche und meine Minzlimonade immer noch auf sich warten lässt.

»Es war nicht meine Schuld.«

»Natürlich nicht.« Raina schnalzt abfällig mit der Zunge. »In dieser Familie ist ja nie einer an irgendetwas schuld.«

Beim Verlassen des Restaurants, gerade als der köstliche Xanax-Nebel mein Gehirn zu umhüllen beginnt, laufen wir Alan Alverson in die Arme. Er stellt sich Raina und

Oliver als *Alain* vor – ein Grund mehr, ihn eisern Alan zu nennen.

»Ich wünschte, wir hätten nicht auf eine so unschöne Weise auseinandergehen müssen, Willa«, sagt er, ehe er sich an Raina und Oliver wendet. »Ich verehre Ihren Vater wirklich sehr. Willa weiß das. Ich würde mir so sehr wünschen, wir könnten Freunde sein, damit ich mehr über den Mann hinter dem Wunder herausfinden kann.«

»Mein Vater ist nicht Jesus«, werfe ich ein.

»Und als Wunder würde ich das, was er macht, auch nicht bezeichnen«, bemerkt Raina.

»Mädels«, meldet sich Oliver zu Wort, »seid nicht so gemein. Dad ist toll.«

»Wie gesagt, es ist wirklich ein Jammer, dass du gefeuert wurdest«, fährt Alan unbeirrt fort, »aber im Grunde ist es doch genauso, wie dein Vater sagt – hättest du während des Meetings nicht ständig mit deinem Handy rumgemacht, hätte Hannah kein Koksproblem und Dependables keine völlig überzogenen Erwartungen an eine Werbeagentur, und wäre all das nicht alles am selben Tag zusammengekommen, hätte ich die Beförderung nie bekommen. Es ist Teil des großen Masterplans! Ich meine … das ist doch brillant!«

»Das ist sehr edelmütig von dir, Alan.«

»Nein, nicht edelmütig, sondern das sind nichts als Tatsachen.«

»Hmm«, macht Raina.

»Alles klar, Kumpel. Klingt cool«, bemerkt Oliver. »Ich ticke ganz genauso.«

Er schlägt Alan auf den Rücken, als wären die beiden die dicksten Freunde, so als hätte mir der miese Drecksack nicht gerade meinen Job vor der Nase weggeschnappt.

»Tja, war nett, dich wiederzusehen, Alan«, sage ich und trete auf den Bürgersteig. Mein Hirn fühlt sich ein wenig benebelt an, meine Arme und Beine sind ungewohnt leicht.

»Hey, hast du schon gehört, dass Hannah in der Entzugsklinik ist?«

»Was? Ehrlich?« Ich drehe mich zu ihm um.

»Ja, im Meadow Air in Connecticut. Offenbar hing sie mehr an diesem Zeug, als uns allen bewusst war.«

»Wer ist Hannah?«, fragt Oliver.

»Meine ehemalige Chefin.«

»Das Meadow Air ist gut«, sagt er, ein Urteil, das aus seinem Mund völlig natürlich klingt.

»Du solltest ihr mal schreiben oder so.«

»Hast *du* ihr schon geschrieben?«

»Ich? Nein. Aber wir waren ja auch nicht befreundet. Aber du solltest dich bei ihr melden. Schließlich macht jeder mal einen Fehler.«

»Ich dachte, hier hätte keiner einen Fehler gemacht. Das ist doch genau das, was mein Dad sagt, oder?«

Ich muss wieder an die SMS mit ihren Titten, an den falschen Schwangerschaftstest und an Shawn in Palo Alto denken.

Alan runzelt nachdenklich die Stirn und blickt gen Himmel. Dann sieht er wieder uns an und zuckt die Achseln.

»Was weiß ich. Ist ja nicht mein Buch, sondern das deines Vaters.«

12

»Was hasst du mehr als alles andere auf der Welt?«, fragt Vanessa.

Es ist Freitag, und wir sind beim Walken, als wäre nichts passiert, obwohl in Wahrheit kein Stein mehr auf dem anderen liegt – Shawn ist weg, ich versuche nicht länger krampfhaft, schwanger zu werden, meine Eltern stecken in einer Art Alterskrise, meinem Bruder droht eine Anklage als Drahtzieher eines Wirtschaftsverbrechens, und Inkontinenzwindeln haben meine Karriere zerstört.

Seit zwei Tagen ist Nicky in Palo Alto, und ich bin ganz allein mit mir und meiner Situation. Es herrscht Stille, wenn ich morgens aufwache, Stille, wenn ich meinen Kaffee trinke, und Stille, wenn ich Facebook checke.

Annehmen.

Ignorieren.

Ablehnen.

Ich habe Theodore immer noch nicht geantwortet, dafür aber so viel über Hodenkrebs gelesen, dass ich schon eine Doktorarbeit darüber schreiben könnte.

Ich habe Oliver unser Gästezimmer angeboten, aber er hat nur gegrinst – offensichtlich hält sich seine Angst, das FBI könnte die Finanzierung des Kalumdrali Retreat unter die Lupe nehmen, doch in Grenzen – und gemeint, das Tribeca Grand stelle ihm sein Zimmer gratis zur Verfügung. Alle Freunde von Jennifer würden dort kostenlos absteigen, meinte er. Lopez?, fragte ich aufs Geratewohl, woraufhin er meinte: Nein, Aniston, und Raina sagte: Klar.

Nicky hat gestern gemailt, Palo Alto sei »ziemlich cool«, allerdings gebe es eine Menge Leute, die sich für eingefleischte Ökos hielten und Prius führen, gleichzeitig aber mit Rolex am Arm und schicken Yogaklamotten herumliefen, was er »ziemlich abgefuckt« fände. Natürlich schrieb ich zurück und tadelte ihn für seine Ausdrucksweise, woraufhin er prompt antwortete: Tante Willa, diese Seilrutsche in Onkel Shawns Büro ist der absolute Scheißwahnsinn! Und dazu hängte er ein Foto von sich auf den loftmäßigen Büroetagen von Wired2Go an.

Ich habe beschlossen, ihn mir nicht mehr wegen der vielen Schimpfwörter zur Brust zu nehmen, schließlich bin ich nicht seine Mutter.

»Hallo? Hörst du mir überhaupt zu?«, fragt Vanessa, als wir an der Kreuzung auf der Central Park West stehen.

Es ist Ende Juni, bewölkt und fürchterlich schwül. Alle Leute scheinen es eilig zu haben, nur ich nicht. Ein rotgesichtiger Knirps tritt neben mich und verpasst mir einen Tritt in die Wade.

»Aua!«

Ich sehe ihn an, doch er zeigt kein Fünkchen Reue. Er starrt mich mit zusammengekniffenen Augen an, als hätte ich etwas getan, das einen unverzeihlichen Affront gegen sein blutjunges Leben darstellt.

»Tut mir leid«, entschuldigt sich die Mutter halbherzig. »Sie wissen ja, wie sie sind.«

Die Ampel wird grün, und gerade als wir losgehen wollen, tritt der Knirps ein zweites Mal zu.

»Jasper!«, schimpft die Mutter wenig überzeugend.

Vanessa und ich gehen weiter. Ich werfe einen Blick über

die Schulter und sehe den kleinen Jasper, der brüllend an der Ecke steht, seine Mutter versucht, ihn in die Arme zu nehmen. Mutter zu sein ist echt schwierig, denke ich. Man kann einem Kind zwar sagen, dass es nicht ständig Scheiße sagen soll, das bedeutet aber noch lange nicht, dass es auch auf einen hört.

»Will! Jetzt aber mal im Ernst! Hast du auch nur ein Wort von dem mitgekriegt, was ich zu dir gesagt habe? Es ist wichtig!« Vanessa marschiert direkt vor mir, und ihr Pferdeschwanz wippt im Takt.

»Was? Nein. Tut mir leid.«

Sie bleibt unvermittelt stehen, was mir Gelegenheit gibt, mich vorzubeugen und meine schmerzende Wade zu massieren.

»Ich meine es ernst, Will. Bist du dabei?«

Wobei?, liegt mir auf der Zunge, ich verkneife mir die Frage aber.

»Bei unserem Buchprojekt?«, frage ich stattdessen.

»Ja, genau. Ich will wissen, ob du hinter unserem Projekt stehst, hinter der Idee, die Prinzipien deines Vaters zu widerlegen. Ich will wissen, ob du dich traust, das zu tun.«

»Ja«, sage ich, obwohl ich ziemlich sicher bin, dass keiner von uns es tatsächlich glaubt.

»Also noch mal: Was hasst du mehr als alles andere?«

»Pastete. Total eklig. Und Wolfsbarsch. Seit Neuestem. Weil ich damit die sexuellen Fantasien meiner Eltern assoziiere.«

Wieder bleibt Vanessa stehen, stemmt die Hände in die Hüften und senkt den Kopf.

»Das wird schwieriger, als ich dachte.«

»Was denn? Du hast mich doch gefragt! Ich hasse Pastete wie die Pest. Und Wolfsbarsch!«

»Meine Frage zielte auf etwas völlig anderes ab.« Sie blickt mit zusammengekniffenen Augen zur Sonne hinauf, die sich inzwischen durch die Wolken geschoben hat. Das Licht erhellt ihre Wangen, als wäre sie eine Sonnengöttin. »Pack deine Sachen. Morgen früh fahren wir weg.«

»Nach Disney World? Ich frage nur, weil ich schon mal mit einem Ausflug dorthin überrascht wurde. Es ist bei Weitem nicht so spannend, wie man denken würde.«

»Nein.« Sie schüttelt den Kopf, lächelt aber. »Dieses Buch hat nichts mit Märchen zu tun.«

Auszug aus:
New-York-Times-Bestseller:
Außer Rand und Band – Weshalb Sie längst die Kontrolle über Ihr Leben verloren haben könnten

INHALT
TEIL EINS: DER MASTERPLAN DES UNIVERSUMS – BEGRÜSSE IHN MIT OFFENEN ARMEN
In kurzen Worten: Bei der Lektüre dieses Buches werden Sie immer wieder auf den Begriff »Masterplan des Universums« stoßen. Andere nennen ihn vielleicht »Gottes Plan« oder auch »göttliche Intervention« oder schlicht und einfach »Es kommt, wie es kommt.« Ich persönlich bevorzuge den Begriff MdU, und auch in unserem Onlinekurs – Werde der Meister deines eigenen Masterplans! – bitten wir Sie, diesen Begriff zu verwenden, trotzdem bin ich grundsätzlich mit jeder Bezeichnung für dieses Phänomen einverstanden, völlig egal, wofür Sie sich während der Lektüre dieses Buches entscheiden.
TEIL ZWEI: DER WEG DES GERINGSTEN WIDERSTANDS – DER SINNLOSE KAMPF GEGEN DIE TRÄGHEIT DER MASSE

In kurzen Worten: Schwimmen Sie nicht gegen den Strom. Das Leben weiß längst, wohin es Sie führt. Wehren Sie sich nicht gegen das Gefühl, in eine bestimmte Richtung gelenkt zu werden. Es bringt nichts. Von einer Klippe zu springen erzeugt nur Schmerz, das Gefühl des Versagens und zerschmetterte Knochen!

TEIL DREI: MACH DIE AUGEN ZU UND LASS DICH VOM SCHICKSAL FÜHREN

In kurzen Worten: Wenn Sie erst einmal akzeptiert haben, dass Sie loslassen und sich vom Strom des Lebens dorthin führen lassen, wohin er Sie führt, schließen Sie die Augen. Sie werden feststellen, dass sich Ihre Sicht auf die Dinge grundlegend ändern wird – Ihre Sinne werden schärfer, und Sie fürchten sich nicht länger vor der sprichwörtlichen Dunkelheit. Wenn Sie aufhören, gegen die Veränderung anzukämpfen, kommt die Veränderung von ganz allein. Sie werden ruhiger! Friedlicher! Als würden Sie vom Strom und vom Wind zugleich getragen, genau an jenen Ort, den die Naturgewalten für Sie vorgesehen haben. Lassen Sie sich von der Landkarte des Lebens führen … ohne sich auf all den verwirrenden (und sinnlosen) Umwegen zu verheddern!

TEIL VIER: SEI, WAS DU LÄNGST BIST

In kurzen Worten: Wir sind, wer wir sind. Dieses Sprichwort birgt eine tiefe Wahrheit. Ich will damit nicht behaupten, wir Menschen seien zu keiner Entwicklung fähig, weil wir immerhin lernen, ohne Windeln zurechtzukommen und auch nicht mehr mit Essen um uns werfen, nur weil uns etwas nicht in den Kram passt (obwohl ich, liebe Leser, durchaus Kollegen habe, die so etwas tun), aber wir sollten das Älterwerden nicht mit dem Reifeprozess verwechseln. Meine Recherchen haben eins ganz klar ergeben – wenn wir sterben, sind wir mehr oder weniger derselbe Mensch wie bei unserer Geburt, womit ich

Ihnen schonend beibringen will, dass sich Ihre biestige Schwiegermutter leider nicht mehr ändern wird.
TEIL FÜNF: BEFREIE DICH SELBST
In kurzen Worten: Auf dem Weg zur Selbstbefreiung gibt es keine Abkürzungen, daher kann ich diesen Teil auch nicht in wenigen Worten für Sie zusammenfassen. Lesen Sie das Buch (und natürlich das Arbeitsbuch, und hören Sie die CD), um Ihr wahres Ich zu befreien!

»Also, genau mit diesem Punkt fangen wir an.« Es ist Abend. Wir sind bei mir, und Vanessa tippt auf das Inhaltsverzeichnis von Dads Buch. »Wann immer ich dich auffordere, etwas anders zu machen als bisher, also das Gegenteil von dem zu tun, was dein Vater sagt, musst du genau das tun.«

»Darf ich dasselbe eigentlich auch mal mit dir machen? Das Ganze kommt mir nämlich ein klein bisschen einseitig vor.« Und zwar nicht zu knapp.

»Wie, bitte schön, soll man das Gegenteil von ›Befrei dich selbst‹ bewerkstelligen?«, fragt Oliver. »Versteht mich nicht falsch. Ich finde es ja brillant, aber wenn ihr mich fragt, ist es schlicht und einfach unmöglich.«

Oliver hat sich widerstrebend bereit erklärt, sich um meine Wohnung zu kümmern, solange Vanessa und ich weg sind – sie hat zwei Flüge nach Seattle gebucht, und schon morgen früh geht es los –, allerdings erst, nachdem ich ihm erlaubt habe, alles so umzumodeln, dass es in sein Feng-Shui-Konzept passt. Gerade rückt er einen Sessel in eine andere Ecke des Wohnzimmers, direkt unters Fenster.

Ich blättere die Lieferservicespeisekarten durch. Er hat recht: *Befreie dich selbst* – das ist nicht die dümmste Idee! Wer kann dagegen widersprechen? Es ist absolut einleuchtend, weshalb so viele Millionen Leser begeistert von Dads Denkansätzen sind. Wie Shawn am Tag seiner Abreise zitiert hat: *Leg die Hände in den Schoß – nichts tun, perfekt! –, und schon wirst du ein glücklicherer Mensch!* Ja, gern, ich bin dabei!

Oliver rückt den Sessel zwanzig Grad weiter nach links. Das Geräusch der Sesselfüße ist wie Kreide auf einer Schiefertafel. Dann tritt er einen Schritt zurück, legt den Kopf schief und schnalzt zufrieden mit der Zunge.

»Was wisst ihr über Mark Zuckerbergs Frau?«

»Sie ist ein Genie«, sagt Oliver.

»Sehr hilfreich«, gebe ich zurück.

»Ich kenne jemanden, der sie aus Stanford kennt. Wieso?«

»Reine Neugier.«

Ich schiebe die Speisekarten auf dem Tisch hin und her. Blöderweise kann ich nicht mit der Sprache herausrücken – nämlich, dass ich Shawn gestern auf einem Facebook-Foto gemeinsam mit ihr abgelichtet gesehen habe –, weil ich seinen Account ja nicht stalken darf. Aber er war es, eindeutig. Also habe ich, statt ihn zu stalken, eben Mrs. Zuckerberg gegoogelt.

Was würde Mrs. Zuckerberg wohl zu essen bestellen?

»Könnten wir wieder zum Thema zurückkommen?«, fragt Vanessa und reißt mir die Karte vom Inder aus der Hand. »So, Entscheidung getroffen.«

»Vergiss es«, erklärt Oliver. »Indisch kommt nicht infrage. Nicht nachdem ich die authentische indische Küche kennengelernt habe.«

»Ist dir eigentlich klar, dass du wie ein echter Blödmann klingst, Oliver?«, fragt Vanessa.

Er atmet ein, atmet aus.

»Vanessa, es tut mir unendlich leid, dass du eine so große Wut in deinem Innern empfindest, dass du sie an anderen auslassen musst. Und zu deiner Information: Das FBI ermittelt derzeit gegen mich, deshalb möchte ich lieber nichts Indisches essen. Es beschwört zu viele Erinnerungen an meine Zeit in diesem wunderschönen Land herauf, wegen der ich jetzt ungerechtfertigterweise angeklagt werde.«

»Wie bitte?«, hakt Vanessa nach.

»Das Pyramidensystem. Ich habe es nur getan, weil mein Mentor mich darum gebeten hat zu investieren! Und er hat mir versprochen, dass 100.000 Dollar für mich herausspringen, wenn ich vier andere Investoren finde! Ich wollte das Geld Greenpeace spenden, es wäre also sogar für einen guten Zweck gewesen. Im Kalumdrali Retreat wurden Menschen geheilt! Menschenleben gerettet!«

Triumphierend setzt Oliver sich in den Sessel, doch dann gerät seine Selbstsicherheit ein klein wenig ins Wanken.

»Soll ich einfach eine Pizza bestellen?«, frage ich.

»Egal.« Vanessa dreht sich zu mir um. »Wir werden unser Buch um die Inhaltsangabe deines Vaters herum aufbauen. Statt mit dem Strom zu schwimmen, schwimmen wir gegen ihn. Die Theorie des Gegenteils eben.«

Sie schiebt mir das Buch zu. Ich blättere ein bisschen darin und zucke die Achseln.

»Von mir aus. Klingt eigentlich ganz gut. Keine Ahnung.«

Sie lacht, dann kneift sie ihren Nasenrücken zusammen.

»Ich schwöre bei Gott, Willa, wenn du am Ende nicht zumindest irgendetwas weißt, dann hat dein Dad vielleicht doch recht.«

13

Das Erste, was man beim Landeanflug auf Seattle sieht, sind Berge, meilenweit schneebedeckte Gipfel, ehe sich ein Blick auf eine perfekt gestaltete Stadt mit einem weit verzweigten Netz aus Gewässern und Grünflächen bietet. Nicht umsonst trägt Seattle den Beinamen Emerald City – die Stadt der Smaragde. Es ist fast, als näherte man sich dem wundersamen Land Oz.

»Sag mir noch mal, wieso es ausgerechnet Seattle sein musste.« Ich klammere mich an Vanessas Arm, als wir durch ein heftiges Luftloch fliegen.

»Weil du seit fast vier Jahren keinen Fuß mehr aus New York herausgesetzt hast.«

»Das stimmt doch nicht.« Das ist völlig unmöglich. Oder? Shawn und ich haben unsere Flitterwochen auf Hawaii verbracht. Und danach? Wir haben die Turbulenzen hinter uns gebracht, und ich überlege, welche Abenteuer ich seit meiner Hochzeit mit Shawn sonst noch erlebt habe. »Einmal waren wir in D.C., als Shawn eine Konferenz dort hatte.«

»D.C. zählt nicht. Es ist der verlängerte Arm von New York, nur dass dort lauter Polit-Freaks anstelle von Finanz-Freaks sitzen.«

»Na gut. Trotzdem. Wieso ausgerechnet Seattle?«

Ich will, dass sie es laut ausspricht – *wegen Theo* –, aber sie schüttelt den Kopf. »Weil du dich, wärst du auch nur ein Quäntchen risikofreudiger gewesen, entschlossen hättest hierherzuziehen … in einem anderen Leben, *deinem* anderen Leben, meine ich. Vielleicht klappt's ja in deinem neuen Leben.«

Ich würde nie im Leben nach Seattle ziehen, denke ich. Viel zu grün. Und all der Kaffee! Und Recycling! Und … an jeder Ecke diese Karomuster! Zumindest sind das die Klischees, die ich mit Seattle verbinde, dabei kenne ich die Stadt nur aus *Grey's Anatomy*. Und von meiner Google-Recherche. Ich war noch nie hier, aber gegoogelt habe ich die Stadt sehr wohl, genauso wie Theodore. Ich habe gegoogelt, wo er hingeht, was er so tut, mit wem er sich umgibt. Offen gestanden habe ich ihn sogar gestern Abend noch gegoogelt, um herauszufinden, ob sich unsere Pfade kreuzen könnten, aber laut AP hält er sich derzeit in New Orleans auf, um die Saints bei einer Klage wegen sexueller Belästigung zu unterstützen.

Damals, als er Y.E.S. gegründet hat, wollte er, dass ich mit ihm hierherziehe – er war der Ansicht, Seattle mit seiner aufstrebenden Computerindustrie und seiner (in diesem Punkt kann man geteilter Meinung sein) wesentlich höheren Lebensqualität (wenn man auf Klettern, Mountainbiken oder Bootsausflüge steht, Obst- und Gemüsemärkte mag, leidenschaftlich Ski fährt oder sich insgesamt für Aktivitäten an der frischen Luft begeistern kann, wovon nichts auf mich zutrifft) sei ein absolutes Muss. Aber ich war fünfundzwanzig und hatte keinerlei Selbstvertrauen. Seattle war zu beängstigend, zu weit von meinen Eltern weg, zu weit von allem weg, was ich kannte.

Theodore und ich lernten uns am ersten Tag nach meinem Collegeabschluss kennen. Vanessa und ich entluden unseren Kombi, zerrten Kartons, Bücher, Doc Martens und halb leere Tequilaflaschen (kein Student schüttet freiwillig Alkohol in den Abfluss) die vier Stockwerke in unsere Wohnung ohne Fahrstuhl auf der Upper East Side hinauf, und er bot uns seine Hilfe an. Ein nicht ganz so selbstloses Angebot, wie es den Anschein hatte, denn er wohnte direkt unter uns und wollte, dass wir schnell in unsere vier Wände kamen. Aber trotzdem. Er schwang sich sein Fahrrad über die Schulter und schnappte einen Müllsack mit schmutzigen Klamotten. Ich nehme das schon, sagte er.

Ich mochte Theodore auf Anhieb, deshalb entschuldigte sich Vanessa mit einer Ausrede, als er uns am Abend zum Essen einlud. Sie bestand darauf, dass ich allein ging. Er kredenzte mir selbst zubereitete Omeletts, was ich sehr süß fand, zumindest bis zu dem Moment, als ich im Krankenhaus landete – blöderweise hatte er sie mit Trüffelöl beträufelt, und ich gehöre ausgerechnet zu den fünf Menschen auf diesem Planeten, die eine Trüffelallergie haben.

Dennoch habe ich den Abend bis heute nicht vergessen und weiß noch genau, wie er mich mit auf Ballongröße angeschwollenen Lippen in die Notaufnahme brachte, mir gut zuredete, als ich kaum noch Luft bekam, und mich auch dann noch nicht völlig abstoßend fand, als sich ein Ausschlag zu den Symptomen gesellte, der sich charmantestenfalls mit dem Fruchtfleisch eines Granatapfels vergleichen lässt. Heute frage ich mich manchmal, was passiert wäre, wenn er damals Spaghetti gekocht, eine Suppe aufgewärmt oder ein Steak in die Pfanne geworfen hätte, wenn er auf das Trüffelöl verzichtet hätte und ich nie in der Notaufnahme gelandet wäre, mich nie in ihn verliebt hätte, dort, mitten im Krankenhaus, mit Lippen so dick wie

Bananenhälften und einem mit Flecken übersäten Gesicht, Zeugen der Plage des modernen Zeitalters.

Er saß neben mir in der Notaufnahme und sagte: »Vielleicht ist das ja Schicksal.«

»Glaubst du denn an Schicksal?«, fragte ich.

»Nein, eigentlich nicht.«

»Hmm.«

»Aber an Omeletts mit Trüffelöl.«

Und ich musste (trotz meiner Bananenlippen) schrecklich lachen und sagte: »Du bist ein Blödmann.«

Und er stimmte in mein Gelächter ein. »Stimmt, trotzdem kannst du mich gut leiden.«

Drei Jahre später zog er nach Seattle, stellte die Finanzierung von Y.E.S. auf die Beine und bat mich, mit ihm zu kommen. Aber Theodore war mutig, selbstsicher und waghalsig, und das in einer Art und Weise, wie ich es niemals sein würde. In drei Jahren Beziehung war ich kein einziges Mal gemeinsam mit ihm Fahrrad gefahren (»Was, wenn ein Taxi mich vom Sattel fegt?«), hatte nicht kochen gelernt, da Bestellen tausendmal bequemer und einfacher war, und ich hatte nie ernsthaft darüber nachgedacht, dass ein »Yes« von mir alles verändern könnte, obwohl er sein gesamtes Leben auf diesem einen kurzen Wort aufgebaut hatte. Jedenfalls fragte er mich, und ich tat, was ich immer tat: Ich blieb auf demselben Kurs, auf dem ich schon immer gewesen war, und er versuchte erst gar nicht, mich von meiner Meinung abzubringen – schätzungsweise kannte er mich viel zu gut dafür. Also zog er nach Seattle, und ich lernte zwei Jahre später Shawn auf Match.com kennen. Theo verlobte sich, dann büßte er einen seiner Hoden ein und stöberte mich auf Facebook auf.

Und jetzt sind wir hier. In Seattle, jener Stadt, die das

Schicksal womöglich von Anfang an für uns vorgesehen hatte.

Ich sehe aus dem Fenster des Leihwagens.

»Bist du bereit?«, fragt Vanessa.

»Wofür?«

»Berge zu erklimmen.«

»Du meinst das doch nicht wörtlich, oder? Du weißt genau, wie sehr ich die Berge hasse.«

Sie drückt aufs Gas. »Genau deshalb müssen wir ja dort hoch.«

Mail von: Richard Chandler
An: Willa Chandler
Betreff: dieses Buch
Willa, ich will gleich zur Sache kommen: Mir kam das Gerücht zu Ohren (genauer gesagt, meiner Agentin Lana), dass du irgendetwas mit einem Projekt für ein Buch zu tun hast, in dem meine weltweit anerkannten Theorien und Rückschlüsse widerlegt werden sollen. Schlimmer noch – wenn ich richtig informiert bin, hängt das Buch mit einer REALITYSHOW zusammen?!? Kann das sein? Bestimmt nicht! Muss ich dich daran erinnern, dass Simon Cowell in der Vergangenheit wegen einer Realityshow an mich herangetreten ist und ich nach knallharten Honorarverhandlungen davon Abstand genommen habe, weil diese Shows in meinen Augen nichts als der kleinste gemeinsame Nenner unserer Gesellschaft sind?
Ich habe Lana versichert, dass sie etwas falsch verstanden haben muss, dass keines meiner Kinder, sosehr sie auch an meinen Theorien zweifeln mögen, jemals in eine dieser TV-Shows gehen und schon gar nicht ver-

suchen würde, meine Theorien zu widerlegen. (Na gut, Raina vielleicht schon, aber du, William, niemals!) Sollte ich mich jedoch irren und du solltest tatsächlich vorhaben, deine Zweifel an meinen Theorien in einem Buch zu verarbeiten, muss ich dich eindringlich bitten, einen Moment lang innezuhalten und dir zu überlegen, welchen Schaden du damit mir und unserer Familie zufügen könntest. Vielleicht ist diese Mail aber auch überflüssig, weil ich schließlich weiß, dass es kommen wird, wie es kommt, und du meinen guten Ruf niemals so in den Schmutz ziehen würdest. (Habe ich übrigens erwähnt, dass CNN mir angeboten hat, dem Sender dauerhaft als Experte zur Verfügung zu stehen?! Ich bin außer mir vor Freude darüber, außerdem hat Cowell sich mit einem weiteren, deutlich lukrativeren Angebot an Lana gewandt, deshalb werden wir sehen, wie es weitergeht.) Trotzdem wollte ich mich offiziell zu dieser Angelegenheit äußern.
Deine Mutter ist für die nächsten Wochen nach Palm Beach geflogen, ich bleibe jedoch in New York. Ich habe mich kürzlich bei Match.com angemeldet und muss sagen, dass ich diese Plattform ausgesprochen faszinierend finde! Wenn du mich fragst, könnte man glatt ein Buch darüber schreiben, dass sich der Partner fürs Leben zwangsläufig im Internet findet. Möchtest du hierzu vielleicht einen Beitrag leisten? Die Ausbeute bei der elektronischen Partnersuche ist so groß und vielfältig! Mein Becher fließt förmlich über vor Möglichkeiten!
Dein Vater
Richard Chandler

RICHARD CHANDLER
AUTOR DES Nr. 1-*NEW-YORK-TIMES*-BESTSELLERS:
Außer Rand und Band – Weshalb Sie längst die Kontrolle über Ihr Leben verloren haben könnten
VERTRETUNG: LANA DELANEY, CREATIVE ARTISTS AGENCY
MAIL: DERPLANDESLEBENS@IHREENTSCHEIDUNG.COM

Die *DareYou!*-Produzenten haben uns in einem heimeligen Hotel mit Blick über den Puget Sound untergebracht. Wir kommen gerade noch rechtzeitig an, um die Sonne in flammendem Orange und Rot hinter den gezackten Bergen in der Ferne untergehen zu sehen – ein unglaubliches Schauspiel, magisch, ätherisch und atemberaubend. Perfekt. Jeden Tag geht die Sonne auf und wieder unter, während wir unser Leben leben, dieselben Wege beschreiten, uns ins selbe Schicksal fügen.

Wortlos stehen Vanessa und ich am Fenster, während die Sonne immer tiefer und tiefer sinkt, bis sie endgültig hinter den scharfkantigen Gipfeln verschwindet. Ich frage mich, ob es überhaupt möglich ist, etwas zu verändern: an den Wegen, die wir gehen, an unserem Leben, dem Schicksal, an allem. Obwohl ich jetzt hier und nicht länger in New York bin, wo ich in meinen Alltagsstrukturen gefangen bin, jeden Tag, jede Woche, jeden Monat, stellt sich die Frage, wie schwierig es wohl sein muss, sein Schicksal in die Hand zu nehmen und den Lauf der Dinge zu verändern.

»Ich hoffe für dich, dass du nicht gerade das tust, was ich glaube«, sagt Vanessa, als sie etwas später in einem weißen Hotelbademantel und einem weißen Handtuchturban aus dem Badezimmer kommt.

Eilig knalle ich den Laptop zu. »Ich habe keine Ahnung, was du glaubst, deshalb kann ich die Frage nicht beantworten.«

»Du warst auf Shawns Facebook-Seite.«

Betreten starre ich auf meine Zehen.

»Das blaue Licht hat dich verraten.«

»Ich hätte doch irgendeine Seite ansehen können.«

»Hast du aber nicht.«

»Er ist mein Mann. Wusstest du, dass er die Zuckerbergs kennt?«

»Es ist mir völlig egal, wen er kennt. Du bist in einer Beziehungspause.«

»Ich hätte mir auch Theos Seite ansehen können«, sage ich, als wäre das auch nur einen Deut besser.

Exfreund, Ehemann in Beziehungspause, nach Google-Stalking-Maßstäben ist das doch Haarspalterei.

»Du hättest dir Theos Seite ansehen können, das stimmt, aber bisher hast du noch nicht mal auf seine Mail geantwortet. Wärst du also auf seiner Seite gewesen und hättest dich gefragt, ob du ihm antworten sollst, hättest du … na ja … etwas dagegen unternehmen sollen. *Kämpfe gegen die Trägheit der Masse.*«

Seufzend lasse ich mich aufs Bett fallen und ziehe mir das Kissen über den Kopf.

»Darf ich dir etwas sagen?«, fragt sie.

»Bitte.« Meine Stimme wird vom Kissen gedämpft.

»Ich weiß, dass du am Boden zerstört bist, weil Shawn allein nach Palo Alto gegangen ist.«

»Stimmt.«

»Aber ist das wirklich der Grund?«

Ich setze mich abrupt auf.

»Natürlich!«

»Okay.«

»Shawn und ich haben immer alles gemeinsam gemacht.«

»Hmhm.«

»Was?«

»Das ist zweifellos ein Grund, jemanden zu vermissen, aber keiner, um mit jemandem verheiratet zu sein.«

»Was willst du eigentlich von mir, Vanessa? Nur weil ich nicht herumsitze und in die Kissen weine, heißt das noch lange nicht, dass ich nicht am Boden zerstört bin.« Ich setze mich aufrechter hin. »Er ist mein Mann. Mein Leben, wenn du so willst. Ich habe darauf gezählt, dass er derjenige ist, der für mich bestimmt ist.«

»Vielleicht hast du dich ja verzählt«, sagt sie ganz leise, und wenn ich genau lausche, höre ich die verheerenden Konsequenzen, die sich aus diesem Rückschluss ergeben könnten.

Ich lasse mich gegen das Kopfteil sinken. Vanessa setzt sich neben mich und zieht den Computer auf ihren Schoß.

»Wir legen nur eine Beziehungspause ein«, fahre ich fort. »Im August könnte alles schon wieder ganz anders sein.«

»Stimmt. Aber nur, wenn du endlich die Augen aufmachst und dein Leben selbst in die Hand nimmst, statt immer nur den anderen hinterherzulaufen.«

»Teil drei im Inhaltsverzeichnis des Buches meines Vaters, ich habe schon verstanden. Und mit ›anders‹ habe ich gemeint, dass Shawn es sich noch mal überlegt.«

»Ich wusste, was du damit meinst.« Sie stellt den Laptop auf den Nachttisch, außerhalb meiner Reichweite. »Aber mir geht es um etwas anderes: Wenn du dein Leben endlich selbst in die Hand nimmst, bist *du* vielleicht diejenige, die es sich noch mal überlegt.«

Facebook/Login
Shawn Golden
Freunde: 2254
Wohnort: Palo Alto
Tätigkeit: die Weltherrschaft übernehmen!
Beziehungsstatus: verheiratet
Religion: HTML

Shawn war im Chipotle Mexican Grill (vor 21 Minuten)
(Ich: Super. Er nimmt zu!)

Shawn hat Arcade Fire auf Erica Stoppards Spotify-Liste gehört (vor 3 Stunden)
(Ich: Arcade Fire? Er steht doch gar nicht auf Hipster-Musik. Und wer ist Erica Stoppard?)

Shawn hat seinen Wohnort von New York City in Palo Alto geändert (gestern)
(Ich: Aber nur vorübergehend, und eigentlich verstößt er damit gegen unsere Vereinbarung!)

Erica Stoppard und Shawn Golden (vorgestern):
Shawnie, es war so cool, gestern Abend im The Wine Room endlich mal den IT-Gott persönlich kennenzulernen!!!!! Melde dich! Danke für die Freundschaftsanfrage. Ich find's klasse, dass Cilla uns einander vorgestellt hat.
(Ich: Was zum … ?)

Shawn Golden ist jetzt mit Erica Stoppard und James Pichard befreundet.

Shawn hat sich bei »JDate.com – Das Jüdische Singleportal« angemeldet (vor vier Tagen)
(Ich: Scheiße.)

Google.com/suche
Suchbegriff: Erica Stoppard

14

DareYou! – Das Leben ist nichts für Feiglinge! Wage den Sprung in ein neues Leben!
Von Vanessa Pines und Willa Chandler

SCHRITT EINS: STELLE DEN MASTERPLAN DEINES LEBENS AUF DEN PRÜFSTAND
Willkommen, liebe Leser! Wir freuen uns sehr, dass Sie uns auf dieser Reise begleiten wollen, einer Reise voller Abenteuer und Wagnisse, einer Reise, deren Ziel darin besteht, unser Leben von Grund auf zu verändern. Natürlich wissen wir, dass sich die Ratgeber in den Regalen der Buchhandlungen stapeln, und wir wollen (im Gegensatz zu ihnen) keine falschen Versprechungen machen. Sie werden kein ganz neues Leben beginnen, allein indem Sie dieses Buch lesen. Nein. So einfach ist es leider nicht. Hier geht es nicht um schnelle Lösungen. Sollten Sie die suchen, lesen Sie Dr. Richard Chandlers *Außer Rand und Band – Weshalb Sie längst die Kontrolle über Ihr Leben verloren haben könnten*. Ja, ganz recht, wir schrecken nicht davor zurück, auf die Konkurrenz zu verweisen. Weshalb? Weil wir diese Reise nur mit Ihnen antreten wollen, wenn Sie hundertprozentig hinter uns stehen. Genau darum geht es in diesem Buch: Wir werden Sie zwingen, knallharte Entscheidungen zu treffen, althergebrachte Überzeugungen auf den Prüfstand zu stellen, den unbequemen Weg für sich

zu wählen und vielleicht sogar eine Zeitlang ziemlich unglücklich zu sein. Wenn Sie nicht bereit sind, diese Risiken einzugehen, legen Sie das Buch am besten gleich beiseite und greifen stattdessen zu Dr. Chandlers Ausführungen, die Sie ganz vorn in Ihrer Buchhandlung gleich neben dem Eingang aufgestapelt finden (für all jene, die durch Barnes and Noble schlendern und nicht nur das Kindle-Gratiskapitel herunterladen, weil sie nicht sicher sind, ob sie sich darauf einlassen wollen).

Sollten Sie sich allerdings dafür entscheiden, Ihren Weg mit uns zu gehen, werden wir Ihr Leben verändern. Dr. Chandler wird Ihnen einreden, dass so etwas nicht geht, aber er irrt sich. Wenn Sie risikobereit genug sind, an der Stelle, an der Sie sonst immer nach rechts abgebogen sind, nach links abzubiegen, wenn Sie Zäune überspringen, obwohl Sie sonst immer nur an der Seitenlinie herumgesessen haben, wenn Sie Ihre minimalen Erwartungen an sich selbst überwinden und exakt das Gegenteil dessen tun, was Sie sonst immer getan haben, werden Sie den Masterplans des Universums verändern – oder, wie wir ihn nennen, Ihren persönlichen Masterplan. Schicksal ist nichts, was einfach so passiert, wie Dr. Chandler es behauptet. Das Schicksal oder die Bestimmung (oder wie auch immer man es bezeichnen will) ist etwas, das Sie selbst in der Hand haben.

Sie glauben uns nicht? In den nachfolgenden Kapiteln werden Sie erfahren, wie wir unser eigenes Leben verändert haben. Und danach werden Sie in Ihre Buchhandlung zurückkehren, sich ein zweites Mal in Ihren Kindle einloggen und sich auf Ihre ganz eigene Reise begeben.

Vanessa weckt mich in aller Frühe, viel zu früh, obwohl ich immer noch auf die New Yorker Zeit eingestellt bin. Ich bin wie gerädert. Die Vorstellung, dass Shawn sich auf JDate oder mit Erica Stoppard herumtreibt, über die sich trotz einiger Mühe erstaunlich wenig bei Google herausfinden lässt, hat mich um den Schlaf gebracht. Immerhin konnte ich eine Handvoll Fakten über sie zusammentragen: Sie stammt aus Chicago (vielleicht aber auch nicht), arbeitet als Reporterin für IT und Technik, das lässt sich jedoch ebenfalls nicht mit Bestimmtheit sagen, weil ich lediglich hier und da ihren Namen unter Artikelüberschriften gefunden habe. Sie steht grellbunt ausgeleuchtet und völlig verzerrt auf Hipster-Fotos, und das meistens im Profil, weshalb ich nicht einschätzen kann, ob sie hübscher ist als ich. Und sie ist mit Cilla Z. befreundet, die ich unter Aufbietung all meiner detektivischen Fähigkeiten als Priscilla Zuckerberg, Mark Zuckerbergs Ehefrau, identifizieren konnte. Ganz toll!

Abwechselnd zwischen Wachen und Halbschlaf habe ich diese rudimentären Informationen über Nacht gären lassen, bis ich gegen zwei Uhr endlich in Tiefschlaf gefallen bin, nur um kurz danach aus einem Traum von einer als Brooklyner Hipster-Queen aufgemotzten Erica Stoppard zu schrecken. Sie trug eine lässig auf dem Hinterkopf sitzende Strickmütze, ein fadenscheiniges Shirt, das sich um ihren zierlichen Oberkörper schmiegte, zahllose Freundschaftsbändchen an den Handgelenken und einen Wollschal um den Hals sowie ein Kopfkissen, mit dem sie mich zu ersticken versuchte.

»Es ist halb sieben«, sagt Vanessa und rüttelt mich an der Schulter. »Zeit zum Aufstehen. Los, wir müssen gehen.«

»So früh«, maule ich. »Wer muss um diese Zeit aus dem Haus?«

»Der Berg ruft.« Ich höre, wie sie in ihre Turnschuhe schlüpft.

Mein Magen rebelliert, und ich ziehe die Knie an die Brust. Schon seit meiner Kindheit hasse ich schneebedeckte Berge aus tiefster Seele. Als ich acht war, haben meine Eltern mich auf eine Wanderung in die Alpen geschleppt. Ich kam vom Weg ab und verirrte mich, konnte aber die Schilder nicht lesen, weil sie auf Französisch waren. Drei geschlagene Stunden lang saß ich am Wegrand und heulte wie ein Schlosshund, weil ich der festen Überzeugung war, dass mein Vater mich dort oben hocken lassen würde, da »das Universum es so vorgesehen« hatte. Irgendwann entdeckte mich ein deutsches Ehepaar in Lederhosen und nahm mich mit ins Tal, wo mich meine Eltern an der Seilbahn in Empfang nahmen. Alles war noch mal gut gegangen, und mir war nichts passiert, das stimmt, aber mit acht brennt sich dieses Gefühl des Verlassenseins, der Verlorenheit und der Angst, dass die eigenen Eltern sowieso nicht nach einem suchen und man die Einzige ist, die vor Angst schier den Verstand verliert, unauslöschlich ins Gedächtnis ein. Selbst heute noch, unter der weichen Decke unseres hübschen Hotelzimmers mit Blick über den Puget Sound, kann ich die Panik in meiner Brust aufsteigen spüren, jenes Gefühl, mutterseelenallein auf der Welt zu sein, so wie ich es damals als Achtjährige empfunden habe.

»Los, raus aus den Federn.« Vanessa wirft mit einem Kissen nach mir. »Meine erste Herausforderung an dich: Knack den Code für den Masterplan des Universums.«

»Ich habe keine Ahnung, was der Masterplan des Universums mit dem Besteigen eines Bergs zu tun hat.«

»Das wirst du noch früh genug erfahren, das kann ich dir versichern.« Sie geht ins Badezimmer und verriegelt die Tür.

Ich überlege, ob ich einfach liegen bleiben und mich weigern soll, die Behaglichkeit der ägyptischen Baumwollbettwäsche zu verlassen, aber sich mit Vanessa anzulegen ist nicht empfehlenswert. Noch bevor man weiß, wie einem geschieht, hat sie bereits sämtliche Entscheidungen für einen getroffen, und wenn ich ganz ehrlich bin, ist es für einen Menschen wie mich, der vorwiegend aus Grauzonen und fehlenden Ecken und Kanten besteht, eine echte Wohltat, jemanden mit einer solchen Geradlinigkeit und Unnachgiebigkeit um sich zu haben.

Ihre Stimme dringt aus dem Bad, als hätte sie meine Gedanken gelesen. »Willa, bitte! Ich habe einen Vertrag mit Random House und dem *DareYou!*-Team und einen festen Plan. Das hier ist mein Job, und dir tut die Ablenkung bestimmt gut. Ganz zu schweigen von der Gratistherapie, die du mit diesem Projekt bekommst. Also schwing deinen Hintern endlich aus dem Bett.«

Das ist ein Argument.

Der Berufsverkehr ist die Hölle. Man sollte annehmen, in einer Stadt, die sich den Umweltschutz auf die Fahne geschrieben hat, gehen die Leute zu Fuß oder bilden Fahrgemeinschaften. Tatsächlich flitzt auch eine Handvoll todesmutiger Radfahrer in eng anliegenden neonfarbenen Radlerklamotten an uns vorbei, doch alle anderen kriechen mit dem Handy in der Hand oder am Ohr in einer endlosen Blechkolonne im Schneckentempo dahin.

»Ich will das alles nicht«, brumme ich, als wir auf den Highway in Richtung Süden einbiegen.

»Und was würdest du stattdessen gern tun?«

»Keine Ahnung.«

»Genau darum geht's«, sagt Vanessa.

Und dann verfallen wir beide in Schweigen, denn der

Mount Rainier erhebt sich in seiner majestätischen Schönheit und Größe vor uns – ein schneebedeckter Gipfel inmitten von weißen Wattebauschwölkchen an einem ansonsten glasklaren, strahlend blauen Himmel. Einen Moment lang betrachten wir das Naturschauspiel in ehrfürchtigem Staunen. Die Welt ist ein magischer Ort, der einen immer wieder aufs Neue in Erstaunen versetzt. All das vergisst man allzu leicht, vor allem, wenn man schwere Zeiten hinter sich hat, so wie ich in den vergangenen paar Wochen.

»Aber den Zusammenhang zwischen einer Bergwanderung und der Idee, die Aussagen meines Vaters zu widerlegen, verstehe ich immer noch nicht«, sage ich etwa eine halbe Stunde später, als wir so weit außerhalb der Stadt sind, dass wir nur noch AM-Nachrichten empfangen können. »Ich hasse Wandern, das habe ich dir schon tausend Mal gesagt. Und die Berge hasse ich auch. Dort ist es kalt, und im Grunde sollen sie gar nicht bestiegen werden. Weißt du, wie viele Menschen jedes Jahr bei Bergtouren ums Leben kommen?«

»Weißt du es?«

»Na ja, nein, aber darum geht es nicht.«

»Der Masterplan des Universums ist Gottes Plan, wie dein Vater so schön sagt. Ist dir jemals in den Sinn gekommen, dass deine Angst vor Bergen, die du seit deinem achten Lebensjahr mit dir herumträgst, in Wahrheit eine Angst vor etwas viel Größerem sein könnte? Dass sie nur eine Metapher ist? Und dass du dieser Angst erlaubt hast, gewissermaßen dein persönlicher Masterplan des Universums zu werden?«

»Holla.« Ich hebe abwehrend die Hände. »Das ist mir zu viel für diese Uhrzeit. Ich war gerade mal acht Jahre alt. Und es war nur ein Berg.«

Vor uns fährt ein Minivan mit einem Sticker auf der Stoßstange – MOMS FOR MARIHUANA.

»Und seitdem hast du nie wieder einen bestiegen.« Sie setzt den Blinker und schert aus. »Ich bin kein Psychiater, aber für mich hört sich das nach einer ziemlich treffenden Metapher an.«

»Du glaubst also, ich mache unbewusst das, was mir als Achtjähriger passiert ist, für mein ganzes Leben verantwortlich?«

Statt einer Antwort drückt sie auf die Tube, schert wieder ein und zeigt der Marihuana-Mom den Stinkefinger.

Es ist bereits kurz vor zehn, als wir in den State Park einbiegen. Überall auf dem Parkplatz stehen Wohnwagen und Camper, dazwischen Wanderfreunde, Familien und ein paar vereinzelte Hippies, die aussehen, als könnten sie eine Dusche vertragen. Sie beugen sich über ihre Landkarten, packen ihre Sachen zusammen und machen sich bereit zum Aufbruch. Eine Mutter wischt ihrem kleinen Sohn mit einem Feuchttuch das Gesicht ab, während dieser sich ihrem Griff zu entwinden versucht und empört »IGITT! HÖR AUF! DAS IST EKLIG!« schreit.

Vanessa fährt in eine Parklücke, und ich lasse meinen Gurt aufschnellen. Sie hat sich geweigert, unterwegs anzuhalten, weil sie spätestens um zehn auf dem Parkplatz sein will, warum auch immer. Inzwischen habe ich nasse Hände, der kalte Schweiß steht mir auf der Stirn, und mein Magen rebelliert. Wieso habe ich mich bloß darauf eingelassen? Wen kümmert es, ob ich meinen persönlichen Masterplan revidiere? Es ist schwachsinnig, ausgerechnet dieses Riesenthema als Erstes anzugehen, das weiß doch jedes Kind! Müsste ich nicht so dringend aufs

Klo, würde ich mich glatt weigern, aus dem Wagen zu steigen.

Aber die Natur fordert ihren Tribut. »Ich muss eine Toilette finden. Bin gleich wieder da.«

Ich schlage die Tür zu. Falls Vanessa etwas erwidert hat, höre ich es zumindest nicht. Neben der Hütte des Parkrangers finde ich eine ziemlich gruselige Toilette. Es gibt weder Seife noch ein Fitzelchen Toilettenpapier, dafür aber einen halb blinden Spiegel, aus dem mir eine bleiche, völlig fertige Version meiner selbst entgegenblickt. Ich kann nicht glauben, dass ich das bin. Hab ich schon immer so ausgesehen? Wieso hat Vanessa nie einen Ton gesagt?

Ich fordere dich heraus, endlich eine anständige Feuchtigkeitscreme zu benutzen! Dare You!

Ich nehme mein Haar im Nacken zusammen, beschließe jedoch, mir jede Eitelkeit zu verkneifen. Schließlich machen wir bloß eine Wanderung, und die Chance, Shawn dabei über den Weg zu laufen, steht gleich null. Also brauche ich meinem Aussehen auch keine Bedeutung beizumessen, gewissermaßen als Herausforderung an mich selbst, was im Grunde keine allzu große Herausforderung ist, weil ich vorher auch nie großen Wert darauf gelegt habe, wie meine Falten und Furchen unschwer erkennen lassen.

Und genau aus diesem Grund bleibt mir beinahe das Herz stehen – und zwar wortwörtlich –, als ich aus der Toilette trete und ihn neben dem Wagen stehen und mit Vanessa plaudern sehe, als wäre alles, wie es immer war.

Logischerweise nicht Shawn. Der ist ja viel zu beschäftigt damit, mit Erica Stoppard Indie-Musik zu hören und sich mit den Zuckerbergs zu amüsieren.

Nein, Theodore.

Aber er ist doch in New Orleans! Ich wäre nie nach

Seattle gekommen, hätte ich nicht ganz genau gewusst, dass er in New Orleans ist!

In diesem Moment dreht er sich um und sieht mich. Abhauen, ist mein erster Impuls. Aber das Adrenalin in meinem Körper lähmt förmlich meine Beine und blockiert meinen Verstand, deshalb bleibe ich wie angewurzelt stehen und starre ihn an. Er winkt. Ich muss zurückwinken, denn Vanessa ruft: »Siehst du, genau das meine ich. Man muss den Masterplan des Universums umschreiben! Du selbst hast es nicht auf die Reihe bekommen, deshalb hab ich es für dich getan!«

Endlich kann ich wieder atmen. Und dann meldet sich auch mein Verstand zurück. Und – natürlich – ergreife ich die Flucht. Geradewegs den Hügel hinauf, vorbei an dem Rangerhäuschen und einer Familie mit vier Kindern, die eindeutig besser in Form ist als ich.

»Halt! Bleib stehen! Warte doch!«, höre ich Vanessa hinter mir rufen.

Prompt starren mich alle an.

Aber das ist mir egal. Zwei geschlagene Minuten lang hetze ich den Berg hinauf, bis ich das Gefühl habe, mich gleich übergeben zu müssen. Es hat seine Gründe, weshalb Shawn und ich sonntags nicht mehr joggen gegangen sind.

Ich stütze die Hände auf den Knien ab und lasse den Kopf nach unten hängen. Wenigstens habe ich mir ein paar Minuten Vorsprung verschafft, genug, um mir etwas einfallen zu lassen. Um Vanessa zu sagen, dass sie so etwas nicht tun darf … Sie kann sich nicht derart in mein Leben einmischen, auch wenn ich es ihr erlaubt habe. Nicht so! Und um Theo zu sagen, dass er den Wink gefälligst verstehen und akzeptieren soll, dass es durchaus einen Grund hat, weshalb jemand auf eine Freundschaftsanfrage nicht reagiert – nämlich weil besagte Person nicht mit ihm befreundet sein will!

Aber bevor ich Gelegenheit habe, mir die entsprechenden Argumente zurechtzulegen, erscheint ein Paar leuchtend orangefarbener Nike-Turnschuhe in meinem Sichtfeld.

»Hey«, sagt er.

Ich starre weiter in den Staub und wünsche mir, ich hätte mehr Schlaf bekommen und mir die Zeit genommen, das Haar zu bürsten und ordentlich zu frisieren.

»Ich dachte, ich hätte mindestens fünf Minuten Vorsprung.«

»Ich bin es ja gewöhnt, dass du wegrennst, deshalb war ich vorbereitet.«

Ich erlaube Theodore, mich hochzuziehen. »Eigentlich solltest du doch in New Orleans sein«, sage ich.

»Vanessa hat mich angerufen, deshalb bin ich zurückgekommen.«

»Einfach so.«

»Weshalb sollte das kompliziert sein?«

»Normalerweise ist es das doch immer.«

Wieso muss mein Leben so verdammt kompliziert sein?

»Nur wenn du es kompliziert machst«, bemerkt er. »Zumindest meiner Erfahrung nach.«

»Na ja … die Ex auf Facebook anzuschreiben, um ihr die jüngsten Lebenserkenntnisse aufgrund einer Hodenkrebsdiagnose mitzuteilen, macht die Dinge nicht unbedingt einfacher.«

»Touché.« Er lächelt.

»Wie auch immer.«

»Vanessa meinte, du würdest bestimmt nicht zurückschreiben, auch wenn du es insgeheim gern tätest.« Einen Moment lang lässt er den Blick über die Berglandschaft schweifen, dann stößt er ein halbherziges Lachen aus. »Wenn ich es jetzt so ausspreche, klingt es total abgedroschen. Meinen Kunden würde ich nie im Leben raten, ihr kostbares Geld auf solche Ratschläge zu setzen.«

»Also bin ich eine Art Wette?«

Er lässt sich mit der Antwort Zeit. Schließlich zuckt er die Achseln. »Nein, aber ich denke, wir können uns darauf einigen, dass bei dir immer ein bisschen Risiko mitspielt.«

Der Mount Rainier ist ein aktiver Vulkan, dessen letzter Ausbruch jedoch über hundertfünfzig Jahre zurückliegt. Es gibt hier in der Gegend mehr als sechsundzwanzig Gletscher und über neunzig Quadratkilometer schneebedeckter Flächen. An wolkenlosen Tagen ist der Berg sogar von Portland aus zu sehen.

All das lerne ich von der sechsköpfigen Familie. Nach meinem ersten Adrenalinschub, der mich zuerst in die Flucht geschlagen und mir danach den Mut verliehen hat, mit Theo zu reden, habe ich mich ein wenig beruhigt und folge ihnen nun den Berg hinauf, wohlgemerkt in peinlichem Schneckentempo, mit hochrotem Gesicht, schnaufend und ächzend, während mir der Schweiß über die Schläfen in die Ohren rinnt. Ich bin viel zu wütend, um mit Vanessa zu reden, und zu durcheinander für ein weiteres Gespräch mit Theo, deshalb bleibe ich auf dem knapp siebeneinhalb Meilen langen Wanderweg hinter ihnen – meine Chancen, vor dem Gipfel an einem Herzinfarkt zu sterben, stehen schätzungsweise bei fünfzig Prozent.

Die Mutter der Familie ist ein bezauberndes, aufgewecktes Geschöpf und legt mehr Geduld mit ihren vier Sprösslingen an den Tag, als ich sie je mit Alan Alverson hatte (von meinen potenziellen eigenen Kindern will ich lieber gar nicht erst anfangen). Auf halbem Weg zum Gipfel befindet sich ein Plateau, wo die Mutter die Broschüre aus ihrer Bauchtasche zieht, um die ich sie glühend beneide. Inzwischen habe ich Blasen an beiden großen Zehen und würde einen Mord für ein Pflaster begehen. Wieso habe ich nicht auch daran gedacht, eine Bauchtasche gefüllt mit all den kleinen Notfallutensilien mitzunehmen? Nach dem Motto: allzeit bereit! Wieso war ich nie bei den Pfadfindern? Weshalb haben meine Eltern mich nie hingeschickt? Das ist noch so ein Punkt auf der Liste der Dinge, die ich schmerzlich vermisse. Mein Leben hätte sich völlig anders gestalten können, wäre ich bei den Pfadfinderinnen gewesen.

»Los, Leute, Gruppenfoto!«, ruft der Vater und sieht sich nach einem geeigneten Fotografen um. Ich wende schnell den Blick ab, aber er scheint nicht zu merken, dass ich mich mitten in einer tiefen Lebenskrise befinde, denn er winkt mich herüber.

»Klar.« Ich strahle ihn an. »Und jetzt alle schön lächeln!«

Die Kinder zappeln herum und schneiden Grimassen, die Eltern zaubern ein strahlendes Lächeln auf ihre Gesichter, obwohl sie die Kleinen die ganze Zeit über beschwören müssen, mit den Faxen aufzuhören.

»Jetzt bleibt doch mal einen Moment lang ruhig stehen! Owen, ich schwöre dir, wenn du dich nicht wie ein normaler Mensch benimmst, kriegst du den Lolli nicht, den ich dir versprochen habe!«

Aus reiner Freundlichkeit schieße ich gleich zwei Fotos.

Owen zeigt auf den Berg und schaut mich dann an. »Das Ding da fliegt jeden Moment in die Luft, jede Wette«, sagt er, als wären wir seit Jahren die dicksten Freunde und als hätten ihm seine Eltern nicht verboten, mit Fremden zu sprechen.

»Oh, das bezweifle ich.«

»Da können Sie noch so zweifeln. Man kann nichts für immer einsperren. Irgendwann muss es raus. Bumm!«

»Na, ich weiß nicht recht«, wiegle ich ab. Ich will jetzt keine Grundsatzdiskussionen führen, andererseits habe ich es nicht eilig, zu Vanessa und Theo aufzuschließen.

»Ganz ehrlich, das Ding fliegt demnächst in die Luft, das können Sie mir glauben. Alles fliegt irgendwann in die Luft. Man kann bloß hoffen, dass man nicht in der Nähe ist, wenn es so weit ist.«

Ich nicke und gehe weiter. Vielleicht hat der Knirps ja recht – was weiß ich schon? Ich war noch nie diejenige, die sich gern im Auge des Tornados aufhält.

Eine gute Stunde später überholt Owen mich bereits zum zweiten oder dritten Mal. Ich hänge über dem Geländer und versuche, meine Gedärme zu überreden, sich endlich ein bisschen zu beruhigen, doch mein Seitenstechen ist so heftig geworden, dass ich kaum noch Luft bekomme. Meine Lungen fühlen sich an, als stünden sie in Flammen, ich habe einen Sonnenbrand, und meine Zehen schmerzen so sehr, dass eine Amputation auch nicht viel schlimmer sein könnte. In diesem Moment wäre der Tod eine echte Alternative. Alles wäre besser, als die verbleibenden zwei Meilen zurücklegen zu müssen.

Owen hüpft an mir vorbei. »Los, weiter, Lady, so alt können Sie doch noch nicht sein!«, ruft er.

Aber ich bin alt. Steinalt. Zweiunddreißig. Mein Mann liebt mich nicht mehr! Ich bin unfruchtbar und kinderlos! Ich habe meinen Job verloren, weil ich noch nicht mal genug Fantasie habe, um mir eine brauchbare Werbekampagne für Inkontinenzeinlagen einfallen zu lassen. Und mein Vater nimmt sich eine Geliebte.

Das war's. Ich steige aus.

»Sag meinen Freunden, sie können meine verwesende Leiche auf dem Rückweg hier einsammeln!«, rufe ich ihm hinterher.

Zu meiner Linken befindet sich ein Felsbrocken, auf den ich mich sinken lasse.

»Wie Sie wollen«, ruft er mir über die Schulter zu und verschwindet um die nächste Biegung.

Genau, denke ich, obwohl ich keine Ahnung habe, was ich wirklich will. Das ist das Problem, wenn man unter dem Einfluss meines Vaters aufwächst: Was bringt es einem, den eigenen Wünschen und Vorstellungen zu folgen und sich Gedanken darüber zu machen, was man im Leben erreichen will, wenn am Ende sowieso alles einer Unvermeidbarkeit unterliegt, auf die man keinerlei Einfluss hat? Der Masterplan des Universums! Niemand kann sich gegen Gottes Plan stellen, weil … weil es nun mal Gottes Plan ist, verdammt noch mal! Wieso ihn also nicht mit offenen Armen willkommen heißen? Sich darüber freuen, ihn genießen?

Ich lasse den Blick über die Landschaft schweifen. Shawn ist irgendwo dort draußen, und er tut genau das, worauf er gerade Lust hat.

Ich scharre im Staub herum und checke mein Handy, in der vagen Hoffnung, dass Shawn es sich noch mal anders überlegt und mir eine Mail geschickt hat, aber logischerweise gibt es hier oben keinen Empfang. Trotzdem tippe ich eine SMS an Nicky – vielleicht erzählt er ja Shawn, dass ich in Seattle bin, und dann fällt ihm wieder ein, dass Theo hier lebt, und kommt vor Eifersucht beinahe um – aber dann wird mir bewusst, dass Shawn noch nie eifersüchtig war. Wieso auch? Außerdem hat er vermutlich längst vergessen, dass ich vor all den Jahren mit Theo zusammen war. Einmal bin ich zufällig bei unseren Sonntagseiern auf einen Artikel in der *Times* über ihn gestoßen und habe ihn beiläufig Shawn hingeschoben. Er hat ihn nur überflogen und die Achseln gezuckt. Wenn du mich fragst, hat er gesagt, ist das, was der Typ da macht, reiner Schnickschnack. Ich meine, wie blöd muss man sein, dass man jemanden braucht, der einem sagt, wie man zu etwas Ja oder Nein sagt?

Ich legte den Artikel wieder neben mein Tischset und verkniff mir einen Kommentar. Mir hat er die ganze Zeit gesagt, wozu ich Ja oder Nein sagen soll.

Die Sonne auf diesem Scheißberg brennt erbarmungslos auf mich herunter, dabei dachte ich immer, dass es in Seattle nur regnet. Wieso kann es ausgerechnet heute nicht regnen?

Ich schirme das Gesicht mit der Hand ab, als Owens Mutter auftaucht, vor mir in die Knie geht und mir Studentenfutter anbietet. Ich bedanke mich.

»Sicher, dass es Ihnen gut geht? Sie sehen nämlich nicht danach aus.«

»Doch. Mir geht's gut.«

Sie richtet sich auf und lässt den Blick über die herrliche Landschaft schweifen, so wie ich es auch gern tun würde, würde ich nicht gerade Höllenqualen leiden.

»Wenn man das hier sieht, bekommt man gleich eine völlig andere Perspektive«, sagt sie und lässt den Atem entweichen. »Bitte entschuldigen Sie, dass Owen so ein kleiner Klugscheißer ist.«

»Macht doch nichts.«

Sie reicht mir ein paar Feuchttücher, als wollte sie sich damit für die Penetranz ihres Neunjährigen entschuldigen, und zieht den Reißverschluss ihrer Bauchtasche zu.

»Sie wissen ja, wie Kinder sind«, fügt sie hinzu.

Wieso sagen das eigentlich ständig alle? Als müsste ich es wissen.

»Klar«, gebe ich zurück, weil das die Standardantwort auf Bemerkungen wie diese ist.

Ich weiß überhaupt nicht, wie Kinder sind. Ich kenne zwar Nicky, aber er hatte nie eine reelle Chance, sich wie ein normaler Junge zu benehmen. Deshalb kann ich nur etwas über ihn und sein Verhalten sagen, das definitiv schräg ist. Aber das ist auch nicht weiter verwunderlich, wenn der eigene Vater von einer Handvoll wahnsinniger Terroristen in die Luft gejagt wird, während man selbst noch in der Fruchtblase im Mutterleib schwimmt. Ich versuche, meinen Nacken zu dehnen, frage mich, ob all die negativen Schwangerschaftstests wohl die Art des Universums waren, mir zu sagen, dass mein Mann mich demnächst verlassen würde und es deshalb keine allzu schlaue Idee wäre, Mutter zu werden. (Jetzt im Moment? Überhaupt jemals?) Vielleicht war es ja Gottes Plan, der Masterplan des Universums. Ich schließe die Augen und wünsche, ich könnte die körperliche Energie aufbringen, Vanessa einzuholen, die mir sagen würde, dass ich eine Idiotin bin, weil ich so einen Quatsch denke.

Ich sehe abermals auf mein Handy, das natürlich keinen Deut besser funktioniert als vor dreißig Sekunden. Also stecke ich es wieder ein und kaue ein paar Mandeln und

Rosinen mit teilweise geschmolzenem Joghurtüberzug, die bei Weitem nicht so gut schmecken, wie ich gedacht hatte. Ich spucke eine aus und denke an Nicky. Wie es ihm wohl in Palo Alto geht? Hat Shawn überhaupt Zeit, sich um ihn zu kümmern? Shawn mag seine Fehler haben, aber seine Loyalität gegenüber seinem Neffen ist unerschütterlich. In diesem Moment fällt mir auf, dass ich nie ernsthaft über Shawns Fehler nachgedacht habe. Bis vor Kurzem – vor der dämlichen Lederjacke, seinem gestylten Haar und seinem zwanghaften Selbstfindungstrip – habe ich im Grunde überhaupt keinen Fehler an ihm entdeckt. Er war immer liebevoll (okay, in letzter Zeit vielleicht ein bisschen distanziert), hatte gern Sex (in letzter Zeit war er allerdings immer zu müde dafür) und war sehr intellektuell (an der Grenze zum Besserwisser).

Ich ziehe mein Handy noch mal heraus und fange an zu tippen.

SHAWNS FEHLER:

- unser Liebesleben könnte ein bisschen mehr Pfeffer vertragen.
- nicht spontan (vgl. Eier am Sonntag)
- liebt Computer mehr als Menschen
- neuerdings fürchterlicher Klamottengeschmack (Stichwort Lederjacke!!!)

Das ist nicht viel, aber immerhin etwas. Ein winziger Haarriss in der perfekten Shilla-Fassade. Shawn ist ein guter Ehemann, wie die überschaubare Länge der Liste eindeutig beweist. Die meisten Frauen könnten aus dem Stand mindestens zwanzig Dinge aufzählen, die sie an ihrem Mann nerven. Ich bringe es gerade mal auf vier. Na ja, ich könnte es auf fünf bringen (die Frisur) oder sechs, wenn man seine neue Liebe zu dem Wort »Alter« mitzählt.

Allmählich beginnt mein Rücken zu schmerzen, deshalb rutsche ich von dem Felsbrocken herunter und setze mich auf den Boden, was aber auch nicht viel bequemer ist. Ich ziehe meinen Turnschuh und die Socke aus und nehme die gigantische Blase in Augenschein, die meine gesamte große Zehe unter sich begraben hat. Eine Metapher, denke ich, obwohl mir bewusst ist, dass ich übertreibe. In der einen Minute geht es der Zehe noch wunderbar, dann plötzlich ist sie komplett hinüber. Und all das nur wegen eines kleinen Streits. Shawn und ich hatten nie Streit. Der Beweis dafür liegt auf der Hand: Ich muss erst mitten auf dem Mount Rainier sitzen, Meilen hinter meiner besten Freundin und meinem Ex und nur mit ein paar Feuchttüchern und einer Handvoll Studentenfutter zum Überleben, um auf die Idee zu kommen, eine Liste der Fehler meines Mannes zu erstellen.

»Mit Shawn und dir stimmt eindeutig etwas nicht, weil ihr euch nie streitet«, hat Raina vor zwei Jahren in einem Sushi-Restaurant zu mir gesagt. »Ihr geht irgendetwas aus dem Weg.«

»Nur dir und deinen Bissigkeiten«, antwortete ich. »Und wer sagt das überhaupt? Dein Therapeut?« Ich mopste ein Tunfischröllchen von ihrem Teller.

»Ja. Mein Therapeut. Aber das macht es nicht weniger wahr. Außerdem wäre es nicht die schlechteste Idee, wenn du auch mal zu ihm gehen würdest.«

Ich beuge mich vor und versuche, die Blase mit dem Fingernagel aufzustechen, doch sie wölbt sich nur wie ein Ballon und tut noch mehr weh als vorher, um mir zu zeigen, dass sie sauer auf mich ist. Ich lasse den Kopf gegen den Felsen sinken und spüre, wie die Sonne auf meine Wangen herunterbrennt. Ich hätte einen Hut mitnehmen sollen. Und Sonnencreme. Ich hätte mir anständige Laufschuhe kaufen sollen. Und den Pfadfinderinnen beitreten. Ich hätte Vanessa sagen sollen, dass es keine gute Idee sein kann, auf einen Berg zu steigen. Ich hätte mehr um Shawn kämpfen sollen. Oder um Theo.

Der letzte Gedanke lässt mich zusammenzucken. Aber bevor ich mich damit auseinandersetzen kann, steht er vor mir. Blinzelnd sehe ich zu ihm hoch.

»Der Junge hat uns gesagt, dass du nicht mehr kannst. Alles in Ordnung?«

Er hält mir die Hand hin.

»Mir geht's gut«, sage ich, ohne Anstalten zu machen aufzustehen.

»Also kneifst du, ja?«, dringt Vanessas Stimme an meine Ohren, noch bevor ich sie sehen kann. »Du versuchst also nicht mal, den Gipfel zu erreichen?«

»Ich hab's ja versucht, aber es ging einfach nicht.«

»Ja, ja.«

Theodores ausgestreckte Hand schwebt immer noch vor meinem Gesicht. Er wackelt auffordernd mit den Fingern.

»Komm«, sagt er leise.

Also nehme ich seine Hand und lasse mich von ihm auf die Füße ziehen. Er tritt einen Schritt näher und schließt die Arme um mich. Theo war schon immer gut im Umarmen, weil er ein Mann ist, der keine Angst davor hat, einen seine Nähe spüren zu lassen. Ich lasse mich einen Moment lang von ihm festhalten, dann lege ich beide Hände auf seine Brust und schiebe ihn weg.

»Du wolltest also versuchen, mich umzubringen, ja?«, sage ich zu Vanessa.

»Nein. Mach nicht so ein Drama, sonst wird es ein ziemlich kurzes Buch.«

15

Versäumte Anrufe: 17
Nachrichten: 3

Nachricht 1 von Raina Chandler-Farley:
Willa? Wo steckst du? Ich versuche schon seit einer Stunde, dich zu erreichen. Checkst du denn deine Anrufe nicht? Ist das auch ein Teil dieses Dings, das du da durchziehst? Ruf mich sofort zurück. Es gibt da … ein Problem.

Nachricht 2 von Raina Chandler-Farley:
Ernsthaft, Willa, wo steckst du? Ich muss dich dringend sprechen. Schon klar, du hast dich ausgeklinkt, um dich selbst zu finden oder was weiß ich, aber wir stecken hier ziemlich in der Klemme, und ich muss wissen, was ich machen soll. Wenn du das hörst, ruf mich sofort auf dem Handy zurück. Äh … oder … ach, scheiße. Wenn ich nicht rangehe, versuch es auf Jeremys. Er weiß, wie er mich erreicht.

Nachricht 3 von Raina Chandler-Farley:
Also ich habe keine Scheißahnung, wo du steckst, fest steht jedenfalls, dass dein Bruder verhaftet wurde. Ich hoffe, du lässt es dir recht gut gehen in Lala-Land oder wo auch immer du gerade sein magst, denn natürlich ist

es zu viel verlangt, seiner Schwester zu sagen, wo man im Notfall erreichbar ist, aber ist ja jetzt egal. Ich habe dich angerufen, weil das FBI heute Morgen Oliver verhaftet hat, und zwar in deinem Apartment. (Tiefer Seufzer.) Und vielleicht bist du ja gerade zu beschäftigt auf deiner … keine Ahnung … Wellnessfarm, aber als sie kamen, hat er gerade einen schönen Joint geraucht. (Wusstest du, dass er vorhatte, in deinem Apartment Hasch zu rauchen?) Das bedeutet, dass sie auch deine Wohnung durchsuchen mussten. Dein wunderbarer Bruder hat gleich drei Marihuana-Pflanzen mitgebracht und in deinem Kleiderschrank deponiert. Offenbar handelt es sich dabei um die reinste Form dieses Krauts, deshalb raucht er auch nichts anderes … ich meine, so was ist natürlich wahnsinnig wichtig, wenn man Oliver Chandler heißt und ein kosmischer Guru ist.
Wenn du dir also einen verdammten Scheißmoment Zeit nehmen und mich zurückrufen könntest, damit ich weiß, was ich jetzt tun soll (wieder ein tiefer Seufzer) … Ach ja, ich habe übrigens auch versucht, deinen Göttergatten an die Strippe zu bekommen, aber seine Sekretärin – nein, falsch, seine »IT-Zofe«, wie sich diese Idiotinnen offenbar nennen müssen – meinte, er sei gerade an der Kletterwand und deshalb nicht zu sprechen. Großer Gott …

Seite sechs: Aktuelle Eilmeldung!
Star-Yogi Oliver Chandler wurde heute Morgen wegen Betrugs festgenommen. Die Staatsanwaltschaft wirft ihm vor, sich an einem Pyramidensystem beteiligt zu haben, bei dem über eine Million Dollar für den Bau des berühmten Kalumdrali Retreat in Mumbai ergaunert

wurden. Stars wie Jennifer Aniston, Lady Gaga, Demi Moore und Halle Berry sollen bereits mehrfach Gast in dem Aschram gewesen sein, der »den Weg zu innerem Zen und tiefem Frieden ebnet und die karmische Seele liebevoll berührt.« Nun, eine Million Dollar helfen dabei ganz bestimmt.
Chandlers Anwältin und ältere Schwester, Raina Chandler-Farley, kommentierte: »Ollie ist ganz und gar unschuldig. Er hat sein ganzes Leben dem Ziel gewidmet, seinen Schülern zu einem besseren Zugang zu ihrer eigenen Spiritualität zu verhelfen. Materielle Werte waren ihm dabei nie wichtig.« Auf die Bitte um nähere Angaben über den Vorwurf, Marihuana angepflanzt und konsumiert zu haben, sagte Chandler-Farley lediglich: »Kein Kommentar.« (Mit anderen Worten: Der Mistkerl war high bis unter die Hutschnur.)
Beide Chandlers sind Sprösslinge des berühmten Autors Richard Chandler, der mit seinem Nobelpreis-Ausraster im vergangenen Jahr selbst für einen Skandal gesorgt hat. Da stellt sich die Frage, ob Chandler senior die jüngsten Ereignisse als Machenschaften des Universums betrachtet, oder ob er ein paar einflussreiche Freunde anruft und hilft, seinen einzigen Sohn vor dem Gefängnis zu bewahren. Anrufe bei seiner Agentin blieben unbeantwortet.

»Ich muss wissen, was ich wegen deiner Wohnung unternehmen soll«, sagt Raina, als ich sie schließlich an der Strippe habe.

»Was meinst du damit? Können die die Pflanzen nicht einfach mitnehmen?«

»Doch«, antwortet sie, als wäre das die dämlichste Frage des Jahrtausends. »Ist doch logisch, oder glaubst du, die lassen sie in deinem Schrank stehen, damit sich deine Winterstiefel einen lustigen Abend machen?«

»Na, dann ist doch alles bestens.«

»Nein, gar nichts ist bestens. Weil das FBI gegen Olli ermittelt und sie ihn heute festgenommen haben. Und weil er so dämlich war, illegale Drogen in deine Wohnung zu schleppen, gilt dein Apartment damit als Tatort.«

»Es ist allenfalls ein Tatort, weil dort die Liebe brutal ermordet wurde«, wirft Vanessa ein, die das Gespräch mitgehört hat.

Wir befinden uns auf dem Rückweg ins Hotel, und ich habe mein Handy auf Lautsprecher geschaltet.

»Was?«, bellt Raina. »Wer ist das?«

»Ich verstehe nicht ganz, was eigentlich los ist«, sage ich.

»Diese Familie ist ein einziger Chaoshaufen, *das* ist los. Und wie immer bin ich diejenige, die den Dreck wegwischen darf!« Rainas Handy piepst. »Moment, bleib kurz dran«, murmelt sie, dann herrscht Stille.

»Großer Gott.« Vanessa stößt einen Seufzer aus. Schon wieder stecken wir im Stau. »So was kann sich keiner ausdenken.«

Ich erwidere nichts darauf, weil ich immer noch wütend auf sie bin.

»Okay, ich weiß ja, dass du wegen Theodore sauer bist. Aber genau das ist doch Sinn und Zweck dieser Reise. Dieses Buches, der Idee, sich ganz neuen Herausforderungen zu stellen. Wenn du jemals deinen eigenen Masterplan revidieren willst, wirst du wohl oder übel aus deiner Kuschelecke herauskommen müssen.«

Ich sehe aus dem Fenster und gebe mir alle Mühe, noch wütender dreinzusehen.

»Komm schon, Willa. Ich bin deine beste Freundin. Es ist wichtig, dass du mir vertraust.«

Ich beiße die Zähne zusammen. Sekunden später dringt Rainas Stimme wieder durch die Leitung.

»Entschuldigung. Grey hat Brechdurchfall. War ja klar.« Sie holt tief Luft. »Also, wir haben folgende Alternativen. Erstens: Du kommst nach Hause und kümmerst dich um alles.«

»Aber wir sind gerade erst einen Tag hier«, sagt Vanessa. »Hi, Raina, ich bin's, Vanessa.«

»Tja, laut deinem Vermieter hast du gegen deine Verpflichtungen als Mieterin verstoßen.«

»Was? Inwiefern denn?«

»Na ja, illegaler Anbau von Marihuana ist ein sofortiger Kündigungsgrund.«

Ich fahre mir mit den Händen übers Gesicht. »Nummer zwei?«

»Alternative zwei: Du lagerst all deine Sachen ein. Alternative drei: Du betest zu Gott, dass dein Bruder nichts von all dem getan hat, was man ihm zur Last legt, und dass dein Vermieter sich wieder einkriegt.« Wieder piepst ihr Handy. »Was ist denn nun schon wieder, Herrgott noch mal? Bleib dran.«

Sie nimmt das andere Gespräch an, kickt mich dabei aber versehentlich aus der Leitung.

»Hey, sieh mal da.« Vanessa deutet auf einen Wagen in der Spur neben uns. »Da ist unsere Marihuana-Mom wieder. Die würde Ollie ganz bestimmt unterstützen.«

Sie hat recht. Der MOMS-FOR-MARIHUANA-Minivan ist direkt vor uns. Vanessa gibt Gas.

»Verdammt. Schätzungsweise sollte ich nach New York zurückfliegen und helfen.«

»Moment mal. Welches ist die einfachste Lösung?«, hakt Vanessa nach.

»Nach Hause fliegen und Theo aus dem Weg gehen.«

»Interessante Idee«, bemerkt sie und hält inne. »Würde dir dein überarbeiteter Masterplan dazu raten? Oder dazu, das Gegenteil der einfachsten Lösung zu wählen?«

Ich seufze. Wie ich diesen Schwachsinn hasse! Dieser Trip widerstrebt all meinen bisherigen Instinkten – jenen Impulsen, die mir sagen, ich soll den Kopf einziehen und keine ruckartigen Bewegungen machen, sondern immer schön im Hintergrund bleiben, wo mir nichts passieren kann. Allerdings muss ich zugeben, dass auf meine Instinkte noch nie Verlass war.

»Vermutlich das Gegenteil.«

»Und das wäre?«

Ich weiß, ich weiß.

»Mein neuer Masterplan sagt mir, ich soll bleiben.«

Allein wenn ich es laut ausspreche, wird mir schon ganz elend.

Vanessa lacht und drückt meine Hand.

»Siehst du, und schon haben wir dein Schicksal verändert.«

16

Obwohl die Einheimischen steif und fest behaupten, im Sommer regne es in Seattle nie, nieselt es den ganzen nächsten Tag über, was mir aber durchaus gelegen kommt, weil ich sowieso kaum einen Muskel bewegen kann. Vanessa hat sich zum Schreiben in die Lobby verzogen, während ich mich im Bett herumfläze und versuche, mich vor Rainas Anrufen im Besonderen und dem Leben im Allgemeinen zu verkriechen.

Über TMZ und die Gesellschaftsseiten der Zeitungen habe ich alles über Ollies missliche Lage erfahren und muss sagen, dass ich ihm seine naive Behauptung, er sei absolut unschuldig, abkaufe, sei es nun, weil er mein Bruder ist und ich ihm vertraue, weil er seine Rolle als rehäugiges Unschuldslamm so überzeugend spielt (»Namaste, meine Freunde!«) oder aber, weil mein Vater mit seiner »Es kommt, wie es kommt«-Gehirnwäsche in all den Jahren ganze Arbeit geleistet hat. Ich glaube ihm, wenn er neben Raina und seiner PR-Beraterin (*Ich wusste gar nicht, dass Ollie eine eigene PR-Beraterin hat,* schreibe ich Raina in einer SMS) vor Yogiholics! steht, mit seinen Gebetsketten herumspielt und mit leiser, demütiger Stimme erklärt: »Ich glaube nicht an den Kapitalismus, und wenn es hier Opfer gibt, dann bin ich eines und eine Handvoll anderer überzeugter Jünger, die von Yogameister Dari aufs Schlimmste hinters Licht geführt wurden, als er um eine Spende bat.«

Natürlich wäre es das Richtige und nicht nur das Einfachste, nach New York zu fliegen, auch wenn ich dort nicht wirklich viel bewirken kann. Vielleicht würde ich meinen Geschwistern ein wenig Trost spenden, aber als es mir dreckig ging, waren sie doch auch nicht zur Stelle, um mich mit ihrem Mitleid zu überschütten. Raina hat mir beim Packen ein Fläschchen Xanax zugeschoben, und in meinem Kulturbeutel liegt eine »Heilkette« von Ollie, von der ich nicht weiß, was sie bewirken soll, all das ist allerdings nicht unbedingt die Art Unterstützung, die man sich vorstellt, wenn man am Boden liegt, oder?

Es klopft an der Hoteltür. »Zimmerservice«, ruft eine gedämpfte Stimme.

Vanessa hat gesagt, sie würde mir Frühstück hochschicken, also quäle ich mich aus dem Bett. Meine hinteren Oberschenkelmuskeln jaulen vor Schmerz, mein unterer Rücken droht zu explodieren, und die Kuhle zwischen meinen Schulterblättern ist das reinste Minenfeld. Ich versuche, mein Shirt überzuziehen, aber es ist viel zu schmerzhaft, deshalb schlüpfe ich in den Hotelbademantel und schlurfe zur Tür.

Ich hätte nie aufhören dürfen, sonntags mit Shawn joggen zu gehen. Vielleicht kann ich ja wieder einsteigen. Ich sollte ihm eine Mail schicken und ihm sagen, dass wir wieder damit anfangen werden. Dass wir unseren Masterplan des Universums neu schreiben müssen. Gemeinsam. Dass wir uns drei Joggingtermine pro Woche in unsere *Together-To-Do!*-App eintragen sollten. Das wäre doch eine schöne Idee.

Ich weiß, dass es unsere gemeinsame Entscheidung war, nicht mehr laufen zu gehen, weil es so anstrengend ist. Na ja, in Wahrheit war ich diejenige, die das entschieden hat.

Schließlich sind wir verheiratet, da muss man nicht mehr so akribisch darauf achten, in Form zu bleiben. Ist es nicht tausendmal besser, den Sonntag als den Tag der Ruhe zu ehren, so wie der liebe Gott es vorgesehen hat? Wenn ich so argumentiert habe, hat Shawn stets das Argument vorgebracht, er glaube gar nicht an Gott und könne sich nur darüber wundern, dass ich meine Religiosität immer bloß dann ins Feld führe, wenn es mir gerade gelegen komme. Womöglich hat er recht. Trotzdem habe ich keine Lust mehr auf unsere Sonntagsjoggingrunden.

Später an diesem Nachmittag, als wir ins Hop Lee fuhren, dämmerte mir, dass ich meine eigene Religion hatte: Jedes Mitglied der Chandler-Familie war für die Richard-Chandler-Sekte rekrutiert worden, was schon mehr als genug war (allerdings galt das nicht für Raina, die Abtrünnige). Es war schon anstrengend genug, sich ständig mit seinen Thesen und Theorien herumzuschlagen und alles von der logischen Seite zu betrachten, wer konnte es mir also verdenken, wenn ich nicht auch noch an Gott glaubte? Mein Dad *war* Gott. Zumindest hatten mir das immer alle erzählt.

»Zimmerservice!«, ertönt die Männerstimme ein weiteres Mal.

»Komme schon«, rufe ich, in der Hoffnung auf herrlich fetttriefende Eier. Dann fällt mir ein, dass die mich nur an Shawn erinnern würden, deshalb disponiere ich noch mal um und hoffe stattdessen auf belgische Waffeln.

Ich schiebe den Riegel zurück und öffne die Tür, doch da ist kein Hotelangestellter mit seinem Frühstückswägelchen.

Theodore steht vor mir (logisch).

»Entschuldige«, sagt er. »Aber das musste sein.«

»Das ist nicht dein Ernst. Das wäre doch nicht nötig gewesen.«

Er zieht seinen Arm hinter dem Rücken hervor und hält mir einen Teller voll Waffeln hin. Ich kann nur den Kopf schütteln. (Obwohl … der Typ hat schließlich Y.E.S. gegründet.)

Er lächelt. »Komm schon. Hab Erbarmen mit einem armen Kerl.«

Also erwidere ich sein Lächeln. »Na gut, aber nur weil ich einen Bärenhunger habe.«

Eines Abends, ganz am Anfang unserer Beziehung, wollten Shawn und ich uns *Batman* im Kino ansehen. Er kannte einen der IT-Programmierer, die für die Spezialeffekte verantwortlich waren, und erzählte mir ganz aufgeregt in der Schlange vor dem Popcorn-Stand, was uns gleich erwarten würde.

Zwei junge Frauen hinter uns bekamen es zufällig mit, und die eine meinte: »Was, das ist ja Wahnsinn! Du kennst jemanden, der bei dem Film mitgearbeitet hat?«

Shawn winkte die beiden näher und erzählte weiter. Irgendwann waren wir an der Reihe und kauften uns Popcorn und Limo, die beiden Frauen deckten sich mit roter Lakritze oder sonst etwas ein. Auf dem Weg in den Saal kam die eine zu Shawn.

»Wie ich sehe, trägst du keinen Ring. Du kannst mich ja mal anrufen«, sagte sie zu ihm.

Sie glaubte wohl, ich bekäme es nicht mit, doch ich drehte mich um, und genau in dem Moment drückte sie ihm ihre Visitenkarte in die Hand. Im ersten Augenblick stand Shawn völlig verdattert mit einem dämlichen Grinsen im Gesicht da, dann bemerkte er, dass ich ihn ansah, und warf mir nach dem Motto *Was um alles in der Welt war denn das gerade?* einen gewinnenden Blick zu. Er zerknüllte die Karte und warf sie in den nächsten Mülleimer. Shawn war ein Spätzünder gewesen, ein pickliger, magerer Highschool-Nerd. Auf dem College hatte er eine ganz niedliche, aber etwas langweilige Freundin aus Missoula gehabt, die am liebsten *Popular Science* gelesen hatte so wie er. Als er nach dem Abschluss nach St. Louis gegangen war, hatte sie mit ihm Schluss gemacht. Daher hatte er sich zu dieser Zeit noch nicht ganz mit der Tatsache angefreundet, dass er ein überaus attraktiver Mann war und Programmierer und IT-ler längst die Weltherrschaft übernommen hatten, sondern war im Herzen immer noch der linkische Junge, der mit den Nachbarskindern im Hobbykeller Rollenspiele spielte.

Später an diesem Abend fragte ich ihn, wieso er sich ausgerechnet für mich entschieden habe, obwohl ich das reichlich vermessen fand, schließlich hatte er mir noch keinen Ring an den Finger gesteckt.

»Ich weiß auch nicht, aber irgendwie passen wir gut zusammen«, sagte er. »Du bist die Schweiz, und ich auch.«

Und das stimmte. Also widersprach ich nicht.

Schätzungsweise war ich einfach nicht in der Lage zu erkennen, dass wir nicht länger zusammenpassen, sondern dass er an mir vorbeigezogen ist, dass der linkische Highschool-Junge endlich gemerkt hat, dass den Abschlussballköniginnen beim Klassentreffen die Kinnlade heruntergefallen ist und dass sie bitter bereuen, dass sie ihn sich damals nicht geschnappt haben.

Aber was ist Reue eigentlich?

Reue kann, wie ich jetzt herausfinde, eine ganze Menge sein. In erster Linie ist es jedoch eine trügerische Sehnsucht, ein Blick in die Vergangenheit und die Frage, wie man nur so blind sein konnte, obwohl einem die Antworten doch förmlich ins Gesicht gesprungen sind.

Theodore sitzt auf dem Schreibtischstuhl meines Hotelzimmers, während ich krampfhaft versuche, eine halbwegs bequeme Position auf dem Bett zu finden, ohne dass mir die Möpse aus dem Bademantel springen. Er hat den Teller mit den Waffeln neben mich gestellt und sich dann in sichere Entfernung begeben, damit ich mich nicht bedroht fühle. Ich sehe ihm an, dass er es nicht bewusst getan hat, aber das ist typisch für ihn. Er ist in der Lage, die Befindlichkeiten anderer Menschen wahrzunehmen, meistens noch bevor sie sie selbst spüren, und sich entsprechend zu verhalten.

»Ich kann auch wieder gehen, wenn dir das lieber ist«, sagt er.

Ich lache. »Du bist so ein Blödmann.«

Er lacht ebenfalls, weil er natürlich kein Blödmann ist, aber irgendwie doch.

»Ich wollte dich nur sehen. Mit dir reden. Aber ich will nicht, dass du dich unwohl fühlst.«

Um Zeit zu schinden, nehme ich eine Waffel und beiße hinein. Ich sehe ihn an, versuche einzuschätzen, wie er sich in den letzten Jahren verändert hat oder ob die Zeit spurlos an ihm vorbeigegangen ist.

Theodore hat noch dieselbe jungenhafte Attraktivität, was durch sein schwarzes Brillengestell noch verstärkt wird, und er ist so dünn wie früher, aber kräftig genug, um mühelos zwanzig Meilen mit dem Rad herunterzuspulen. Ich sehe ihm an, dass er noch selbstsicherer geworden ist. Selbstbewusst war er schon immer, jedoch auf eine lässige, unaufgeregte Art und Weise, so als würde er die Antworten auf sämtliche Fragen der Welt kennen. Tatsächlich kennt er die Antwort auf eine Menge Fragen. Er streicht sich eine Haarsträhne aus der Stirn und schiebt seine Brille hoch. Ich spüre ein leises Ziehen in meinem Innern, das ich nur allzu gut kenne. Es ist ein ähnliches Gefühl wie damals, mit einundzwanzig, als ich mich in ihn verliebt habe.

Ich verdränge den Gedanken eilig.

»Ich habe im Moment eine Menge am Hals. Das ist alles.«

»Das ist alles?«

Ich kaue schweigend. »Na gut, das ist nicht alles«, räume ich nach einem Moment ein.

»Aber du hast meine Facebook-Nachricht bekommen.«

»Wusstest du, dass Mark Zuckerbergs Frau ihn gezwungen hat, einen Vertrag zu unterschreiben, bevor sie bei ihm eingezogen ist?«

Ich versuche, die Mini-Sirupflasche aufzubekommen.

»Ja.«

»Ehrlich?«

Er rollt zu mir herüber, nimmt mir die Flasche aus der Hand, schraubt sie auf und gibt sie mir zurück. Ich tauche eine Ecke meiner Waffel in die schmale Öffnung.

»Ich habe meinen Mann noch nicht mal dazu bekommen, dass er mir erlaubt, ihn in Palo Alto zu besuchen, ganz zu schweigen davon, dass er einen Vertrag unterschreibt.«

»Vanessa hat es mir erzählt. Tut mir leid für dich.« Ich höre auf zu kauen und sehe Theo an. Theo war noch nie leicht zu durchschauen, was vorwiegend daran liegt, dass es zu seinen Stärken gehört, den Leuten zu erzählen, was sie hören wollen, obwohl es ihnen überhaupt nicht bewusst ist. »Du brauchst mich gar nicht so abschätzig anzusehen«, fährt er fort. Ich spüre, wie ich rote Ohren bekomme. »Ich meine es ernst. Das ist nicht bloß Geschwafel. Was er tut, ist echt mies. Das ist keine Ehe, kein ›in guten und in schlechten Tagen‹.« Ich zucke die Achseln. »Du brauchst gar nicht mit den Achseln zu zucken, denn es ist genau so, wie ich es sage. Einfach abzuhauen ist egoistisch und gemein.« (Noch ein PUNKT AUF SHAWNS FEHLERLISTE: ES STELLT SICH HERAUS, DASS ER TATSÄCHLICH EIN ARSCHLOCH IST!) »Deshalb habe ich meine Verlobung gelöst«, fährt Theo eine Spur sanfter fort. »Ich wusste nicht, ob ich mein Wort für immer würde halten können. Ich war mir die ganze Zeit sicher, aber dann wurde ich auf einmal krank, und alles war anders. Und ich wollte mein Versprechen nicht brechen.«

»Es tut mir leid, dass du krank geworden bist«, sage ich und berühre sein Knie. »Ich hätte dir wenigstens zurückschreiben und sagen müssen, wie leid es mir tut.«

Sein Kiefer spannt sich an. »Ich habe gemerkt, dass ich mir gewünscht habe, mit dir reden zu können. Ich wollte, dass du bei mir bist, mir hilfst.«

»Ich glaube nicht, dass ich eine große Hilfe gewesen wäre.«

Ich ziehe meine Hand zurück und lege sie dorthin, wo sie sicher ist.

»Weshalb tust du das? Weshalb sagst du immer solche Dinge?«

Ich weiß nicht, was ich darauf erwidern soll. »Ich habe keine Ahnung, wie du das verkraftet hast … die Diagnose, meine ich«, sage ich, statt zu antworten. »Ich glaube nicht, dass ich das gekonnt hätte.«

»Man kommt damit klar, weil man es muss. Du hättest das genauso geschafft wie ich. Jeder schafft das. Manchmal ist das Leben nun mal ungerecht, trotzdem kriegt man es irgendwie in den Griff. Stell dein Licht nicht immer so unter den Scheffel.«

Ich überlege krampfhaft, wie ich das Gespräch von mir und meinen Unzulänglichkeiten ablenken könnte, denn wenn wir damit erst mal anfangen, sitzen wir noch bis zum Sankt Nimmerleinstag hier.

»Wie hat deine Verlobte es aufgenommen?«, frage ich.

»Die Krebsdiagnose?«

»Nein, die gelöste Verlobung.«

»Oh, weniger gut als die Krebsdiagnose. Etwa so gut, wie man sich vorstellen kann.«

Ich lächle. »So gut also, ja?«

»Kommt darauf an, wie man ›gut‹ definiert.« Er grinst ebenfalls, dann wird er ernst. »Trotzdem war es die richtige Entscheidung, Schluss zu machen. Kurzfristiges Glück wiegt eine lebenslange Katastrophe nicht auf. Und ich muss es wissen, schließlich habe ich ein komplettes Geschäftsmodell auf der Basis dieser Theorie aufgebaut.«

»Mein Dad würde garantiert sagen, dass es unvermeidbar war.«

»Meine Trennung, oder dass wir beide jetzt in einem Hotelzimmer in Seattle sitzen?«

»Theo ...«

Ich weiß wieder nicht, was ich sagen soll, also reiße ich ein Stück von meiner Waffel ab und biete es ihm an. Er nimmt es, isst aber nichts davon.

»Du hast meine Nachricht also bekommen.« Es ist eine Frage in Gestalt einer Aussage.

»Das weißt du doch.« Ich seufze. »Vanessa hat es dir doch gesagt. Und ich auch, auf dem Berg.«

»Hätte ich sie lieber nicht abschicken sollen?«

»Nein ... doch ... ich meine ...«

»Weil es mir normalerweise ganz gut gelingt, Stimmungen wahrzunehmen.«

»Das stand auch in dem Artikel im *Time*-Magazin.«

»Du hast den Artikel gelesen?« Er faltet die Hände hinter dem Kopf, lehnt sich auf dem Stuhl nach hinten und zwinkert mir zu. Ich hasse (nein, liebe) ihn für seine Unwiderstehlichkeit. Die hat ihn schon früher ausgezeichnet.

»Ich habe ein Abo.«

»In tausend Jahren nicht.« Er lacht.

Ich muss ebenfalls lachen, weil er natürlich recht hat: Ich bin nicht der Typ Frau, der das *Time*-Magazin abonniert, nehme mir aber fest vor, mir zumindest die App herunterzuladen, sobald er weg ist.

»Ich bin froh, dass du mich angeschrieben hast«, sage ich. »Und ich habe es zwar vorhin schon gesagt, Theo, aber ich meine es ernst. Es tut mir aufrichtig leid, dass du Krebs hattest. Ich ... ich hätte wenigstens versuchen sollen, ein paar tröstende Worte zu finden.«

»Mein Hoden darf dir gern leidtun«, sagt er. »Aber ansonsten geht es mir gut.«

»Es war ein sehr guter Hoden.«

»Stimmt. Und ich vermisse ihn von Herzen«, erklärt er.

»Ach ja.« Ich zucke die Achseln und bekomme glänzende Augen.

»Manchmal ist mein Leben echt übel.« Auch er zuckt die Achseln, und seine Augen glänzen noch mehr.

»Ich bitte dich, dein Leben ist doch großartig.«

»Ach Schatz, mein Leben könnte echt besser sein.«

In diesem Moment läutet mein Handy und zerstört die Magie des Augenblicks.

»Ich sollte lieber rangehen«, sage ich. »Familienkrise.«

»Etwas anderes gibt es bei deiner Sippe ja nicht.«

17

Dass Theo und ich nicht mehr zusammen sind, ist zu hundert Prozent meine Schuld. Das ist eine Tatsache, auch wenn Theo es vielleicht anders sehen mag und es der Begriff »Schuld« womöglich nicht ganz trifft. Beziehungen gehen nun einmal auseinander, Menschen entwickeln sich weiter, Lebenswege teilen sich. Das ist der Lauf der Dinge, es ist, ohne meinen Dad über Gebühr strapazieren zu wollen, unvermeidlich. Deshalb habe ich unsere Trennung auch, in der festen Überzeugung, dass das Schicksal etwas anderes für mich bereithielt, als unvermeidlich hingenommen. Und als Shawn in mein Leben trat, sah ich endlich klar: Theo war nicht mehr da, Shawn aber sehr wohl. Damit trug ich endgültig keine Verantwortung mehr für das Scheitern unserer Beziehung und konnte mein Schicksal getrost in die Hände des Universums legen.

Normalerweise sollte man froh sein, seinen Ex losgeworden zu sein. Wenn einem alte Briefe in die Hände fallen oder man bei anderen Gelegenheiten über ihren Namen stolpert, sollte man »O Gott, ich bin ja so froh, dass dieser Kelch an mir vorübergegangen ist« oder »Er mag ja kein schlechter Kerl gewesen sein, nur eben nicht der Richtige für mich« denken, aber bei Theo ging es mir nie so. Wir waren zusammen, und dann auf einmal nicht mehr. Diesen Umstand konnte ich noch so sehr der Unvermeidlichkeit des Schicksals zuschreiben, aber wenn ich ganz ehrlich zu mir war und in einem Anfall spontaner Nostalgie und Gefühlsduselei seinen Namen googelte und mir die »Was wäre wohl aus uns geworden?«-Frage stellte, war mir stets bewusst, dass die Unvermeidbarkeit des Schicksals nicht der einzige Grund für das Scheitern war. Ich hatte unsere Beziehung an die Wand gefahren, so einfach war das.

Shawn und Theo. Theo und Shawn. Kann man zwei Männer gleichzeitig lieben? Mit Vanessa habe ich diese Frage bis zum Erbrechen diskutiert. Ihrer Meinung nach ist es nicht möglich, zwei Menschen gleichzeitig aufrichtig zu lieben, gegen zwei parallel laufende Affären gibt es hingegen nichts einzuwenden. Eine Zeitlang hatte sie sogar drei Typen parallel am Start und hat es geschafft, allen dreien das Herz zu brechen. Sie sorgt dafür, dass sie, wenn auch auf eine etwas perverse Art, immer noch scharf auf sie sind. Alle drei gehören zu ihren Facebook-Freunden, und mit dem zweiten (Ryan) schläft sie auch noch ab und zu, wenn zufällig beide gleichzeitig betrunken sind (woraufhin er jedes Mal sentimental wird und sie tagelang mit SMS bombardiert, in der Hoffnung, dass sie wieder zusammenkommen).

Ich frage mich immer, ob es wirklich Liebe gewesen sein kann, wenn Leute auch nach der Trennung freundlich miteinander umgehen und dem anderen nichts Schlechtes nachsagen. Vielleicht hielten Vanessas drei Lover ihre Gefühle für sie ja irrtümlich für Liebe, denn wie kann man jemanden weiter in seinem Dunstkreis behalten, wenn derjenige nicht bereit ist, auch nur einen Finger für einen krumm zu machen?

Aber egal.

Theo und ich waren einige Jahre zusammen gewesen, als ich unsere Beziehung zerstört habe. Die einfache Version unseres Trennungsgrundes ist, dass ich seine Bitte, mit ihm nach Seattle zu ziehen, ablehnte. Aber an dieser Version halte ich mich nur so eisern fest, weil ich mir die Riesenscheiße, die ich gebaut habe, wohl nie verzeihen könnte, wenn ich mir die Realität beinhart vor Augen führen würde. Schon seltsam, was die Zeit mit dem Verstand eines Menschen so anstellt, nicht? Die kognitive Dissonanz, die sie heraufbeschwört. Das Geschäftskonstrukt meines Vaters basiert einzig und allein auf dieser kognitiven Dissonanz, auch wenn er genau das Gegenteil behaupten würde, nämlich, dass es beim Masterplan des Universums nicht darum gehe, über seine Unzulänglichkeiten nachzugrübeln, sondern sie hinzunehmen und durch den Begriff Schicksalsereignisse zu ersetzen. Schätzungsweise habe ich das Scheitern meiner Beziehung mit Theo meinem persönlichen Masterplan des Universums zugeschrieben, mir also eingeredet, dass es so hatte kommen müssen und dass ich genau das bekäme, was ich verdiente, wie mein Vater es sehen würde. Natürlich fühlte ich mich dadurch keinen Deut besser.

Doch meine kognitive Dissonanz und mein dämlicher Masterplan des Universums konnten nicht darüber hinwegtäuschen, was in Wahrheit passiert war, die Zeit kann die Erinnerungen weichspülen, doch noch lange nicht die knallharte Realität verändern.

Theo gelangte zu dem Schluss, dass er nicht an die Ehe glaubte. Eigentlich war die Erkenntnis durchaus naheliegend, weil er das einzige Kind von zwei Menschen war, die lediglich in seinem Interesse zusammenblieben, was natürlich nicht im Mindesten in seinem Interesse war. Er kanalisierte seine Einsamkeit in einem ständigen Bedürfnis nach der Gewissheit, dass alles in seinem Leben einen Sinn ergab, und sein geradezu obsessives Bedürfnis nach Ordnung und Logik machte ihn letztlich zu einem so erfolgreichen Geschäftsmann. In vielerlei Hinsicht war er das genaue Gegenteil meines Vaters: Bei ihm regierte die Rationalität, erst der handfeste Beweis ließ eine Theorie real werden. Und obwohl er meinem Vater bei der einen oder anderen Gelegenheit begegnete und seinen schwärmerischen Ausführungen über Zufall und Willkür und folglich der Unvermeidbarkeit unserer jungen Liebe höflich nickend lauschte, hielt er ihn in Wahrheit für einen Schwätzer.

Jedenfalls war Theo vom Sinn und Zweck der Ehe nicht überzeugt und erzählte mir in liebevoller Aufrichtigkeit von seiner Erkenntnis. Wir waren gerade von Rainas Hochzeit mit Jeremy im Central Park Boathouse zurückgekommen – einer Riesenfeier mit fünfhundert der engsten Freunde meiner Eltern, einer Bigband und Tigerlilienblumengestecken, so weit das Auge reichte. Raina scheint es vergessen zu haben, aber sie wirkte an diesem Tag überglücklich. Als der Rabbi verkündete, Jeremy dürfe seine Braut nun küssen, sprang sie in seine Arme, schlang die Beine um ihn und riss ihn in einem leidenschaftlichen Kuss zu Boden, und als sie voneinander abließen, reckte sie triumphierend ihren Brautstrauß und verkündete: Endlich bin ich Raina Farley!

Ich fand die Hochzeit ganz nett – so nett, wie man Hochzeiten eben finden kann –, Theo hingegen nicht. Und daher überdachte ich meine Eindrücke ebenfalls noch einmal. Schließlich war Theo derjenige in unserer Beziehung, der sagte, wo es langging, und der stets wusste, was zu tun war. Wann immer ich mir bei etwas unsicher war (was ziemlich oft vorkam), stand er mit der Entscheidung parat. Er drängte mich, meinen ersten Job als Redakteurin anzunehmen, und ermutigte mich, meine Bindung zu Raina zu vertiefen, mehr zu lesen und das Eine im Leben zu finden, das mich wirklich fesselte, um dann auch dabei zu bleiben (was mir bis zum heutigen Tag nicht gelungen ist).

Jedenfalls hatten wir es uns auf der Couch bequem gemacht, und er meinte, verheiratet zu sein ergebe doch überhaupt keinen Sinn. Seine Eltern würden aus reinem Pflichtgefühl heraus zusammenbleiben, aber nicht aus Liebe. Und er sei schließlich noch nie ein Mensch gewesen, der großen Wert auf Konventionen gelegt habe, weshalb solle er es also ausgerechnet jetzt tun? Er meinte, er liebe mich von ganzem Herzen, habe aber hin und her überlegt, alle Fakten durchleuchtet und alles durchgerechnet (allem Anschein nach unterliegt auch eine Ehe mathematischen und kalkulatorischen Faktoren) und sei letztlich zu dem Schluss gelangt, dass eine Heirat einfach keinen Sinn ergebe.

Ich nickte, massierte mir die Füße und sagte, mir leuchte das absolut ein. Was zum Teufel wusste ich schon? Wie so oft hatte ich doch sowieso keine Ahnung.

Und dann wurde ihm die Stelle in Seattle angeboten. Wir befanden uns gerade auf der Rückfahrt von Sag Harbor, als er mich fragte, ob ich mitkommen wolle. Und obwohl ich ihn so sehr liebte, sagte ich Nein, ohne auch nur eine Sekunde darüber nachzudenken.

Selbst heute noch spüre ich das Wort in meiner Kehle aufsteigen, wenn ich nur daran denke. *Nein.* Es kam so schnell, so unerwartet über meine Lippen, dass in der ersten Sekunde keiner von uns wusste, wie er reagieren sollte. Immerhin war ich nicht gerade berühmt für meine felsenfesten Überzeugungen.

Theo schaltete das Radio aus und brauchte die nächsten

zwanzig Meilen, um meine Antwort zu verdauen. Ich vermutete, dass er sich eine Strategie zurechtlegte, um mich von meiner Meinung abzubringen, und ließ den Kopf gegen die Nackenstütze sinken. Mein Haar wehte in der Brise, während ich darauf wartete, dass er mir erklärte, weshalb ich es mir doch noch einmal überlegen sollte.

»Wieso?«, fragte er schließlich nur.

»Weil ich an die Ehe glaube«, hörte ich mich zu meiner Verblüffung sagen.

»Aber eine Ehe ergibt keinerlei Sinn.«

Ich erwiderte nichts darauf, weil ich keine Veranlassung sah, ihn vom Gegenteil zu überzeugen. Nicht mit meinen Eltern als Beispiel und ohne ein handfestes Gegenargument. Trotzdem wollte ein Teil von mir glauben, dass es noch zu früh war, sich endgültig von der Vorstellung der ewig währenden Liebe zu verabschieden, jenem Lebensglück, das mit dem Gelübde und der dreistöckigen Torte und den Gästen, die den schönsten Tag des Lebens mit einem teilen, erst seinen Anfang nimmt.

»Wieso hast du mir nie gesagt, wie du darüber denkst? Weshalb tust du das erst jetzt?«, fragte er.

»Ich weiß es nicht«, antwortete ich und hielt inne. »Aber willst du gar nicht versuchen, mich dazu zu bewegen, doch Ja zu sagen?«

Er schüttelte den Kopf. Tränen standen in seinen Augen.

»Nein, diesmal nicht.«

18

Mail von: Willa Chandler-Golden
An: Minnie Chandler
Betreff: Bist du da?
Hi Mom,
seit du vor einer Woche nach Palm Beach aufgebrochen bist, hat keiner etwas von dir gehört. Geht es dir gut? Ich weiß, dass Raina mit dir in Verbindung steht und sehr dankbar ist, dass du die Kaution für Olivers Freilassung gestellt hast, trotzdem machen wir uns alle Sorgen. Du weißt ja, dass ich in Seattle bin und mit Vanessa für ein Buchprojekt recherchiere (sieht ganz so aus, als wäre Dad nicht der einzige Autor in der Familie), und eigentlich läuft es ganz gut. Glaube ich zumindest. Wissen tue ich es allerdings nicht. Ich tue eben, was Vanessa mir sagt, beispielsweise wildfremde Menschen auf der Straße ansprechen und ihnen sagen, dass sie schön sind, oder Mountainbikefahren lernen (ich glaube, ich habe mir gestern den kleinen Finger gebrochen, aber sonst geht es mir gut – ich habe aus einem Wattestäbchen eine Schiene gebastelt). Ich wurde außerdem zu einer Tour auf den Mount Rainier gezwungen. Kennst du den Mount Rainier? Er ist die Hölle auf Erde, Mom. Heute regnet es wieder mal, deshalb habe ich ein bisschen Zeit zum Schreiben.
Bitte melde dich doch bei mir oder Raina, damit wir wis-

sen, dass du dich nicht mit einem Milliardär nach Bali abgesetzt hast. Und falls doch, frag ihn wenigstens, ob er mich in seinem Testament berücksichtigt.
Bevor du fragst: Nein, ich habe nicht mit Shawn gesprochen, allerdings sehe ich Nicky hoffentlich bald wieder. Der Mietvertrag für unsere Wohnung wurde gekündigt, und all unsere Sachen sind eingelagert. Ich denke, das ist eine ziemlich treffende Metapher dafür, wie es in meinem Leben gerade aussieht.
Kuss
Willa

P.S. Oliver steht unter Hausarrest und wohnt bei Raina. Solltest du demnächst wieder in New York sein, ist sie dir bestimmt dankbar, wenn du mal vorbeikommst und nach ihm siehst.

Mail von: Minnie Chandler
An: Willa Chandler-Golden
Betreff: Re: Bist du da?
Hallo, mein Schatz!
Bitte entschuldige, dass ich mich die ganze Woche nicht gemeldet habe, aber die Zeit ohne deinen Vater und den Rest der Familie war der reinste Balsam für meine Seele. Und als ich die Kaution für Ollie gestellt habe (ein Satz, von dem jede Mutter nur träumen kann, dass sie ihn eines Tages über ihren Sohn schreiben darf), hatte ich eine spirituelle Erleuchtung: Ich liebe meine Familie heiß und innig, aber ich habe schlicht und ergreifend die Nase voll. Jetzt bin ich mal an der Reihe, mein Schatz! Ich bin sechsundsechzig Jahre alt und werde den Herbst meines Lebens genießen, ohne mich mit in die Scheiße hinein-

ziehen zu lassen, in die sich diese Familie ständig manövriert! Du solltest auch mal versuchen LECKT MICH! zu sagen. Los, versuch's. Das ist so was von befreiend. Dein verdammter Vater würde dir jetzt garantiert sagen, dass es rein gar nichts ändert, wenn man durch die Welt läuft und LECKT MICH schreit, und das mag ja auch stimmen, aber es fühlt sich so verdammt toll an!!!!!

Meine neue Freundin Nancy Barnes hat mir zu dieser spirituellen Erkenntnis verholfen. Erinnerst du dich an sie? Es ist bestimmt zwanzig Jahre her, dass du sie kennengelernt hast. Wir haben damals in Palm Beach Urlaub gemacht und uns seitdem nicht mehr gesehen. Kürzlich sind wir uns in dieser neuen Meditationshütte, wo man so herrlich entspannen kann, über den Weg gelaufen, und es war, als hätten wir uns gestern das letzte Mal getroffen. Nancy hat mir völlig neue Wege für meinen Geist, meine Gefühlswelt und – wenn ich so offen sprechen darf – auch meine Sexualität aufgezeigt. Ich habe mich noch nie so erfüllt und zufrieden gefühlt.

Ich werde vorläufig nicht nach New York zurückkehren. Bitte schreib mir trotzdem weiter. Mir ist klar, dass diese Sache mit Shawn wirklich schlimm für dich ist, aber ich hoffe, dass du eines Tages dieselbe Erfüllung findest wie ich im Augenblick mit Nancy.

Viele Küsse

Deine Mutter Minnie

P.S. Obwohl ich nicht länger mit deinem Vater rede, bombardiert er mich pausenlos mit Mails. Er ist ziemlich wütend auf dich. Ich leite dir demnächst seine Mails weiter. Jetzt muss ich los, Nancy und ich bekommen eine Sonnenuntergangsmassage.

Mail von: Raina Chandler-Farley
An: Willa Chandler-Golden
Betreff: Wie sieht dein Plan aus?
Willa,
dein Bruder treibt mich in den Wahnsinn. Und nicht nur mich, sondern auch Gloria. Jeremy ist in Berlin, deshalb kriegt er von dem Irrsinn hier nichts mit, aber ausnahmsweise bin ich ihm deswegen nicht böse, weil ich sonst nur noch jemanden um mich hätte, um den ich mich kümmern müsste. Neuerdings hält Ollie seine Yogakurse in meinem Wohnzimmer ab. Ja, du hast richtig gelesen. Heute Morgen hat Jennifer Aniston Gloria um ein Handtuch und ein Glas Limonentee gebeten. Und all das, während ich hier sitze und versuche, die Kastanien für ihn aus dem Feuer zu holen. Ich will dir keine Anweisungen erteilen, dass du nach Hause kommen sollst, weil ich es dir nicht verdenken kann, dass du die Kurve gekratzt hast, trotzdem wünschte ich, du würdest nicht immer weglaufen, wenn es eng wird. In drei Wochen fängt der Prozess an. Ich hoffe, du schaffst es, wenigstens dann wieder hier zu sein.

RAINA CHANDLER-FARLEY, ESQ.
PARTNERIN
WILLIAMS, RUSSELL AND CHANCE, LLP
MAIL: RCF@WRC.COM

Mail von: Willa Chandler-Golden
An: Nicholas Abrams
Betreff: Wie geht's?
Nicky, ich habe schon ein paar Tage nichts mehr von dir gehört. Lass doch mal hören, ob es dir gut geht, ja? Ich

habe eine Mail an deinen Onkel Shawn geschrieben (na gut, drei Versuche hab ich gestartet), bin aber zu feige, sie abzuschicken. Sollte ich es tun? Was meinst du? Hat er eine Neue? Kennst du eine Erica Stoppard? Ist sie hübscher als ich? Und kannst du mir auch verraten, wieso ich einen Zwölfjährigen um einen Beziehungsratschlag bitte? Moment ... hattest du jemals eine Freundin? Könnte hilfreich sein, das zu wissen, bevor ich dich um weiteren Rat bitte. Weißt du was? Ich hab's mir anders überlegt. Ignorier die Mail. Ich sollte deinen Onkel hassen, also tun wir einfach so, als würde ich es tatsächlich tun.

Mail von: Nicholas Abrams
An: Willa Chandler-Golden
Betreff: Re: Wie geht's?
Liebe Tante Willa,
ich mag zwar erst zwölf sein, aber ich erkenne einen Hilfeschrei, wenn ich einen höre. Ich habe Onkel Shawn gesagt, dass er ein Arschloch ist und dir gefälligst schreiben soll. Außerdem hatte ich eine Freundin. Sie heißt Mara Goldstein und hat gerade eine Zahnspange bekommen, deshalb kann sie nicht mehr so gut mit der Zunge küssen, also hab ich mit ihr Schluss gemacht. Apropos Goldstein – ich befasse mich gerade mit dem Judentum. Was weißt du über das Leben als MOT? (Das steht für Member-of-the-Tribe, für den Fall, dass du es nicht weißt.)

Mail von: Willa Chandler-Golden
An: Raina Chandler-Farley
Betreff: unsere Mutter
Raina, ich bin zu 99% sicher, dass Mom jetzt lesbisch ist. Wir sollten uns unterhalten.

19

***DareYou!* – Das Leben ist nichts für Feiglinge! Wage den Sprung in ein neues Leben!**
Von Vanessa Pines und Willa Chandler

SCHRITT ZWEI: GEH NICHT DEN WEG DES GERINGSTEN WIDERSTANDS
ZUSAMMENFASSUNG: Dies könnte die größte Herausforderung von allen sein: sich nicht vom Strom des Lebens treiben zu lassen und den Weg des geringsten Widerstands zu gehen, sondern einen Anker zu werfen und »Jetzt reicht's!« zu sagen. Ich habe lange genug das Leben an mir vorbeiziehen lassen, habe mich lange genug mit der Mittelmäßigkeit zufriedengegeben und mich gescheut, größer und besser zu sein, als du vielleicht glaubst.

Sich der Trägheit der Masse zu ergeben gehört zu den natürlichsten Reaktionen von uns Menschen, deshalb können wir leider nicht garantieren, dass der zweite Schritt leicht werden wird. Aber eines steht fest: Wenn Sie ihn erst einmal gemacht haben, werden Sie es tief in Ihrem Innern spüren, dass Sie – Ihr kleines, altes Ich – die Fähigkeit besitzen, alles zu erreichen, was Sie sich vornehmen.

Ich bereue meine Mail an Nicky, sobald ich sie abgeschickt habe, aber Vanessa hat mich – zumindest gewissermaßen – dazu gedrängt, als Teil von Schritt zwei unseres Buches.

Wage den Sprung und geh nicht den Weg des geringsten Widerstands!, hat sie mir heute Abend auf dem Weg zum Safeco Field eingebläut, wo wir uns ein Spiel der Mariners ansehen wollen. Sie mag mich damit nicht explizit aufgefordert haben, Nicky (und damit indirekt Shawn) eine Mail zu schicken, aber ich habe zumindest ein gutes Argument zur Hand, falls sie davon Wind bekommt, worauf ich insgeheim sogar hoffe: Bisher habe ich noch nie ernsthaft um etwas im Leben gekämpft. Wenn ich es also schon tue, sollte es doch wohl um meinen Mann sein, oder nicht? *Das* ist damit gemeint, nicht den Weg des geringsten Widerstands zu gehen und seinen Masterplan des Lebens neu zu schreiben; schließlich habe ich doch bisher nur danebengestanden und zugesehen, wie er diese dämlichen Regeln unserer Beziehungspause aufgestellt hat und dann nach Palo Alto verschwunden ist, ohne einen Muckser zu machen. Ich hab ihm keinen Teller an den Kopf geworfen und ihm nicht vor den Latz geknallt, dass wir einander schließlich versprochen hätten, in guten wie in schlechten Tagen zusammenzuhalten und dass dies die dämlichste Idee aller Zeiten sei. Obwohl wir immerhin Shilla waren, verdammt noch mal! Vielleicht ist der Versuch, meinen Mann zurückzugewinnen, ja meine Version davon, nicht den Weg des geringsten Widerstands zu gehen, sondern mich den Widrigkeiten des Lebens zu stellen. Als Vanessa also kurz in einer Bar am Pioneer Square auf die Toilette ging, tippte ich die Mail an Nicky und drückte auf Senden.

So!

Als der Concierge verlauten ließ, Sektion 210 des Stadions sei für Singles reserviert, kaufte Vanessa spontan zwei Karten. Damit war gewährleistet, dass sämtliche Sitznachbarn rings um uns herum verfügbar und auf der Suche waren. Meinen Protest wiegelte Vanessa natürlich gnadenlos ab.

»Du meine Güte, Willa«, sagte sie, »stell dich doch nicht so an! Du bekommst doch nicht gleich einen Herzinfarkt, wenn du eine Tüte Chips mit einem attraktiven Kerl teilst.«

»Nein, wohl nicht«, räumte ich zähneknirschend ein.

»Gut. Ich war mir nämlich nicht ganz sicher.«

»Aber ich war seit Jahren bei keiner Singleveranstaltung mehr.«

»Genau das ist der Punkt«, blaffte sie. »Vielleicht amüsierst du dich ja rein zufällig.«

Inzwischen sitzen wir auf der nicht überdachten Tribüne des Baseballstadions.

»O Mann«, schwärmt Vanessa, »es geht doch nichts über ein Spiel an einem warmen Sommerabend. Erdnüsse, der Applaus, das Bier … und die Männer. Hast du all die Männer gesehen?«

Ich tauche meine Hand in meine Popcornschachtel, während ich mit der anderen diskret meine Nachrichten auf dem Handy checke, allerdings wohl nicht ganz so diskret, denn Vanessa schimpft: »Herrgott noch mal, William! Kannst du nicht mal fünf Minuten dieses verdammte Handy einstecken? Worauf wartest du? Auf einen Ritter in glänzender Rüstung, der dich rettet?«

Irgendetwas muss mich wohl verraten haben (ja, ich geb's zu, es ist mein Gesichtsausdruck, wie immer), denn sie stöhnt.

»Bitte sag mir sofort, dass du Shawn keine Mail geschickt hast.«

»Ich habe Shawn keine Mail geschickt«, sage ich (und das ist noch nicht mal eine Lüge).

In diesem Moment holt einer der Mariners aus und schlägt den Ball in Richtung Tribüne. Die Menge johlt und schreit, und auch wir springen von unseren Sitzen auf, obwohl wir das Spiel nur mit einem Auge verfolgt haben. Sekunden später landet der Ball im Aus, die Zuschauer beruhigen sich und setzen sich wieder auf ihre Plätze.

»Ich bin nicht dämlich«, sagt Vanessa und lässt sich wieder auf ihren Sitz fallen. »Wieso tust du das? Ich meine, er ist der Kerl, der eine Liste mit Regeln für eure Trennung aufgestellt hat.«

In diesem Moment schaltet sich der süße Typ auf dem Platz neben mir ein. »Ich wollte ja nicht lauschen, aber wenn er das getan hat, muss er tatsächlich ein Arsch sein!«

»Genau!« Vanessa streckt ihm die Hand hin. »Hi, ich bin Vanessa, und das ist Willa. Wir sind aus New York.«

»New Yorker Mädels machen mir immer Angst«, gesteht er.

»Ach, wir beißen nicht«, sagt sie.

Er beugt sich zu mir herüber. »Na ja, ein bisschen knabbern dürfen sie schon.«

Ich verdrehe nur die Augen, während mir aufgeht, dass ich Vanessa noch nie vor eine Herausforderung gestellt habe, weil es (abgesehen von einem Bungee-Sprung) nichts zu geben scheint, wovor sie Angst hat.

Ich biete an, die Plätze zu tauschen. Also schieben wir uns umständlich aneinander vorbei, sorgsam darauf bedacht, möglichst nicht auf Tuchfühlung zu gehen, was sich natürlich als völlig unmöglich herausstellt. Als ich mich hinsetze, beugt sich der Freund des Typen so weit zu mir herüber, dass mir seine Bierfahne entgegenschlägt.

»Hi, ich bin Bill.«

Ehe ich meinen Namen sagen kann, ertönt das laute Knallen des Schlägers, als er auf den Lederball trifft. Wieder springt die Menge jubelnd auf, diesmal schreien die Leute noch lauter. Der Jubel schwillt immer weiter an, und ich spüre förmlich die Energie, die wie eine Welle durch Sektion 210 zu pulsieren scheint. Als ich aufsehe, blitzt etwas Weißes vor meinen Augen auf, und ich sehe den Ball geradewegs auf mich zurasen. Obwohl mir bewusst ist, dass es absoluter Schwachsinn ist, ihn mit der bloßen Hand fangen zu wollen, reiße ich den Arm hoch. Ausnahmsweise trete ich einmal in den Vordergrund und weigere mich, jemand anderem den Sieg zu überlassen. In diesem Moment knallt das heiße runde Leder gegen meine Handflächen.

»Heilige Scheiße!«, stößt Vanessa hervor.

»Wahnsinn!«, stößt der süße Typ neben ihr hervor.

Bill reißt mich hoch und umarmt mich, während ich ihn in einem Anfall ungezügelter Begeisterung zu unser beider Verblüffung auf den Mund küsse.

Sämtliche Zuschauer in Sektion 210 fangen an zu brüllen und zeigen mit den Fingern auf uns, und als ich meine Lippen von Bills Mund löse und quer übers Feld spähe, sehe ich mein Gesicht riesengroß auf dem dreißig Meter breiten Übertragungsmonitor – das Gesicht einer Frau, die ausnahmsweise einmal keinen Rückzieher gemacht hat, obwohl es vielleicht die klügere Entscheidung gewesen wäre. Ich winke kurz, woraufhin das gesamte Station erneut johlt und jubelt.

»Tut mir leid, dass ich dich einfach geküsst habe«, sage ich zu Bill, als wir uns wieder hingesetzt haben.

»Macht doch nichts.« Er lacht.

»Das war ein einmaliger Ausrutscher.«

»Einmal ist besser als keinmal.«

Ich nicke. Schätzungsweise hat er recht. Einmal ist tatsächlich besser als keinmal.

Etwa eine Viertelstunde später setzt das Hämmern ein. Ich betrachte meine Hand. Meine Finger sind glühend heiß und auf die Größe von Hotdogs angeschwollen, und meine Handfläche hat sich dunkelviolett verfärbt.

Wusste ich es doch, denke ich und versuche vergeblich, eine Faust zu machen. Es kommt nichts Gutes dabei heraus, wenn man nach den Sternen greift.

Theo stößt in der Notaufnahme des Harborview Hospital zu mir.

»Dates in der Notaufnahme sind offenbar deine Spezialität«, bemerkt er.

»Ich habe Vanessa gesagt, dass sie dich nicht anzurufen braucht, weil ich auch allein klarkomme.« Ehrlich gesagt habe ich Vanessa sogar auf Knien angefleht, Theo nicht anzurufen, sondern stattdessen mit dem süßen Typen etwas trinken zu gehen, während ich ins Krankenhaus fahre, weil ich mich in Wahrheit danach sehne, ausnahmsweise einmal keinen Wachhund um mich zu haben. »Außerdem ist das kein Date. Es sei denn, du bist Masochist«, füge ich hinzu.

»Ich nehme es zur Kenntnis«, sagt er und streckt den Arm aus, um mir die Tür aufzuhalten, obwohl es automatische Türen sind, die sowieso nicht zufallen können. »Und ein Masochist bin ich nicht, wie du dich bestimmt noch erinnern kannst.«

Theo hat recht. Er ist ein guter Koch und der Typ Mann, der einem Blumen mitbringt, eine Decke über die Beine legt, wenn er merkt, dass man friert, und einem auf so humorvolle Art und Weise zu verstehen gibt, man sollte sich vielleicht die Zähne putzen, dass man nicht gleich vor Scham aus dem Fenster springen will. Ein Masochist ist er definitiv nicht. Aber heiraten wollte er mich eben auch nicht. Deshalb versuche ich, jeden Anflug von Masochismus meinerseits zu unterdrücken, indem ich mir einbilde, das hier könnte tatsächlich ein Rendezvous sein.

»Los, komm mit«, sagt Theo, als er mein schmerzverzerrtes Gesicht sieht. »Ich kenne den Leiter der Notaufnahme und habe ihn gleich angerufen. Wir sorgen jetzt dafür, dass du zügig drankommst.«

Er nimmt meine unversehrte Hand, völlig entspannt und arglos, so als käme er gar nicht auf die Idee, die Geste könnte viel zu intim für unser Verhältnis zueinander sein, und führt mich einen Korridor entlang, an dessen Ende wir warten. Kurz darauf erscheint der Arzt und begrüßt Theo mit einem kameradschaftlichen Schlag auf den Rücken.

»Was kann ich für dich tun, Mann? Ich bin gleich losgefahren, als ich deine SMS bekommen habe.« Er wirft einen Blick auf meine Finger, die inzwischen die Form und Farbe von Auberginen haben. »Haben Sie ernsthaft einen Baseball mit der bloßen Hand gefangen?«

»Ich bin manchmal eine echte Idiotin. Es war ein Versuch, gegen den Strom zu schwimmen. Leider hat es nicht ganz funktioniert.«

»Und wie es funktioniert hat«, bemerkt Theo und kramt den Ball aus meiner Handtasche. »Deinen Fingern geht's bald wieder gut, dafür hast du den hier als Erinnerung an den Abend, an dem du keine Angst davor hattest, hochzugreifen nach dem, was dir zufliegt.«

Inzwischen wirkt das Schmerzmittel, das mir der Arzt

gegeben hat, und trotz meiner leichten Benommenheit ist mir klar, dass er nicht nur von dem Ball spricht. Ich lege meine gesunde Hand auf seine Wange.

»Du bist so süß«, sage ich, obwohl mir noch etwas ganz anderes auf der Zunge liegt.

Du bist doch derjenige, der die Hand nicht ausstrecken und mich für immer festhalten will. Du bist derjenige, der nicht an die Ehe glaubt.

»Oh Mann, ich glaube, du bist high«, stöhnt er.

Er und der Arzt müssen lachen, und da ich tatsächlich ziemlich neben der Spur bin, lache ich mit.

Eine freundliche Schwester legt mir einen Gips an und wickelt eine kunterbunte Binde drumherum. Als ich fertig bin, setze ich mich in den Warteraum. Ich bekomme noch ein Schmerzmittel für zu Hause. Neben mir sitzt ein kleines Mädchen mit tränennassen Wangen.

»Was ist denn mit dir passiert, Süße?«, fragt Theo sie.

Ihr Kinn bebt, also springt ihre Mutter für sie ein. »Wir haben ihr tausendmal gesagt, sie soll nicht aufs Bücherregal klettern, um die Fernbedienung herunterzunehmen. Und diesmal ist das ganze Ding auf sie gefallen.«

Stumme Tränen rinnen ihr übers Gesicht.

»Ist schon gut, Kleine«, sage ich. »Ich höre auch nie sofort auf das, was man mir sagt.«

»Ehrlich?«, fragt sie kleinlaut.

»Ehrlich. Du kannst dir nicht vorstellen, wie oft man mir etwas sagen muss, bevor ich endlich höre.«

Ich spüre, wie Theo mir die Hand auf die Schulter legt und sie behutsam drückt.

»Ich kriege auch einen Gips in Regenbogenfarben«, verkündet das kleine Mädchen.

»Das klingt toll. Regenbogenfarben …«

Ich schließe die Augen. Der Raum fängt an, sich um mich zu drehen. Ich öffne sie wieder und traue mich nicht, Theo anzusehen, der hinter mir steht, aber ich weiß, dass er da ist.

»Glaubst du an Kobolde?«

»Ich glaube an alles.«

Na ja, wenn die Wirkung des Schmerzmittels nachlässt, werde ich das wohl nicht mehr unterschreiben können.

Vanessa besteht darauf, dass ich Theos Einladung zu einem Date annehme.

»Das ist meine Herausforderung an dich«, sagt sie, als wir über den Pike Place Market schlendern und frische Nektarinen kaufen.

»Allmählich gehst du mir auf den Geist«, sage ich. »Du verlangst immer nur Dinge von mir, die du selbst niemals tun würdest.«

»Ganz genau. Und bisher habe ich mit meiner Auswahl immer ins Schwarze getroffen. Du kannst nicht behaupten, dass du hier die schlimmste Zeit deines Lebens verbringst.«

»Was die Wanderung betrifft, schon. Aber ich gebe zu, dass das Baseballspiel ganz nett war.« Ich halte ihr meinen Gips vor die Nase. »Mit Ausnahme von dem hier, versteht sich.«

»Na gut. Könnte sein, dass wir deinen Masterplan ein bisschen frisiert haben.«

»Ich werde nicht hierherziehen, mir Dreadlocks wachsen lassen und einen Trommelkurs belegen.«

»Natürlich nicht. Obwohl … Gar keine schlechte Idee.« Sie trägt eine Notiz in ihr Handy ein. »Keiner sagt, dass du gleich deinen Wohnsitz verlegen sollst, aber du bekommst zumindest einen Eindruck davon, wie dein Leben hätte werden können. Du siehst es aus einer völlig neuen Perspektive.«

»Du willst, dass ich es mir mit Theo vorstelle.«

»Nicht mit Theo! Oder vielleicht doch. Um Theo geht es aber gar nicht, sondern darum, dass du herausfindest, was das Leben für dich noch bereithält. Hör endlich auf, dir in die Hose zu machen, nur weil du mit etwas konfrontiert werden könntest, das du nicht kennst.«

»Du vergisst, dass Theo mich nicht heiraten wollte. Außerdem bin ich fest entschlossen, um Shawn zu kämpfen.«

»Hmm«, macht sie.

»Hmm«, imitiere ich sie.

»Geh einfach los. Was kann schon passieren?«

Am nächsten Abend wartet Theo auf dem Campus der University of Washington auf mich. Eigentlich wollte er mich zum Abendessen ausführen, aber ich habe abgelehnt. Zu riskant. Ich habe Vanessa zwar erklärt, mein Versuch, Shawn zurückzugewinnen und meine Ehe zu retten, sei meine Methode, gegen den Strom zu schwimmen, aber in Wahrheit ist die viel größere Herausforderung, nicht pausenlos an Theo zu denken. Seit dem Abend in der Notaufnahme ertappe ich mich nämlich ständig dabei, dass ich an ihn denke, an seine Hand auf meiner Schulter, sein amüsiertes Lachen über meinen Schmerzmittelrausch und daran, dass er zur Stelle ist und mich rettet, wann immer ich einen Retter brauche. Aber ich will nicht dauernd an Theo denken, außerdem habe ich weiß Gott andere Dinge, über die ich nachdenken sollte:

1. Meine Mom, die im reifen Alter offenbar ihre lesbische Seite entdeckt hat.
2. Rainas Reaktion auf Moms bahnbrechende Selbsterkenntnis (dass wir auf der Stelle nach Palm Beach fliegen und sie zurückholen müssen).
3. Die Schlagzeilen über Olivers Verhaftung in *Access Hollywood*: Prominente Yogi-Anhänger tragen neuerdings taupefarbene Solidaritätsschleifen am Revers. Taupe ist die Farbe des Friedens, hat Halle Berry gestern Abend bei Billy Bush erklärt.
4. Shawns Facebook-Seite, auf der ich gestern Abend war, nachdem ich eine halbe Tablette gegen die Schmerzen geschluckt hatte. Ich bin einigermaßen sicher, dass er nicht weiß, dass bei jedem Login ein Live-Update auf JDate erscheint, was aus mehreren Gründen seltsam ist: Erstens ist Shawn der ultimative Technikfreak und müsste so etwas doch eigentlich wissen. Zweitens halten die Betreiber von JDate das offenbar für eine gute Idee, dabei ist es eigentlich ziemlich peinlich, so was in seiner Aktivitätenliste stehen zu haben. Aber vielleicht wollen sie ja nur die Leute wissen lassen, dass es auch noch jede Menge andere normale Singles da draußen gibt, die alle bei JDate sind. Was grundsätzlich die Frage aufwirft, ob Shawn Single ist – eine Frage, mit der ich mich definitiv etwas eingehender befassen sollte als mit Gedanken an meinen Ex. Ich denke tatsächlich darüber nach, aber bei Weitem nicht so eingehend, wie man glauben würde. Cilla Zuckerberg würde nie im Leben Marks Seite checken, wenn er sie abserviert hätte, jede Wette. Sie würde Facebook einfach sprengen, und zwar im wahrsten Sinne des Wortes. Sie würde in die Firmenzentrale fahren und den Hauptserver abfackeln.

Gestern Abend habe ich kurz darüber nachgedacht, bevor ich mich ausgeloggt habe – aber erst, nachdem ich versucht hatte, Erica Stoppards Account zu knacken und mir all ihre Fotos anzusehen (blöderweise sind sie nicht öffentlich gestellt, was echt nervt).

5. Nicky: Ich habe den Eindruck, dass er in den vergangenen beiden Tagen einen krassen Sinneswandel vollzogen und plötzlich zu Gott gefunden hat (das könnte auch der Grund sein, weshalb er Palo Alto als »Shallow Alto – die Stadt der ultimativen Oberflächlichkeit« bezeichnet). Oder aber er hat seine jüdischen Wurzeln für sich entdeckt, denn all seine Mails beginnen und enden neuerdings mit »Shalom«, und ich glaube nicht, dass das ironisch gemeint ist. Vielleicht sollte ich mich etwas eingehender mit den mentalen Befindlichkeiten eines Zwölfjährigen und der Frage beschäftigen, ob das alles normal ist. Außerdem sollte ich seiner Mom eine Mail schicken, aber ich hoffe, dass Shawn sich bereits darum gekümmert hat, wonach ich ihn aus nachvollziehbaren Gründen nicht fragen kann, außerdem will ich die Pferde nicht scheu machen. Was sollte ich Amanda schreiben? »Liebe Amanda, dein Sohn hat zu Gott gefunden. Soll ich eingreifen?« Nein, das wäre seltsam.

Theo steht mit seinem Handy in der Hand vor der Bibliothek. Er trägt schmal geschnittene Freizeithosen und ein blaues Hemd mit Button-Down-Kragen, weil er im Rahmen des Studentensommerkursprogramms einen Gastvortrag mit dem Titel *Die Kunst der Überredung* gehalten hat, allerdings hat er die Ärmel aufgerollt, was ihn eher wie einen Studenten und nicht wie einen Professor aussehen lässt.

Anfang Juli zeigt sich Seattle von seiner schönsten Seite. Der Himmel ist strahlend blau und wolkenlos, die Luft angenehm frisch. Man könnte glatt vergessen, dass der Sommer nicht ewig andauert. Es ist weder zu kalt noch zu heiß, und ein Gefühl von gut gelauntem Optimismus hängt in der Luft. Die Bäume ringsum stehen in voller Pracht, ragen über einem empor wie eine Oase im quirligen Treiben der Stadt. Es ist ein Anblick wie aus dem Bilderbuch.

Ich sehe Theo kurz beim Tippen zu – wahrscheinlich bewältigt er gerade die Krise von jemandem, der viel wichtiger ist als ich – und denke darüber nach, wie alles gekommen wäre, hätte ich damals im Wagen einfach »Ja« gesagt. Ich habe sein Angebot aus einem Impuls heraus abgelehnt, und danach konnte ich keinen Rückzieher mehr machen. Als er keinen Versuch unternahm, mich zu überreden, ihn doch nach Seattle zu begleiten – eigentlich war ich davon ausgegangen, dass er es versuchen und ich meine Meinung natürlich ändern würde –, konnte ich ihn natürlich nicht anbetteln, mich mitzunehmen.

Er sieht mich und lächelt. »Ich war sicher, dass du kneifst.«

Ich trete auf ihn zu. »Ehrlich gesagt habe ich kurz darüber nachgedacht.«

Das ist eine glatte Lüge. Ich habe keine Sekunde darüber nachgedacht. Das ist die reine Wahrheit, die ich ihm anvertrauen werde, wenn ich erst einmal den Mut dazu aufbringe. Aber ich bin nun mal kein mutiger Mensch, deshalb trete ich lediglich näher und küsse ihn auf die Wange.

Er zieht mich in seine Arme. »Du siehst hübsch aus.«

»Du hast mich halt lediglich völlig erschöpft am Berg und am nächsten Tag im Bademantel im Hotel gesehen. Ach ja, und unter Drogeneinfluss in der Notaufnahme.«

»Stimmt.«

»Also konnte es ja nur besser werden.«

»Du hast auch vorher schon gut ausgesehen.« Grinsend schiebt er seine Brille hoch. »Der Gips macht natürlich erst richtig was her.«

»Du bist so ein Schwätzer«, gebe ich zurück, woraufhin sein Grinsen noch breiter wird.

»Komm«, sagt er. »Gehen wir ein Stück.«

»Wohin? Ich war noch nie hier.«

»Irgendwohin.« Er hakt sich bei mir unter. »Gehen wir einfach.«

Es gibt einen Geheimweg auf dem Campus. Das behauptet zumindest Theo. Aber ebenso gut könnte er bloß versuchen, mich um den Finger zu wickeln und Eindruck zu schinden. Wir schlendern die verlassenen Wege im hinteren Teil des Campus entlang, vorbei an den Verwaltungsgebäuden und den heiligen Hallen der Weisheit, fernab vom regen Treiben. Ab und zu kommt ein Student oder ein Assistent vorbei, aber ansonsten sind wir meistens allein. Theo erzählt mir, wie er den Tumor entdeckt hat (eines Morgens unter der Dusche), und ich erzähle ihm, dass ich im Grunde nicht weiß, was ich mit meinem Leben anfangen soll. Wir sprechen darüber, wie sehr sich sein Leben verändert hat und wie wenig im Vergleich dazu bei mir passiert.

Shawn klammern wir aus, und ich traue mich auch nicht, ihn zu fragen, wie er seiner Exverlobten einen Antrag machen konnte, obwohl er doch gar nicht an die Ehe glaubt. Am liebsten würde ich ihn fragen: Liegt es daran, dass du sie mehr geliebt hast als mich oder daran, dass du damals nicht gegen die Ehe an sich warst, sondern nur gegen eine Ehe mit mir? Oder konntest du dir nicht vorstellen, jemanden für immer lieben zu können, bist dann aber darauf gekommen, dass du es doch kannst, wenn sie nur ein bisschen unabhängiger und selbstsicherer ist?

Aber ich sage nichts, weil es für den Moment einfacher ist zu schweigen. Ich bin immerhin noch verheiratet, und wir machen nur einen Spaziergang, mehr nicht. Wir gehen weiter, bis wir irgendwann am Ufer des Lake Washington stehen. Die Dämmerung hat eingesetzt, und die Sonne erhellt die Wasseroberfläche in den schillerndsten Rot-, Rosa-, Blau- und Grüntönen. Der Anblick hat etwas Magisches. Zwei Ruderboote gleiten vor uns vorbei, gefolgt von der Uni-Damenmannschaft. Die Stimme der Steuerfrau dringt herüber, viel zu laut für ihren zierlichen Körper, die Arme und die Ruderblätter bewegen sich synchron nach ihren Anweisungen. Wir bleiben stehen und sehen aufs Wasser hinaus, genießen schweigend den perfekten Moment – die abendliche Luft, die sommerliche Wärme und die Mischung aus Optimismus und Ungewissheit.

Ein Motorboot rauscht durch die Passage, die auf den Kanal vor uns führt. Drei Jungs machen sich offenbar einen schönen Abend auf dem Wasser mit ein paar Dosen Bier.

»He, Kumpel, steh nicht so blöd herum, küss sie endlich!«, schreit einer von ihnen, als er uns am Ufer stehen sieht.

»Nö!«, schreit Theo zurück.

»Komm schon!«, ruft der Typ.

»Meinst du?«, ruft Theo.

»Los, mach schon!«, ruft der zweite.

»Lasst mal«, schreie ich. »Alles bestens!«

»Aber es könnte noch viel besser sein!«, schreit der zweite über das Dröhnen des Motors hinweg.

»Nein, nein, mir geht's auch so gut!«

Trotzdem spüre ich, wie mir die Hitze in die Wangen steigt und sich mein Puls beschleunigt.

»Küssen, küssen, küssen!«, skandieren die drei.

Theo zuckt die Achseln. Dann grinst er. Und dann küsst er mich. Und weil ich entschlossen bin, gegen den Strom zu schwimmen, und weil ich, wenn ich ganz ehrlich bin, es mir wünsche, lasse ich es geschehen.

Später nimmt Theo mich mit ins Husky-Stadion, zu dem er jederzeit Zutritt hat (»Ich hab dem Football-Team mal bei einem Problem geholfen«). Wir setzen uns auf die 50-Yard-Linie, einfach so. Es ist dunkel, die Scheinwerfer brennen, und ich fühle mich wie auf der Highschool, obwohl sich damals kein Junge je so etwas für mich hat einfallen lassen. Ab und zu sehe ich zum Himmel hinauf und denke an Shawn, doch dann fallen mir die Regeln unserer Beziehungspause wieder ein: Es gibt keine Regeln. Ich kann jederzeit tun, was mir gerade in den Sinn kommt, worauf ich verdammt noch mal Lust habe. Meine Gedanken schweifen zu Vanessas Theorie des Gegenteils. Ich solle ein Gefühl für meine Impulse bekommen, meint sie, denn unsere Instinkte – Pfeif auf die Philosophien meines Vaters! – sind das einzige Werkzeug, das wir brauchen, wenn wir den Lauf unseres Schicksals verändern wollen. Ich bin also sorgsam darauf bedacht, bloß nichts zu tun, was den Lauf der Dinge ruinieren könnte.

Irgendwann geht Theo und mir der Gesprächsstoff aus. Theo sitzt da, und ich betrachte seine Hände. Sie sind so schmal und schön. Dann legt Theo seine Hand um mein Kinn und sagt: »Ich weiß nicht, ob ich je glücklicher war, als ich es jetzt gerade bin.«

»Sag doch so was nicht«, wiegle ich ab. »Ich weiß doch überhaupt nicht, was ich tue.«

Er lässt die Hand sinken. »Wer tut das schon?«

»Du. Du weißt immer, was du tust. Genau deshalb kommst du so gut klar.«

»Womit?«, fragt er.

»Mit dem Leben. Du bist gut darin, mit dem Leben klarzukommen.«

»Aber das war ich nicht immer«, hält er dagegen.

»Meinst du?«

Ich weiß genau, was er damit meint: seine komplizierte Kindheit mit seinen schrecklichen Eltern und ihrer Gefühlskälte und den endlosen Nachmittagen, die er hinter verschlossenen Türen und in stillen Räumen verbringen musste. Irgendwann hat er die Stille selbst durchbrochen, indem er für die älteren Leute in der Nachbarschaft Besorgungen erledigte und in Eigenregie einen Eiswagenverkauf in seinem Wohnviertel gründete. Mittlerweile hat Theo seine Kindheit so weit hinter sich gelassen, dass er sie nicht einmal mehr im Rückspiegel erkennen kann. Theo als kleiner Junge, das ist Vergangenheit, denn heute ist er ein vollkommen anderer Mensch. Es erstaunt mich, dass er sich noch daran erinnern kann und sogar darüber spricht, aber vermutlich ist unsere Kindheit wie ein Samenkorn, das tief in unserem Innern seine Wurzeln geschlagen hat, obwohl wir denken, dass sie längst verdorrt sein müssten. Wie lange wird es wohl dauern, bis meine eigenen Wurzeln mich aus ihrem Würgegriff entlassen?

»Allerdings komme ich noch viel besser im Leben klar, wenn du ein Teil davon bist«, fügt er hinzu. Mir fällt beim besten Willen keine Erwiderung darauf ein, deshalb hebe ich nur flüchtig die Schultern, aber natürlich gibt er sich nicht damit zufrieden, denn Theo ist nun mal Theo. Er nimmt meine Hand, verschränkt seine Finger mit den meinen und zieht mich auf die Füße. »Komm mit.«

Und genau das tue ich. Ich folge ihm. Weil ich das am besten kann.

Theo lebt auf einem Hausboot auf dem Lake Union. Es dauert einen Moment, bis ich mich an das kaum merkliche, aber stete Schwanken gewöhnt habe. Er kommt mit zwei Flaschen Bier an Deck, gibt mir eine, und wir setzen uns hin und sehen zu, wie die Motorboote müßig durchs Wasser gleiten.

Ich vermeide es, ihn anzusehen, weil ich genau weiß, dass meine Miene mich verraten und ich alles aussprechen würde, was mir gerade so durch den Kopf geht: Hier würde ich also heute mit dir leben? Das hätte unser Zuhause sein können?

Inzwischen habe ich begriffen, dass es mir hier sehr gut gefallen hätte.

Das ist also das, wozu ich Nein gesagt habe. Wieso habe ich nicht einfach Ja gesagt?

Schließlich stellt er sein Bier auf den Balkontisch, nimmt meine gesunde Hand und zieht mich hoch. Ich trinke noch einen Schluck, dann stehe ich auch auf und lasse mich von ihm führen. Genau das hat er früher immer getan. Er stand stets vor mir, damit mir nie der Wind ins Gesicht wehen konnte, und führte mich dann irgendwohin. Shawn tut wohl dasselbe, allerdings nicht so gut und vermutlich auch nicht mehr allzu lange. Vielleicht haben Shawn und ich dem Wind auch den Rücken zugekehrt und sind in unterschiedliche Richtungen gegangen. Wir haben so viel Zeit damit verbracht, all den Herausforderungen und Unwägbarkeiten auszuweichen, die das Leben uns in den Weg gestellt hat, dass es zumindest ihm zu ruhig und langweilig geworden ist und er deshalb das Interesse daran verloren hat.

Im Wohnzimmer küsst Theo mich noch einmal, und meine Knie drohen nachzugeben. Ich habe völlig vergessen, wie gut Theo küssen kann. Ganz langsam, intim, so als könnte er die Gedanken seiner Partnerin lesen und genau das tun, was sie sich als Nächstes wünscht.

»Ist das okay?«

»Es ist okay«, sage ich. »Nein, ich meine, mehr als okay«, füge ich eilig hinzu, aus Angst, er könnte mich missverstanden haben.

Er lacht und küsst mich noch einmal. »Willa, du brauchst dich mir nicht zu erklären. Ich kenne dich. Ich hab's auch so verstanden.«

»Du kennst aber mein neues Ich nicht.« Ich weiß nicht genau, wieso ich das sage.

Er löst sich von mir und betrachtet mich eingehend. Nach ein paar Sekunden erscheint ein Lächeln in seinen Augen, ehe sich auch seine Mundwinkel zu einem Grinsen verziehen.

»Aber ich würde es schrecklich gern kennenlernen. Die neue Willa mit allem Drum und Dran.«

Wir lassen uns auf sein Sofa sinken, und er küsst mich ein drittes Mal, und ich verliere mich so sehr in der Berührung, dass ich mir einbilde, im Hintergrund ein Summen zu hören, endlos und eindringlich wie von einem zornigen Wespenschwarm. Schließlich hält Theo inne.

»Verdammt, dein Handy hat bestimmt zwanzigmal gesummt. Vielleicht solltest du rangehen.«

Seine Lippen sind ganz rot und geschwollen vom Küssen, und meine Wangen brennen ein wenig von seinen Bartstoppeln. Ich will nicht aufhören. Mich nicht ergeben, sondern gegen den Widerstand ankämpfen – das bedeutet, ich darf jetzt nicht aufhören.

Doch dann ertönt das zornige Summen erneut. Widerstrebend stehe ich auf und ziehe mein Handy aus der Handtasche.

Tatsächlich, er hat recht. Ich greife geradewegs in ein Wespennest.

Familie.

20

Versäumte Anrufe: 27
SMS: 23
Nachrichten: 8

Ich stehe in Theos Küche und zwinge mich, die Nachrichten abzuhören, obwohl ich nicht sicher bin, ob ich den Mut dazu aufbringe. Etwas ist passiert. Und zwar etwas sehr Schlimmes. Gute Nachrichten bekommt man nie auf diese Weise übermittelt, na ja, eine Oscar-Nominierung vielleicht, aber keine Nachrichten fürs normale Volk. Und schon gar nicht für jemanden wie mich.

Nein, die Flut an Anrufen kann nur eines bedeuten: große Katastrophe.

Ich hole tief Luft, nehme all meinen Mut zusammen und drücke mit zitternden Fingern die Abruftaste für die Voicemail. Währenddessen denke ich an all die Menschen, die ich liebe, die vielen Menschen, die mit einem Schlag aus dem Leben gerissen werden könnten. Niemand ist immun gegen die unvorhersehbaren und gefährlichen Launen des Lebens.

Shawn. Nicky. Vanessa. Raina. Ollie. Grey. Bobby. Meine Mom.

Aber am Ende betrifft es keinen von denen, an die ich als Allererstes gedacht habe, sondern denjenigen, an den ich als Allererstes hätte denken sollen, weil er es ja praktisch prophezeit hat – meinen Dad. Mein Dad ist derjenige, der Opfer genau jenes Phänomens geworden ist, das er stets gepredigt hat, nämlich der Unvermeidbarkeit.

Nachricht von Raina Chandler-Farley:
Willa! Wo zum Teufel steckst du jetzt schon wieder? Ganz ehrlich, allmählich wird es lächerlich. Du bist in Seattle und nicht auf dem gottverdammten Mond, Herrgott noch mal! Liest du deine SMS nicht mehr? Jeremy und ich versuchen seit drei Stunden, dich zu erreichen! Wie spät ist es bei dir jetzt? Neun Uhr abends oder so? Bist du beim Abfeiern, oder was treibst du? Gehört das zu deinem merkwürdigen Experiment? Ruf mich sofort zurück, wenn du das hörst. (Im Hintergrund raschelt etwas, dann ertönt ein lauter Knall.) Verdammt noch mal, Grey! Ich hab dir doch gesagt, du sollst nicht in der Wohnung Fußball spielen. Wo ist Gloria? Los, geh zu Gloria, mach schon. Willa? Bist du noch da? Ruf mich so schnell wie möglich zurück. Es geht um Dad. (Stille.) Na ja, eigentlich kann ich es dir genauso gut gleich erzählen, denn wenn du auf die Idee kommst, endlich deine Nachrichten abzuhören, könnte er längst tot sein. Ach … scheiße … (etwas leiser) … Dad hatte einen Herzinfarkt. Einen schweren. Irgendetwas von einem ventrikulären Versagen und … verstopften Arterien. Ich weiß es auch nicht genau. Ich verstehe es nicht ganz. Bitte. Komm einfach … komm nach Hause.

Vanessa kommt gleich zum Flugplatz, wo der Y.E.S.-Firmenjet steht. Theo erledigt ein paar Anrufe, und nicht einmal eine Stunde später gehen er, sie und ich an Bord.

»Das hier hat nichts damit zu tun, den Weg des geringsten Widerstands zu gehen«, sage ich zu Vanessa. »Bitte, sei nicht enttäuscht.« Meine Stimme droht zu versagen. »Ich muss nach Hause.«

»Du bist meine beste Freundin, Süße. Ich bin doch nie von dir enttäuscht.« Sie nimmt mich in die Arme. »Außerdem geht es hier nicht um einen dämlichen Ratgeber, sondern um das wahre Leben, die knallharte Realität.«

Ich klammere mich an ihr fest und spüre, wie mir die Tränen kommen. Ich hätte nicht gedacht, dass ich so um ihn trauern würde. Noch lebt er ja, aber er könnte tatsächlich sterben. Auf den schlimmen Moment, in dem man sich fragt, wie es weitergehen soll, wenn die eigenen Eltern zu sterben drohen, war ich nicht gefasst. Ich berge das Gesicht in den Händen und versuche, mich zusammenzureißen, versuche, Kontrolle über den heftigen Schmerz, der mich überkommt, zu gewinnen. Mein Dad hat keine Angst vor dem Tod! Es ist Teil seines Lebensplans! Wieso kann ich nicht genauso entspannt damit umgehen?

Vanessa drückt mir ein Kleenex in die Hand. »Warum kommt Theo mit?«

»Weil es seine Maschine ist und er sowieso zu einem Kundentermin nach New York muss.«

»Aha.«

»Da ist nichts.«

Ich spiele das, was auch immer gewesen sein mag, bewusst herunter, weil es viel zu kompliziert ist, darüber nachzudenken, welche Bedeutung es in Wahrheit haben könnte. Es war nur ein einziger Abend. Auf einem Football-Feld. Mit ein bisschen Herumgeknutsche. Schüler auf der Highschool machen so was jedes Wochenende.

Ich putze mir die Nase, während mir bewusst wird, was es bedeutet, Seattle jetzt zu verlassen und nach New York zurückzufliegen, wo mich nichts als Katastrophen und Probleme erwarten. Ich kann Vanessa nur dankbar dafür sein, dass sie mich gezwungen hat, aus der Behaglichkeit meines Alltags auszubrechen, wenn es auch nur für zehn Tage war und in einigen Stunden wieder alles so sein wird wie vorher.

An Bord schaltet Theo den Fernseher ein und geht auf CNN. Das Gesicht meines Dads füllt den gesamten Bildschirm aus.

Nachrichtensprecher 1: »Leider müssen wir Ihnen mitteilen, dass unser geschätzter Kollege Richard Chandler, der für viele von uns eine Art Mentor …«

Nachrichtensprecherin 2 (unterbricht): »… für einige sogar eine Art Gott …«

Nachrichtensprecher 1: »… Richard Chandler hat heute einen schweren Herzinfarkt erlitten. Noch können wir nichts über die genauen Umstände sagen, aber laut Aussage einer unserer Quellen befand sich Chandler auf dem Weg zu seinem morgendlichen Schwimmtraining im New York Athletic Club, als er mitten auf der 60. Straße zusammenbrach.«

Nachrichtensprecherin 2: »Genau, Tim. Allem Anschein nach hat ihn ein Passant erkannt und versucht, ihn wiederzubeleben, was Richard das Leben gerettet hat. Wie unsere Zuschauer wissen, ist Richard der Autor des Bestsellers *Außer Rand und Band – Weshalb Sie längst die Kontrolle über Ihr Leben verloren haben könnten* …«

Nachrichtensprecher 1: »Ein wunderbares Buch, Audrey. Absolut fantastisch. Es hat mein ganzes Leben verändert.«

Nachrichtensprecherin 2: »Du sprichst mir aus der Seele, Tim. Laut Aussage des Krankenhauspersonals wäre Chandler ohne die Herzmassage verstorben. Alles geschieht aus einem bestimmten Grund, so viel steht fest.«

Nachrichtensprecher 1: »Sehr bemerkenswert, Audrey. Absolut bemerkenswert. Richard Chandler, nie war er der Weisheit näher als heute.«

Nachrichtensprecherin 2: »Chandler befindet sich derzeit in Behandlung im Mount Sinai Hospital. Was seinen Zustand angeht, gibt es unterschiedliche Meldungen, aber wir sind ganz sicher, dass Richard mit sich und dem, was das Schicksal für ihn bereithält, im Reinen ist. So hätte er es gewollt.«

Nachrichtensprecher 1: »Wir wollen einen Moment innehalten und ein Gebet für unseren geschätzten Kollegen sprechen.«

Nachrichtensprecherin 2: »Ich denke, wir sollten für seine Familie beten. Richard würde unsere Gebete nicht wollen.«

Nachrichtensprecher 1: »Wie recht du hast, Audrey. Wir werden für die Familie beten, denn sie ist es, die unsere Gebete braucht.«

21

Raina und Jeremy sitzen mit Kaffeebechern und ihren Handys in der Hand im Warteraum der Notaufnahme. Ich sehe sie schon vom anderen Ende des trostlosen, grell erleuchteten Krankenhausflurs aus. Raina seufzt und lässt ihren Kopf auf Jeremys Schulter sinken, während er ihre Wange streichelt und ihr einen Kuss auf die Stirn drückt.

»Gott sei Dank«, ruft Raina, als sie mich sieht, und springt auf, wobei ein Spritzer ihres Kaffees auf Jeremys Hose landet.

»Ich bin so schnell wie möglich hergekommen. Wie geht es ihm?«

»Wie es aussieht, schafft er es.«

Sie beugt sich vor und umarmt mich, klammert sich regelrecht an mir fest.

»O Gott«, stöhne ich tränenerstickt.

»Sie müssen ihn noch mal operieren, erst dann können sie Genaueres sagen, aber es heißt, die Chancen stünden ganz gut.«

Raina löst sich von mir, streicht ihre Bluse glatt und steckt sie in den Bund ihres Rocks – zurück in den Präkrisenmodus.

»Tut mir leid, dass du dich ganz allein mit alldem herumschlagen musstest.«

»Ollie ist ja da«, sagt sie. »Er darf zwar das Apartment

nicht verlassen, aber immerhin hat er mich ein bisschen beruhigt.«

»Trägst du jetzt etwa auch so ein taupefarbenes Ding?«

Ich beuge mich vor und beäuge die Schleife an ihrem Blusenkragen.

»Ollie wollte es so.« Wir setzen uns hin.

»Das ist die Farbe des Friedens«, erklärt Jeremy und gibt mir ebenfalls einen Kuss.

»Hast du Mom schon erreicht?«

»Nein, nur Nancy, ihre ›Partnerin‹.« Raina beschreibt Anführungszeichen in der Luft. »Mom war gerade auf einem vierundzwanzigstündigen spirituellen Solo-Retreat.«

»So was gibt es in Palm Springs?«

»Offenbar. Aber Nancy hat versprochen, ihr Bescheid zu geben.«

»Na ja, wir wissen ja, dass Mom gerade versucht, sich selbst zu finden«, sage ich leise. »Sie hat sich vierzig Jahre mit Dad und seinen Philosophien herumgeschlagen, und jetzt darf sie zum allerersten Mal ihr eigenes Ding machen, alles ausprobieren, was sie will.«

»Ich weiß. Es geht auch gar nicht um ›Nancy‹, das ist dir doch klar, oder? Immerhin spenden wir jedes Jahr, um die Einführung der Homo-Ehe zu unterstützen.«

»Ach so?«, fragt Jeremy.

»Wir tun eine ganze Menge, wovon du nichts weißt«, kontert Raina.

»Das ist vermutlich wahr«, sagt Jeremy.

»Du magst keine Veränderungen, das ist alles, schon verstanden«, sage ich.

»Na ja, ich glaube eben an die Ehe. Sie sind seit vierzig Jahren zusammen, das kann man doch nicht einfach wegwerfen.«

Ich glaube auch an die Ehe, liegt mir auf der Zunge. Und trotzdem mache ich mir Gedanken über meine eigene.

Raina zieht ein Tablettenfläschchen aus der Tasche, schraubt den Deckel ab und schüttelt eine Tablette in die Hand, dann bietet sie mir auch eine an. Ich nehme sie und schiebe sie mir in den Mund.

»Euch ist aber schon klar, dass das keine Bonbons sind, ja?«, schaltet sich Jeremy ein.

Raina schenkt ihm keinerlei Beachtung. »Ich sage ja nur … Dad hatte einen Herzinfarkt, und ich finde eben, dass Mom hier sein sollte.«

»Aber Dad war doch derjenige, der ihr gesagt hat, er wolle mal eine Auszeit. Im Grunde genau wie Shawn.«

Vielleicht sollte ich noch mal über den Punkt »Shawn ist ein Arschloch« nachdenken.

»Ihr beide solltet genauso versuchen, wieder zueinanderzufinden. Schließlich habt ihr euch ewige Liebe und Treue versprochen.«

»Meine Entscheidung war es nicht.« Ich habe einen bitteren Geschmack im Mund, von der Tablette. »Er ist derjenige, der die Regeln aufgestellt hat. Kein Kontakt, Sex mit anderen …«

»Sex mit anderen?«, unterbricht Jeremy. »Wow!«

»Bloß kein Neid.« Raina gibt ihm einen Klaps auf den Arm.

»Ich bin nicht neidisch«, gibt er zurück, obwohl sein Gesichtsausdruck ihn Lügen straft. »Eher beeindruckt.«

»Rein zufällig habe ich in Seattle beschlossen, um ihn zu kämpfen und ihn zurückzugewinnen, aber jetzt …«

»Was jetzt?«, hakt Raina nach.

Jetzt sind eine Million Dinge passiert. Theo. Dad! Ich habe erlebt, dass ein Baseballspiel Spaß machen kann, ein

Trommelkurs eine tolle Erfahrung sein könnte und Bergwanderungen zwar fürchterlich sind, die Blasen aber im Handumdrehen verheilen.

»Keine Ahnung. Ich … wenn er wegen Dad zurückkommt und mir bei alldem hier beisteht, versuche ich es noch mal.«

»Okay.«

Raina lässt den Kopf nach hinten sinken. Offenbar setzt die Wirkung des Xanax ein, denn ihr scheint auf einmal alles egal zu sein.

»Ich habe ihm eine SMS geschickt und erklärt, was passiert ist«, sagt Jeremy.

Hast du seine Facebook-Seite gesehen?, würde ich ihm am liebsten ins Gesicht schreien. Ist dir klar, dass er auf JDate ist und ein Rendezvous nach dem anderen hat? Dass er auf Erica Stoppard abfährt? Und da wir hier gerade so nett beisammensitzen, könntest du sie gleich mal recherchieren, weil sie offenbar der einzige Mensch auf der Welt ist, über den Google nichts hergibt. Aber natürlich sage ich nichts von alldem.

»Cool. Mal sehen, was passiert«, murmle ich lediglich.

»Hübscher Gips übrigens«, sagt er und deutet auf meinen bunten Arm.

»Lange Geschichte.«

Raina schlägt die Augen auf. »Was zum Teufel hast du angestellt?«

Bevor ich von dem neuen Masterplan und dem Weg des geringsten Widerstands, von dem Mariners-Spiel, meinem Gesicht auf dem Stadionbildschirm, möglicherweise von Bill und vielleicht sogar von Theo erzählen kann, ertönt eine Stimme hinter mir.

»Hey.«

Mein Magen krampft sich zusammen.

Auch ohne mich umzudrehen, weiß ich, dass er es ist. Trotzdem wende ich mich um, nur um sicherzugehen, dass ich nicht komplett den Verstand verloren habe.

Als Erstes sehe ich Nicky. Er trägt eine Kippa und begrüßt uns, indem er die Hände in Gebetshaltung vor der Brust zusammenlegt und sich verbeugt. Direkt hinter ihm steht er – mit seiner neuen Lederjacke, seinem Wired2Go-Shirt und kunstvoll zerzaustem Haar.

Mein Ehemann.

Shawn ist hier.

»Was hast du denn angestellt?«, fragt er mit einem Nicken hin zu meinem Gips, als wir uns einen Augenblick später in der Cafeteria etwas zu essen holen.

Woher kennst du Erica Stoppard?, würde ich ihn am liebsten fragen, verkneife es mir aber. Schließlich will ich ihn ja zurückgewinnen.

»Im Safeco.«

»Du meinst das Safeco Field, das Stadion?« Er sieht mich verblüfft an.

»Ja, genau dort«, antworte ich, wenn auch nur, weil ich weiß, dass ich damit sein Interesse geweckt habe. »Ich habe mir ein Spiel der Mariners angesehen.« Ich knalle ein Plastiktablett auf die Ablage und nehme einen Obstsalat aus dem Fach. »Es war eine Single-Veranstaltung, und ich hab's sogar auf den Jumbotoron geschafft.«

»Du warst auf dem Jumbotoron zu sehen?« Er bleibt wie angewurzelt stehen, bis er merkt, dass er die Gäste in der Schlange hinter uns aufhält. »Seit wann interessierst du dich für Baseball?«, fragt er, als er mich wieder eingeholt hat.

Ich zucke die Achseln. Schließlich kann ich schlecht sagen: Ich interessiere mich überhaupt nicht für Baseball, sondern bin nur hingegangen, weil Vanessa es mir aufs Auge gedrückt hat! Ich beäuge etwas, das wie Nudelauflauf aussieht, aber ebenso gut Hühnchen mit Parmesankruste oder eine Art überbackener Auberginen sein könnte.

»Jedenfalls habe ich einen Home-Run-Ball gefangen, mir dabei aber die Hand gebrochen.«

»Du hast einen Home-Run-Ball aufgefangen, dir dabei aber die Hand gebrochen«, wiederholt er wie in Trance.

Am liebsten würde ich mich ausschütten vor Lachen, beschließe jedoch, mir meine Belustigung nicht anmerken zu lassen, weil mein Triumph zu offensichtlich wäre. Er soll nicht merken, dass ich den Spieß auch umdrehen kann. Auch ich kann mir eine Auszeit nehmen und tun, was mir gerade in den Sinn kommt, ohne dass er mir grünes Licht dafür gegeben hat.

Ich verdränge den Gedanken an den Abend in der Notaufnahme, als ich der Kleinen erklärt habe, dass ich an alles glauben würde, an den Abend, als Theo mich zuerst am Seeufer und später auf seinem Hausboot geküsst hat, und daran, dass er mich in seinem Firmenjet nach New York hat zurückfliegen lassen. Ganz entspannt lasse ich den Blick über die Speisenauswahl der Cafeteria schweifen und nehme mir vor, genau das Gegenteil von dem, was mein Instinkt mir sagt, zu tun, aber manchmal lässt sich der Instinkt nicht so einfach den Mund verbieten. Das würde selbst mein Vater unterschreiben.

Ich entscheide mich für den Nudelauflauf (sofern es denn einer ist) und gehe weiter in Richtung Kasse.

Shawn berührt meinen Arm.

»Hey. Du wirkst glücklich. Das freut mich. Denn ich bin auch glücklich.«

Wieder zieht sich mein Magen zusammen. Ich spüre, dass mein wunderbarer Plan wie ein Kartenhaus in sich zusammenfällt.

»Mir war nicht bewusst, dass du es tatsächlich ernst meinst … dass zwischen uns völlige Funkstille herrscht, meine ich«, sage ich. »Ich habe Nicky eine Mail geschickt.«

Shawn nimmt einen Schokopudding, zieht den Deckel ab und leckt daran, einmal und noch einmal, was ich ein klein wenig abstoßend finde.

»Es ist … ich meine … du bist glücklich, ich bin glücklich. Es funktioniert.« Ich wende mich wortlos ab und sage der Kassiererin, dass wir getrennt bezahlen. »Ach, Willa. Hilft es, wenn ich dir sage, dass ich dich vermisst habe?«

Er sieht mich an, als würde er es tatsächlich auch so meinen, als wäre er tatsächlich glücklich, hätte sich den Weg dorthin aber ebenfalls hart erkämpfen müssen.

»Es hilft«, antworte ich und zögere kurz, ehe ich hinzufüge: »Du hast mir auch gefehlt.«

Er stellt den Schokopudding auf sein Tablett. »Es ist alles so kompliziert.«

»Wieso muss es das denn sein?«, frage ich.

Auch wenn ich während der letzten Wochen durchaus meine Glücksmomente erlebt habe, ziehe ich die Komplikationslosigkeit dem Glück immer noch vor. Immerhin bin ich die Schweiz, verdammt noch mal! Waren wir uns damals bei Match.com nicht einig, dass wir beide die Schweiz sind? Dass Zwist und Komplikationen nicht unser Ding sind? Wir sind Menschen, die es entspannt mögen, die sich ein ruhiges Leben wünschen, sanft und weich wie Kuschelhasenohren. Wieso ist auf einmal alles so hart und spröde?

»Ich hab keine Ahnung«, seufzt er und streicht mir aus einem Impuls heraus übers Haar. »Es ist eben so.«

Cilla Zuckerberg hat einen Hund namens Beast. Wussten Sie das? Ich habe sie gestern Abend noch mal gegoogelt und bin ihrer Facebook-Fanseite beigetreten. Hätte ich einen Hund, würde ich es niemals über mich bringen, ihn so zu nennen. Ich hätte eher eine Mimi, eine Cinderella oder einen Max. Das wäre mir schon wagemutig genug. Beast hingegen impliziert Wildheit, Ungezügeltheit, und ich bin weder wild noch ungezügelt, auch wenn ich mir wünsche, ich wäre es.

Und aus denselben Gründen, aus denen mein Hund Cinderella heißen würde, verkneife ich mir jeden weiteren Kommentar. Ich werfe Shawn nicht an den Kopf: Aber wir sind verheiratet, Herrgott noch mal! Niemand kann sich eine Auszeit von der Ehe nehmen! Oder: Was ist mit Shilla? Mit unseren Sonntagen auf dem Sofa? Mit den Fußmassagen? Mit chinesischem Essen? Mit dem Baby-Sex? Mit unserem Plan? All das hätte ich ihn schon vor vier Wochen fragen müssen. Aber ich bin so verdammt müde, und Shawn wirkt so verunsichert, und außerdem (Vanessa wäre stocksauer, wenn sie das jetzt hören würde, aber ich bin nun mal nicht perfekt und stehe erst am Anfang meines neuen Weges) ist es leichter zu sagen: »Na ja, aber wir könnten ja trotzdem irgendwann mal zu einem Baseballspiel gehen, Regeln hin oder her, oder?«

Er denkt über meinen Vorschlag nach. Eine halbe Ewigkeit. Und ich denke die ganze Zeit nur: Siehst du denn nicht, was ich hier tue? Den Riesensprung, den ich gerade mache? Es mag nicht genau das sein, was ich eigentlich sagen sollte, aber es ist immerhin ein Anfang und mehr als das, wozu ich früher in der Lage gewesen wäre.

»Klar. Ich muss zwar bald wieder zurück, aber vielleicht wenn ich wieder da bin. Wir werden sehen. Versprechen will ich vorsichtshalber lieber nichts«, sagt er schließlich.

Was ist schon ein Versprechen?, denke ich. Ein Versprechen ist doch nur etwas, das jederzeit gebrochen werden kann, in einer Welt, in der ohnehin kaum noch etwas Gültigkeit besitzt.

Da Shawn und ich obdachlos sind – dank meines Superyogibruders, der auf die Idee kam, in meinem Kleiderschrank Cannabis anzubauen –, quartiere ich mich in Rainas Apartment auf der Upper East Side ein. Shawn erzählt mir, Wired2Go habe ihn in einem superangesagten Hotel im Meatpacking District untergebracht, das ich zu kennen vorgebe, obwohl ich den Namen noch nie gehört habe. Nicky kommt mit mir, weil Kinder unter sechzehn dort nicht erwünscht sind.

»Keine Sorge«, beruhigt Nicky mich im Taxi auf dem Weg vom Krankenhaus. »Die Juden werden schon seit Millionen Jahren wieder und wieder auf die Probe gestellt. Das hier ist nur eine weitere.« Ich starre ihn an, als hätte er den Verstand verloren. »Was denn? Hast du etwa noch nie vom Passahmahl gehört? Davon, dass Moses das Tote Meer geteilt hat?«

»Ich glaube, du meinst das Rote Meer«, korrigiere ich.

»Wie auch immer.«

Einen Moment lang schweigen wir.

»Hat Onkel Shawn deine Mutter angerufen?«

»Weshalb sollte er? Weil es eine Sünde ist, dass ich zu Gott gefunden habe? Ich bin Jude, Tante Willa, und ich werde mich nicht dafür schämen.«

»Nein. Nicht weil du Jude bist.« Ich seufze. »Sondern

weil ich fand, dass ihr jemand sagen sollte, was zwischen mir und Shawn gerade passiert. Und das von meinem Dad. Vermutlich hat sie sich das alles nicht so vorgestellt, als sie nach Afrika gegangen ist.«

»Oh«, stößt er hervor, als seinem pubertierenden Verstand aufzugehen scheint, dass sich ausnahmsweise einmal nicht die ganze Welt um seine aktuellen Befindlichkeiten dreht.

»Aber es wäre bestimmt auch eine gute Idee, ihr zu sagen, dass du zu Gott gefunden hast«, füge ich hinzu.

Er drückt meine gesunde Hand und sieht mir beseelt in die Augen.

»Auch für dich ist es noch nicht zu spät, Tante Willa. Es ist nie zu spät, seine Bestimmung zu finden.«

Mit jedem Kilometer bringt mich das Taxi näher zu Rainas Wohnung und damit zum Epizentrum der Chandler-Familie in ihrer gesamten zerrütteten Pracht. Mit seiner Einschätzung liegt er vielleicht nicht hundertprozentig richtig, aber auch nicht völlig daneben.

Ein paar Stunden später folgt der große Auftritt von meiner Mutter und Nancy. Inzwischen haben wir alle etwas gegessen und geduscht und sind gerade im Begriff, ins Krankenhaus zurückzufahren, um an Dads Bett zu wachen. (Tut man das eigentlich auch bei jemandem, von dem man weiß, dass er noch mal davonkommen wird?) Oliver hat zu einer geführten Meditation in der Bibliothek geladen. (»Mir leuchtet nicht ein, weshalb meine Schüler leiden sollten, bloß weil diese Scheißregierung die Hexenjagd auf mich eröffnet hat! Und nach all dem Stress wegen Dad brauche ich dringend einen Moment der Zen-Ruhe«, erklärt er und dreht den Mixer auf die höchste Stufe, um sich seinen Weizengras-Smoothie zuzubereiten.) Als seine jugendlich-frische, von innerer Ruhe erfüllte und in topmodernen Lululemon-Outfits gewandete Gefolgschaft zur Tür hinausschwebt, sehe ich meine Mutter in der Diele stehen.

»Mom!«, rufe ich voller Dankbarkeit, dass sie endlich da ist.

»Mama Bär«, bemerkt Oliver.

»Hallo, Mutter«, begrüßt Raina sie sachlich.

Nacheinander umarmen wir sie. Zu meiner Überraschung breche ich in Tränen aus und schlage mir erschrocken die Hand vor den Mund.

»Ich weiß auch nicht, was mit mir los ist. Eigentlich habe ich gar nicht so dicht am Wasser gebaut.«

»Ach, Schatz«, sagt meine Mutter. »Du bist wie ein Schmetterling, der gerade erst seine Flügel ausbreitet.« Ich bin nicht sicher, was ich darauf erwidern soll. Für mich hört sich das wie ein Slogan für Tampons an, den ich vor ein paar Wochen noch vom Stapel gelassen hätte. Mom wischt mir die Tränen ab. »Ich verstehe schon, meine Süße. Dein Vater liegt im Krankenhaus, und dein Mann hat sich als echter Mistkerl entpuppt.« Bevor ich protestieren kann, schiebt sie ihre Begleiterin nach vorn. »Das ist meine liebste Nancy!«, verkündet sie mit einer weit ausholenden Geste.

Nancy wird rot und senkt den Kopf, als verdiente sie die Lobhudelei nicht, obwohl sie ganz genau zu wissen scheint, was sie verdient und was nicht. Sie kommt mir vage bekannt vor, als wäre ich ihr tatsächlich als Kind im Urlaub schon einmal begegnet. Vielleicht kenne ich ihr Gesicht aber auch nur von den Gesellschaftsseiten der Zeitschriften. Sie ist hübsch, hat einen gepflegten, strahlenden Teint und einen kastanienbraunen Bob, der ihr sehr gut steht. Sie trägt modische weiße Caprihosen und einen kunstvoll um den Hals geschlungenen Schal. Ich sehe durchaus, was sie so anziehend macht. Sie ist nicht der Typ Frau, der seinen Masterplan des Universums umschreiben oder sich Mittel und Wege überlegen muss, um gegen den Strom zu schwimmen. Sie weiß ganz genau, was sie im Leben erreichen will, und bewegt sich im Gegensatz zu mir mit unbeirrbarem Selbstvertrauen und Zielstrebigkeit darauf zu.

»Nancy!« Ich klatsche in die Hände.

»Fancy Nancy«, bemerkt Oliver.

»Hallo, Nancy«, sagt Raina und wendet sich Mom zu. »Ich war nicht sicher, ob du tatsächlich kommen würdest. Es war ziemlich schwierig, dich zu erreichen.«

»Neuerdings dreht sich mein Leben nicht mehr nur um euren Vater.« Mom stellt ihre Handtasche auf die Konsole und bauscht ihr Haar auf. Sie sieht sehr gesund und vital aus, strahlt förmlich von innen heraus. »Entschuldigt bitte, dass ich nicht ständig auf Abruf war.«

»Mom«, sagt Raina. »Es ist alles sehr kompliziert, das wissen wir, aber … er wäre um ein Haar gestorben.«

»Dein Dad ist sich sehr wohl darüber bewusst, dass der Tod zum Leben gehört. Er würde nicht wollen, dass wir ein Riesenbohei darum machen. Für ihn ist der Tod ein Teil von ›Gottes Plan‹.« Ausnahmsweise zeichnet sie einmal Anführungszeichen in die Luft, und mir fällt auf, wie sehr sie Raina in diesem Moment ähnelt.

»Hat jemand Gott erwähnt?«, fragt Nicky und kommt mit einem Joghurtbecher aus der Küche.

»Trägst du eine Jarmulke?«, erkundigt sich Nancy. Es ist das erste Mal, dass sie sich zu Wort meldet.

»Ja, Ma'am.«

Sie hebt die Brauen, als wäre sie beeindruckt, und da keiner Anstalten macht, noch etwas zu sagen, gehen wir in die Küche, wo Gloria Schweinekoteletts zubereitet. Nicky weigert sich natürlich, sie zu essen, weil sie *treife* sind.

»Ich habe von Ihren Eheproblemen gehört«, sagt Nancy später an der Kücheninsel.

Raina beugt sich vor und schneidet mir mein Fleisch, weil ich wegen des Gipses nicht mit Messer und Gabel umgehen kann. Ich sehe auf die Mikrowellenuhr und überlege, wann der Arzt wohl anrufen und uns darüber informieren wird, dass Dad wieder bei Bewusstsein ist. Die Ärzte haben uns nach Hause geschickt, weil er seine Ruhe braucht und man vor der Operation ohnehin nichts mehr tun kann, trotzdem fühlt es sich nicht richtig an, hier zu sein. Ich sehe mich in der Küche um. Wieso bin ich die Einzige, die so zu empfinden scheint?

»Shawn steckt in einer Art vorgezogener Midlife Crisis«, sage ich. »Es ist kompliziert.«

»Eine Ehe ist immer kompliziert«, gibt sie zurück.

Raina schnaubt, doch dann sagt sie: »Tut mir leid. Sie haben völlig recht. Eine Ehe ist immer kompliziert.«

Ich werfe Jeremy einen Blick zu, um zu sehen, wie er darauf reagiert, aber er nippt nur an seinem Wein und scheint zu akzeptieren, dass Ehen in dem Ruf stehen, eine komplizierte Angelegenheit zu sein, obwohl ihn diese Feststellung aus dem Mund seiner eigenen Frau eigentlich kränken sollte.

»Na ja, Sie sind ja nicht verheiratet«, sage ich zu Nancy. *Sondern eine attraktive, alleinstehende Lesbe.* Aber das sage ich nicht.

»Ich war es aber mal. Mit einem wunderbaren Mann. Ganz anders als Ihr Dad.« Sie hält erschrocken inne. »Das kam jetzt völlig falsch heraus. Ich kenne ihn ja nur aus den Erzählungen Ihrer Mutter.«

»Er kann ein echtes A… loch sein«, wirft Mom ein und nagt an ihrem Kotelettknochen.

»Mom! Er steht an der Schwelle des Todes!«, schnauze ich sie an. »Könntest du wohl damit aufhören?«

Ich werfe Oliver einen Hilfe suchenden Blick zu, doch der sieht mich bloß an, als wollte er sagen: *Was willst du machen?* Oder *Namaste!* Oder sonst irgendwas, keine Ahnung. Gegenseitige Unterstützung war schon immer ein Fremdwort in meiner Familie, wird mir bewusst, als ich mit der Gabel ein Stück Fleisch aufspieße. Niemand war je in der Lage dazu, einem anderen Familienmitglied wirklich zu helfen.

»Ich bin mit siebenundfünfzig Witwe geworden«, fährt Nancy fort. »Bauchspeicheldrüsenkrebs.«

»Wie schrecklich«, sage ich.

»Wir haben viele, viele Jahre lang sehr glücklich miteinander gelebt. Sein Tod war eine echte Katastrophe. Aber bis dahin haben wir ein wunderbares Leben geführt. Zumindest das bleibt mir.«

»Ich bewundere Ihre Haltung wirklich sehr«, erklärt Oliver in diesem nervigen Gebetstonfall. »Genau danach suchen meine Schüler fortwährend. Vielleicht würden Sie ja gern einmal bei mir im Unterricht darüber sprechen.«

»Mom«, unterbricht Raina. »Du weißt, dass ich diejenige in der Familie bin, die mit Kritik an Dad nicht hinterm Berg hält, aber … ich meine … er ist …«

»Es geht ihm gut«, unterbricht meine Mutter spitz. »Er wird wieder gesund, oder glaubt ihr etwa, euer Vater lässt sich von einer kleinen Arterienverstopfung aus dem Konzept bringen?«

»Wenn ich es richtig sehe, hat man so was wie eine Arterienverstopfung nicht selbst in der Hand.«

»Wenn es jemand hat, dann er. Und der Arzt sagt, er sei stabil. Außerdem wisst ihr ja, was er immer sagt – jeder muss irgendwann sterben.«

»Das heißt also, ich muss nicht länger recherchieren, wie man richtig *Shiva* sitzt?«, wirft Nicky ein.

»Genau«, rufen wir wie aus einem Munde.

»Okay.« Er hält kurz inne. »*L'chaim*.« Und dann steht er auf und entschuldigt sich.

»Also, wenn ihr mich fragt, ist keiner in dieser Familie stabil«, bemerkt Raina, woraufhin alle halbherzig lachen.

Die Anspannung am Tisch ist gelöst. Gleichzeitig greift jeder nach seinem Weinglas und trinkt einen kräftigen Schluck. Unwillkürlich sehe ich ein weiteres Mal auf die Uhr und frage mich, wann sie endlich anrufen und die gute Nachricht überbringen.

»Stabilität findest du dort, wo du willentlich deine Wurzeln pflanzt, wo du dein Fundament errichtest«, sinniert Ollie.

Nancy wirft ihm einen Seitenblick zu, sagt aber nichts. Alle anderen beachten ihn gar nicht.

»Ich finde es wunderbar, dass Sie Ihren Mann so sehr geliebt haben«, fährt Ollie fort. »In Anbetracht all der … Komplikationen.«

»Oh, Sie meinen, dass ich jetzt mit Ihrer Mom zusammen bin?« Sie lacht und nimmt Moms Hand. Raina wird blass. »Ach, das Leben ist so kurz. Sei glücklich und genieße jeden Tag. Das ist alles, was ich dazu sagen kann.«

Ollie lässt den Atem entweichen, als wäre dies das Brillanteste, was er in seinem ganzen Leben gehört hat. Raina schenkt sich noch etwas Wein ein, während Jeremy seinen Nacken massiert.

Ich lehne mich auf meinem Stuhl zurück und denke: Das Leben ist so kurz. Sei glücklich und genieße jeden Tag. Das sollte eigentlich nicht zu schwierig sein.

SMS von: Theodore Brackton
An: Willa Chandler-Golden
Ich bin noch eine Weile hier. Gehen wir etwas trinken?

SMS von: Willa Chandler-Golden
An: Shawn Golden
Ich weiß, dass ich dir eigentlich nicht schreiben darf, aber ich habe mir überlegt, ob wir nicht etwas trinken gehen sollten. Oder uns ein Spiel ansehen. Yankees? Das ist doch Baseball, oder? (hahaha)

SMS von: Vanessa Pines
An: Willa Chandler-Golden
Ich weiß, dass bei dir schwere Familienkrise angesagt ist, aber können wir trotzdem etwas trinken gehen?

SMS von: Shawn Golden
An: Willa Chandler-Golden
Stecke bis zum Hals in Arbeit. Sprechen wir uns am … am Dienstag?

SMS von: Theodore Brackton
An: Vanessa Pines
Ich möchte gern am Ball bleiben, sie aber auch nicht bedrängen. Was soll ich tun?

SMS von: Vanessa Pines
An: Theodore Brackton
Seit wann brauchst du Ratschläge von anderen Leuten? Du bist der Gründer von Y.E.S.! Aber okay. Ich rate dir, was im nächsten Kapitel unseres Buches steht: Mach die Augen auf, das Leben kommt von ganz allein.

SMS von: Theodore Brackton
An: Vanessa Pines
Also sagst du Y.E.S.?

SMS von: Vanessa Pines
An: Theodore Brackton
Ich sage zu allem und jedem Y.E.S., Süßer. Deshalb bin ich wohl nicht diejenige, die du das fragen solltest.

22

***DareYou!* – Das Leben ist nichts für Feiglinge! Wage den Sprung in ein neues Leben!**
Von Vanessa Pines und Willa Chandler

SCHRITT DREI: MACH DIE AUGEN AUF UND NIMM DEIN LEBEN SELBST IN DIE HAND
ZUSAMMENFASSUNG: Klingt eigentlich ganz einfach, oder? Mach die Augen auf, sieh dich um, sauge alles in dich auf und geh dorthin, wohin das Leben dich führt! Richard Chandler rät Ihnen, genau das Gegenteil zu tun, nämlich die Augen zu schließen. Aber wann ist je etwas Gutes dabei herausgekommen, wenn man die Augen vor etwas verschlossen hat? (Na schön, vielleicht bei diesem Blödmann von Exfreund, der Sie mit SMS bombardiert, weil er Sie unbedingt noch mal rumkriegen will, aber ansonsten, liebe Leserin, sind Sie clever genug, um selbst zu erkennen, ob Sie die Augen vor der Fülle des Lebens oder bloß vor einem lästigen Dummkopf verschließen.)

Versuchen Sie es. Jetzt sofort. Machen Sie die Augen zu. Konzentrieren Sie sich auf all Ihre Sinne. Sie hören besser, vielleicht riechen Sie auch besser, womöglich nehmen Sie auch sonst mehr Dinge rings um sich herum wahr. Aber dann machen Sie die Augen wieder auf, und versuchen Sie zu sehen, *genau* zu erkennen, was Sie umgibt – die Schönheit, die Farben, Hell und Dunkel, die Gesichter der Menschen, Lächeln, Kummer und Weisheit. Erkennen Sie all das, und lernen Sie daraus. Seien Sie tapfer und mutig und bestimmen Sie selbst, welchen Weg Sie einschlagen wollen. Nehmen Sie Ihr Leben in die Hand, so als würden Sie Ihre eigene Landkarte erstellen. Es ist nicht schlimm, wenn Sie vom Weg abkommen und sich verirren, denn Sie finden wieder zurück. Die Augen zu schließen bedeutet in Wahrheit, eine Tür zuzumachen. Machen Sie niemals eine Tür zu, wenn Sie die Chance haben, sie offen zu lassen.

Zwei Tage später, am Dienstag, erlangt mein Vater das Bewusstsein wieder. Vanessa hat sich vorgenommen zu schreiben, und ich würde ihr gern ein wenig dabei zusehen, aber sie will nichts davon hören. »Im Ernst, Willa, fahr ins Krankenhaus, auch wenn du es eigentlich nicht willst. Verschließ dich nicht dagegen, nur weil es dir Angst macht.«

Sie hat völlig recht – ich will nicht ins Krankenhaus fahren. Krankenhäuser erinnern mich an Theo, aber ich will jetzt nicht an ihn denken, außerdem muss ich bei der Vorstellung, wie mein Leben ohne Dad aussehen würde, die ganze Zeit nur weinen.

Raina ist in die Kanzlei gefahren, um Ollies Anhörung vorzubereiten, während meine Mom und Nancy eine Skyline-Harbor-Cruise-Rundfahrt machen. (»Das ist so ein Lesben-Ding«, erklärt sie mir, bevor sie mit einem Abschiedskuss verschwindet.) Deshalb bin ich die Einzige, die an seinem Bett sitzt. Ich vertreibe mir die Zeit, indem ich versuche, mich bei Twitter anzumelden, als er zu sich kommt. Offenbar hat er mir schon eine ganze Weile zugesehen, ehe er vollends den Sprung ins Diesseits schafft. Er räuspert sich, und ich springe mit einem lauten Schrei auf, wobei mir prompt das Handy aus der Hand fällt.

»William«, krächzt er. »Ich habe schrecklichen Durst. Was ist passiert?«

Ich nehme seine Hand, doch sie fühlt sich ganz schlaff und kraftlos an, fast wie die eines Toten.

»Du hattest einen Herzinfarkt, Dad.« Innerhalb von Sekunden sind meine Wangen tränennass. »Aber es wird alles wieder gut. Wir hatten schon Angst, wir hätten dich verloren, aber du wirst wieder gesund.« Er nickt kaum merklich, als verlangte ihm jede noch so kleine Bewegung alles ab, was er noch an Kraft besitzt. Seine Haut ist ganz wächsern, sein Haar wirkt schütter, und seine Lippen sind durchscheinend wie Pergamentpapier. »Ich bin so froh, dass du endlich wach bist«, fahre ich fort.

Vielleicht sollte ich einen Groll gegen ihn hegen, wegen meiner verlorenen Kindheit, meiner ständigen Unsicherheit, meiner Selbstzweifel und meiner Unfähigkeit, echten Ehrgeiz an den Tag zu legen. Aber nun, da er quasi auf dem Sterbebett vor mir liegt, kann ich ihm nicht böse sein. Wut wäre die kräftezehrendere Regung, und ausnahmsweise bringe ich die Energie dafür gerade nicht auf.

Der Arzt kommt mit einem Pulk von Schwestern herein, die mich hinausscheuchen, als wäre ich ein Gegenstand, den man nach Belieben hin und her schieben kann. Mir ist klar, dass ich ihre Aufforderung, draußen zu warten, viel zu persönlich nehme und sie lediglich ihre Arbeit machen, aber ich wünschte, mein Dad würde sie bitten, dass ich bleiben darf. Er tut es nicht. Also spähe ich durch die kleine Fensterscheibe in der Tür und frage mich, wieso nicht.

Die Schwestern hantieren mit allerlei Schläuchen herum, während der Arzt mit meinem Vater redet. Durch die geschlossene Tür kann ich nicht hören, was er sagt, doch als eine der Schwestern herauskommt, gelingt es mir, durch den Türspalt hindurch für einige Sekunden eine Verbindung zu meinem Dad herzustellen. Ich beuge mich vor und lausche. Ich will hören, wie sie ihm versichern, dass er bald wieder ganz gesund ist, dass sie jetzt die Operation vorbereiten und er danach wieder ganz der Alte sein wird. Und dann soll mein Dad vielleicht erwidern, dass er das auch unbedingt sein muss, schließlich will er uns auf keinen Fall verlassen, vor allem mich nicht, weil es doch noch so viel Unausgesprochenes und Ungeklärtes zwischen uns gibt.

Was ich stattdessen zu hören bekomme, ist der ultimative Schlag in die Magengrube.

»Sie wissen, dass ich eine Patientenverfügung unterschrieben habe, ja?«, sagt Dad. »Dass ich keine Wiederbelebungsmaßnahmen wünsche, sollten meine Organe versagen. Ich habe keine Angst vor dem Tod. Schließlich müssen wir alle irgendwann sterben.«

»Ja, das ist richtig, Sir. Aber nicht heute«, gibt der Arzt zurück.

Meine Augen sind rot und verquollen vom Weinen. Seit über einer Stunde hocke ich auf der Stationstoilette, und wenn ich noch länger hier drin bleibe, glauben die Schwestern am Ende, ich hätte eine ansteckende Krankheit, Ebola oder so was, und kommen mit der Trage. Am liebsten würde ich Theo eine SMS schicken, damit er herkommt und mich von hier wegbringt. Aber Theo ist nicht der Mann, den ich jetzt anrufen und um Hilfe bitten will, und obwohl dasselbe eigentlich auch für Shawn gilt, schicke ich ihm eine SMS. Immerhin sind wir verheiratet. In guten und in schlechten Zeiten. Und schlechte Zeiten haben wir jetzt, deshalb sollte er an meiner Seite sein.

Ich drücke auf Senden, stemme mich mit einem tiefen Seufzer vom Toilettendeckel hoch und trete mit schlotternden Knien auf den Korridor hinaus.

Unterwegs komme ich am Krankenhauskiosk vorbei, wo die Besucher niedliche Plüschteddys und welke Blumen für ihre Lieben kaufen können, und sehe eine Frau dort stehen. Ich muss zweimal hinsehen. Sie sieht anders aus. Schlanker. Gesünder, wenn auch blass. Und dennoch strahlend. Sie hat frisch gewaschene Haare und einen rosigen Teint, als hätte sie endlich eine anständige Mütze voll Schlaf bekommen. Sie sieht beinahe hübsch aus.

»Hannah?«, frage ich. »Wahnsinn! Hi!« Es ist meine ehemalige Vorgesetzte Hannah, die einstige Koks-Nudel, die inzwischen eine Entziehungskur gemacht hat.

»Willa Chandler-Golden! Na, so was!«

»Sie sehen gut aus«, sage ich. »Ich hab gehört …«

»Sprechen Sie es ruhig aus. Sie haben gehört, dass ich in der Entzugsklinik bin.«

»Ja«, räume ich ein, weil mir nicht einfällt, wie ich um den heißen Brei herumreden könnte. »Ich hab gehört, dass Sie einen Entzug gemacht haben.«

»Und ich hab gehört, dass Ihr Mann Sie verlassen hat, Ihr Bruder festgenommen wurde und Ihr Vater um ein Haar gestorben wäre«, sagt sie und hält inne. »Ich hab die *Post* gelesen.«

»Wenn man das so hört, haben Sie die Arbeitslosigkeit eindeutig sinnvoller genutzt.«

Sie lacht, und auch ich bringe ein Geräusch zustande, das als Lachen durchgehen würde. Ich frage mich, ob sie inzwischen einen Ersatz für ihr »In Freiheit leben oder sterben«-Poster gefunden hat, und denke einen Moment lang an jenen letzten Tag zurück, als sie mich ohne großes Federlesen vor die Tür gesetzt hat, wodurch mein Leben endgültig aus den Fugen geraten ist.

»Ich bin hier, weil ich ein paar Untersuchungen über mich ergehen lassen und Medikamente abholen muss.« Sie holt tief Luft. »Man versucht eben, die Scherben wieder einzusammeln.«

»Das freut mich für Sie.«

»Viel anderes blieb mir auch nicht übrig«, meint sie. »Was ist mit Ihnen?«

Ich zucke die Achseln. »Ich arbeite an einem Buchprojekt. Es macht großen Spaß.«

»Klingt cool. Worum geht's?«

»Kennen Sie *DareYou!*, diese Show? Meine Freundin und ich schreiben das Begleitbuch dazu. Und irgendwie geht es darin auch um das Buch meines Vaters … Keine Ahnung.«

»Ich liebe diese Show!«, quiekt sie. »Die ist der absolute Hammer!«

»Stimmt.« Ich frage mich, wieso ich das erst jetzt erfahre. »Sie ist ganz okay.«

»Willa Chandler-Golden, das war schon immer das Problem bei Ihnen. Bei Ihnen heißt es immer ›ganz okay‹ oder ›keine Ahnung‹, obwohl es eigentlich ›super‹ und ›klare Sache‹ sein sollte. Sie sollten endlich kapieren, dass das Leben eine verdammt fantastische Erfindung ist! *DareYou!*, verstehen Sie?«

»Von meinem Dad, meinem Bruder und meinem Mann mal abgesehen«, kontere ich scherzhaft, woraufhin sie in so schallendes Gelächter ausbricht, dass ihr Gesicht dunkelrot anläuft. »Oh Mann, ich glaube, ich mache mir gleich in die Hose!«, japst sie.

Wir verabschieden uns mit einer Umarmung, als hätte

sie niemals vor Wut ihr »In Freiheit leben oder sterben«-Poster zerknüllt und mir an den Kopf geworfen.

»Melden Sie sich doch mal. Vielleicht sind Sie ja demnächst Kandidatin bei der Show. Wie cool wäre das denn?«

»Oh, wohl kaum.« Ich wende mich zum Gehen. »Das ist nicht Sinn und Zweck des Buches. Und falls doch, dann zumindest nicht für mich.«

Sie schüttelt den Kopf und lacht leise.

»Schon klar«, sagt sie. »Manche sehen nur zu, und andere handeln eben. Zumindest können Sie sicher sein, dass Sie nie von einem Bären gefressen werden.«

Shawn und ich treffen uns am Eingang zum Central Park an der 96. Straße. Als ich komme, sitzt er bereits auf einer Parkbank, obwohl er den wesentlich weiteren Weg hatte als ich. Er isst ein Eiscreme-Sandwich. Ich sehe ihm von der Fußgängerampel aus zu und frage mich, ob er auch eins für mich gekauft hat. Früher, als wir uns noch regelmäßig mit Zungenküssen unsere Frühlingsrollen im Hop Lee verdient haben, wäre es eine Selbstverständlichkeit für ihn gewesen.

Er sieht auf. Ich winke ihm zu und gehe ein paar Schritte vor und zurück, damit er nicht denkt, ich hätte schon eine ganze Weile hier gestanden und ihn beobachtet.

»Hey.« Er gibt mir einen Kuss auf die Wange. »Ich war zufällig in der Gegend, deshalb hatte ich es nicht so weit.«

»Oh. Solltest du nicht Downtown sein?«

»Doch, aber ich hatte etwas zu tun.«

Was hattest du zu tun?, liegt mir auf der Zunge. Etwas mit Erica Stoppard? Zu Shilla-Zeiten hätte keiner »etwas zu tun« gehabt, ohne dass der andere darüber Bescheid gewusst hätte. Weil alles, was wir »zu tun« hatten, in unserer *Together To-Do!*-App gestanden hätte, verdammt noch mal!

»Danke, dass du gekommen bist«, sage ich. »Ich weiß, dass es gegen unsere Abmachung verstößt, aber ... ich bin nicht sicher, ob ich das allein schaffe.«

»Hat sich der Zustand deines Vaters verschlechtert?«

»Nein, es geht ihm sogar schon besser.«

Er runzelt die Stirn und scheint nicht ganz zu verstehen, weshalb ich sonst seine Hilfe brauchen könnte. »Aber das sind doch gute Nachrichten, oder nicht?«

»Auf den ersten Blick schon, aber in Wahrheit ist es nicht so.«

Sein Handy gibt einen Doppelpiepston von sich, und er gibt sich Mühe, nicht aufs Display zu sehen, sondern weiterhin Blickkontakt mit mir zu halten, doch nach ein paar Sekunden wird er schwach und gibt mir mit einer Geste zu verstehen, dass ich kurz warten soll. Aus einem Impuls heraus lege ich meine unversehrte Hand über das Display.

»Bitte. Nicht. Gib mir zehn Minuten.«

Ein trauriger, resignierter Ausdruck liegt in seinen Augen, als er mich ansieht. »Willa, wir können das nicht in zehn Minuten lösen.«

»Ich verstehe ja, wieso du dich gelangweilt hast«, bettle ich. »Golf und das Grape!, die neue Frisur und die Lederjacke, all das kann ich verstehen.« Er sieht mich verständnislos an. »Diese lächerliche Lederjacke, die eher zu einem italienischen Männermodel passen würde«, kläre ich ihn auf.

»Gefällt dir die Jacke etwa nicht?«, fragt er.

»Ich habe das Gefühl, wir reden aneinander vorbei«, sage ich.

Er nickt. »Das war ja der Grund für die Auszeit. Uns die Chance für einen Neuanfang zu geben.«

»Aber mein Vater wäre beinahe gestorben, Shawn!«

Ich springe auf. Es macht mich wütend, dass ich mich nicht länger auf ihn verlassen kann so wie früher und dass er die Frechheit besitzt, sich in den Mittelpunkt zu stellen, obwohl es eine Million wichtigere Dinge gibt als ihn und seine Lebenskrise.

»Willa …«, setzt er an, dann hält er inne, weil er offensichtlich nicht weiß, was er sagen soll.

Er kneift die Augen zusammen, als hätte er eine heftige Migräne-Attacke.

Ich setze mich wieder neben ihn. »Mach die Augen auf, Shawn. Sieh mich an.« Er reagiert nicht. »Mach die Augen auf, Shawn. *Sieh mich an!*«

Diesmal tut er, was ich von ihm verlange. Und ich sehe den verlorenen Ausdruck in seinen Augen. Es ist derselbe wie in meinen eigenen.

Keiner von uns hat einen Plan für unser künftiges Leben als Paar.

23

Ich lindere meinen Kummer mit einer von Rainas Xanax. Dank einer einzigen klugen Entscheidung von Jeremy, in ein Unternehmen zu investieren, das GPS fürs iPhone entwickelt hat, leben Raina und er heute in einem dieser riesigen Luxusapartments, wie man sie aus *Architectural Digest* kennt. (Neuerdings bezeichnet sich Jeremy als »Dokumentarfilmer«, wobei keiner so recht weiß, was damit genau gemeint ist. Doch wann immer ich nachhake, weicht Raina mir aus.) Vera Wang wohnt zwei Stockwerke über ihnen, und Gerüchten zufolge hat Donald Trump seiner Geliebten das Penthouse gekauft.

Ich habe es mir auf der Chaiselongue in ihrem Wohnzimmer bequem gemacht, das lediglich zu Repräsentationszwecken dient und zu dem den Kindern der Zutritt strengstens verboten ist. (Rainas Ansage an ihre Sprösslinge: IM WOHNZIMMER WIRD AUF KEINEN FALL GESPIELT! KAPIERT?)

Nicky kommt mit der aktuellen Ausgabe von *Jewish Living* herein. »Der Portier hat angerufen. Unten wartet ein Typ auf dich.«

Ich setze mich abrupt auf, sodass die Wände ringsum für einen Moment ein Eigenleben zu entwickeln scheinen, ehe sich alles wieder stabilisiert – einer der angenehmen Nebeneffekte dieser Beruhigungstabletten.

»Ist es Shawn?«

»Onkel Shawn?«, hakt er nach.

»Kennst du noch einen anderen?«

»Zufällig ja. Ein Junge aus meiner Klasse heißt so. Sein Dad ist der Boss der Yankees, deshalb bringt er immer supercoole Sachen mit Autogrammen von den Spielern mit in die Schule, die er heimlich verscherbelt. Ich hab versucht, ihm einen Ball abzuluchsen, aber …«

»Dieser Shawn wird es wohl kaum sein«, unterbreche ich ihn.

»Wohl kaum. Aber du hast schließlich gefragt. Hey, mal was ganz anderes … Meinst du, wir könnten nach Jerusalem fliegen?«

»In Israel?«

»Du und ich, wir sind heute echt nicht auf derselben Wellenlänge.«

Nicky kratzt die Kurve.

»Hey, das ist aber nicht das richtige Benehmen für einen anständigen Juden!«, rufe ich ihm hinterher.

Statt einer Antwort höre ich bloß irgendwo auf dem Korridor eine Tür zuschlagen. Ich nehme mir vor, Amanda doch eine Mail zu schreiben, weil ich so eine lausige Ersatzmutter bin, doch dann läutet es an der Tür, und ich vergesse alles andere rings um mich herum.

Theo steht mit einem Strauß Gardenien vor der Tür.

»Du hast es nicht vergessen.«

»Weshalb sollte ich?«

Als Theo und ich uns kennenlernten, arbeitete ich für läppische 22.000 Dollar Jahresgehalt als Assistentin der Geschäftsleitung, was in New York gerade einmal für eine Badewanne zum Übernachten und ein paar Stücke Pizza reicht. Meine Eltern griffen mir zwar unter die Arme, aber nicht allzu sehr. Wie man sich vorstellen kann, war mein

Dad der Ansicht, dass ich mich schon irgendwie durchschlagen und hocharbeiten würde, was ich letztlich auch tat.

Damals war ich notorisch knapp bei Kasse, trotzdem gönnte ich mir einmal im Monat einen Strauß Gardenien, auch wenn ich das Geld sinnvoller hätte verwenden können. Aber sie waren so herrlich, und ihr Duft erinnerte mich an meine Mutter. Selbst nachdem sie verwelkt waren, ließ ich sie noch drei Tage in der Vase stehen, weil es mir widerstrebte, etwas so Schönes in den Müll zu werfen. In der Regel übernahm Theo die Entsorgung.

Ich nehme ihm die Blumen ab und lege sie auf den Couchtisch.

»Raina hat mich zum Feuerwerk eingeladen«, sagt er, als bräuchte er eine Ausrede für sein Kommen. »Die brauchen Wasser«, fügt er mit einer Geste auf die Blumen hinzu.

»Ich weiß.« Ich setze mich wieder auf die Chaiselongue.

Er knetet nervös die Hände, schließlich schiebt er sie in die Hosentaschen und setzt sich ebenfalls.

Ollie kommt herein, barfuß, in einem ärmellosen Hanf-Shirt und Shorts.

»Oh, hey, Theo! Wow, Mann. Hey.«

Sie begrüßen sich mit Männerhandschlag, gefolgt von einer Umarmung. Ollie sieht mich an, dann Theo, dann wieder mich.

»Tja, hey. Ich wollte nur in die Küche, mir einen Smoothie machen.«

»Schön, dich zu sehen, Ollie. Sag einfach Bescheid, wenn ich dir irgendwie helfen kann, okay?«

»Kein Problem, Mann. Alles kein Problem. Aber es wäre wunderbar, wenn du eine meiner Schleifen tragen könntest. Ich hab noch welche in meinem Zimmer.«

Theo sieht ihm hinterher, als er in seinem Zimmer verschwindet, und lacht leise.

»Manche Dinge ändern sich nie. Weißt du noch, als er an der Wesleyan war? Was wollte er noch mal dort machen?«

Ich durchforste mein Gehirn, doch die Erinnerung liegt entweder zu lange zurück, oder aber mein Verstand ist vom Xanax zu benebelt. Dann fällt es mir wieder ein.

»Genau! Er wollte chinesische Medizin als Hauptfach belegen.«

Theo lacht auf. »Genau. Und ich konnte nicht glauben, dass so was dort ernsthaft angeboten wird.«

»Allerdings hat ihm mein Dad die Idee im Handumdrehen wieder ausgetrieben, als er ihm gesagt hat, dass er ihn nicht finanziell unterstützen wird.«

Ich lache ebenfalls, aber dann weiß ich nicht mehr, was ich sagen soll. Ich sehe Theo an, wende den Blick wieder ab.

Theo sieht viel besser aus als vor acht Jahren. Attraktiv war er schon immer, mit seinen markanten Wangenknochen, die sogar die *Time*-Redakteure ins Schwärmen geraten ließen. Doch mittlerweile ist er gereift, und die feinen Fältchen um die Augen verleihen seinem Gesicht eine gewisse Souveränität. Mit den Jahren hat er diese niedliche Jungenhaftigkeit abgelegt, die einen früher davon entbunden hat, ihn allzu ernst zu nehmen. Ich wünschte, ich hätte die Veränderung nie bemerkt.

»Ich kann mich nicht erinnern, dass ich jemals so nervös war«, sagt er.

»Wieso denn?«, frage ich, obwohl ich ebenfalls hibbelig bin, nur verhindert das Xanax, dass ich es empfinde.

»Na ja, zum einen habe ich dir eine SMS geschickt, genauer gesagt sogar zwei.«

Ich seufze. Eigentlich hatte ich ja darauf antworten wollen, aber ich wusste einfach nicht, was ich schreiben sollte. Es gäbe so vieles zu sagen. Oder vielleicht auch nicht genug. Keine Ahnung. Schätzungsweise habe ich aus denselben Gründen nicht zurückgeschrieben, wie ich auch seine Facebook-Anfrage unbeantwortet gelassen habe.

Annehmen.

Ablehnen.

Ignorieren.

(Mark Zuckerberg, ich hasse dich! Wann hast du eigentlich den Sinn des Lebens entdeckt????)

»Willa, du hast mir schon einmal eine Abfuhr erteilt, und wenn du nicht willst, dass ich jetzt einen Platz in deinem Leben habe, dann tu's gleich noch mal. Schieß mich ab.«

»Ich … ich …«, stammle ich, aber entweder mein Verstand ist zu benebelt, als dass ich einen anständigen Satz zustande bekomme, oder aber ich weiß schlicht und ergreifend nicht, was ich sagen soll.

»Ich bin hier, weil ich etwas herausfinden wollte … Ich muss dich etwas fragen. Und wenn du meine Frage beantwortet hast und danach nicht willst, dass ich Teil deines Lebens bin, dann soll es eben so sein. Und zwar für immer.«

»Für immer«, wiederhole ich. »In Wahrheit weiß doch keiner, was das überhaupt bedeutet.« Ich lehne mich zurück und schließe die Augen. »Das ist doch nur einer der Begriffe, mit denen mein Vater ständig um sich wirft.«

»Geht es deinem Vater etwa nicht besser?«

Ich winke mit meinem Gipsarm ab und schlage mir prompt gegen die Stirn. »Aua! Doch. Die Operation gestern hat er prima überstanden. Er ist praktisch so gut wie neu, wenn man ›neu‹ damit gleichsetzen will, dass er sich keinen Pfifferling darum schert, was aus uns werden soll, wenn er nicht mehr da ist.«

»Ich fürchte, ich kann dir nicht ganz folgen.«

»Mach die Augen auf und leg dir deinen Plan zurecht, Theo.«

»Alles klar mit dir?«

Ich verdrehe die Augen, dann sehe ich ihn wieder an. Er mustert mich besorgt.

»Entschuldige. Ich hab eine Xanax eingeworfen. Ich wusste ja nicht, dass du vorbeikommst. Ich hab ein paar harte Tage hinter mir.«

»Oh.« Er grinst. »Dann sollten wir vielleicht lieber ein andermal reden. Wenn du … nicht ganz so zugedröhnt bist.«

»Weshalb sollte irgendjemand das wollen?«, frage ich, lehne mich zurück und lasse mich von der wohligen Wärme des Xanax wieder einhüllen. »Das Leben ist so viel angenehmer, wenn nichts mehr eine Bedeutung hat.«

»Sag doch so was nicht.«

»Na gut.«

»Alles hat eine Bedeutung. Ich dachte, genau das versuchst du gerade zu beweisen.«

Gegen zehn beginnt das Feuerwerk. Raina erlaubt den Kindern, länger aufzubleiben, obwohl sie morgen völlig übermüdet sein werden. Theo ist immer noch hier. Jeremy, der irgendwann ins Wohnzimmer kam und die angespannte Stimmung zwischen uns nicht zu bemerken schien, hat ihm einen Scotch eingeschenkt und gemeint, er wolle seine Meinung zu einem Investment in ein neues Filmprojekt hören, an dem er herumüberlege.

Wir haben uns auf Rainas Dachterrasse versammelt. Es ist ein perfekter Abend in Manhattan: warm genug, dass man es gut im Freien aushalten kann, aber nicht unangenehm heiß. Die Luft ist so klar, dass man sogar ein paar Sterne inmitten der funkelnden Lichter der Skyline ausmachen kann. Raina hat ein paar Nachbarn eingeladen, es gibt Champagner, gefüllte Oliven, Melonenschiffchen mit Parmaschinken und andere Upper-East-Side-mäßige Häppchen. Ich stehe am Geländer und spüre, wie die Brise über meine Wangen streicht, während ich mich frage, wie alles so schrecklich schieflaufen konnte. Mein ganzes Leben lang regiert das Chaos, und jetzt bin ich zweiunddreißig und frage mich, wie lange ich all das noch schaffen werde.

Ich spüre Theos Hand auf meinem Rücken, dann steht er neben mir und blickt auf die Stadt hinaus, wo das Spektakel gleich anfangen wird.

BUMM.

BUMM. BUMM. BUMM. BUMM. BUMM.

BUMM. BUMM. BUMM. BUMM. BUMM. BUMM. BUMM. BUMM.

Der Himmel färbt sich rosa, gelb und lila, Sterne und Blumen und die amerikanische Flagge.

»Ich frage mich immer, wie die das machen«, sagt Theo und blickt zum Himmel hinauf. »Diese Formen und Motive, meine ich.«

»Die Frage stelle ich mir längst nicht mehr«, sage ich.

Er sieht mich an, und für einen kurzen Moment erkenne ich etwas in seinem Blick, das ich bislang noch nie gesehen habe: Traurigkeit.

»Hör nicht auf, es zu versuchen«, sagt er leise und sieht wieder zum Himmel hinauf. »Es gibt immer eine Antwort, selbst wenn man es sich nicht vorstellen kann.«

Später, als das Feuerwerk vorüber ist und Theo sich höflich verabschiedet hat, fällt mir auf, dass ich immer noch nicht weiß, was er mich fragen wollte. Ich überlege, ob ich ihm eine SMS schicken soll: *Wie lautete deine Frage, und welche Auswirkungen hat sie?*

Ich tippe mit meiner gesunden Hand die ersten Buchstaben, doch dann verlässt mich der Mut. Es gibt Dinge, die bleiben lieber unausgesprochen, außerdem hätte ich nun, da die Wirkung des Beruhigungsmittels nachgelassen hat, wohl ohnehin keine Antwort für ihn parat.

24

Am nächsten Tag gibt mein Vater eine Pressekonferenz. Er sitzt auf dem Podium und nippt langsam an einem Glas Wasser. Mir fällt auf, dass er mindestens zehn Jahre älter aussieht als an jenem Tag im Four Seasons vor ein paar Wochen, als er uns eröffnet hat, dass er sich eine Geliebte nehmen wird. Die Kameras klicken, Blitzlichter flammen auf. Sein Gesicht wird auf sämtlichen Websites und in den Zeitungen erscheinen. Die Reporter, von denen sich eine beachtliche Zahl eingefunden hat, halten ihre Mikros in die Luft, als hätte mein Vater etwas überaus Wichtiges zu verkünden, das sie auf keinen Fall versäumen dürfen.

Mein Vater beugt sich vor und beginnt, über das Schicksal zu sprechen, über den Tod und darüber, dass man ihn mit offenen Armen willkommen heißen soll. Er hoffe, er könne Sterbenden ebenso wie ihren Angehörigen oder all jenen, die sich vor dem Unvermeidlichen fürchteten, damit ein wenig Trost spenden, sagt er und blickt dabei direkt in die CNN-Kamera. Der Tod sei unvermeidbar, doch es komme, wie es komme. Seine Uhr sei noch nicht abgelaufen. Aber wäre es so gewesen, hätte er auch damit seinen Frieden gemacht. Dann rutscht er mit einem selbstgefälligen Grinsen in seinem Rollstuhl nach hinten, als wäre dies das Brillanteste, was er jemals von sich gegeben hat. Am liebsten würde ich die Hand heben und ihm »Wer tot ist, kann auch leicht seinen Frieden machen, du Idiot« an den Kopf werfen, aber das entspricht nicht meiner Rolle innerhalb meiner Familie. So etwas würde eher Raina sagen, doch sie sitzt reglos auf ihrem Stuhl und starrt mit glasigem Blick ins Leere.

Die Schwester schiebt meinen Vater hinaus, und die Reporter bestürmen die Ärzte mit weiteren Fragen. Erst jetzt fällt mir auf, dass er seine Familie mit keiner Silbe erwähnt hat. Das tut doch jeder, wenn er dem Tod soeben ins Auge geblickt hat, oder? Nach dem Motto: *Als ich dieses weiße Licht in der Ferne gesehen habe, musste ich die ganze Zeit an meine Frau Rose und daran denken, dass ich sie doch nicht im Stich lassen kann.* Aber nicht mein Dad.

»Glaubst du, dein Dad glaubt an Gott?«, fragt Nicky, als wir den Konferenzraum verlassen und vor einem Getränkeautomaten stehen bleiben, in dessen Schlitz er einen Vierteldollar wirft.

»Ich habe nicht die leiseste Ahnung.«

In Wahrheit weiß ich nicht, wer mein Vater überhaupt ist. Seine Theorien. Seine Forschung. Das ist das Einzige, woran er glaubt.

»Du denkst also, dass er all diesen Blödsinn wirklich glaubt?«

Eine Dose Dr. Pepper fällt heraus. Nicky reißt den Verschluss ab.

»Es ist gerade mal zehn Uhr morgens, Nicky. Bist du sicher, dass du um diese Uhrzeit schon so etwas trinken solltest?«

»Wahrscheinlich nicht.« Schlürfend trinkt er den ersten Schluck.

Ich seufze.

»Wie kann er nicht kapieren, dass das alles Schwachsinn ist?«, fragt er. »So wie das mit meinem Dad.«

»Für ihn ist es kein Schwachsinn«, sagt meine Mom, die zu uns getreten ist und mir einen Kuss auf die Wange gibt. »Und apropos Schwachsinn. Gott sei Dank, dass dieser Affenzirkus von einer Pressekonferenz vorbei ist.«

»Wusstest du, dass er eine Patientenverfügung hat?«, frage ich sie.

»Natürlich hat er eine Patientenverfügung, Schatz. Wer will schon als Haufen Gemüse bis zu seinem Tod im Bett herumliegen?«

Ich stoße den Atem aus. »Das habe ich nicht gemeint, ich bin nur …«

Sie drückt meine Schulter.

»Er hat nun mal seine Überzeugungen. Daran wird nichts und niemand etwas ändern.«

»Das heißt, er weiß von dir und Nancy? Und er vertraut darauf, dass sich alles irgendwann lösen wird?«

Ich werfe ebenfalls einen Vierteldollar in den Getränkeautomaten und will gerade auf die Dr.-Pepper-Taste drücken, als mir Vanessas Ermahnung einfällt, endlich etwas für meine Figur zu tun. Also entscheide ich mich für Mineralwasser.

»Nein, er weiß nichts von Nancy«, sagt meine Mutter leise.

»Glaubst du eigentlich an Gott, Minnie?«, will Nicky wissen.

»Tust du's?«, fragt sie.

»Als Jude muss ich das wohl.« Er macht ein feierliches Gesicht.

»Das ist keine richtige Antwort.«

»Doch, ist es.«

»Nein«, widerspricht Mom.

»Du hast gefragt, und ich habe geantwortet.«

Er trinkt noch einen großen Schluck Limo und unterdrückt einen Rülpser.

»Das ist eine hirnlose Antwort, stupide auswendig gelernt, ohne die Sache jemals kritisch hinterfragt zu haben.«

Ich werfe ihr einen verblüfften Blick zu. Die Situation ist für meine Mutter ebenso ungewohnt wie für mich. Früher, vor Rainas Geburt, war sie Mathematiklehrerin an einer Highschool. Ich habe völlig vergessen, dass Logik für sie einst an oberster Stelle stand, weil man zum Beispiel beweisen kann, dass zehn plus zehn zwanzig ist. Als sie nun vor mir steht, frage ich mich unwillkürlich, ob es auch ihr irgendwann im Lauf der Jahre entfallen ist. Vielleicht kann sie mir ja erklären, warum eins plus eins auf einmal nicht mehr Shilla ergibt.

»Das kapier ich nicht«, sagt Nicky.

»Du akzeptierst, dass es einen Gott gibt, weil du Jude bist. Das ist sehr schön. Aber du fragst dich nicht, *warum* du es so bereitwillig akzeptierst, obwohl es massenhaft Gründe gibt, die dagegen sprechen. Natürlich ist genau das der Grund, weshalb die Leute es ›Glaube‹ nennen, aber eine echte Überzeugung spüre ich bei dir nicht.« Meine Mutter nimmt Nicky die Dose aus der Hand. »Außerdem solltest du dieses Zeug nicht trinken. Es macht dich bloß krank.«

Sie zielt mit der Dose auf den Mülleimer, die mit einem lauten Scheppern auf dem Blechboden landet.

»Wow«, stößt Nicky hervor, als sie den Korridor hinuntergeht. »Was war das denn?«

Ich lächle und spüre zu meiner Verblüffung, dass mir die Tränen kommen.

»So ist das mit Müttern wohl. Ich wusste auch nicht, dass sie das draufhat.«

»Wahnsinn, ich kapier's echt nicht.«
»Ja, bei manchen dauert's eben etwas länger.«

Von: Shawn Golden
An: Willa Chandler-Golden
Betreff: dein Dad
Willa,
ich habe gerade die Pressekonferenz deines Dads im Fernsehen gesehen und wollte dir sagen, wie froh ich bin, dass er wieder gesund wird. Am Ende wird eben doch alles gut. Ich muss morgen nach Palo Alto zurück. Ich weiß, dass du gern mit mir reden würdest und dass es noch ein paar Wochen bis Ende August sind. Wie wär's, wenn ich dich nach meiner Rückkehr anrufe? Nicky will hier bei dir bleiben. Schätzungsweise ist die Seilrutsche doch nicht so spannend. Dieser Junge ... Wer kann schon sagen, was ihm so im Kopf herumgeht?
Shawn

Mail von: Theodore Brackton
An: Willa Chandler-Golden
Betreff: Hi
Hey. Ich muss die ganze Zeit an dich denken. Und daran, was hier gerade passiert. Goldman Sachs hat angefragt, ob ich den restlichen Sommer hierbleiben und sie bei einem Projekt beraten könnte (Stichwort Insiderhandel, aber von mir weißt du es nicht ...), aber wenn du mich nicht hierhaben willst, sage ich ab. Ich versuche bloß, das Richtige zu tun, Willa. Was das für mich bedeutet, weiß ich, aber was dich betrifft, habe ich nicht die leiseste Ahnung.

Mail von: Raina Chandler-Farley
An: Willa Chandler-Golden
Betreff: Theo
Willa, spring mir bitte nicht gleich an die Gurgel, aber ich habe gerade Theo angerufen und ihn gefragt, wie ich wegen Ollie weiter vorgehen soll. Die Polizei will Köpfe rollen sehen, und Ollie ist der perfekte Kandidat für die Guillotine. Theo meint, er bleibe vielleicht den Rest des Sommers hier, deshalb finde ich die Idee, ihn ins Boot zu holen, ganz gut. Ich wollte nur sicher sein, dass du nichts dagegen hast.

Mail von: Willa Chandler-Golden
An: Raina Chandler-Farley
Betreff: Re: Theo
Du hast ihn doch sowieso schon angerufen. Wieso fragst du mich dann noch um Erlaubnis?

Mail von: Raina Chandler-Farley
An: Willa Chandler-Golden
Betreff: Re: Re: Theo
Ich wollte nur höflich sein.

Mail von: Minnie Chandler
An: Raina Chandler-Farley, Willa Chandler-Golden
Betreff: euer Vater
Mädels,
Willa (ich habe dich in CC gesetzt, Raina, weil du Bescheid wissen solltest – euren Bruder will ich lieber aus der Sache heraushalten, weil er schon genug am Hals hat), ich wollte dir nur sagen, dass dein Dad mich, als ich ihn heute im Krankenhaus besucht habe, nach die-

sem Buch gefragt hat, an dem du gemeinsam mit Vanessa schreibst. Er ist immer noch völlig außer sich, weil eines seiner eigenen Kinder es wagt, ihm in aller Öffentlichkeit zu widersprechen – ich glaube, das waren seine Worte. Jedenfalls saß er da, in seinem dünnen Krankenhemdchen, sein schütteres Haar stand ihm in sämtlichen Richtungen vom Kopf ab, mit ungeputzten Zähnen und dunkelrot verfärbtem Gesicht und zeterte: »Ich fasse es nicht, dass unsere Tochter mir in aller Öffentlichkeit widerspricht.« Ich muss zugeben, dass ich mich noch nie von jemandem so sehr abgestoßen gefühlt habe wie von ihm in diesem Moment. Jedenfalls könnte ich mir vorstellen, dass er (Theorien hin oder her) mit seiner eigenen Sterblichkeit zu kämpfen hat oder schlicht und einfach nur alt wird (was weiß Gott kein Vergnügen sein mag, als Lesbe aber zumindest halbwegs erträglich ist). Vielleicht habe ich ihn auch nur auf dem falschen Fuß erwischt. Fest steht allerdings, dass er wütend ist. Wie du damit umgehst, musst du wissen. Ich habe schon viel zu viel von meiner Lebenszeit damit zugebracht, mich mit seinen Launen herumzuschlagen, und inzwischen schere ich mich, offen gestanden, keinen Pfifferling mehr darum, ob ihm etwas passt oder nicht.
Wollen wir morgen zusammen zu Mittag essen? Nancy und ich gehen heute Abend in die Oper.
Kuss, Eure Mutter Minnie

Mail von: Willa Chandler-Golden
An: Theodore Brackton
Betreff: Re: Hi
Es ist völlig okay, wenn du bleibst. Ich finde es sogar ganz süß.

An diesem Abend finde ich keinen Schlaf. Raina ist das Xanax ausgegangen, und das Ambien, auf das ich in ihrem Badezimmerschränkchen gestoßen bin, als ich einen Klecks von ihrer Augencreme mopsen wollte, wirkt nicht. Ich wälze mich hin und her, während mir eine Million Gedanken durch den Kopf schwirren. Es fühlt sich an, als stünde mein Gehirn unter Dauerstrom. Ich denke an Shawn, an Theo, an meinen Vater. An das Buch. Großer Gott, wie einfach doch alles war, als es nur Shilla, unseren Lebensplan und die Aussicht auf ein Baby gab, auch wenn ich mir nicht sicher war, ob ich das wirklich wollte – die Mutterschaft mit all ihren Komplikationen, den Schuldgefühlen, Ängsten und Sorgen, die die Geburt eines winzigen Wesens unwillkürlich mit sich bringt. Trotzdem war mein Leben deutlich einfacher, als ich noch mit dem Strom geschwommen bin. Das war mein Masterplan, mein Schicksal. Schicksal muss schließlich nicht unbedingt Glück bedeuten. Schicksal ist Schicksal, mehr nicht.

Ich muss an mein neues Schicksal denken und an Theos unausgesprochene Frage. Was wollte er mich wohl fragen? Was musste er so dringend von mir wissen?

Im Geiste stelle ich eine Liste zusammen:

1. Will ich nach all den Jahren immer noch mit ihm schlafen? (Ja.)
2. Denke ich die ganze Zeit an ihn, obwohl ich noch verheiratet bin und es eigentlich gar nicht will? (Ja.)
3. Ist mir klar, was das bedeutet? (Nein.)
4. Bin ich bereit, jede Vorsicht in den Wind zu schießen und ihm eine Chance zu geben? (Vorsicht in den Wind zu schießen gehört ja nicht gerade zu meinen Stärken.)

5. Liebe ich Shawn immer noch? (Ja.)
6. Liebe ich ihn, Theo, auch? (Ja.)
7. Genügt das? (Woher soll ich das wissen?)

Ich höre Ollie im Gästebett neben mir rascheln. Sekunden später knipst er die Nachttischlampe an.

»Du willst mich also die ganze Nacht wachhalten, ja?«

»Tut mir leid. Ich kann nicht schlafen.«

»Hast du es schon mit Melatonin probiert? Das ist ein natürliches Schlafmittel.«

»Halt den Mund, Ollie.«

»Entschuldige.« Er klingt aufrichtig zerknirscht. »Ich kann einfach nicht anders, als mich herumzuwälzen. Ich tue das instinktiv.«

»Dad glaubt nicht daran, dass Menschen instinktiv handeln.«

Wir schweigen. Ollie macht keine Anstalten, das Licht wieder auszuknipsen. Ich lege die Finger aneinander und halte sie hoch, sodass die Schatten an der Wand wie Hasenohren aussehen.

»Ich will ja nicht gemein sein, aber vielleicht solltest du ein bisschen mehr Sport machen. Das könnte helfen, den Stress abzubauen.«

»Ich weiß. Vanessa sagt genau dasselbe. Sie will, dass ich anfange zu trainieren, damit ich demnächst fünf Meilen am Stück laufen kann. Offenbar will sie mich zu einem Marathon prügeln, keine Ahnung. Witzigerweise verlangt sie ständig irgendeinen Blödsinn von mir.«

»Sie ist eben von Natur aus unerschrocken«, bemerkt Ollie.

Könnte gut sein. Allerdings besteht die Gefahr, dass sie ihr Mut ein bisschen zu unabhängig macht und sie es deshalb nie schaffen wird, sich auf etwas Festes einzulassen und zur Ruhe zu kommen. Mangelnder Mut ist jedenfalls nicht Vanessas Problem.

»Trotzdem könnte sie ruhig mal mitmachen, wenigstens mit mir laufen gehen.«

»Geh doch lieber allein. Das gibt dir Zeit zum Nachdenken. Mir hilft das Training immer sehr, an meinen Problemen zu arbeiten.«

»Aber ich hasse es.«

»Das ist eine blöde Ausrede, Willa, das ist dir doch klar, oder? Du klingst wie eine Achtjährige.«

»Verantwortung zu übernehmen gehört nicht gerade zu unseren Stärken, weder zu deinen noch zu meinen.«

»Hey«, protestiert er. »Immerhin unterrichte ich andere Menschen, das ist eine verantwortungsvolle Aufgabe.«

»Du hältst in Rainas Wohnzimmer Promi-Yogastunden ab … Außerdem rede ich nicht von der beruflichen Seite, sondern von der Verantwortung im Allgemeinen.«

Er schweigt einen Moment, und ich wackle wieder mit den Hasenohren.

»Ich hab echt Scheiße gebaut«, flüstert er schließlich.

»Das können die Chandlers ja am allerbesten.«

»Das sagt genau die Richtige. Du steckst doch selbst bis zum Hals drin. Verliebst dich in Theo, obwohl du noch verheiratet bist …«

Ich setze mich abrupt auf. Schluss mit Hasenohren.

»Ich verliebe mich überhaupt nicht in Theo!«

»Ich verdiene mein Geld damit, die Körpersprache anderer Menschen zu deuten, Willa. Ich weiß, dass du all das für Schwachsinn hältst, aber ich beherrsche mein Handwerk.«

Ich lasse mich in die Kissen zurückfallen.

»Ich halte das, was du tust, überhaupt nicht für Schwachsinn. Ich habe nur nie dieselbe Leidenschaft für etwas entwickelt.«

»Dem kann ich nicht widersprechen.« Ich weiß, dass er es nicht so meint, wie es sich anhört.

»Weiß Raina, dass du schuldig bist?«

»Mehr oder weniger.« Er stützt sich auf den Ellbogen und sieht mich an. »Aber ich hab es nur mit den allerbesten Absichten getan.«

»Du hast es dir leicht gemacht«, sage ich und stütze mich ebenfalls auf dem Ellbogen ab.

»Der umständliche Weg war noch nie mein Ding«, erklärt er. »Wie gesagt, Verantwortung zu übernehmen ist nicht gerade unsere Stärke.«

»Bestimmt wird man dir zugutehalten, dass du nach bestem Wissen und Gewissen gehandelt hast.«

Eigentlich gibt es nicht mehr viel zu sagen, deshalb legen wir uns wieder hin, auch wenn mir klar ist, dass ich dem Land der Träume keinen Schritt näher bin als vorher. Ollie macht das Licht aus, und nach ein paar Minuten höre ich seine tiefen Atemzüge. Er liegt ganz still da.

»Es ist nie zu spät, Willa«, sagt er.

»Was meinst du damit?« Ich starre in der Dunkelheit an die Zimmerdecke.

»Dass es nie zu spät ist, das zu suchen, worin man wirklich gut ist und hinter dem man aus vollem Herzen steht. Wenn ich es schaffe, Verantwortung zu übernehmen, schaffst du es ja vielleicht, das Richtige für dich zu finden.«

»Ich weiß nicht recht.«

»Genau das ist dein größtes Problem«, fährt er fort. »Wenn du etwas nicht weißt, musst du eben fragen.«

Theo geht beim dritten Läuten ran. Er klingt müde, trotzdem bin ich sicher, dass ich ihn nicht geweckt habe. Theo schläft praktisch nie. Früher bin ich manchmal mitten in der Nacht aufgewacht und habe das Kissen neben mir kalt und leer vorgefunden. Wenn ich in die Küche getappt bin, saß er meistens vor seinem Computer und löste wieder mal irgendein ganz wichtiges Problem. In diesen Momenten habe ich vorsichtig seine Schultern massiert, damit er sich ein bisschen entspannen kann, oder ihm eine Tasse Tee gemacht, aber er wollte jedes Mal, dass ich wieder ins Bett gehe und weiterschlafe. Das habe ich dann getan, wenn auch widerstrebend. Die Aussicht, ihn in der Küche zurückzulassen und allein wieder unter die Decke zu schlüpfen, gefiel mir gar nicht. Bei Shawn gab es so etwas nicht. Er war immer da. Bis zu dem Tag, als er plötzlich nicht mehr an meiner Seite war, sondern auf dem Golfplatz, im Grape! oder bei Erica Stoppard. Theo brauchte seine Freiräume, allerdings nie in einem Maß, dass er darüber vergessen hätte, wie er die Lücke zwischen uns ganz schnell wieder schließen konnte. Shawn hingegen schien nie Distanz von mir zu brauchen, und plötzlich trennte uns ein ganzer Ozean.

»Hallo?« Theos Stimme klingt rau.

»Hab ich dich geweckt?«

»Nein. Du weißt doch, dass ich so gut wie nie schlafe.«

»Kann ich vorbeikommen?«, frage ich zögernd, obwohl es genau die Frage ist, die ich ihm stellen möchte.

Auch er zögert kurz. »Klar. Ist … Geht es dir gut?«

»Ja«, antworte ich, ehe ich auflege. »Ich nehme mein Leben in die Hand.«

Später diskutieren wir darüber, dass das, was hier passiert, eigentlich nichts Besonderes ist. Gleichzeitig sind wir uns einig, dass es sehr wohl etwas Besonderes sein könnte, dass ich im Moment jedoch eine Menge am Hals habe und all das nur für eine Weile vergessen wollte und dass wir beide uns voll und ganz darüber im Klaren sind.

Ich sage Theo, dass ich die Pille abgesetzt hätte und es mit meiner Fruchtbarkeit sowieso nicht allzu weit her sei, woraufhin er meint, er habe sich untersuchen lassen und sei gesund, außerdem habe er ja nur noch einen Hoden. Trotzdem wollen wir kein Risiko eingehen (weil es dumm ist, Risiken einzugehen, es beweist nur, dass mein Vater mit seinen Theorien recht hat), deshalb benutzen wir ein Kondom, das er noch in seiner Brieftasche hat.

Der Sex ist süß, irgendwie surreal, klebrig und ein bisschen verrückt. Und zärtlicher, als er es jemals mit Shawn war. Danach liege ich mit geschlossenen Augen da, zwinge mich aber, sie wieder aufzuschlagen … Vielleicht sehe ich ja etwas, das mir bis jetzt entgangen ist. Und so ist es auch: Ich sehe *ihn*. Und ich frage mich, wieso ich damals nicht Ja zu Seattle gesagt habe. Ich muss daran denken, wie anders mein Leben verlaufen wäre. Ich hätte Shawn nicht kennengelernt, sondern hätte mich in Seattle niedergelassen, abends Lachs gegrillt, wäre Mariners-Fan geworden, würde Prius fahren und auf dem Pike Place Market einkaufen.

Theo rollt sich von mir herunter und küsst mich liebevoll auf die Stirn.

»Ich bin so froh, dass du angerufen hast.«

»Das wundert mich nicht, schließlich bist du gerade flachgelegt worden.«

Wir müssen beide lachen, und ich fühle mich wie in einer dieser romantischen Komödien, bei denen einem vor Rührung die Tränen kommen und man die DVD zurückspult, um sich die Hammerszene wieder und wieder anzusehen.

Am liebsten würde ich mich für immer in diesem Gefühl aalen oder zumindest so lange, bis ich aufwache und mir klar wird, dass ich gerade mit meinem Exfreund geschlafen habe, obwohl ich noch verheiratet bin (andererseits tue ich im Grunde nichts, was gegen unsere Vereinbarung verstößt), als Theo hochschnellt und sich auf die Unterarme stützt.

»Scheiße!«

Wir sehen beide unter die Decke und stellen fest, dass wir womöglich bald ein ernstes Problem am Hals haben könnten.

Schicksal. Unvermeidlichkeit. Es kommt, wie es kommt.

Das Kondom ist geplatzt. (War ja klar.)

25

»Ich will das nicht machen«, sage ich zu Vanessa.

»Du willst nie irgendetwas«, erwidert sie. »Genau darum geht's ja.«

Stöhnend sehe ich nach unten. Etwa eine halbe Meile unterhalb von uns, links von der Brücke, erspähe ich die *DareYou!*-Crew, die ihre Kameras wie Uzis auf uns gerichtet hat. Die Produktionsfirma ist der festen Überzeugung, dass eine Begleit-DVD der absolute Hammer wäre, deshalb haben sie uns auf die Brooklyn Bridge beordert (für Vanessa ist es ja schon das zweite Mal, wohingegen ich noch Novizin bin). Man verlangt von uns, dass wir uns in die Tiefe stürzen und beten, dass dieser lächerliche Seidenfaden von einem Bungee-Seil, das mir jemand um die Taille geschlungen hat, uns vor dem Zerschellen bewahrt.

Ich halte mich am Geländer fest und beuge mich ein Stück vor. Würde ich meine eingegipste Hand ausstrecken und ein Foto machen, könnte ich es später mit einem witzigen Kommentar auf Instagram setzen – »Regenbogen über der Brooklyn Bridge« oder etwas in dieser Art. Allerdings hat der Regenbogen in den letzten Wochen einiges von seiner Farbenpracht eingebüßt, außerdem bin ich sicher, dass es darunter bereits schimmelt, und das ständige Jucken treibt mich beinahe in den Wahnsinn. Selbst Regenbögen können nicht immer bunt und perfekt sein.

»Sag mir noch mal, wieso wir das machen.«

»Weil wir laut Vertrag dazu verpflichtet sind. Außerdem ist es der Oberhammer!«

»Du und ich haben völlig unterschiedliche Vorstellung von diesem Begriff«, bemerke ich, während die Welt vor meinen Augen nach rechts zu kippen scheint. Ich mache erschrocken ein Satz nach hinten. »Das ist wohl kein guter Zeitpunkt, dir zu erzählen, dass ich vielleicht schuld am Herzinfarkt meines Vaters bin, oder?«

»Wie bitte?«

»Meine Mom hat so etwas in ihrer Mail angedeutet.«

»Großer Gott.«

»Aber sie macht mir keine Vorwürfe. Ehrlich gesagt hält sie Dad inzwischen für einen echten Drecksack.«

»Aber du nimmst es auf deine Kappe?«

Ich lasse den Atem entweichen, während mir die heiße Julibrise ins Gesicht weht. Vielleicht kann sie mich ja hochheben und forttragen, in ein neues Leben, eines ohne Probleme und Komplikationen.

»Ich sage nur, dass ich mich verantwortlich fühle.«

Ein Assistent tritt zu mir und zurrt das Geschirr so fest um meine Taille, dass ich beinahe keine Luft mehr bekomme.

»Also, auf geht's«, sagt er und tätschelt mir den Rücken, als wäre es das Normalste auf der Welt, von Brücken zu springen. »Viel Spaß«, fügt er hinzu.

»Ich bitte dich«, sagt Vanessa. Ihr Tonfall verrät, dass ihr langsam der Geduldsfaden reißt. »Bei aller Liebe, aber allmählich bin ich es leid, dass sich immer alles nur um ihn dreht. Du hast ein *eigenes* Leben. Fang endlich an, es zu leben, verdammt noch mal!«

»Das tue ich doch längst! Glaubst du ernsthaft, ich würde freiwillig hier oben stehen und das wahrscheinlich

Dämlichste tun, was ich je getan habe? Nur weil du es von mir verlangst? Und nur für eine blöde Realityshow?«

»Das hier ist nicht mal ansatzweise das Dämlichste, was du je in deinem Leben getan hast«, widerspricht sie.

In diesem Moment tritt der Assistent erneut zu uns und macht sich an ihrem Geschirr zu schaffen. Schweigend stehen wir da und warten.

»Okay, schön cool bleiben«, erklärt er und sieht uns an. »Mit Wut im Bauch abzuspringen kommt nicht gut. Das macht den ganzen Vibe kaputt.«

Er legt die drei mittleren Finger seiner Rechten zum Shaka-Zeichen nach innen. Ich frage mich kurz, ob er wohl Ollie kennt, dann drehe ich mich noch einmal zu Vanessa um.

»Wenn du schon über die dämlichsten Dinge meines Lebens Buch führst, solltest du auch wissen, dass ich vorgestern Abend mit Theo geschlafen habe.«

Sie reißt die Augen auf, und der Anflug eines Lächelns spielt um ihre Mundwinkel, doch bevor sie etwas erwidern kann, taucht ein zweiter Assistent auf und verkündet: »Los geht's, Ladys! Lassen wir's krachen!«

Am liebsten würde ich ihm an die Gurgel gehen und ihm seine beschissene Begeisterung aus dem Leib prügeln, aber dafür ist es jetzt zu spät. Ich habe keine andere Wahl, weil ich hier stehe, einen Vertrag unterschrieben habe und allmählich glaube, dass ich die schlechteste Tochter der ganzen Welt bin. Und obwohl mein Dad immer so von sich überzeugt ist, würde er mir wohl zustimmen (und dieser Theorie schätzungsweise sogar ein eigenes Kapitel widmen), dass der Apfel nicht weit vom Stamm fällt.

Vanessa ist als Erste dran – das ist schon so, seit wir uns kennen –, dann bin ich an der Reihe. Ich bin sicher, dass ich mich übergeben werde. Schon jetzt spüre ich, wie sich meine Eingeweide umstülpen. Ich sehe mein ganzes Leben wie einen Film an mir vorüberziehen – die Alpen, Disneyland, das Skateboard, Doc Martens und Theo und Shawn und alles andere. Ich werde sterben, so viel steht fest, denn so was passiert nur unmittelbar, bevor man den Löffel abgibt. Ich frage mich, ob auch Dad sein Leben noch einmal vor sich gesehen hat, aufgefächert wie eine Sammlung Polaroids, als ihn dieser Passant auf der 60. Straße hat daliegen sehen und ihn dann wiederbelebt hat.

»Und denk dran – immer schön lächeln«, sagt der erste Assistent, der plötzlich wieder neben mir steht. »Die machen ein Foto von dir und schicken es dir später zu.« Er hält kurz inne. »Alle auf ihre Plätze! Eins, zwei und Sprung!«, brüllt er ohne Vorwarnung.

Mit einem leisen Gruß nehme ich Abschied von dieser Welt. Aber bevor ich sterbe, versuche ich das Einzige aufzubringen, das mein Leben hätte verändern können, wäre ich nur dazu in der Lage gewesen: Ich kann meinen Masterplan neu schreiben, kann aufhören, immer nur den Weg des geringsten Widerstands zu gehen, kann meine Augen öffnen. All das kriege ich irgendwie hin. Aber was ich brauche – und was mir nun, im Angesicht des Todes, so lebensnotwendig erscheint wie Sauerstoff, wie das Blut in meinen Adern, wie die Luft zum Atmen –, ist Mut.

Mut! Wenn ich nur ein Quäntchen Mut aufbringe, werde ich alles bewältigen, was mir auf meinem neuen Lebensweg auch immer begegnen mag.

Also hole ich tief Luft und versuche, noch einen Schritt tiefer zu gehen, und unter der Oberfläche aus Panik und Adrenalin und meinem stets präsenten Fluchtinstinkt finde ich ihn.

Mut.

Und dann springe ich.

Mail von: Rick@dareyoushow.com
An: Willa Chandler-Golden
Betreff: Krass!
Hey, Willa! Ich gehöre zum *DareYou!*-Kamerateam und habe heute das Foto von dir mitten im Sprung geschossen (siehe Anhang). Gut gemacht! Ich dachte, du hättest bestimmt gern eine kleine Erinnerung fürs Album. Wir sehen uns bald wieder (Dare you! – hahaha!) Rick

Mail von: Willa Chandler-Golden
An: Rick@dareyoushow.com
Betreff: Re: Krass!
Hi, Rick. Wieso, was ist denn in ein paar Wochen?

Mein Dad wird an dem Tag aus dem Krankenhaus entlassen, an dem ich endlich meinen Gips loswerde. Vanessa meint, das sei eine Metapher, was mir in der Theorie auch durchaus einleuchtet, aber als der Arzt den Gips aufsägt und ich nach all der Zeit meine Finger wiedersehe, verschrumpelt und ausgetrocknet, aber irgendwie auch matschig-feucht, und mir der Geruch nach Verwesung in die Nase steigt, verwerfe ich das Bild gleich wieder.

Der Gips ist weg, Dad ist frei, folglich sollte ich mich von ihm befreit haben!

Klingt eigentlich einleuchtend. Trotzdem gibt es noch so viele Fragen, die ich meinem Vater stellen muss, so vieles ist noch ungeklärt. Er ist nun mal mein Dad, das ändert sich nicht von einer Sekunde auf die andere. Und ich bin seine Tochter, auch das lässt sich nicht einfach beiseiteschieben.

»Dann frag eben, was du fragen musst«, sagte Vanessa heute Morgen am Handy, bevor ich mich auf den Weg zum Krankenhaus machte. (Sie war immer noch ein bisschen genervt, genauso wie auf der Brücke.)

»Das versuche ich ja«, sagte ich. »Aber so einfach ist das nicht. Schließlich lebe ich seit zweiunddreißig Jahren damit.«

»Ich weiß«, sagte sie und würgte mich unter irgendeinem Vorwand ab.

Die ganze Familie hat sich zu Dads Entlassung aus der Kardiologie eingefunden, sogar meine Mom. Auch die Medien sind da – die meisten, weil er sie herbeizitiert hat. Eine brünette Schönheit, die kaum älter sein kann als ich, schiebt seinen Rollstuhl durch die Automatiktüren, streicht sich das Haar aus dem Gesicht und blickt mit schief gelegtem Kopf in die Kameras.

»Wer ist denn das?«, fragt Nicky mit einem Interesse, das weit über pubertäre Neugier hinausgeht.

»Eine Mitarbeiterin des Krankenhauses vielleicht?«, mutmaße ich.

»Das ist die Freundin deines Vaters«, informiert mich meine Mutter.

»Wie bitte?«, zischt Raina.

»Das hat er mir zumindest erzählt. Wobei ich denke, dass der Begriff Freundin wohl in Anführungszeichen stehen sollte«, fügt sie mit der entsprechenden Geste hinzu.

»Das ist doch wohl nicht dein Ernst«, platze ich heraus.

Meine Mom hebt eine Braue, dann lächelt sie in die Kameras, wie immer, wenn sie meinen Vater zu einem seiner öffentlichen Auftritte begleitet. Aber dann macht sie kehrt und wendet sich wieder ihrem eigenen Masterplan zu: Sie geht zu ihrer Limousine, die auf der anderen Straßenseite auf sie wartet. Ich sehe ihr hinterher, was sie offenbar spürt, denn sie dreht sich noch einmal zu mir um.

»Ach, William, wen interessiert es schon, wer das Mädchen ist? Mach die Augen auf und lebe dein eigenes Leben! Zerbrich dir darüber nicht den Kopf. Dein Vater war schon immer ein Arschloch. Ich hätte es dir vielleicht bloß schon früher sagen sollen.«

26

Facebook-Profil: Willa Chandler-Golden
Wohnt in: New York
Freunde: 261
Arbeitet bei: gefeuert
Religion: auf der Suche
Beziehungsstatus: verheiratet mit Shawn Golden
Neue Facebook-Nachrichten: 2

Equinox Gym hat etwas an deine Pinnwand geschrieben:
Liebes Neumitglied, herzlichen Dank, dass dir unsere Seite gefällt. Nun, da du auch zur Equinox-Familie gehörst, würden wir uns freuen, wenn du demnächst auf eine kostenlose Probestunde vorbeischauen würdest, denn: Was du heute kannst besorgen, das verschiebe nicht auf morgen. Fitness ist Leben. Leben ist Fitness. (vor 1 Stunde)

Minnie Chandler hat etwas an deine Pinnwand geschrieben:
Sieh nur, Willa! Nancy hat mir gezeigt, wie man ein Facebook-Profil erstellt! Willst du meine Freundin sein? (Sagt man das so?) (Vor 5 Stunden)

O Gott, denke ich. Ich habe überhaupt kein Leben.

Ich lade Ricks jpeg-Dokument auf meine Festplatte.

Willa Chandler-Golden hat ihr Profilfoto geändert.

Ich kann fliegen, schreibe ich als Kommentar darunter. Dann sitze ich vor dem Bildschirm und warte darauf, dass das rote Lämpchen blinkt und mir sagt, wie viele meiner Freunde mich mögen. *Gefällt mir, gefällt mir.*

In der Zwischenzeit arbeite ich mich durch die Fotos aus dem Leben anderer Leute – Menschen, die mir eigentlich nie viel bedeutet haben, Highschool-Klassenkameraden, flüchtige College-Bekanntschaften. Ihr Leben kommt mir so spannend vor. Sie wirken so zufrieden, so souverän, als wüssten sie ganz genau, was sie vom Leben erwarten. Sie blicken mit offenen Augen in die Kamera, wirken gut gelaunt, strahlend und klar. Keine der Frauen veröffentlicht jemals ein unvorteilhaftes Foto von ihrem Mann, wie er mit einer Hand im Schritt auf dem Sofa schläft, während im Hintergrund der Fernseher läuft, oder einen Schnappschuss von ihrem kleinen Sohn kurz vor einem fürchterlichen Wutanfall, mit feisten Wangen, hasserfülltem Gesicht und dreckverkrusteten Fäusten, gegen die sogar ein mehrtägiges Vollbad machtlos wäre.

Was ist Illusion, was Realität? Vielleicht hat Mandy aus dem Biolaborkurs ja tatsächlich *den süßesten, tollsten Ehemann und Partner auf der ganzen Welt!* Vielleicht läuft zu Weihnachten aber auch längst die Scheidung. Keiner kann es im Voraus sagen. Nur mein Dad weiß, was Sache ist. Er weiß, dass es kommt, wie es kommen muss. Selbst wenn der eigene Ehemann ein Arschloch ist und dein Kind auch. Bestimmt spendet Dads Buch Mandy großen Trost, wenn ihr die Scheidungspapiere erst mal ins Haus flattern.

Das rote Symbol in der Toolbar blinkt. Eilig gehe ich mit der Maus darauf.

Shawn Golden gefällt dein Profilfoto!
Shawn Golden hat einen Kommentar zu deinem Profilfoto geschrieben.
Echt cool. Ich wusste gar nicht, dass du so mutig bist!

Als ich von meiner ersten Probestunde im Fitnessclub nach Hause komme, haben Raina, Theo und Ollie sich um die Kücheninsel versammelt und knabbern etwas, das verdächtig nach Grünkohlchips aussieht, es könnten aber auch irgendwelche anderen vegetarischen Sachen sein, die ich nicht mal im Traum essen würde.

»Du warst da!«, ruft Ollie.

»Dein Gesicht ist ganz rot«, sagt Raina.

»Sehr witzig. Ich bin drei Meilen gelaufen. Ich versuche, wieder in Form zu kommen.«

»Verantwortung zu übernehmen«, wirft Ollie überflüssigerweise ein. »Und ich helfe ihr dabei.«

Ich nehme meine taupefarbene Schleife ab und lege sie auf den Küchentresen. Ollie hat darauf bestanden, dass wir sie in der Öffentlichkeit tragen, nur für den Fall, dass mich jemand erkennen sollte. Ich habe versucht, ihm begreiflich zu machen, dass mich sowieso keiner kennt – auf Twitter habe ich stolze siebzehn Follower, die meisten davon picklige Zwölfjährige aus Indien –, aber er wollte nichts davon hören.

Ich schnappe eine Flasche Cola light und trinke einen großen Schluck.

»Mit dem Zeug machst du all deine Fortschritte gleich wieder zunichte«, bemerkt Ollie.

Ich ignoriere ihn. Theo, der auf irgendetwas herumgekaut hat, hält inne. »Hey.«

Und obwohl es eine Million Dinge gibt, die ich ihn gern

fragen und ihm erzählen würde, bringe ich bloß ein »Hey« heraus, ehe mir das Blut in mein ohnehin schon erhitztes Gesicht schießt. Ich kann nur hoffen, dass er glaubt, es käme vom Sport und nicht von ihm.

»Los, runter auf den Boden und hundert Crunches«, bellt Ollie unvermittelt, der zu glauben scheint, er stünde auf dem Exerzierplatz.

»Was?«

»Du hast genau verstanden, was ich gesagt habe.«

»Hier? In der Küche?«

»Hat die etwa keinen Boden?«

Ich starre ihn mit offenem Mund an, bis mir dämmert, dass er es tatsächlich ernst meint. Also lasse ich mich auf den Vorleger sinken und rolle mich zu einem Ball zusammen, in der Hoffnung, dass er es als Crunch durchgehen lässt.

»Eins«, zählt er.

»Oh Mann«, stöhne ich.

»Los, weiter. Nur noch neunundneunzig.«

»Ich hasse dich.«

»Du hasst alles und jeden.«

Bei sechsundfünfzig, als klar wird, dass ich die nächsten vierundvierzig Stück nicht schaffen werde, winkt er ab. »Ich will dich ja nicht umbringen, noch bevor du richtig angefangen hast.«

Ich liege mit ausgestreckten Armen und Beinen auf dem Küchenfußboden, schließe die Augen und versuche, wieder zu Atem zu kommen.

»Am Mittwoch ist Ollies Gerichtstermin. Könntest du hinkommen?«, fragt Raina.

»Wo sollte ich wohl sonst sein? Vorausgesetzt, ich schaffe es aufzustehen.«

»Wir überlegen, ob wir ihnen nicht einen Deal anbieten

sollen«, fährt sie fort. »Ich will die ganze Familie dabeihaben, als Demonstration unserer festen Überzeugung, dass er ein guter Mensch und anständiger Bürger ist, der nur durch einen unglücklichen Zufall in diese Geschichte hineingeraten ist.«

Ich stütze mich auf die Ellbogen und wende mich Theo zu. »Bist du auch der Meinung?«

Theo war noch nie der große Freund von Deals und Kompromissen.

»Ich bin nur als Ratgeber hier, rein freundschaftlich. Die Situation ist sehr schwer einzuschätzen. Es gibt schriftliche Unterlagen, andererseits hat er es nicht wissentlich getan und noch dazu im Auftrag von diesem …«, er blickt auf die Akte vor ihm auf dem Tresen, »… Yogameister Dari.«

»Wo ist Yogameister Dari eigentlich?« Es gelingt mir immerhin, mich auf die Knie aufzurichten.

Ollie zuckt die Achseln. »In Kathmandu? Vielleicht auch in Hongkong? Keine Ahnung. Auf seinem Twitter-Feed herrscht jedenfalls seit Wochen Funkstille.«

»Yogameister Dari hat einen eigenen Twitter-Account?«

»Natürlich! Gaga tweetet die ganze Zeit mit ihm.«

Ich halte mich an der Arbeitsplatte fest und ziehe mich hoch.

»Egal«, fährt Theo fort. »Manchmal muss man einfach akzeptieren, dass man gegen die Regeln verstoßen hat, gute Absichten hin oder her. Und genau mit dieser Strategie sollten wir vor den Richter treten, denke ich.« Er nimmt meine Cola-Dose und trinkt nachdenklich einen Schluck. »Richter müssen auf der Grundlage des Gesetzes urteilen, aber sie respektieren auch, dass Menschen nun mal Menschen sind und selbst diejenigen mit den besten Absichten Fehler machen, teilweise sogar ohne zu wissen, wieso.«

»Das gefällt mir. Selbst diejenigen mit den besten Absichten bauen manchmal Mist.«

»Stimmt doch«, bestätigt er. »Das ist nun mal so.« Einen Moment lang herrscht verlegene Stille im Raum – alle scheinen zu denken, dass er von mir spricht. Großer Gott, spricht er tatsächlich von mir?, überlege ich. »Normalerweise lasse ich mich nicht auf schale Kompromisse ein, aber manchmal muss man eben akzeptieren, dass das Leben einem genau diese Karten zugeteilt hat.«

»Hör bloß auf«, wirft Raina ein. »Du klingst schon wie unser Vater.«

»Ich bin ganz und gar nicht wie euer Vater.«

Er sieht mir direkt ins Gesicht.

»Das klingt nach einem guten Plan«, sage ich.

Und sofort muss ich wieder daran denken, wie oft ich schon Mist gebaut habe. Ich wollte nicht mit ihm nach Seattle gehen, ich habe ihm all die längst überfälligen Fragen nicht gestellt, habe nicht ausgesprochen, was dringend ausgesprochen werden sollte. Stichwort: Masterplan, der Weg des geringsten Widerstands, geschlossene Augen. Keine Spur von Mut. Ein Leben ohne jeden konkreten Plan, ohne Ziel vor Augen. Damals. Jetzt. Und auch in Zukunft.

»Das sagt mir nur mein Instinkt«, fügt er hinzu. »Und der trügt mich leider manchmal.«

Am nächsten Tag fahren Raina und ich zu meinem Vater, der noch immer in unserer alten Wohnung lebt.

»Mir geht's gut«, behauptet er, obwohl er kreidebleich ist und so schwach wirkt, dass er noch nicht einmal aus eigener Kraft aufstehen kann. Er sitzt im Bett, hat seinen Laptop auf dem Schoß, sieht sich irgendwelche Nachrichten und Websites an und murmelt unverständliches Zeug. »Es war nur eine kleine Arterienverstopfung«, sagt er schließlich. »Ich wünschte, ihr würdet endlich aufhören, so zu tun, als wäre es eine Riesenkatastrophe.«

Raina bestellt etwas vom Chinesen, obwohl mein Dad eigentlich salzarme Schonkost zu sich nehmen sollte. Aber er will unbedingt die frittierten Teigtaschen und Schweinefleisch mit Gemüse und Pilzen haben, und als ich zu bedenken gebe, dass das vielleicht keine ganz so gute Idee ist, wirft sie mir einen vernichtenden Blick zu.

»Was willst du? Wenn es ihm egal ist, weshalb sollte ich mir dann Sorgen machen?«

Raina ist spindeldürr. Das reibe ich ihr jeden Abend unter die Nase und versuche, sie mit einem der Eiscreme-Sandwiches in Versuchung zu führen, die sie für die Kinder in der Kühltruhe aufbewahrt. Außerdem lässt die Wirkung des Botox allmählich nach, obwohl die Injektionen noch gar nicht so lange zurückliegen. Neulich habe ich sie erwischt, wie sie vor dem Badezimmerspiegel stand, die Augen zusammenkniff und die Haut am Haaransatz straff zog. Die haben gesagt, es hält vier Monate, meinte sie, als sie mich bemerkte. Meine Familie und der Stress, den sie mir macht, sind schuld daran, dass sich mein Dermatologe an mir eine goldene Nase verdient.

»Was ist dir eigentlich durch den Kopf gegangen, als du gemerkt hast, dass du gleich umkippst?«, frage ich, als ich meine frittierten Teigtaschen gegessen habe und uns allmählich der Gesprächsstoff ausgeht.

»Dass meine Zeit gekommen sein könnte. Und dass es ein Wahnsinnstod wäre … Mitten auf dem Bürgersteig auf der 60. Straße einfach umzukippen, das hat doch was. Schließlich bin ich New Yorker.«

Er hat keine Ahnung, worauf ich anspiele.

»Dir ist schon klar, dass wir Angst um dich hatten?«, dränge ich. »Dass du vielleicht bereit bist zu sterben, ist ja schön und gut, aber das heißt noch lange nicht, dass wir bereit sind, dich einfach gehen zu lassen.«

»William! Ich weiß, dass es schwer ist, das zu akzeptieren, aber jeder muss irgendwann sterben!«

»Herrgott noch mal, Dad!« Ich stoße versehentlich gegen meinen halb leeren Teller, woraufhin er mit einem lauten Klappern zu Boden fällt. »Wenn das dein bester Rat als Vater ist, brauche ich mich nicht zu wundern, wieso ich mein ganzes Leben lang dachte, dass aus mir nur eine lausige Mutter werden kann.«

»Willa«, sagt Raina im selben beschwichtigenden Tonfall, mit dem sie auch mit ihren Kindern spricht, und legt ihre Hand auf meine.

»Aber es ist doch wahr, Raina! Das weißt du genauso gut wie ich.«

»Also hat dich dein Hass auf mich dazu getrieben, dieses lächerliche Buch über mich zu schreiben«, stellt er tonlos fest.

»Ich hasse dich nicht. Und das Buch ist nicht lächerlich. Und es geht in dem Buch nicht um dich.«

»Natürlich geht es um mich!« Seine Stimme schwillt an. »Dein Leben dreht sich doch bloß um mein Lebenswerk!«

»Dad!«, ruft Raina. »Du darfst dich nicht aufregen! Denk an dein Herz!«

»Wenn ich sterbe, dann sterbe ich eben!«, wettert er. »Und wenn du so weitermachst, wird es nicht mehr allzu lange dauern!«

Mein Vater fasst sich an die Brust, und Raina springt

erschrocken auf, aber es ist bloß Theater. Er will seinen »Du hast mir das Herz gebrochen! Im wahrsten Sinne des Wortes! Du hast mir das Herz gebrochen«-Ausbruch lediglich dramaturgisch untermauern.

»Dein Herz spielt nicht mehr mit, weil du die letzten zwanzig Jahre nur ungesundes Zeug in dich reingestopft hast«, schreie ich. »Und mein Leben dreht sich überhaupt nicht um dein Lebenswerk!«

»Dein Leben dreht sich immer um dasselbe, was das auch sein mag«, kontert er, plötzlich völlig ruhig, als wäre ich in die Falle getappt, genau wie er es erwartet hat.

Und ich schwöre bei Gott – in diesem Moment schreibe ich den Masterplan meines Lebens neu, denn jede Faser meines Körpers schreit förmlich danach, mein Essstäbchen zu zücken und es ihm geradewegs ins Auge zu rammen. Doch ich beherrsche mich, atme tief ein und aus, horche in mich hinein und nehme all meinen Mut zusammen. Und auch wenn es nur in Gedanken geschieht und ich bloß für ein paar Minuten in die Küche flüchten kann, um mich zu beruhigen, finde ich meinen neuen Lebensweg, einen, der mich ganz weit weg von hier führt.

Blöderweise müssen wir so lange bleiben, bis die »Schwester« kommt.

Raina tippt auf ihrem Blackberry herum, deshalb gehe ich in mein altes Zimmer – jenen Raum, in dem aus William Willa wurde. Nach meinem Auszug haben meine Eltern es zum Arbeitszimmer umfunktioniert, obwohl es bereits eins gab und ich sie gebeten habe, alles so zu lassen, wie es war – anscheinend leider nur halbherzig. Die einst lila gestrichenen Wände ziert heute eine dunkle Karotapete, und in der Ecke, in der früher mein Bett stand, befindet sich nun ein Bücherregal, in dessen Fächern sich Fotos von meinem Vater mit wichtigen Berühmtheiten aneinanderreihen, deren Leben er von Grund auf verändert hat: George H.W. Bush, Bruce Springsteen, Elizabeth Taylor (!) Ich setze mich auf den Schreibtischstuhl und versuche mich daran zu erinnern, wie es war, fünf, acht oder sechzehn zu sein, hier in diesem Zimmer, allein mit mir und den vielen Gedanken, die mir durch den Kopf gingen. Ich lehne mich zurück, schließe die Augen und lausche dem Knarzen der Holzbeine auf dem Boden, als ich vor- und zurückwippe.

Dann fällt mir der alte Einbauschrank neben der Badezimmertür wieder ein. Ich springe auf und versuche, ihn zu öffnen. Die Tür klemmt zwar, aber der Schrank lässt sich öffnen. Darin befindet sich mein gesamtes altes Leben, jene Teile, die mich zu dem Menschen gemacht haben, der ich einst war und der ich später werden sollte. Meine Doc Martens stehen auf dem Schrankboden, als warteten sie nur auf zwei Füße, die hineinschlüpfen, im Fach darüber liegen meine ordentlich zusammengelegten Boston-University-Sweatshirts.

Ganz hinten hängt mein Brautkleid, liebevoll verpackt. Ganz langsam ziehe ich den Reißverschluss des Kleidersacks herunter, genüsslich und zugleich unsicher, ob ich es heute wohl noch genauso schön finden werde wie damals, ob ich tatsächlich so schön war, wie ich es in Erinnerung habe. Denn genau das war ich – trotz allem, was seitdem passiert ist. Shawn und ich wurden unter einer mit frischem Bambus, Efeu, cremefarbenen Rosen, Weidenzweigen, Hortensien und Rittersporn geschmückten Chuppah getraut. Wie alle jüdischen Bräute umrundete auch ich meinen zukünftigen Mann sieben Mal, als Symbol der Unterstützung und der Liebe zu ihm und meiner Familie.

Für mich war die Geste gleichbedeutend damit, Teil einer neuen Familie zu werden, das Symbol für einen Neubeginn, auch wenn ich eine tiefe, komplizierte Zuneigung zu meiner eigenen empfand. Der Rabbi erklärte uns zu Mann und Frau, Shawn hob den Fuß und zertrat das Weinglas, und alle Gäste riefen: *Mazel tov!*

Wir küssten uns unter dem Baldachin, wobei Shawn mich ein klein wenig nach hinten kippte, mich aber ganz schnell wieder an sich zog.

Endlich!, dachte ich. Und er sagte: Ich bin so froh, dass ich es nicht versaut habe.

In diesem Moment kam mir nicht in den Sinn, dass er doch eigentlich *Ich liebe dich!* oder O *mein Gott, das ist der schönste Tag meines Lebens!* oder etwas in dieser Art hätte sagen müssen. Und mein Kommentar hätte nicht *Endlich!* sein dürfen, auch wenn es nur in meinen Gedanken war.

Ich öffne den Kleidersack vollends und schnappe nach Luft. Da ist es, das Kleid – und es ist immer noch genauso schön wie in meiner Erinnerung: hauchzarte Spitze, von Hand aufgenähte Perlen, diese wunderschöne, schwanengleich geschwungene Silhouette, der Stoff weich und schwer wie eine dicke Wolke. Ich will mich zwingen, die Erinnerung in jenen dunklen Teil meines Gedächtnisses zu schieben, wo auch die Frage lauert, wie es mit mir und Shawn … wie es *für mich* weitergehen soll. Doch mein Verstand weigert sich, meine Finger zittern. Ich bringe es nicht über mich. Ich kann nicht einfach wieder verschließen, was ich gerade geöffnet habe.

Rasch schließe ich den Schrank, mache kehrt und fliehe, da stolpere ich über irgendetwas, das auf dem Boden liegt, und ich falle. Erst jetzt sehe ich, was mich zu Fall gebracht hat: das Skateboard, das mir mein Vater geschenkt hat, als ich zwölf war. Ich hatte es beim Hereinkommen gar nicht bemerkt. Aber vielleicht ist es auch in den Weg gerollt. Um mich daran zu erinnern, wer ich bin.

Witzig, denke ich, obwohl es in Wahrheit überhaupt nicht lustig ist. Ich kann noch so sehr versuchen, Willa zu sein – ich bin es nicht. Vielleicht bin ich es wirklich nicht. Und vielleicht war ich es nie.

27

***DareYou!* – Das Leben ist nichts für Feiglinge! Wage den Sprung in ein neues Leben!**
Von Vanessa Pines und Willa Chandler

SCHRITT VIER: SEI DER MENSCH, DER DU BIST (ABER STREBE NACH GRÖSSEREM)
ZUSAMMENFASSUNG: Wir würden Ihnen niemals raten, jemand anderes zu sein als der Mensch, der Sie sind. Sie sind einzigartig auf der Welt, weshalb also sollten Sie versuchen, jemand anderes zu sein? Das muss aber keineswegs heißen, dass Sie nicht versuchen können, höhere Ansprüche an sich selbst zu stellen oder zum Beispiel von der Brooklyn Bridge zu springen (vgl. vorherige Kapitel). Chandler meint, Sie selbst zu sein sei vollkommen ausreichend. Und natürlich ist das auch so. Trotzdem kann jeder von uns versuchen, noch ein klein wenig mehr aus sich herauszuholen. Es ist einfacher, als man denkt, zugleich aber auch schwierig.

Als Nächstes werden wir lernen, wie wir den Sprung wagen, und wir werden versuchen, über uns hinauszuwachsen, obwohl wir wissen, dass es keine Garantie gibt wie die, von einem Sicherheitsnetz aufgefangen zu werden. Und wenn wir erst einmal gesprungen sind, können wir vielleicht sogar die Sterne berühren.

Facebook/Login
Neuigkeiten:

Oliver Chandler hat Sie eingeladen, der Gruppe »Ein Omm für die Unschuld« beizutreten (vor 3 Stunden)
Raina Chandler-Golden ist der Gruppe »Ein Omm für die Unschuld« beigetreten (vor 3 Stunden)
Hannah Burnett hat Ihnen eine Freundschaftsanfrage geschickt (vor 5 Stunden)
Cilla Zuckerberg gefällt »Auch Mädels können Berge bezwingen« (vor 7 Stunden)
Shawn Golden wurde auf zwei Fotos markiert (vor 12 Stunden)
(klick)

Die geheimnisvolle Erica Stoppard hat Shawn markiert. Ich bin heilfroh, dass sie zumindest ihre »Freunde von Freunden«-Funktion nicht gesperrt hat, sodass ich sie anklicken kann. Der Himmel hinter ihnen ist strahlend blau, vor ihnen erstreckt sich das endlose Grün des Golfplatzes. Shawn ist braun gebrannt und strahlt in die Kamera – er wirkt so glücklich, wie ich ihn früher immer gemacht habe. Einen Arm hat er um ihre Taille geschlungen, der andere liegt um die Schultern eines Typen, den ich noch nie gesehen habe. Er ist als »Peter Chin« markiert und hat wiederum seinen Arm um einen Kerl namens »Nabov Slotkin« gelegt. Ich betrachte das Quartett, vergrößere das Foto und nehme es noch genauer in Augenschein. Erica ist bildhübsch. Sie hat lange Beine und dichtes, fast schwarzes Haar, makellose Haut und perfekte weiße Zähne. Sie hat in beiden Wangen Grübchen und lächelt mit einer Selbstsicherheit in die Kamera, als wüsste sie ganz genau, dass sie die Männer auf dem Golfplatz mühelos schlagen kann. Sie wirkt souverän und selbstbewusst. Vollkommen anders als ich.

In diesem Moment klopft es an der Tür, und Nicky kommt herein. Schnell knalle ich den Laptop zu.

»Was machst du da? Pornos ansehen?«, fragt er und lässt sich aufs Bett fallen.

»Was?«

»Ich bin zwölf, Tante Willa. Ich weiß, was ein Porno ist.«

Er rollt sich auf den Bauch und stützt den Kopf auf die Hände.

»Okay … also das ist etwas, worüber du vielleicht lieber mit deinem Onkel reden solltest.«

»Ich brauche keinen Pornoexperten.«

Ich laufe dunkelrot an. »Ich wollte damit nicht andeuten, dass dein Onkel Pornoexperte ist.«

Er zuckt die Achseln. »Alles cool«, sagt er, macht jedoch keine Anstalten aufzustehen. »Kann ich dich ein paar Sachen fragen? Zum Beispiel … was mit mir los ist?«

»Natürlich.« Ich kann nur staunen, wie leicht es mir fällt, ganz offen und ungezwungen mit ihm umzugehen. »Ich meine … also, über Pornos lieber nicht«, füge ich zur Sicherheit hinzu. »Darüber würde ich lieber nicht mit dir reden.«

»Lasst ihr, also Onkel Shawn und du, euch scheiden?«

Ich lächle. »Ich dachte, du wolltest über dich reden. Darüber, was in deinem Leben so passiert. Oder über … keine Ahnung … die Pubertät.«

Ich kann nur hoffen, dass er nicht ausgerechnet darüber reden will, andererseits ist seine Mutter irgendwo in Afrika, und wenn er Informationen über den weiblichen Zyklus braucht, kann ich schätzungsweise aushelfen, ohne dabei vor Scham im Boden zu versinken. Allerdings bin ich wohl nicht gerade Expertin auf diesem Gebiet. Ich überlege krampfhaft, wann ich das letzte Mal meine Tage hatte, wann sie wieder einsetzen sollten und was das im Zusammenhang mit dem geplatzten Kondom bedeuten könnte. Leider geht die Rechnung nicht so richtig auf. Ich schiebe den Gedanken eilig beiseite.

»Ich frage bloß, weil sich alle anderen einen Kopf deswegen machen.«

»Aha.«

»Okay, wie wär's damit: Ist Granny Minnie jetzt lesbisch? Ich fände das eigentlich ziemlich cool.«

»Nicky!«

»Na gut.« Er setzt sich auf und lehnt sich gegen das Kopfteil. »Dann hätte ich da noch ein paar Fragen über meinen Dad.«

Er kaut auf seiner Unterlippe herum, und für einen kurzen Moment sehe ich wieder den kleinen Jungen vor mir, den ich vor sieben Jahren, zu Beginn meiner Beziehung mit Shawn, das erste Mal gesehen habe – unschuldiger und unkomplizierter.

»Natürlich kann ich versuchen, sie zu beantworten«, sage ich sanft. »Ich weiß, dass deine Mom gerade ziemlich weit weg ist. Aber vielleicht solltest du darüber eher mit ihr reden.«

Mit der Pubertät könnte ich notfalls noch leben, ob ich allerdings über die emotionale Reife verfüge, um mit ihm über seinen Vater zu reden …

»Ach, keine Ahnung. Meine Mom ist doch selbst komplett durch den Wind. Ständig reist sie in der Welt herum und will Menschen retten. Ich meine, *ich* bin hier.«

Ich streiche ihm den Pony aus dem Gesicht. Er sieht mich aus seinen großen Augen an so wie damals mit fünf.

»Okay, schieß los«, sage ich, in der Hoffnung, dass ich es nicht komplett versaue.

»Na ja … es ist nur … ich meine, ich kapiere einfach nicht, wieso das alles passiert ist. Wieso er sterben musste. Einfach so.«

»Oh, Nicky.« Ich nehme seine Hand.

»Glaubst du an Karma?«

»Hmm, das ist eine schwierige Frage. Wenn du wissen willst, ob ich glaube, dass dein Vater etwas getan hat, wodurch er so einen schrecklichen Tod verdient hat, lautet die Antwort natürlich Nein. Er war ein anständiger Mann. Für Onkel Shawn war er wie ein großer Bruder. Einmal hat dein Dad Shawn mit zum Campen genommen … und du weißt selbst, dass Onkel Shawn nicht gerade der große Campingfan ist …«

»In Palo Alto sind wir zelten gegangen«, wirft Nicky ein.

»Ehrlich? Oh.« Ich verstumme, doch dann fahre ich fort, weil es jetzt um Nicky geht und nicht darum, wie tief der Graben zwischen mir und Shawn mittlerweile geworden ist. »Jedenfalls riss dein Dad wenige Meilen vor dem Campingplatz plötzlich das Steuer herum, um einem Eichhörnchen auszuweichen. Der Wagen schlitterte in den Graben und prallte gegen einen Baum. Onkel Shawn flippte völlig aus, tastete sich von oben bis unten ab, um herauszufinden, ob er sich etwas gebrochen hatte, dann zog er sein Handy heraus, um den Notarzt und die Polizei zu rufen. Dein Dad dagegen … stieg aus und lief auf die Straße, um nachzusehen, ob dem Eichhörnchen etwas passiert ist.«

Ich halte inne. Ich kann nur hoffen, dass sich das nicht komplett schwachsinnig anhört, doch ich fürchte, genau das tut es, obwohl Shawn Wochen später noch davon schwärmte, was für ein toller Kerl Kyle doch war … einen Frontalaufprall zu riskieren, nur damit ein Eichhörnchen nicht zu Schaden kam. Shawn wollte ebenfalls zu dieser Sorte Mensch gehören, deshalb stürzte er sich bei Nickys Geburt mit Feuereifer in seine Onkelrolle. Er wollte derjenige sein, der das Steuer herumriss, wenn Nicky drohte, unter die Räder zu kommen – eine Gefahr, die bei einem Jungen wie ihm an jeder Ecke lauerte.

Nicky schweigt einen Moment. »Das wusste ich nicht«, flüstert er dann und holt nachdenklich Luft. »Na ja, ich glaube, ich versuche eben, alles irgendwie zu begreifen. So … mit Gott und so … was das alles bedeutet.« Wieder unterbricht er sich. »Darum ging's wohl auch bei dieser Sache mit dem Judentum.«

Er fährt sich mit der Hand durchs Haar. Erst jetzt merke ich, dass er seine Kippa nicht mehr trägt.

»Das sind ziemlich tiefschürfende Fragen«, sage ich. »Ich fürchte, ich habe auch noch keine richtige Antwort darauf gefunden.«

»Es ist leichter, so zu denken wie dein Dad«, meint er. »Dass alles aus einem Grund passiert und der Tod von meinem Dad irgendeine Bedeutung haben muss. Vielleicht ja, dass ich eines Tages deswegen Präsident werde oder so. Aber … na ja … Ich werde wohl kaum Präsident werden. Das ist doch Schwachsinn. Mir wäre es lieber, er wäre an dem Tag fünf Minuten später zur Arbeit gefahren oder hätte die U-Bahn verpasst, als dass ich Präsident werde.« Er starrt in seinen Schoß, trotzdem kann ich die Tränen auf seinen Wangen glitzern sehen. »Ach, ich weiß auch nicht, ich bin doch erst zwölf.« Wieder zuckt er die Achseln, quasi als Entschuldigung.

»Ich finde dich ziemlich klug.«

»Eigentlich bin ich das nicht.«

Ich seufze. »Es ist schwer zu akzeptieren, dass man einige Dinge einfach nicht ändern kann. Manche Leute quälen sich ihr ganzes Leben damit, dass sie bestimmte Dinge nicht anders gemacht haben oder die berühmten fünf Minuten mehr nicht hatten.«

»Bereust du auch vieles?«

Ich lache und sehe auf den Fußboden. »Mich solltest du nicht als Beispiel nehmen. Ich bin doch sowieso komplett durchgeknallt.« Nicky grinst. »Allmählich wirst du erwachsen, deshalb kann ich so mit dir reden, oder?«

Er nickt, als hätte er zumindest ansatzweise die Antworten bekommen, die er sich erhofft hat, und rutscht vom Bett. An der Tür bleibt er noch einmal stehen und kaut an seinem Daumennagel herum.

»Weißt du, Tante Willa, eigentlich bist du eine ziemlich gute Ersatzmutter.«

»Wohl kaum.«

»Doch. Du bist nur zu viel damit beschäftigt, daran zu zweifeln, um es zu merken.«

Ich liege im Bett und rechne noch mal nach, ob meine Periode überfällig ist oder nicht. Ich hätte direkt zum Arzt gehen und mir die Pille danach geben lassen sollen, um auch wirklich sicherzugehen, dass ich trotz der noch so winzigen Chance, Theos einzelnem Hoden und meinem widerwilligen Uterus, nicht schwanger werde. Das Problem war nicht, dass ich nicht darüber nachgedacht hätte, sondern eher, dass ich nicht wusste, wie ich mich verhalten wollte. Manche Dinge im Leben kann man nicht rückgängig machen, in diesem Punkt sind mein Dad und ich uns wohl einig. Ich weiß zwar nicht, ob ich an das Schicksal glauben soll, aber nach all den negativen Schwangerschaftstests Monat für Monat bin ich nicht bereit zu beweisen, dass ich es nicht tue. Nicht auf diese Weise. Selbst wenn ich nicht wusste, was ich wollte – im Hinblick auf Theo, auf Shawn, auf ein Baby.

Seit Shawn und ich nicht länger aktiv versuchen, ein Baby zu bekommen, habe ich keinen Überblick mehr über meinen Zyklus. Wie lange ist meine letzte Periode her? Acht Wochen? Ein halbes Leben? Die Blutung hat eingesetzt, als er mir gesagt hat, dass er Abstand braucht und mir die Liste mit den Regeln für unsere Beziehungsauszeit vor den Latz geknallt hat. Vor der Pille war mein Zyklus nie sonderlich regelmäßig, daher … wer weiß? Weshalb weiß ich eigentlich nie etwas? Cilla Zuckerberg weiß bestimmt alles. Bestimmt überwacht sie ihren Zyklus in einer Excel-Tabelle. Vielleicht hätte meine Periode ja gestern einsetzen müssen. Oder vorgestern. Vielleicht kommt sie auch morgen.

Am nächsten Morgen gehe ich in den Drugstore, nachdem Nicky mir – unwissentlich – Mut gemacht hat zu glauben, dass diesmal vielleicht alles anders sein wird: der Test, die Konsequenz daraus, meine Zuversicht, meine Überzeugung, dass es das Richtige ist. Noch bin ich unsicher, welches Ergebnis ich mir wünsche – Mutter sein oder nicht. Alle glauben, dass man sich als erwachsene Frau unwillkürlich auch ein Baby wünschen muss. Aber was, wenn es nicht so ist? Wenn man sich keine Kinder wünscht? Wie sollen wir mit dem mulmigen Gefühl umgehen, das dieses Eingeständnis in der Regel auslöst? Denn selbst wenn man es sich selbst eingesteht, dass man keine Kinder möchte, wird man von allen Seiten unweigerlich mit Fragen bombardiert. Weshalb nicht? Gibt es ein medizinisches Problem? Oder ein psychisches? Waren ihre Eltern Ungeheuer? Hat sie kein Herz? Wie kann jemand nicht den Wunsch verspüren, neues Leben zu schenken? All das sind hochkomplizierte Fragen, und ich schaffe es noch nicht einmal, Theo die allereinfachsten Fragen zu stellen. Woher um alles in der Welt soll ich wissen, ob ich mir wünsche, dass der Schwangerschaftstest positiv ist oder nicht? Aber Ollie hat mich gedrängt, endlich Verantwortung zu übernehmen, mir etwas zu suchen, das mich erfüllt. Also habe ich gleich zwei Schwangerschaftstests gekauft, nur für den Fall, dass ich beim ersten kneife und lieber doch nicht aufs Anzeigenfeld sehe.

Ich sitze also mit heruntergezogener Jogginghose auf dem Toilettendeckel und denke über das Schicksal nach, darüber, ob das Universum Wege geht, die weder mein Vater noch Vanessa noch Punjab Sharma (immerhin Nobelpreisträger und Erzrivale meines Vaters) vorhersagen können. Es gibt nun einmal Dinge, die unvermeidbar zu sein scheinen – das Zusammentreffen einer reifen Eizelle und eines Spermiums, die Zufälligkeit dieses Ereignisses und die noch geringere Wahrscheinlichkeit, dass sich das befruchtete Ei tatsächlich einnistet. Und nun, im Angesicht meiner Ängste und Zweifel ist es schwer, die Theorien meines Vaters anzuzweifeln, in Frage zu stellen, ob die Unvermeidlichkeit tatsächlich unvermeidlich ist oder nicht. Das Kondom ist geplatzt. Er hat nur noch einen Hoden. Und mein Fortpflanzungsapparat hat sich bislang stets von seiner faulen Seite gezeigt.

Ich starre auf meine nackten Füße, streiche mit den Zehen durch Rainas weiche Badematte, um Zeit zu schinden. Völlig egal, was der Test ergibt, ich werde mir später eine Pediküre gönnen, denke ich. Nach Ollies Anhörung. Als Belohnung. Und dann, bevor mich der Mut wieder verlassen kann, halte ich das Teststäbchen unter den Urinstrahl.

Als ich fertig bin, lege ich das Stäbchen auf den Waschtisch, rutsche an der Wand entlang auf den Boden und warte, so wie damals, als ich noch die eine Hälfte von Shilla war, bevor sich alles von Grund auf geändert hat.

Was auch immer jetzt passiert, entzieht sich meiner Kontrolle, meinem Einfluss. Also schließe ich die Augen und warte.

New York Post

IN DEN ABGRUND SCHAUENDER HUND!

Oliver Chandler, Sohn von New-York-Times-*Bestsellerlistenautor Richard Chandler, musste sich heute das erste Mal wegen des Vorwurfs des Betrugs vor Gericht verantworten. Chandler soll im Auftrag seines Bosses, Yogameister Dari, ein Pyramidensystem aufgebaut haben, um den Bau eines Nobel-Yoga-Retreats in Indien zu finanzieren. Doch damit nicht genug, denn die Szenarien, die sich im Gerichtssaal abspielten, würden jeden* L.A.-Law-*Drehbuchautor vor Neid erblassen lassen. Wir können nur hoffen, dass unter den zahlreichen Schaulustigen auch ein Hollywood-Produzent zugegen war, der sich von dem Drama inspirieren lässt.*

Chandler junior erschien mit seiner gesamten Familie im Schlepptau, darunter auch seine Anwältin Raina Chandler-Farley, seine Mutter (in Begleitung einer – anscheinend nicht nur platonischen – Freundin, was sich wie ein Lauffeuer auf der gesamten Upper East Side verbreitete), und sein berühmter Vater, der von einer langbeinigen Schwester, bei der es sich Gerüchten zufolge um seine Geliebte handeln soll, im Rollstuhl hereingefahren wurde. Wiederholte Fragen nach dem Familienstand ließ Chandler junior unbeantwortet.

Darüber hinaus hatten sich auch etliche Prominente zu seiner Unterstützung eingefunden: Jennifer Aniston stöckelte auf Stilettos durch Justizias marmorne Gänge, außerdem hieß es, Lady Gaga habe sich durch einen Seiteneingang hereingeschlichen, allerdings konnte dieses Gerücht nicht bestätigt werden. Nahezu alle Anwesenden im Gerichtssaal trugen die taupefarbene Solidaritätsschleife, auf die seit dem Tag, als Chandlers Verhaftung bekannt wurde, ein wahrer Run eingesetzt hat.

Kaum hatte der Richter die Sitzung für eröffnet erklärt und Mrs. Chandler-Farley zu ihrem Eröffnungsplädoyer angehoben – in dem sie, wenig überraschend, auf nicht schuldig plädierte –, rief ein Anwesender im Gerichtssaal lautstark nach William Chandler-Golden. Daraufhin erhob sich die Schwester von Mrs. Chandler-Farley von ihrem Platz und gab an, William Chandler-Golden zu sein, woraufhin der Unbekannte vor sie trat und ihr ein Schriftstück überreichte.

»Die Vorladung gilt hiermit als zugestellt«, sagte er.

Mrs. Chandler-Golden riss den Umschlag auf, überflog den Inhalt, reichte das Schreiben an ihren Begleiter weiter, Mr. Theodore Brackton, das Gesicht unserer Zukunft, wie Time *ihn beschrieb, und wandte sich an ihren Vater.*

»Eine Unterlassungsaufforderung? Soll das ein Witz sein? Hier? Jetzt?«

Mr. Chandler, offenbar im Zuge einer Spontanheilung genesen, sprang aus seinem Rollstuhl und schrie: »Wieso nicht hier und jetzt? Das ist doch alles ein großer Kreislauf. Das ist Karma, für immer und ewig!«

Daraufhin reckte Miss Halle Berry die Faust und jubelte, bis Mr. Chandler junior sie mit einem vernichtenden Blick zum Schweigen brachte.

Prompt zückte der Richter seinen Hammer. »Gerichtsdiener, was ist hier los? Und wovon um alles in der Welt reden Sie da, Mr. Chandler?«

»Ich habe meine Tochter auf Unterlassung verklagt«, gab Mr. Chandler zurück.

»Verstehe«, sagte der Richter. »Aber dies ist weder der passende Ort noch der Zeitpunkt dafür.«

»Bei allem gebotenen Respekt, Euer Ehren, denn ich habe sehr wohl den allergrößten Respekt vor dem amerikanischen Justizsystem«, gab Chandler zurück, »aber Ort und Zeitpunkt sind irrelevant. Meine Tochter William hat mich schmählich verraten. Vielleicht hätte ich es kommen sehen müssen, schließlich habe ich ja hinlänglich bewiesen, dass alle Wege nach Rom führen, aber ich war nicht darauf gefasst! Und deshalb werde ich meine Tochter verklagen, wann ich es für richtig halte, und zwar genau jetzt!«

Anwesende berichteten später, er sei kreidebleich gewesen. Eine Zeugin meinte: »Er ließ sich in seinen Rollstuhl fallen, als hätte er gerade einen Exorzismus vollzogen.«

Daraufhin wurde Mr. Chandler von seiner Krankenschwester/Geliebten und zwei Wachmännern aus dem Gerichtssaal gebracht.

Nach diesem ganzen Tohuwabohu (Hollywood, hier spielt die Musik!) erhob sich Mrs. Chandler-Farley erneut und sagte: »Wir plädieren auf nicht schuldig, Euer Ehren. Wie Sie ja selbst sehen, wird es den Chandler-Kindern nicht gerade einfach gemacht. Lassen Sie deshalb bitte Nachsicht walten.«

Der Richter massierte sich die Stirn und schob sich die Brille hoch. »Mit diesem Mann als Vater grenzt es an ein Wunder, dass Sie es überhaupt so weit gebracht haben.«

Später finde ich Raina mit einem Glas Wein im Zimmer von Bobby und Grey beim Puzzeln. Sie hat sich in einen Kindersessel gequetscht, sodass sich ihre Knie auf der Höhe ihrer Ohren befinden, streckt die Hand aus und streicht Bobby über den Rücken.

»Nein, nein, Bobby, such nach einem Teil mit einer geraden Kante. Ja, genau das. Probier's mal mit dem.«

Im ersten Moment bemerkt sie mich nicht. Ich stehe im Türrahmen und sehe den dreien eine Weile zu.

Bobby drückt zwei Teile zusammen und strahlt seine Mutter triumphierend an. Sie beugt sich vor und drückt ihm einen Kuss auf den Kopf, als sie mich, den Eindringling, bemerkt.

»Hey.« Sie lächelt. »Lass mich raten. Es geht um Dad.«

»Rein zufällig bin ich die ungekrönte Puzzlekönigin.«

Grey winkt mich herbei und steht auf, um sich auf meinen Schoß setzen zu können. Ich zwänge mich ebenfalls in einen der kleinen Sessel.

»Ist das überhaupt rechtmäßig?«, frage ich. »Eine Unterlassungsklage gegen mich, meine ich?«

Raina lacht auf.

»Großer Gott, nein. Hast du noch nie vom Ersten Zusatzartikel gehört? Das Recht auf freie Meinungsäußerung? Das ist absolut lächerlich. Selbst bei urheberrechtlich geschützten Passagen kann man sich irgendwie herumlavieren.« Sie gibt Bobby ein Eckstück. »Hier, nimm das.«

Er legt das Puzzlestück an, und mit einem Mal liegt ein Planet auf dem Tisch vor ihm.

»Sieh mal, Mommy. Die Erde!«

Sie streicht ihm mit dem Handrücken über die Wange.

»Wieso tut er dann so was? Mich verklagen, meine ich?«

»Weil er es kann. Weil er dachte, es würde funktionieren.«

»Aber wie?« Ich entdecke das untere Viertel der Erde und lege es an die richtige Stelle.

»Weil du immer unterlässt, was er von dir verlangt. Immer. Ich meine, manchmal kotzt du oder überlegst, ihm dein Essstäbchen ins Auge zu rammen, so wie neulich, aber am Ende knickst du ja doch ein und machst einen Rückzieher. Und er denkt vermutlich, dass es diesmal genauso läuft.«

»Woher weißt du, dass ich ihm das Auge ausstechen wollte?«

»Du bist meine kleine Schwester. Und ich bin sicher, Dad wusste es auch.«

»Oh«, sage ich nachdenklich. »Also … muss ein höheres Ziel her, oder?«

»Für die Stäbchen?«

»Und für alles andere auch.«

»Genau«, sagt sie. »Aber sieh zu, dass du ihn wenigstens auf der Stirn triffst.«

28

Am nächsten Nachmittag gießt es in Strömen. Um ein Haar hätte ich das Wetter als Vorwand genutzt, einen Rückzieher zu machen, obwohl ich diejenige war, die Theo angerufen und vorgeschlagen hat, sich zu treffen. Doch dann trete ich hinaus, stürze mich in die Fluten.

»Also habe ich den Test gemacht«, sage ich und starre in meinen Milchkaffee.

Wir haben uns auf das Caffe Latte geeinigt, das berühmt für seine Desserts ist. Es ist nur zwei Häuserblocks von Rainas Wohnung entfernt, und ich habe mit Absicht einen Treffpunkt direkt um die Ecke gewählt, weil ich genau wusste, dass ich sonst kneifen würde. Schon bevor ich losgegangen bin, hätte ich mich beinahe übergeben.

»Okay.« Er wartet.

»Alles bestens.« Ich lasse den Atem entweichen. »Er war negativ.«

Theo stochert in seinem Zitronenkuchen herum. Die Barista hat sein Gesicht vom Cover des *Time*-Magazins erkannt und darauf bestanden, dass der Kuchen aufs Haus geht.

»Okay«, wiederholt er.

»Hast du dir ein anderes Ergebnis gewünscht?«, frage ich und breche ein Stückchen Teig ab.

»Das ist doch unwichtig, oder? Was ich mir wünsche, meine ich. Wie der Test ausfallen sollte, wenn es nach mir ginge.« Er schiebt den Teller weg.

»Was meinst du damit?«

»Ich habe dir Tausende SMS geschickt, Willa.«

»Na, Tausende waren es wohl nicht«, versuche ich zu scherzen.

»Ich finde das nicht lustig. Ich weiß, dass die Situation ziemlich kompliziert ist, und meine Erwartungen sind auch nicht …«

»Ich bin immer noch verheiratet!«, rufe ich, als wäre das ein unschlagbares Argument für einen Exfreund, nachdem man gerade mit ihm geschlafen hat.

»Du hättest trotzdem darauf reagieren können. Mich wissen lassen, dass es dir gut geht. Oder mich fragen, ob es mir gut geht.«

»Oh.« Ich kann mich nicht erinnern, ihn jemals so gesehen zu haben – resigniert, gedämpft, so als hätte jemand die Tausend-Watt-Glühbirne, die ihn normalerweise von innen heraus strahlen lässt, gedimmt. Dann fällt mir wieder ein, dass ich ihn durchaus schon einmal in diesem Zustand erlebt habe, nämlich an dem Tag, als ich Nein zu Seattle gesagt habe. »Weshalb hast du mich nicht überredet, Ja zu sagen?«, frage ich eilig, bevor ich es mir anders überlegen kann.

»Wozu? Dazu, mir zu antworten?«

»Zu Seattle.«

Nun lässt er den Atem langsam entweichen. Es scheint eine halbe Ewigkeit zu dauern. Dann richtet er den Blick auf den Zitronenkuchen, als würde er mir bewusst jegliche Form von Zuwendung oder Trost versagen.

»Mir war nicht bewusst, dass ich dich dazu überreden sollte, Ja zu sagen.«

»Genau das tust du doch sonst auch jeden Tag. Leute dazu bringen, Ja zu sagen.«

»Weil davon jeder Mann insgeheim träumt … seine Freundin zu überreden, sich für die Beziehung zu entscheiden?«

»Aber ich habe doch hinter unserer Beziehung gestanden! Du kannst mir nicht vorwerfen, ich hätte es nicht getan.«

»Genau so fest, wie du eben hinter Beziehungen stehst.«

»Komm mir jetzt nicht so!«, zische ich. »Du warst derjenige, der gesagt hat, dass er nicht an die Ehe glaubt.«

»Nur an eine Ehe mit einer Frau, die nicht an sich selbst glaubt. Wie soll jemand ohne jedes Selbstvertrauen mir jemals Vertrauen entgegenbringen?«

»Also bin ich hier der Buhmann, oder was?« Meine Stimme ist so schrill, dass die Kellnerin herübersieht.

Er fährt sich mit den Händen übers Gesicht.

»Willa, das Kondom ist geplatzt, und du hast mir nicht vertraut. Du hast nicht darauf vertraut, dass ich dir helfe, es im Notfall durchzustehen. Darüber zu reden, welche Konsequenzen sich daraus ergeben könnten und was wir tun müssen. Stell dir doch mal vor, wie so eine Ehe ablaufen würde.«

Das brauche ich mir nicht erst vorzustellen, weil ich genau so eine Ehe mit Shawn bereits führe.

»Also habe ich dich enttäuscht?«

Er lächelt, traurig, so als hätte ich nicht kapiert, worum es überhaupt geht. »Schon komisch. Wir hatten genau dieselbe Frage, die wir einander stellen wollten – wieso nämlich du nicht Ja gesagt hast.« Er bedeutet der Kellnerin, ihm die Rechnung zu bringen. »Aber schätzungsweise kannte ich die Antwort längst.«

»Und die wäre gewesen?«

Es ging nicht nur darum, dass er nicht an die Ehe geglaubt hat, denke ich. Nein. Es ging um mehr, um viel mehr. Um Angst, um die Weigerung, gegen den Strom zu schwimmen, um den fehlenden Mut. Aber noch bin ich nicht so weit, es offen zuzugeben, weder ihm noch mir selbst gegenüber. Es wäre so viel leichter, wenn er mir einfach sagen würde, weshalb ich damals Nein gesagt habe, und es dann gut sein zu lassen.

Er schüttelt den Kopf. »Du tust es schon wieder. Du sitzt da und hoffst, dass jemand anderes die Denkarbeit für dich erledigt.« Er sieht mich an. »Dabei kannst du sehr gut allein denken, Willa. Du glaubst es vielleicht nicht, aber es ist so.«

»Oh«, sage ich. »Na gut.«

»Fragst du dich jemals, was passiert wäre, wenn du keine Allergie auf Trüffel hättest?«

Jeden Tag, denke ich und wende den Blick ab. »Ja.«

Danach gibt es nichts mehr zu sagen. Wir sitzen da und starren beide aus dem Fenster. Die Passanten hasten mit ihren Schirmen bewaffnet den Bürgersteig entlang. Ich frage mich, wie ihr Leben aussehen mag, ob sie glücklich und erfüllt sind, ob sie wissen, wann man Ja sagt. Theo kann es jedenfalls, ich bin nicht dazu imstande. Wortlos tritt die Kellnerin an unseren Tisch und schiebt Theo die Rechnung hin, worauf er seine Geldbörse aus seiner Gesäßtasche zieht.

»Willa, ich habe wohl einigermaßen deutlich gemacht, wie ich empfinde und was ich mir wünsche«, sagt er schließlich. »Aber … ich will nicht zwischen den Fronten stehen. Dafür bin ich nicht der Typ. So bin ich einfach nicht.«

»Okay.« Ich nicke, als wäre das eine gute Nachricht.

»Du musst herausfinden, wer du bist und was dir wirklich wichtig ist. Und wenn du so weit bist und ich derjenige bin, den du wirklich willst, weißt du, wo du mich findest.«

»Auf Facebook?« Wieder ein Versuch von mir, den Ernst der Lage zu leugnen.

»Nein, hier.«

Er legt sich eine Hand auf die Brust – auf das Herz, das uns am Leben erhält und es uns genauso schnell nehmen kann.

Er steht auf. Und dann ist er fort.

SMS von: Shawn Golden
An: Willa Chandler-Golden
Bin in Palo Alto fast fertig. Komme bald zurück. Melde mich.

Wieder kann ich nicht schlafen, deshalb wirft Ollie mich kurzerhand aus dem Zimmer. Ich mache mir eine Tasse Tee, gehe ins Fernsehzimmer, schnappe mir die Fernbedienung und lege eine Decke über meine nackten Beine.

Um diese Uhrzeit ist die Programmauswahl eher übersichtlich – drittklassige Infomercials über Mixer, Cellulitewundermittel und Beißschienen, die sofortigen Schnarchstopp versprechen. Außerdem laufen alte Wiederholungen von *CHiPs!* und *Law and Order*, und wenn man großes Glück hat, stolpert man über eine halbwegs brauchbare Folge von *Seinfeld*. Habe ich aber nicht.

Ich zappe weiter, bis ich auf Game Show Network lande und feststelle, dass *DareYou!* es ins landesweite Sendenetz geschafft hat. Ich lege beide Hände um meine Teetasse und ziehe die Decke ein bisschen enger um mich.

Es ist die Folge, die Shawn und ich uns bei unserem letzten gemeinsamen Fernsehabend angesehen haben, die mit der Frau und den Schlangen, die ihre Angst auf Teufel komm raus nicht in den Griff bekommen hat. Jetzt, da ich weiß, wie es ausgeht – sie zittert so heftig, dass die Vipern sie am Ende angreifen –, würde ich am liebsten in den Fernseher greifen und sie retten. Aber natürlich geht das nicht. Das weiß jedes Kind. Für Menschen, die sich selbst nicht retten können, kann keiner etwas tun. Also sitze ich da und starre auf den Bildschirm, wohl wissend, dass sie der Katastrophe geradewegs entgegenschlittert. An der Stelle, an der Shawn das letzte Mal laut geschrien hat, breche ich in Tränen aus.

Ich weine haltlos, verzweifelt, so als würde sich mein Innerstes nach außen stülpen. Als ich mich endlich beruhigt habe, ist die Sendung vorbei. Die Frau wird auf die Krankenstation gebracht, wo man ihre Wunden verarztet und ihr ein Gegengift spritzt.

Ich mache den Fernseher aus und sitze in der Dunkelheit. Die Stille umhüllt mich wie eine tröstliche Decke.

Weshalb fällt es mir bloß so schwer, mich selbst zu retten? Schließlich sehe ich die Katastrophe doch auf mich zukommen. Ich weiß doch, was gerade passiert.

Bei manchen Leuten ist offenbar Hopfen und Malz verloren, denke ich, aber dann kommt mir ein anderer Gedanke. Vielleicht ist es an der Zeit, nicht mehr nur darüber zu reden, dass ich endlich mein Leben selbst in die Hand nehmen sollte.

29

Es wundert mich beinahe, dass mein alter Wohnungsschlüssel noch passt. Die Tür schwingt auf, und ich stehe in Shawns und meinem alten Zuhause. Alles sieht ganz anders aus als sonst, so fremd ohne die Möbel, die Bilder an den Wänden, Shawns Computerkrempel, den Fernseher im Wohnzimmer und all die Flecken von unseren Sonntagseiern auf den Küchenfliesen.

Mr. Dubrovsky, unser Vermieter, hat uns endgültig vor die Tür gesetzt. Räumung innerhalb eines Tages. Einfach so. Raina hat es mir heute Morgen per SMS mitgeteilt.

Anfangs war ich nicht sicher, ob die Wohnung überhaupt das Richtige für uns ist. Shawn wollte unbedingt etwas Größeres als unsere alte Zweizimmerwohnung, etwas mit einem Arbeitszimmer und einer Übernachtungsmöglichkeit für Nicky, wohingegen ich mit unserer alten Bleibe ganz zufrieden gewesen war, obwohl etliche Gründe für einen Umzug sprachen: bei den Heizkörpern gab es nur zwei Stufen – entweder eiskalt oder tausend Grad heiß –, das Badezimmer war so winzig, dass man sich seitwärts drehen musste, wenn man auf die Toilette wollte, und außerdem spürte man die Vibration der U-Bahn nahezu durchgehend. (Das ist, als würde man auf dem größten Vibrator der Welt sitzen, sagte Vanessa einmal.) Trotzdem. Wir waren kurz nach der Hochzeit eingezogen, und ich hatte die Wohnung mit all ihren Macken lieb gewonnen. Shawn schwärmte mir dann so lange vor, wie toll es wäre, etwas Größeres, Schöneres zu haben, bis ich schließlich nachgab, wir unsere Sachen packten und umzogen.

Und genau an diesem Punkt stehen wir heute wieder: Unsere Sachen sind gepackt, und wir müssen umziehen.

Das Geräusch meiner Flipflops hallt von den kahlen Wänden wider. Mein Blick schweift über die verfärbten Schatten an den Wänden, wo bis vor Kurzem noch Bilder hingen, über die Umrisse der Teppiche auf dem Holzfußboden. Am schlimmsten ist, dass all die Dinge verschwunden sind, die diese alte, schmucklose Wohnung zu unserem Heim gemacht haben. Ich streiche mit dem Finger über das Fensterbrett und gehe ins Schlafzimmer, wo zwei übereinandergestapelte Kartons mit der Aufschrift »Sachen« stehen.

Sachen.

Das ist so typisch für Shawn und mich. Unbestimmt, vage, keiner weiß so recht, was zum Vorschein kommt, wenn man den Deckel abhebt.

Annehmen.

Ignorieren.

Ablehnen.

Mein Handy summt.

Facebook: Nancy Barnes (aus Minnie Chandlers Freunde-Liste) hat dich als Freundin hinzugefügt.

Ich klicke meine App an, doch statt Nancys Freundschaftsanfrage anzunehmen, gehe ich auf Shawns Profil und versuche zum x-ten Mal, mir über Facebook einen Überblick über die vielfältigen Aktivitäten meines Ehemannes zu verschaffen. Ich scrolle nach unten, immer weiter, dann ganz schnell wieder nach oben.

Und ich sehe, dass er nicht länger auf Erica Stoppards Fotos markiert ist.

Sicherheitshalber überprüfe ich sein eigenes Fotoalbum.

Tatsächlich – er (oder sie) hat sämtliche Hinweise auf ihr junges Glück auf seiner Seite gelöscht. Mein Puls beschleunigt sich, und mein Magen zieht sich zusammen, allerdings kann ich nicht recht zuordnen, was es ist. Freudige Erregung? In letzter Zeit bin ich häufig ein bisschen unsicher darüber, was in mir vorgeht. Egal. Ich stoße ein triumphierendes »Ha!« aus und stecke lächelnd mein Handy wieder ein.

Dann fallen mir die Kartons wieder ein.

Sachen.

Keine Ahnung, was für Sachen darin sein sollen. Nichts Wichtiges, denke ich, wenn wir einfach nur »Sachen« draufgeschrieben haben. Ich hebe sie hoch und schleppe sie zur Tür. Auf halbem Weg höre ich, wie die Tür aufgeht.

»Hallo?«, rufe ich. »Mr. Dubrovsky? Ich bin hier, im Schlafzimmer. Meine Schwester hat mir Bescheid gesagt. Ich weiß, dass wir heute die Wohnung vollends räumen müssen.«

Schritte ertönen, dann erscheinen Turnschuhe, Jeans und ein Wired2Go-Shirt in meinem Blickfeld.

»Nein, hey, ich bin's«, sagt er. »Dubrovsky hat mich auch angerufen.«

Und dann steht er vor mir. Im Schlafzimmer unserer alten Wohnung, in unserem alten Leben, in dem kein Stein mehr auf dem anderen steht.

Ich bin's, hat er gesagt. Als hätte ich ihn erwarten müssen, als wäre seine SMS Warnung genug gewesen, dass er die Regeln einfach wieder ändert.

Er streckt die Arme nach den Kartons aus, nimmt sie mir ab, trägt unser beider Last für einen kurzen Moment allein.

»Mein Flug hatte Verspätung«, erklärt er, »sonst wäre ich schon eher hier gewesen. Ich hoffe, ich komme nicht zu spät.«

Wir gehen zu Fuß ins Hop Lee, so wie früher, bestellen viel zu viele Frühlingsrollen und andere Gerichte, so wie früher, nur wild knutschen, um ein Gratisröllchen abzustauben, tun wir nicht. Ganz ruhig sitzen wir in einer Nische am Fenster, und ich überlege krampfhaft, wie ich ein Gespräch mit meinem Ehemann beginnen soll. Shawn spielt mit seinem Handy herum, tippt etwas, löscht es wieder, tippt etwas anderes, dann legt er es endlich weg.

»Tja«, sagt er.

»Tja.« Ich lache nervös, aber es klingt eher wie ein Maultier in den Wehen. »Ich hatte tatsächlich nicht mit dir gerechnet. Deine SMS war ja nicht gerade eindeutig.«

»Nein.« Er hält inne, als wüsste ich nur zu genau, was er mir sagen will. Er reißt ein Päckchen frittierte Suppennudeln auf und kippt sich einige in die Hand. »Mir ist plötzlich klar geworden, dass das alles völlig verrückt ist. Was wir hier tun, meine ich.«

»Was tun wir denn?«

»Tja, so genau weiß ich das auch nicht.«

Er mustert die Nudeln in seiner Hand, macht aber keine Anstalten, sich eine davon in den Mund zu schieben.

»Ich dachte, das sei das, was du wolltest.«

»War es auch. Aber ich war ein echter Idiot.«

»Hat Erica Stoppard dich abserviert?«, frage ich.

Schnell, zu schnell. Erst als die Worte ausgesprochen sind, dämmert mir, dass ich mich gerade verraten habe.

»Was?« Er sieht verblüfft aus, doch dann scheint er sich zu freuen. »Du hast mich beobachtet? Über Facebook?«

»Na ja, du … stehst immer noch auf der Liste meiner Freunde. Deshalb würde ich es nicht so bezeichnen.«

»Kein Problem.« Er winkt ab.

Ich reiße ein zweites Päckchen Suppennudeln auf. Also hat er mich auch beobachtet?, frage ich mich.

»Nein … Erica und ich … wir sind Kollegen. Da war nichts.«

Diese Erklärung ist so vage, dass ich mir wie eine Idiotin vorkomme, weil ich etwas anderes vermutet habe, gleichzeitig ist sie nicht vage genug, um so tun zu können, als hätte ich nicht die leiseste Ahnung, wovon er spricht. Erica Stoppard ist genau wie die Kartons mit den »Sachen.«

»Also bist du wieder da«, sage ich.

»Ich bin da.«

»Weil du es gern willst, oder weil Dubrovsky dich angerufen hat?«

Er seufzt. »Dubrovsky hat angerufen, aber ich wollte auch kommen. Es war idiotisch … die Beziehungspause.«

Lucy serviert unsere Frühlingsrollen und zwei Schälchen Eierstichsuppe.

»Wieso so traurige Gesichter? Sie immer so verliebt. Ich will verliebt sehen!« Sie macht eine Geste, dass wir uns küssen sollen. Verlegen lächeln wir uns an, dann werfe ich Shawn eine Kusshand zu, doch statt sich vorzubeugen, tut er so, als fange er meinen Kuss mit der Hand auf. Lucy sieht uns ganz komisch an und sagt: »Schweinefleisch mit Gemüse kommt in fünf Minuten.«

»Für dich ist also alles in bester Ordnung?«, frage ich, als sie verschwunden ist. »Das kommt nämlich ein bisschen plötzlich, deshalb bin ich leicht verwirrt.«

»Willa.« Einen Moment lang betrachtet er seine Frühlingsrolle, dann taucht er sie in die Entensauce. »Ich war ein echter Idiot. Keine Ahnung, weshalb ich das getan habe, aber fest steht … ich hab's getan. Manchmal macht man eben etwas Dämliches und hat keine Ahnung, wieso. Und danach wünscht man sich, man hätte es niemals getan.«

So wie ich, als ich Nein zu Seattle gesagt habe.

»Offenbar musste ich irgendetwas verarbeiten«, fährt er fort. »Als wäre ich nicht sicher, ob es *das* wirklich ist.« Er malt Anführungszeichen in die Luft. (Weswegen müssen eigentlich alle, die ich kenne, ständig Anführungszeichen in die Luft zeichnen?) »Keine Ahnung, vielleicht war es ja eine Art Krise. Du weißt schon, wie diese Sache mit den Mittvierzigern, die von jetzt auf gleich ihre Frauen abservieren und sich einen Porsche zulegen, nur eben die Miniversion davon. Jedenfalls hatte ich plötzlich das Gefühl zu ersticken.«

»Und jetzt nicht mehr?«

»Ich glaube, jetzt … vermisse ich das Gefühl, verheiratet zu sein«, sagt er, schiebt sich die Frühlingsrolle in den Mund und schneidet diese Backenhörnchengrimasse, die ich immer so an ihm geliebt habe.

Ich lächle, zu einem Lachen kann ich mich aber nicht durchringen.

Wired2Go hat Shawn eine Suite im Tribeca Grand spendiert. Er lädt mich auf einen Drink in sein Zimmer ein, und ich sage Ja. Schließlich ist er mein Mann. Sein Zimmer befindet sich im obersten Stock und bietet einen Ausblick auf den Hudson und das dahinterliegende Lichtermeer. Ich stehe vor dem Panoramafenster, bis ich seine Silhouette hinter mir ausmache. Er reicht mir ein Glas Riesling, mein Lieblingswein.

»Gleich gibt's noch ein Dessert«, sagt er.

»Wired2Go trägt dich ja auf Händen«, bemerke ich.

Er hält einen Moment inne. »Na ja, sie haben mich gefragt, ob ich nicht ganz nach Palo Alto kommen will. Um ihnen beim Ausbau des weltweiten Netzes zu helfen.«

»Wow. Das klingt ja toll. Also schreibst du deinen Masterplan neu.«

Er legt fragend den Kopf schief.

»Das Buch, an dem Vanessa und ich gerade arbeiten«, erkläre ich, »handelt davon, sein Schicksal zu lenken, die Einzelteile seines Lebens so lange hin und her zu schieben, bis sich irgendwann alles so verändert, dass es passt.«

Er lächelt mich an. Der Anblick bricht mir beinahe das Herz, aber gleichzeitig geht es auch ein wenig auf. Die Vertrautheit, seine plötzliche Bereitschaft zur Absolution. Sie steht ihm förmlich im Gesicht geschrieben, und einen Moment lang wünsche ich mir, ich hätte in den vergangenen zwei Monaten nicht gemerkt, dass auch in meinem Leben nicht mehr alles dort steht, wo es vorher stand, und dass man die Veränderungen vielleicht nicht rückgängig machen kann. Im Juni, bevor Shawn mit seinen Regeln kam, bevor meine Ehe implodiert ist, vor dem Buch, dem Weg des geringsten Widerstands und dem Entschluss, endlich all meinen Mut zusammenzunehmen, und, ja, auch vor Theo und der unübersehbaren Sehnsucht in seinen Augen, wäre mir das gleichgültig gewesen.

»Ich dachte, du glaubst nicht an das Schicksal«, sagt Shawn.

»Ich wusste bisher nicht, woran ich glauben soll«, erwidere ich.

Er nickt. »Ich auch nicht so recht.«

Er geht zum Sofa. Ich setze mich neben ihn, sorgsam darauf bedacht, meinen Wein nicht zu verschütten.

»Mir war nicht bewusst, wie sehr ich all das vermisst habe«, sagt er. »Ich überlege gerade …« Er hält inne. »Ich meine, ich versuche gerade, dir zu sagen, dass wir einen Neuanfang wagen sollten.«

»Einen Neuanfang für uns?«

»Na ja«, sagt er, »wir haben hier keine Wohnung mehr, die Familie ist sowieso das reinste Chaos … Weshalb sollten wir nicht von hier weggehen? Wieso nicht alles zurücklassen und noch mal ganz von vorn anfangen? So übel ist die Idee vielleicht gar nicht. Wir wären doch immer noch Shawn und Willa, könnten zusammen sein, unseren Masterplan gemeinsam neu schreiben, so wie du gerade gesagt hast.«

»Das könnten wir machen«, sage ich und muss aus unerfindlichen Gründen plötzlich an Theo denken.

»Ich habe sogar eine Liste zusammengestellt«, fährt er fort und zieht seinen Laptop heran. »Mit Gründen, aus denen du mitkommen solltest.«

In Filmen sieht man an dieser Stelle häufig die Heldin den Pausenknopf drücken, sodass das Bild erstarrt. Genau das tue ich jetzt auch. Ich drücke den Pausenknopf und versuche, den unsichtbaren Zuschauern etwas über Vanessas Theorie des Gegenteils zu erzählen – dass man manchmal genau in die entgegengesetzte Richtung laufen sollte, als von einem erwartet wird, dass laufen, sich aus großer Höhe in die Tiefe stürzen oder fliegen alles von Grund auf verändern kann. Ich möchte mein Gedankenkarussell anhalten, um der Stimme der Heldin in meinem Innern zu lauschen, aber es funktioniert nicht.

»Schon gut«, sage ich. »Du brauchst sie mir nicht vorzulesen. Ich brauche keine Liste.«

Er runzelt die Stirn. Mein altes Ich, mein Shilla-Ich, hätte lieber eine Liste erhalten.

»Ich wollte vorbereitet sein. Dich überzeugen, falls du überzeugt werden musst.«

Er will mich überzeugen, ihm zu folgen. Das Gegenteil von Theo.

Wir legen uns vollständig bekleidet in das riesige Doppelbett mit der feudalen Bettwäsche aus ägyptischer Baumwolle. Er gibt mir einen Gutenachtkuss auf die Wange, dann rutsche ich schlaftrunken auf eine Seite.

Als ich am nächsten Morgen aufwache, dringen Sonnenstrahlen durch den Spalt zwischen den Verdunkelungsvorhängen. Ich brauche einen Moment, um mich zu orientieren und mich daran zu erinnern, dass Shawn wieder da ist und ich vielleicht doch noch alles bekomme, was ich mir wünsche.

Ich gehe ins Badezimmer und spritze mir Wasser ins Gesicht. Als ich herauskomme, geht er im Wohnbereich der Suite auf und ab. Er hebt einen Finger und deutet auf sein Handy. »Handykonferenz«, formt er lautlos mit den Lippen. Ich nicke. Er deutet auf den Roomservicewagen. Offenbar hat er Frühstück bestellt. »Iss!«

Ich nehme den Deckel ab. Shawn hat Rührei bestellt, während ich geschlafen habe.

Er legt die Hand über das Mikrofon seines Handys und gibt mir einen Kuss auf den Scheitel.

»Heute ist Sonntag«, flüstert er. »Und sonntags gibt es doch immer Eier.«

30

SMS von: Vanessa Pines
An: Willa Chandler-Golden
Hey. Ruf mich morgen an. Bin mit der Rohfassung der ersten Kapitel fast fertig. Bereit für eine letzte Herausforderung?

Mail von: Shawn Golden
An: Willa Chandler-Golden
Betreff: Liste
Willa, ich weiß, dass du die Liste eigentlich nicht haben wolltest, aber ich schicke sie dir trotzdem. Nur für alle Fälle. Du sollst nicht denken, ich würde es nicht ernst meinen. Ich habe den ganzen Abend zu tun. Telefonieren wir morgen?

Voicemail von: Minnie Golden
Willa, Schatz, offenbar habe ich dich vorhin bei Raina verpasst. Nancy und ich fliegen heute nach Palm Beach zurück. Bitte sieh mal nach deinem Vater. Ich glaube, diese »Krankenschwester« könnte im »Urlaub« sein. Ich mache mir Sorgen um ihn, kann mich aber nicht länger um ihn kümmern. Raina hat so viel um die Ohren, und Ollie darf ja das Haus nicht verlassen – ohh, habe ich dir schon erzählt, dass ich heute Morgen Jennifer Aniston gesehen habe und dass sie mir jetzt auf Tweeter folgt?

Du meine Güte, das war ja so aufregend! Aber egal. Ich hab dich lieb, Schatz. Ich weiß, dass dies eine Phase des Wachstums für dich ist. Ich verstehe das alles besser, als du glaubst. Du hast so ein großes Herz. Sorg einfach dafür, dass es sein Strahlen niemals verliert.

Mein Vater ist auf dem Balkon und raucht eine Zigarette, als ich komme. Der Portier hat zwar angerufen, trotzdem benutze ich den alten Schlüssel, den ich schon als Kind hatte.

»Wenn deine Mutter dich geschickt hat, damit du nachsiehst, ob ich nicht schon den Löffel abgegeben habe, kannst du gleich wieder gehen«, sagt er, ohne sich zu mir umzudrehen.

Eine dicke Qualmwolke steigt über ihm auf.

»Du solltest nicht rauchen. Das bringt dich noch um.«

Statt seines gewohnten »Jeder muss irgendwann sterben, das weiß du doch«-Gefasels winkt er nur ab.

Ich schiebe die Glastür ein paar Zentimeter weiter auf und trete zu ihm hinaus.

»Mom hat mich tatsächlich hergeschickt«, sage ich, wedle mit der Hand vor meinem Gesicht herum und schlucke gegen meinen Würgereiz an. Allein bei der Vorstellung, dass wir uns noch heftiger in die Wolle geraten könnten, wird mir ganz elend. »Könntest du die vielleicht ausmachen?«

Ein Muskel zuckt an seinem Kiefer, trotzdem drückt er die Zigarette aus und schnippt den Stummel übers Geländer. Ich glaube zwar, dass das verboten ist, aber ich will mich nicht auch noch darüber mit ihm streiten.

»Deine Mutter hat jetzt ein neues Leben angefangen. Mit ihrer lesbischen Freundin. Wie hieß sie noch mal … Nanette?«

»Nancy. Ich bin ziemlich sicher, dass sie Nancy heißt.« In diesem Moment verspüre ich einen Anflug von Mitleid mit ihm. »Ich glaube allerdings, das ist nur eine Phase.«

»Es ist *ihr* Leben.« Er vergräbt die Hände in den Taschen seines Morgenmantels und schlurft in die Wohnung. »Ich hätte eben gedacht, dass sie nach vierzig Jahren Ehe zumindest ein Minimum an Höflichkeit aufbringt, das man von seinem Partner erwarten können sollte, wenn das Herz nicht mehr mitspielt! Dass sie wenigstens kommt. Und hilft.«

Er nimmt eine Flasche Scotch, hat aber Mühe, den Deckel abzuschrauben, deshalb stellt er sie wieder hin.

»Du warst doch derjenige, der sie weggeschickt hat.«

»Na ja, sich eine Geliebte zu suchen und eine Ehe zu beenden, sind ja wohl zwei Paar Stiefel.« Er hält kurz inne. »Ich bin nicht sicher, ob du überhaupt hier sein solltest. Schließlich habe ich dich verklagt.«

»Auch darüber sollten wir reden. Ich glaube kaum, dass das Ganze rechtlich überhaupt Hand und Fuß hat. Außerdem sind wir doch eine Familie, Dad.«

Ich weiß zwar nicht weshalb, aber aus irgendeinem Grund versuche ich, nett zu ihm zu sein. Vielleicht weil er so hinfällig und so erbärmlich ist. Und weil er eben mein Vater ist.

»Hast du eine Ahnung, was die Leute sagen werden, wenn das Buch tatsächlich auf den Markt kommt?«, fragt er. »Dass Richard Chandlers jüngere Tochter sich in aller Öffentlichkeit über sein Lebenswerk lustig macht? Du hast noch kein eigenes Lebenswerk geschaffen, William, deshalb kannst du nicht wissen, wie so etwas ist.« Er nimmt wieder den Kampf mit der Scotch-Flasche auf und geht diesmal als Sieger hervor. »Habe ich irgendetwas falsch gemacht, William? Habe ich dich nicht genug geliebt? Geht es um dieses alberne Skateboard, wegen dem du mir schon dein halbes Leben böse bist?«

Mir war nicht bewusst, dass er sich an das Skateboard überhaupt noch erinnert. Statt einer Antwort konzentriere ich mich auf meine Atmung. Und darauf, mich nicht zu übergeben.

»Los, antworte mir, William! Worum geht es hier? Oder weißt du es etwa nicht? Was könnte in deiner Kindheit so schrecklich schiefgelaufen sein? Mit Eltern und zwei Geschwistern, die dich immer geliebt haben, mit der besten Ausbildung, Büchern, Spielsachen und allem, was man sich nur vorstellen kann?«

Tränen steigen mir in die Augen.

»Weshalb war *ich* eigentlich nicht dein Lebenswerk?«, frage ich dann.

Endlich – ich habe die Frage gestellt, die schon so lange im Raum stand.

Mein Vater sieht mich an, als hätte er noch nie darüber nachgedacht, als wäre ihm genau diese Frage bei all seinen Überlegungen und Gedanken noch nie in den Sinn gekommen. Vielleicht glaubt er aber auch nur, ich hätte komplett den Verstand verloren, schließlich kann ein Kind unmöglich solche Erwartungen an ein Elternteil haben, oder?

Er setzt sich hin wie in Zeitlupe, als würde er befürchten, sein Herz könnte stehen bleiben, wenn er sich zu ruckartig bewegt.

»Du glaubst, ich hätte dich im Stich gelassen. Ich bin nicht so dumm, dass ich es nicht merke.«

»Würdest du denn etwas anderes behaupten?«

»Ich würde behaupten, dass es keine Rolle spielt«, sagt

er tonlos. »Aber das weißt du ja sowieso. Eines begreife ich beim besten Willen nicht. Wenn du so scharf darauf bist, mich zu demütigen …«

»Das bin ich doch gar …«

Er hebt die Hand, und ich schweige.

»Ich bleibe bei meiner Meinung. Du demütigst mich. Wenn du das tatsächlich tun willst, hör gefälligst auf, mich um meine Zustimmung zu bitten. Ich werde sie dir nämlich nicht geben. Für dieses Projekt bekommst du meinen Segen nicht. Niemals. Ganz im Gegenteil.«

Nun bin ich diejenige, deren Herz zerbricht. Ich verstehe, was er sagt, was die Worte in Wahrheit bedeuten, obwohl er – genau wie seine Tochter – Mühe hat, sie laut auszusprechen. Nach all den Jahren sollte ich vor Wut schäumen, entsetzt darüber sein, mit welcher Mühelosigkeit er mir seine bedingungslose Liebe entzieht. Ich muss daran denken, wie ich als Mutter wäre, ob ich mich nicht vielleicht ganz genauso verhalten würde. Aber erstaunlicherweise löst das Ausmaß seines Egoismus keine Wut in mir aus, sondern lediglich Bestürzung. Ich stehe da, mitten in meinem alten Zuhause, am Boden zerstört. Mein Herz ist gebrochen. Ich muss wieder an das Körperwelten-Exponat denken. Das menschliche Herz – es gibt so viele Möglichkeiten, es kaputt zu machen.

»Wenn ich das Buch also schreibe … werden du und ich … verstehe ich es richtig, dass dieses Buch …«, stammle ich nach einer gefühlten Ewigkeit, aber ich bin nicht in der Lage, die Worte laut auszusprechen.

Mein ganzes Leben lang habe ich in seinem Schatten gestanden, und jetzt, da ich endlich ins Licht trete, werde ich eiskalt abserviert.

Mein Vater lehnt sich in seinem Sessel zurück und blickt

starr an die Zimmerdecke, so lange, dass ich Angst bekomme, er könnte einen weiteren Herzinfarkt erlitten haben.

»Ich weiß nicht, was dann mit uns beiden wird, William«, sagt er schließlich. »Du bist meine Tochter, mein eigen Fleisch und Blut. Aber das hier ist etwas anderes. Es ist Schicksal. Und das liegt nun mal nicht in meinen Händen.«

Ich bleibe in der Diele stehen, bis ich keine Tränen mehr habe. Und bis ich mir die Seele aus dem Leib gekotzt habe, mitten im Flur vor der Wohnungstür. Und dann mache ich einen Schritt und noch einen, weg von ihm. Ich habe keine andere Wahl: Wenn sich der Lebensweg, den man stets beschritten hat, plötzlich als unwegsam und unzuverlässig entpuppt, muss man einen neuen einschlagen. Selbst wenn man sich im Nichts befindet und fest davon überzeugt ist, dass es keinen Ausweg gibt.

Shawn steht in der Lobby, als ich aus dem Aufzug trete.

»Hey«, krächze ich. »Was machst du denn hier?«

»Raina hat mir gesagt, dass ich dich hier finde.«

»Oh.« Ich halte inne. »Ist alles okay? Ich brauche dringend frische Luft.«

Ich trete in die abendliche Kühle, ohne darauf zu achten, ob er mir folgt. Doch er ist direkt hinter mir.

»Ich … na ja … ich wollte …«

»Was?«, schnauze ich ihn an.

»Ich weiß nicht recht, wie ich es sagen soll …«

»O Gott«, rufe ich. »Bist du etwa hergekommen, um noch ein zweites Mal mit mir Schluss zu machen? Hat es beim ersten Mal noch nicht gereicht? Hört das denn nie auf?«

Eine Frau schlendert mit ihrem Pudel vorbei und sieht mich an. »Er ist ein Arschloch. Lassen Sie sich nichts erzählen! Männer sind Schweine!«, ruft sie mir über die Schulter zu.

Shawn sieht ihr hinterher, bis sie um die nächste Ecke gebogen ist.

»Jedenfalls … also … Wahnsinn, ich bin echt nervös.«

»Shawn … Ich habe einen wirklich schlimmen Abend hinter mir. Wenn du mir also sagen willst, dass du doch zu Erica Stoppard zurückkehrst, weil sie, keine Ahnung, spontaner ist als ich oder sonntags gern Triathlon macht oder sonst was, dann, bitte, tu's einfach. Ich ertrage nicht noch eine Katastrophe.«

Er legt den Kopf schief und sieht mich fragend an, als hätte er mir einen derartigen Ausbruch gar nicht zugetraut.

»Wow, das hätte ich dir gar nicht zugetraut«, sagt er.

Ich lasse den Atem entweichen. Irgendwie ist es ein gutes Gefühl, den eigenen Ehemann so gut zu kennen, selbst wenn er mir gerade vor dem Haus meines Vaters in der Park Avenue den Laufpass gibt.

Seine Züge werden weich. »Nur um eins klarzustellen: Ich habe mit Erica Schluss gemacht. Sie war zu … Keine Ahnung, ständig mussten wir etwas unternehmen. Golfen, Happy Hour, Bowlen, Happy Hour beim Bowlen. Es war mir zu anstrengend. Ich meine, was spricht dagegen, einen Samstagabend auf dem Sofa zu verbringen und sich irgendeine Serie anzusehen?«

In meinem alten Leben war ein Samstagabend vor dem Fernseher meine Vorstellung vom Himmel, mittlerweile bin ich mir da nicht mehr so sicher. Ich habe im Safeco-Stadion einen Ball gefangen, bin von der Brooklyn Bridge gesprungen und habe mich dabei einen Moment lang gefühlt, als könnte ich fliegen.

»Eigentlich nichts«, antworte ich trotzdem. »Gegen einen Fernsehabend am Samstag gibt es gar nichts einzuwenden. Trotzdem wolltest du doch genau das, oder? Spannung, Feuerwerk und Tschaka, Tschaka.«

»Ich weiß zwar nicht, was du mit Tschaka, Tschaka meinst, aber ist auch egal. Ich bin hier, weil ich dich zu einem Date einladen wollte.«

»Zu einem Date?«

»Ja ... das ist das, was zwei Leute tun, wenn sie sich mögen. Sie gehen etwas trinken, und wenn sie sich gegenseitig anziehend finden, verbringen sie vielleicht sogar die Nacht zusammen.«

»Oh.« Plötzlich ist mein Dad vergessen. Ich unterdrücke ein Rülpsen. »Entschuldigung. Mein Magen.«

Er zuckt die Achseln, als hätte er das schon tausend Mal erlebt. Was auch stimmt.

»Okay«, sage ich nach einer Weile. »Ein Date wäre wohl drin.«

»Ich hatte eigentlich auf ein bisschen mehr Begeisterung gehofft.«

»Tja, Shawn, so ist das Leben. Manchmal muss man nehmen, was man kriegen kann.«

Er kneift die Augen zusammen. »Ist das ein Zitat aus dem Buch deines Vaters?«

»Nein.« Ich wende mich zum Gehen. »Aber vielleicht eins, das schon bald in meinem eigenen stehen könnte.«

31

Vanessa hat mir gestern geschrieben, ich solle mich bei ihr melden, aber ich bin bei knapp fünfunddreißig Grad Hitze vier Meilen gelaufen, und wenn ich nicht bald in den Schatten komme, kriege ich noch einen Herzinfarkt.

»Willst du mich verarschen? Was soll das denn?« Sie deutet auf das taupefarbene Solidaritätsbändchen an meinem Lauftop, als ich hereinkomme. »Machst du bei diesem Blödsinn etwa auch mit?«

Ich lasse mich vor ihrer Klimaanlage auf den Boden fallen. Mein Shirt bauscht sich im kühlen Luftzug.

»Das ist wichtig. Es geht darum, Verantwortung zu übernehmen. Für etwas einzutreten, hinter dem man steht. Keine Ahnung«, murmle ich. »Außerdem hilft Ollie mir, wieder in Form zu kommen, und genau das wolltest du doch.«

»Stimmt. Du wirst es brauchen.«

»Wenn es ein Marathon wird, bin ich raus.«

»Kein Marathon.« Sie reißt eine Packung Schokoladenkekse auf und bietet mir einen an. Die Geste riecht verdächtig nach Bestechung. Oder nach einem Friedensangebot wegen dem, was sie mir gleich sagen wird. »Die Produzenten wollen dich bei *DareYou!* als Kandidatin haben.«

Ich breche in schrilles Gelächter aus, bis mir dämmert, dass das kein Scherz war.

»Vergiss es.«

»Es ist Bestandteil des Vertrags.«

»Ich kann das nicht machen.«

»Du *willst* es nicht machen.«

Spontan kommen mir eine Million Gründe in den Sinn, die dagegensprechen: Tod, öffentliche Demütigung, Knochenbrüche, die noch viel schlimmere Demütigung (eine Realityshow) meines Vaters.

»Mein Dad schießt mich ab, wenn ich das mache«, sage ich leise, stehe auf und setze mich aufs Sofa.

»Du meinst, er streicht dich aus seinem Testament?«

»Aus seinem Leben.«

»O bitte.« Vanessa verdreht die Augen.

»Hör auf, mich kleiner zu machen, als ich bin.«

»Hör du auf, dich kleiner zu machen, als du bist«, blafft sie.

»Aber das ist so verdammt schwer!« Wieder einmal kommen mir unvermittelt die Tränen. Das passiert mir neuerdings ständig. »Mein ganzes Leben! Es ist alles so schrecklich kompliziert! Wieso kapierst du das bloß nicht?«

»Weil dein Leben gar nicht so kompliziert ist«, sagt sie nur und geht ins Schlafzimmer. »Aber solange *du* das nicht kapierst, wird es immer so bleiben.«

Ich verlasse Vanessas Wohnung und trabe zurück zu Raina, obwohl es bei diesen Temperaturen blanker Irrsinn ist. Aber mein Fluchtinstinkt ist übermächtig. Am liebsten würde ich laufen, ganz schnell und ganz weit weg von dem Chaos, das ich angerichtet habe, und vor dem, das bereits an der nächsten Ecke lauert.

Vielleicht ist das ja mein Masterplan, denke ich, als ich die Fifth Avenue in nördlicher Richtung jogge und dem dumpfen Rhythmus meiner Laufschuhe auf dem Asphalt lausche. Mein Bauch schmerzt. Vielleicht bringen mich all diese Ratgeberbücher mit ihren Ideen und Tipps und Gott weiß was bloß komplett durcheinander (womit bewiesen wäre, dass mein Vater eben doch recht hat). Vielleicht bin ich eine Art menschlicher Tornado, der von einem Katastrophengebiet zum nächsten zieht und nichts als Zerstörung hinterlässt. Vielleicht ist mein Lebensplan ein einziger riesiger Trümmerhaufen.

Als ich in den Aufzug trete, bin ich schon wieder klatschnass. Mein Top klebt mir am Leib, meine Haare sind völlig verschwitzt, und mein Gesicht hat die Farbe eines Feuermelders.

Frankie, der Portier, zeigt auf meine Solidaritätsschleife. »Sagen Sie Ihrem Bruder, dass er sich nicht vom Staat in die Knie zwingen lassen soll, auf keinen Fall. Revolution!«, erklärt er und reckt die Faust, so wie Halle Berry es kürzlich getan hat.

»Revolution!«, wiederhole ich und lege mir beide Hände wie zum Gebet vor die Brust.

Theo sitzt in der Küche und liest etwas auf seinem iPad. Für den Bruchteil einer Sekunde stehe ich zögernd im Türrahmen und überlege, kehrtzumachen und zu verschwinden, bevor er mich sieht, doch stattdessen hole ich tief Luft und wappne mich für die Begegnung.

»Kommst du eigentlich immer nur dann vorbei, wenn ich am schlimmsten aussehe?«, frage ich. »Allerdings muss ich der Fairness halber sagen, dass ich knapp vier Meilen geschafft habe. Und draußen sind es fast fünfunddreißig Grad. Da kriegt der Begriff *Hölle* gleich eine völlig neue Bedeutung.«

Er sieht auf und verzieht das Gesicht zu einem Grinsen. »Hey. Ich wusste nicht, dass du kommst. Tut mir leid. Bin schon weg.« Er steht abrupt auf.

»Du brauchst nicht zu gehen.«

»Ich bin nicht wegen dir hier, nur falls du das glauben solltest. Raina ist gleich zurück, und Ollie steht gerade unter der Dusche. Gloria hat mich reingelassen.«

»Kein Problem«, sage ich (dabei scheint es sehr wohl eines zu sein).

»Ich habe gehört, dass Shawn zurück ist. Besser gesagt, ich habe es mir gedacht, weil du nicht auf meine Nachrichten reagierst.«

»Oh.« Ich halte inne. »Ja, stimmt.« Wieder Pause.

Theos Handy läutet. Er schnappt es, nimmt den Anruf an und geht ins Wohnzimmer, wo er über wesentliche Ansatzpunkte, Strategien, Sichtweisen und Überzeugungskraft diskutiert. Ich lausche eine Weile, in der Hoffnung, dass er noch mal zurückkommt, aber dann höre ich Ollies Stimme irgendwo im hinteren Teil der Wohnung. Eine Tür geht zu, und ich bin allein.

Ich beuge mich nach vorn und lege mein Gesicht auf die kühle Granitarbeitsplatte – aus dieser Perspektive sieht die Welt, sieht das ganze Leben völlig anders aus. Das Licht der Deckenspots ist so grell, dass ich die Augen zusammenkneifen muss, und die Ecken und Kanten wirken viel schärfer. Vermutlich ist genau das die Perspektive von Kindern – alles wirkt riesig, nur ich bin klein, im Grunde geht es mir manchmal sogar heute noch so. Manche Leute schaffen es nie, ihre Kindheit vollends abzulegen. Ich denke an Nicky und schicke ein stummes Gebet zum Himmel, dass er eines Tages nicht zu diesen Menschen gehören wird. Wieso kann ich mir dasselbe nicht auch für mich wünschen?

Ich richte mich wieder auf und lausche auf Theos Schritte, aber außer Gloria, die den Jungs zuruft, sie sollen unter die Dusche gehen, ist niemand da.

Theos Distanziertheit schmerzt mich mehr, als ich gedacht hätte. Seine Kühle. Seine Zurückhaltung. Andererseits kann ich es ihm nicht verdenken. Schließlich habe ich meine Zuneigung auch bestenfalls häppchenweise verteilt – der gemeinsame Abend in Seattle, mein Anruf und der Sex letztens. Genau genommen bin ich keinen Deut besser als mein Vater: Ich schenke jemandem meine Liebe, nehme sie ihm wieder weg und gehe fest davon aus, dass sie immer noch da ist, wenn ich wieder bereit dafür bin. Und Shawn ist ganz genauso. Auch er zieht seinen Stiefel gnadenlos auf meine Kosten durch.

Ich habe Theos Freundschaftsanfrage immer noch nicht beantwortet. Nicht einmal das habe ich auf die Reihe bekommen.

Aber Theo ist ganz anders als ich. Das wissen wir beide. Er setzt sich Ziele und gibt sich niemals mit dem Zweitbesten zufrieden. Er zieht seine Grenzen sehr klar, während meine eigenen – im Hinblick auf ihn, auf Shawn, auf meinen Vater – stets verschwommen bleiben.

Wieder presse ich mein Gesicht gegen den Granit. Die Kühle ist Balsam für meine Seele.

Nicht einmal Vanessa kann mich in das Abenteuer hineinschubsen, das mir als Nächstes bevorsteht.

SMS von: Willa Chandler-Golden
An: Vanessa Pines
Ok, ich bin dabei. Meine Augen sind offen, und ich bin zu allem entschlossen. Ich glaube, ich bringe den Mut dafür auf. Lass uns abheben und fliegen. (Aber bitte nicht im wortwörtlichen Sinne, solltest du mit den Produzenten reden.)

Später liege ich mit Nicky auf dem Bett und sehe mir bei einer Schüssel Popcorn *Iron Man 2* an. Ollie gesellt sich zu uns und fläzt sich ans Fußende.

»Oh, ich liebe diesen Film. Ich habe Robbie eine Zeitlang trainiert. Er ist ein sehr spiritueller Mensch.« Er wendet sich mir zu. »Ich will dir ja nicht zu nahe treten, aber du siehst fürchterlich aus.«

»Ich kann nicht schlafen. Außerdem habe ich gerade zugesagt, dass ich am Donnerstag noch mal nach Seattle fliege.«

»Seattle?« Nicky hebt den Kopf. »Darf ich mitkommen?«

»Das wird wahrscheinlich nicht gehen. Onkel Shawn kümmert sich um dich. Schick ihm eine SMS. Er überlegt sich bestimmt etwas Tolles für euch.« Ich muss aufstoßen. Das sind meine Nerven.

»Onkel Shawn arbeitet doch die ganze Zeit nur. Und ich bin lieber mit dir zusammen. Aber egal. Ich weiß ja, dass ich eine Last bin.«

»Du bist überhaupt keine Last. Im Gegenteil. Inzwischen bist du mir regelrecht ans Herz gewachsen.«

»Haha! Meine Mum nimmt mich auch nie irgendwohin mit.«

Ich drücke den Pausenknopf und setze mich auf. »Na gut, eigentlich darf es keiner wissen, aber … ich kann dich nicht mitnehmen, weil ich … Trommelwirbel … bei *DareYou!* mitmachen werde!«, kreische ich. »Und Zwölfjährige sind dort nicht zugelassen, soweit ich weiß.«

»Heiliges Kanonenrohr«, stößt Ollie hervor und schnellt hoch.

»Ach du Scheiße.« Nicky fällt prompt die Popcornschüssel aus der Hand.

»Es ist meine letzte Herausforderung. Die haben sie sich bis zum Schluss offen gehalten, quasi als ›Überraschung‹.« Ich zeichne diese blöden Anführungszeichen in die Luft und bereue es augenblicklich. (Die Geste muss ansteckend sein.) »Ein anderer Kandidat hat Malaria bekommen und musste absagen.«

»Großer Gott!«, sagt Ollie.

»Nein, die Malaria hat nichts mit der Sendung zu tun«, wiegle ich ab, sammle das Popcorn ein und werfe es in die Schüssel zurück. »Das war nur ein unglücklicher Zufall.«

»Aber du musst mich mitnehmen«, bettelt Nicky. »Erinnerst du dich noch an die Folge mit diesem zehnjährigen Jungen, der zwischen giftigen und ungiftigen Beeren wählen musste?«

»Dunkel.« Dann fällt es mir wieder ein. »Ach ja, aber er war auch ein echtes Wunderkind und hatte jede Beerensorte auswendig gelernt, die es auf der Welt gibt.«

»Willst du damit andeuten, dass ich kein Wunderkind bin?«

»Auf deine ganz spezielle Art bist du auch eins.« Ich muss lachen.

»Biiiiiitteeeeee!« Nicky geht vor mir auf die Knie und legt die Hände aneinander.

»Na gut, fragen kann ich ja. Und du musst mit deiner Mutter reden. Schließlich ist sie für dich verantwortlich und nicht ich.«

»Jaaa!!!!!!«

»Es schockiert mich, dass du zu so etwas fähig bist«, sagt Ollie. »Dir ist klar, dass Dad dich umbringen wird.«

»Ach, was soll's«, sage ich grinsend. »Jeder muss irgendwann sterben«, füge ich in Dads Tonfall hinzu.

Ollie muss so heftig lachen, dass er vom Bett fällt.

Nicky schläft unter der Decke ein, also lasse ich ihn liegen. Ollie dimmt das Licht und vertieft sich in seine Abendlektüre: *Vom Heroin zum Heldentum. Wie mich das Geschenk des täglichen Gebets aus der Drogenhölle gerettet hat – Die Lebensbeichte eines Ex-NBA-Stars*. Ich sehe Nicky beim Atmen zu, wobei ich den Drang unterdrücken muss, mit dem Finger die Sommersprossen auf seiner Nase und seinen Wangen nachzuzeichnen, ihm das wirre Haar aus dem Gesicht zu streichen, die Arme um ihn zu schlingen und ihm zu beteuern, dass sein Leben nie wieder so schlimm werden wird, wie es früher war. Aber natürlich weiß ich, dass ich ein solches Versprechen nicht geben kann, dass ich ihn ebenso wenig vor Katastrophen bewahren kann wie sein Vater oder seine Mutter, also gebe ich mich damit zufrieden, mich auf den Ellbogen zu stützen und zuzusehen, wie sich sein Brustkorb rhythmisch hebt und senkt.

Es ist immer wieder erstaunlich, was die Seele eines Menschen zu ertragen vermag – das könnte einer der wenigen Punkte sein, in denen mein Vater und ich uns einig sind.

Shit happens, würde er sagen. Dein Mann kann eines schönen Juninachmittags für sich beschließen, dass er aus eurem gemeinsamen Leben ausbrechen will, oder aber du fragst deine Freundin, ob sie mit dir ans andere Ende des Landes ziehen will, und sie sagt Nein. Oder dein Dad fährt morgens zur Arbeit, vier Flugzeuge fallen vom Himmel und zwei Wolkenkratzer stürzen ein, und er kommt nie wieder nach Hause.

Shit happens. Deine Frau verlässt dich wegen einer Frau. Dein Mentor schiebt die Schuld einfach dir in die Schuhe, als euer gemeinsamer Schwindel auffliegt und die Polizei vor der Tür steht. Die Frage ist nicht, ob das alles aus einem bestimmten Grund passiert, denn vielleicht spielt das in Wahrheit überhaupt keine Rolle. Möglicherweise stellt mein Vater einfach die falschen Fragen und hat seine gesamte Karriere auf den falschen Antworten aufgebaut.

Ich betrachte den tief und fest schlafenden Nicky, spüre seinen Lebenswillen, seine Kompromisslosigkeit. Die Fragen, die sich angesichts dessen stellen, was hier gerade passiert, lauten doch wohl eher: Was jetzt? Wie geht es weiter? Was kommt als Nächstes?

32

***DareYou!* Psychologischer Fragebogen**
(ausschließlich vom Kandidaten auszufüllen)

1. *Haben Sie sich schon einmal einer professionellen Psychotherapie unterzogen?*
   Nein. Aber allmählich dämmert mir, dass es nicht die schlechteste Idee wäre. Wenn Sie also einen Tipp für einen guten Therapeuten haben, her damit.
2. *Was würden Sie als Ihre größte Stärke bezeichnen?*
   Dass ich eine lebende Baustelle bin.
3. *Was ist Ihre größte Schwäche?*
   Dass ich eine lebende Baustelle bin. (Außerdem ist Alleinsein nicht mein Ding. Oder allein Entscheidungen zu treffen. Oder überhaupt Entscheidungen zu treffen. Aber zurück zu meiner Baustelle: Ich arbeite an mir.)
4. *Was ist Ihre größte Angst?*
   Konfrontation. Und Alleinsein. Mit der Tatsache konfrontiert zu sein, dass ich ganz allein sein könnte, nur weil ich die falschen Entscheidungen getroffen habe (siehe oben). Außerdem hasse ich Berge. Das hat etwas mit meiner Kindheit zu tun.
5. *Wie kommen Sie mit Stress zurecht?*
   Normalerweise übergebe ich mich. Weniger eklig ausgedrückt: In Stresssituationen bin ich innerlich wie gelähmt. Völlige Reglosigkeit ist ein wunderbares Gegen-

mittel – keine abrupten Bewegungen, keine Misstöne oder Verstimmungen, damit ich weiter so tun kann, als wäre nichts passiert, und mir einreden kann, alles würde immer so weitergehen wie bisher. (Auch daran arbeite ich.)

6. *Wie würden Sie Ihre Lebensphilosophie beschreiben?*
   Im Moment vielleicht mit: *Was jetzt? Wie geht es weiter? Was kommt als Nächstes?*
7. *Welches Tier wären Sie gerne einmal?*
   O Gott, muss das sein? Ist diese Frage der eigentliche Psychotest? Wenn ich also »Vogel« schreibe, verdrehen Sie dann alle die Augen? Oder stöhnen alle bei »Schmetterling«, weil es so ein Klischee ist? Keine Ahnung. Ein Vogel zu sein, wäre bestimmt ganz nett, und ein Schmetterling auch, aber manchmal wäre ich auch gern eine Schildkröte. Langsam, beharrlich und immer geschützt durch ihren Panzer. Ich weiß, dass ich »Falke« schreiben müsste, und vielleicht bin ich ja eines Tages bereit dazu … aber wäre es nicht schön, den ganzen Tag mit so einem Panzer herumlaufen zu können? Niemand kann einen kaputt machen.
8. *Ist Ihnen bewusst, dass bestimmte »Herausforderungen« extrem gefährlich sein können, und falls ja, wie stehen Sie dazu, für eine Fernsehsendung Ihr Leben zu riskieren?*
   Ja, das ist mir bewusst. Jeder stirbt irgendwann.
9. *Halten Sie Ihre Antwort auf Frage Nummer 8 für normal?*
   Was ist schon normal? Mein berühmter (und leicht durchgeknallter) Vater hat mich William genannt, weil er nicht an den freien Willen glaubt. Wenn Sie jemand Normales suchen, sollten Sie lieber nicht mich nehmen. Sei, was du längst bist – das bin ich!

33

***Dare You!* – Das Leben ist nichts für Feiglinge! Wage den Sprung in ein neues Leben!**
Von Vanessa Pines und Willa Chandler

SCHRITT FÜNF: BEFREIE DICH!
ZUSAMMENFASSUNG: So, fast geschafft. Sie haben sich aus Ihrer Komfortzone gewagt, haben sich allerlei Unannehmlichkeiten ausgesetzt, Ihre eigenen Erwartungen neu definiert. Sie sind gesprungen, obwohl Sie lieber auf festem Boden geblieben wären. Was bleibt Ihnen nun noch zu tun? Belohnen Sie sich! Hören Sie auf zu grübeln, sich verrückt zu machen und im Schatten besagter neu gewonnener Erwartungen zu leben. Seien Sie glücklich. Sie haben in den vergangenen Wochen und Monaten so viel erreicht, daher kann es nur gut sein, endlich Licht am Ende des Tunnels zu sehen, den Kopf hinauszustrecken und die Sonne auf dem Gesicht zu genießen. Seien Sie dankbar für alles, was Sie bewältigt haben, für Ihr neues Leben, Ihr neues Ich. Und dann stürzen Sie sich wieder mitten hinein. Fliegen Sie! Seien Sie frei!

Am Montagabend holt Shawn mich bei Raina ab. Ich bin nervös, wenn auch vielleicht nicht ganz so, wie ich es eigentlich sein sollte, wenn man bedenkt, was dieses Date bedeuten und welche Auswirkungen es auf unser künftiges

Leben haben könnte. Möglicherweise lässt es Shilla wiederauferstehen, bringt uns unser altes Leben zurück und lässt uns wieder zu den Menschen werden, die wir vorher waren. Ich trage etwas Make-up auf und muss erneut an den Riesenbildschirm und den Kuss im Stadion denken. Vielleicht will ich in Wahrheit all das gar nicht wieder heraufbeschwören, obwohl ich die ganze Zeit dachte, dass ich mir nichts sehnlicher wünsche.

Shawn bringt mir Blumen mit, so wie früher zu besonderen Anlässen. Ich lächle und bestätige ihm, dass sie wunderschön sind. Und das sind sie auch. Aber es sind Rosen und damit nicht unbedingt das *DareYou!*-Äquivalent von Blumen. Es sind keine Gardenien. Trotzdem versenke ich das Gesicht in den Strauß, sauge den Duft auf, freue mich über die Schönheit. Ich betrachte sie als das, was sie in Wahrheit sind – ein Symbol dessen, was Shawn und ich einst waren.

Shawn hat einen Tisch in diesem kleinen Restaurant in Koreatown reserviert, wo wir kurz nach der Hochzeit öfter hingegangen sind. Die Besitzer begrüßen uns freudig und führen uns zu einem Tisch mit eingelassenem Grill in der Mitte, er ist mit Rosen und Kerzen geschmückt, was ich angesichts des offenen Feuers für nicht ganz ungefährlich halte.

Shawn grinst und sagt: »Ich habe angerufen und darum gebeten, dass wir den romantischsten Tisch von allen bekommen.«

»Das ist wirklich süß von dir.«

»Erinnerst du dich noch daran, wie wir total süchtig nach dem Essen hier wurden und wegen des guten Rindfleisches einmal acht Tage hintereinander hergekommen sind?«

Ich lache. Natürlich erinnere ich mich, obwohl es mir so

vorkommt, als wäre seitdem eine halbe Ewigkeit vergangen. Unglaublich, dass wir tatsächlich acht Tage am Stück dasselbe koreanische Rindfleisch gegessen haben.

Shawn räuspert sich. »Ich hab echt Mist gebaut. Das tut mir leid. Es war mir wichtig, dir das gleich am Anfang zu sagen, damit es klar ist. Ich dachte, ich bräuchte etwas anderes. Es war eine verfrühte Midlife-Crisis, aber dann bin ich darauf gekommen, dass ich in Wahrheit gar nicht der Typ dafür bin. Ich brauche nichts anderes, ich will, dass alles genauso bleibt, wie es immer war.«

Ich lasse seine Worte einen Moment lang auf mich wirken, dann nicke ich, weil es sich nachvollziehbar anhört. Es ergibt einen Sinn, wie Theo sagen würde – die Tröstlichkeit des Altbewährten. Die Betäubung, die diese Art der Vertrautheit unwillkürlich heraufbeschwört. Ich kann ihm keinen Vorwurf daraus machen. Früher war ich ganz genauso.

»Entschuldigung angenommen«, sage ich.

Der Kellner bringt uns eine Platte voller Rindfleisch, dazu rohes Gemüse, Klöße, Nudeln, Suppe und knusprig gebratenen Reis.

»Ich habe all deine Lieblingsgerichte schon vorbestellt.«

»Wie nett. Ich bin zutiefst gerührt.«

Shawn legt einige rohe Rindfleischscheiben auf den Grill.

»Und ich habe mir überlegt, dass wir einfach ein paar neue Regeln aufstellen sollten.«

»Neue Regeln …«, wiederhole ich.

Shawn zieht sein Handy heraus und räuspert sich. Und dann liest er vor.

REGELN FÜR UNSERE VERSÖHNUNG:

1. Wir müssen nie wieder über die alten Regeln reden.
2. Wir werden niemals über das sprechen, was während unserer Beziehungspause vorgefallen ist, mit wem wir zusammen waren und was wir getan haben. Was während dieser Phase vorgefallen ist, ist Vergangenheit.
3. Wir löschen sämtliche Beweise für unsere Trennung auf Facebook.
4. Wir bekommen ein Baby!
5. Und all das tun wir in Palo Alto! Aber wenn du nicht umziehen möchtest, bleiben wir natürlich hier.
6. Wir kehren in unser altes Leben zurück, als wäre all das niemals passiert.

Er lässt sein Handy sinken und sieht mich mit hoffnungsvoller Miene an. »Natürlich gilt das nur, wenn du damit einverstanden bist. Diesmal bestimmen wir beide gemeinsam die Regeln für unser neues Leben.«

Ich blicke in die offene Flamme, die vor meinen Augen flackert und tanzt. Unser altes Leben wiederaufnehmen, als wäre nie etwas passiert. Das ist nicht gerade eine der Thesen unseres Buches – *gegen den Strom schwimmen, die Augen aufmachen, den Mut zusammennehmen, das eigene Leben in die Hand nehmen.*

Und da wären wir wieder – die Schweiz, so weit das Auge reicht. Die Schweiz mitten in Koreatown. All die Schlagworte, die mich mein ganzes Leben begleitet haben, kommen mir wieder in den Sinn: Schicksal, Karma, Vorherbestimmung. Der feste Glaube, dass alle Wege unweigerlich hierherführen mussten, dass unsere Trennung nicht mehr als ein kleiner Beziehungsschluckauf und Theo bloß eine flüchtige Episode war.

Und dann muss ich an meinen neu gewonnenen Mut denken.

»Ich brauche etwas Zeit«, sage ich.

Shawn nimmt meine Hand. »Willa, ich bin fest davon überzeugt, dass wir beide füreinander bestimmt sind. Dass das Universum genau diesen Weg für uns vorgesehen hat.«

Ich erwidere nichts darauf.

Facebook/Login

Ein Omm für die Unschuld hat einen Link zu »Untergetauchter Betrüger-Yogi in Versteck in Thailand aufgestöbert« in der *New York Post* gepostet. (vor 2 Stunden)

Shawn Golden hat seinen Facebook-Status von »Es ist kompliziert« zu »Verheiratet« geändert (3 Stunden)

Minnie Chandler hat ein Statusupdate gepostet: FW: FW: FW: FW: Wenn dieses Statusupdate auf Ihrem Profil erscheint, wurde Ihr Computer mittels des neuesten ukrainischen Virus gehackt!!!! Bitte löschen Sie sämtliche Cookies und rebooten Sie Ihren Computer viermal nacheinander, um die Sicherheit Ihres Laufwerks zu gewährleisten!!!! (vor 5 Stunden)

Kommentar von Raina Chandler: Klick hier auf Snopes.com, Mom. Das Ganze ist ein Trick.

Ollie Chandler hat ein Statusupdate gepostet: »Ein gutes, erfülltes Leben ist die allergrößte Genugtuung« – so mein geliebter Mentor, Yogameister Dari. Zu erfahren, dass er in Phuket gefasst wurde, ist aber auch nicht übel!!!! Leck mich, Dari! (Nichtsdestotrotz Namaste! Ich danke euch allen für eure wunderbare Unterstützung während der letzten beiden Monate!!!)

721 Gefällt mir

Kommentar von Halle Berry: Gut so, Schatz!!!!!! Ich hab's doch gleich gewusst! xoxoxoxoxoxo

Vanessa Pines hat Willa Chandler-Golden in einem Post markiert. Spoileralarm! Meine beste Freundin und ich fliegen noch diese Woche nach Seattle, um unser gemeinsames Buch zu Ende zu bringen. (Und vielleicht zum Quotenrenner zu werden!!! Sie. Nicht ich. Mich bekommt keiner vor die Kamera.) Jetzt geht's richtig los – drückt ihr die Daumen, Leute!!

12 Gefällt mir (vor sieben Stunden)

Kommentar von Hannah Burnett: Hey, Willa! Willabee. Ich bin's! Ihre alte Chefin! Wusste ich es doch, dass Sie es draufhaben, Sie kleine Rampensau!!!!! In Freiheit leben oder sterben, ihr beiden Schlampen!!! (Lassen Sie sich nicht vom wilden Bären fressen!)

New York Post:

Untergetauchter Betrüger-Yogi in Versteck in Thailand aufgestöbert

Über Wochen hinweg hatten die Bundesbehörden beharrlich versucht, den vermeintlichen Drahtzieher des Pyramidengeschäfts zur Finanzierung des legendären Yoga-Retreats, in das auch Promi-Yogi Oliver Chandler verwickelt war, dingfest zu machen. Doch nun bekamen die Beamten einen heißen Tipp. Einer von Chandlers berühmten (namentlich noch nicht genannten) Anhängern hatte Yogameister Dari (der mit bürgerlichem Namen Stan Reynolds heißt) in einem luxuriösen Strandhotel gesichtet und die Behörden informiert.

Welche Auswirkungen hat die Verhaftung des Pyramidenyogis für Jennifer Anistons Haus- und Hofpapst für innere Gelassenheit und Stärke? Noch ist Chandler nicht komplett aus dem Schneider. Anonymen Quellen zufolge könnte er tatsächlich die Finger in dem Schneeballbetrug gehabt haben, bei dem gutgläubige Investoren um über eine Million Dollar geprellt wurden, allerdings ist noch unklar, in welchem Ausmaß. Chandlers Anwältin (und ältere Schwester) Raina Chandler-Farley sagte gegenüber der *Post*: »Das FBI hat Mr. Reynolds' Computer sichergestellt. Wir sind zuversichtlich, dass die Beweise, die darauf gefunden werden, Oliver von jeder Schuld freisprechen. Er möchte sich so schnell wie möglich wieder seiner Aufgabe, die Welt zu einem stilleren, friedlicheren Ort zu machen, widmen.« Als Reaktion auf die frohe Nachricht twitterte Lady Gaga ihren über 10 Millionen Followern: »Supertag, Leute! Mein Freund/Kumpel/Lehrer ist unschuldig! F.U., FBI!«

Chandler selbst war zu keiner Stellungnahme bereit, veröffentlichte jedoch auf seinem eigenen Twitter-Account ein »Namaste!«, das von seinen Fans und Unterstützern inzwischen über viertausend Mal retweetet wurde.

So erfreulich die Nachrichten für den Chandler-Clan sein mögen, wird das familiäre Glück auch weiterhin von den Spannungen zwischen dem Patriarchen, Richard

Chandler, und seiner anderen Tochter, William Chandler-Golden, überschattet. Erst vor wenigen Wochen hat der Bestsellerautor während der Anhörung seines Sprösslings seiner Jüngsten eine Unterlassungsanordnung zustellen lassen und damit eine Unterbrechung der Vorverhandlung provoziert. Laut Facebook hat William Chandler-Golden sich als Kandidatin der Realityshow *DareYou!* zur Verfügung gestellt, die auch im Mittelpunkt ihres Buches steht. Darüber hinaus hat sich ein Gerücht mittlerweile als wahr herausgestellt: Chandlers langbeinige »Krankenschwester« hat den Bestsellerautor verlassen und wurde vor wenigen Tagen an der Seite von keinem Geringeren als Donald Trump bei Nick und Toni's in East Hampton gesichtet. (Wollen Sie uns vielleicht etwas sagen, Donald?)

34

FAX VON: LUSAKA ZAMBIA HILTON – AMANDA
AN: WILLA CHANDLER-GOLDEN

ZUR VORLAGE DER SENDUNGSVERANTWORTLICHEN VON DAREYOU!
Hiermit bestätige ich, dass mein Sohn, Nicholas Abrams, an der Realityshow DareYou! *teilnehmen darf. Jedoch gilt es zu berücksichtigen, dass er noch minderjährig ist und keinen lebensbedrohlichen Gefahren ausgesetzt werden darf, andernfalls behalte ich mir eine Schadenersatzklage in Höhe von 20 Millionen Dollar gegen die Produktionsfirma vor.*
Ich habe die Erfahrung gemacht, dass das Leben kurz ist und wir jeden Moment auskosten sollten. Als mein Sohn mich anrief und mich förmlich anbettelte, Kandidat seiner Lieblingssendung werden zu dürfen, um auf diesem Weg mehr über sich selbst zu erfahren, wurde mir klar, dass es mir nicht zusteht, ihm diese Bitte abzuschlagen. Wir können unsere Kinder nicht vor jeder Unbill des Lebens bewahren. (Trotzdem möchte ich noch einmal in aller Deutlichkeit betonen: Sollten Sie ihn in Gefahr bringen, werde ich Sie ruinieren!)
Anbei erhalten Sie die notariell beglaubigte Verzichterklärung. Es ist nicht gerade ein Kinderspiel, in der sambischen Wildnis einen Notar zu finden, daher hoffe ich,

dass Sie die Mühe würdigen, die ich auf mich nehmen musste, um zu gewährleisten, dass ein Minderjähriger, dessen Teilnahme unter Garantie für enorme Quoten sorgen wird (vor meinem Entschluss, mich ausschließlich im karitativen Bereich zu engagieren, war ich im Fernsehgeschäft tätig, kenne mich also mit der Materie aus), als Kandidat angenommen werden kann.
Mit freundlichen Grüßen
Amanda Abrams

»Shawn möchte, dass wir wieder zusammenkommen«, sage ich, als ich am Dienstagabend mit Raina und Jeremy am Tisch sitze.

Die Kinder liegen bereits in ihren Betten, Ollie trifft sich mit seiner PR-Expertin und ein paar Promi-Freunden, um auf seine neu gewonnene Freiheit anzustoßen. Ich versenke meinen Löffel in einem Familienbecher Vanilleeis.

»Das glaube ich gern«, sagt sie und schiebt mir ein Schüsselchen zu – die diskrete Aufforderung, nicht direkt aus der Packung zu essen. »Ist doch logisch.«

»Also wunderst du dich nicht darüber?«

Leise lachend öffnet Jeremy den Kühlschrank und nimmt ein Bier heraus.

»Raina hat prophezeit, dass genau das passieren wird.«

»Im Kaffeesatz zu lesen gehört zu meinen Spezialitäten. Anwälte müssen ständig auseinanderhalten, was die Leute von sich geben und was sie in Wahrheit meinen.«

Ich schiebe mir einen Löffel Eis in den Mund und lasse es genüsslich auf der Zunge zergehen.

»Außerdem habe ich mit Theo geschlafen.«

»Heilige Scheiße!«, stößt Jeremy hervor.

»Wow!«, platzt Raina heraus.

»Ja, ich weiß«, stöhne ich. »Das ist nicht gerade eine Glanzleistung.«

»Doch, ist es! Es ist sogar ganz wunderbar!«, meint Raina.

»Mein Gott!«, sagt Jeremy.

Raina wirft ihm einen Blick zu, woraufhin er eine Braue hebt und einen Schluck Bier trinkt.

»Und jetzt hasst er mich«, füge ich hinzu.

»Er hasst dich überhaupt nicht.«

»Ich weiß nicht, was ich machen soll. Ich bin so hundemüde und kann nicht schlafen, weil meine Gedanken die ganze Zeit Karussell fahren. Ich kann mich einfach nicht entscheiden, was ich will.«

»Dann lass es doch einfach und warte ab, was passiert«, rät Jeremy.

Raina schlägt ihm auf die Schulter. Er schreit auf.

»Stell dich nicht so an. Männer tun das doch ständig.«

»Mein ganzes Leben lang habe ich immer nur dagesessen und gewartet, dass etwas passiert. Ich habe genommen, was das Universum für mich bereithielt«, sage ich. Raina nickt wissend. »Jetzt will ich das nicht länger, aber mich entscheiden, was ich tun soll, kann ich auch nicht.«

Sie gibt noch einen Löffel Eiscreme in mein Schälchen.

»Okay, dann also weg mit dem Ehemann«, sagt Jeremy achselzuckend.

Raina verschluckt sich prompt.

»Was denn? Ich konnte ihn noch nie sonderlich leiden. Wenn nicht jetzt der richtige Zeitpunkt ist, klare Verhältnisse zu schaffen, wann dann?«, fährt er fort.

Raina muss so heftig lachen, dass ihr die Tränen kommen. »O mein Gott, du bist so ein Idiot«, japst sie, als sie sich wieder halbwegs gefangen hat.

»Ich?«, frage ich.

Jeremy grinst. »Nein, sie meint mich.«

»Versteh mich nicht falsch«, fährt Raina fort. »Er ist *mein* Idiot.«

»Und Shawn?«

»Ach, Süße. Alle Männer sind Idioten.« Sie legt die Hand auf Jeremys Wange. »Du musst dich bloß entscheiden, mit welcher Form von Idiotie du dich auf lange Sicht arrangieren kannst.«

»Und weil sie das tut, sind wir immer noch verheiratet«, bemerkt Jeremy und drückt ihr einen Kuss auf den Scheitel.

Später, als er sich verzogen hat, um sich ein Spiel im Fernsehen anzusehen, wendet Raina sich mir zu.

»Kein Witz«, raunt sie und verdreht die Augen.

Facebook/Login
1 Freundschaftsanfrage: Theodore Brackton

Annehmen.

Ignorieren.

Ablehnen.

Ich verharre für den Bruchteil einer Sekunde über den Optionen, um sicherzugehen, dass ich nicht doch in letzter Sekunde einen Rückzieher mache.

Dann klicke ich auf den Button.

Annehmen.

35

***DareYou!* – Das Leben ist nichts für Feiglinge! Wage den Sprung in ein neues Leben!**
Von Vanessa Pines und Willa Chandler

LETZTES KAPITEL: DIE THEORIE DES GEGENTEILS
ZUSAMMENFASSUNG: Heute, zwei Monate nach meinem letzten Besuch, sieht Seattle völlig anders aus. Es ist fast, als wäre alles klarer und schärfer gezeichnet als beim letzten Mal. Das Wasser wirkt blauer, der Himmel noch strahlender, und obwohl ich pausenlos an Theo denken muss – an sein Hausboot, an den Geheimweg auf dem Campus, an die Fünfzig-Yard-Linie –, gebe ich mir alle Mühe, nicht ständig mit den Gedanken bei ihm zu sein. Zumindest nicht in derselben Weise wie vor zwei Monaten, als mich nur eine einzige Frage beschäftigt hat: Was wäre gewesen, wenn?

Inzwischen, nach all den neuen Erkenntnissen und den Veränderungen in meinem Innern, gibt es nur noch eine Frage: Was jetzt?

DareYou! hat uns alle in diesem gemütlichen kleinen Hotel in der Nähe des Pike Place Market untergebracht. Als wir ankamen, schickte Vanessa dem süßen Typen aus dem Stadion gleich eine SMS und machte sich kurz darauf mit einem knappen Winken vom Acker. Nicky und ich schlenderten nach dem Abendessen durch die hügeligen, vom Geruch nach frischem Fisch erfüllten Kopfsteingassen und sogen den Duft nach Abenteuer und Verheißung tief in unsere Lungen.

»Was glaubst du, was die mit uns machen?«, fragte er, als wir uns auf eine Bank am Ufer setzten und den vorbeifahrenden Booten zusahen.

»Keine Ahnung. Aber so schlimm wird es schon nicht werden, oder?«

»Du hast die Sendung offenbar eine ganze Weile nicht mehr gesehen«, gab er zurück.

Um fünf Uhr am nächsten Morgen sollten wir abfahrbereit sein. Ich wollte lieber nicht beschwören, dass Vanessa überhaupt im Bett war. Tandy, unsere Producerin in Cargohosen, dicken Lederstiefeln, einem Tarn-Shirt und mit Oberarmen so dick wie meine Schenkel, holte uns ab und verfrachtete uns in einen Transporter mit abgeklebten Scheiben.

»Wir wollen euch keine Angst machen, aber ihr dürft auf keinen Fall mitbekommen, wo es hingeht. Jetzt geht's los.«

Nicky riss die Augen auf. »Ja, verdammt noch mal!«

Ich hatte immer noch Zweifel, ob Nickys Teilnahme eine so gute Idee gewesen war, andererseits hatte Amanda grünes Licht gegeben, und ich konnte ihr Argument durchaus nachvollziehen. Nicky hat mehr durchgemacht, als ein Junge in seinem Alter sollte, weshalb sollte er also nicht zur Abwechslung etwas Tolles erleben und sich ausprobieren dürfen? Vanessa hatte mir versichert, dass unsere Aufgabe nicht lebensbedrohlich sei, außerdem schien Nicky zum ersten Mal, seit ihn die Pubertät im Würgegriff hat, aufrichtig glücklich zu sein – und zwar nicht, weil er gerade den Juden in sich entdeckte oder seine Familie an die Grenzen ihrer Strapazierfähigkeit brachte. Er war einfach nur glücklich, so wie Zwölfjährige es sein sollten. Die meisten seiner Altersgenossen wünschten sich eine Wii oder eine Xbox. Nicky und sein Schicksal, seine Bestimmung oder einfach nur sein beschissenes Timing im Leben waren viel zu komplex, um es mit so etwas Banalem kompensieren zu können.

Tandy fuhr los, und eine halbe Stunde später übergab ich mich quer über den Beifahrersitz, was der Kameramann geflissentlich mit einer Nahaufnahme dokumentierte. Ich bin sicher, die Aufnahmen hat mittlerweile jeder gesehen. Tut mir leid, Leute.

Zwei Stunden später hielt der Transporter an. Wir stiegen aus und stellten fest, dass wir vor einem Berg standen, dem Mount Rainier, wo Vanessa den Stein ins Rollen gebracht hatte. Zwei Kameramänner traten zu uns, und Tandy drückte mir eine Karte, Jodtabletten, ein Notfallset, eine Stirnlampe und eine Tüte Studentenfutter in die Hand.

»Das kann nicht euer Ernst sein«, sagte ich zu Vanessa. »Das ist das Einzige, was absolut nicht geht.«

»Bei dir gibt es so viele Dinge, die nicht gehen, deshalb musste ich mich entscheiden«, gab sie ungerührt zurück.

»Ich bin für dich von einer verdammten Brücke gesprungen!«

»Ich dachte, du hättest es für dich selbst getan.«

Ich wandte mich Tandy zu. »Ich habe doch explizit im Fragebogen angegeben, dass ich Berge nicht ausstehen kann. Auf den Tod nicht!«

»Was glaubst du, wo du hier bist? Im Wellnesshotel?«, fragte sie. »Sechsunddreißig Stunden. Allein. Das ist deine Challenge.«

»Aber ich kann unmöglich sechsunddreißig Stunden

ganz allein auf einem Berg verbringen!«, rief ich und wirbelte zu Vanessa herum, die achselzuckend die Hände in die Hüfte stemmte.

»Du hast uns gesagt, dass du Alleinsein nicht ausstehen kannst, und genau deshalb wirst du die nächsten anderthalb Tage allein verbringen«, erklärte Tandy. (Die Frau war nicht blöd.) »Auf der Karte sind die Stellen verzeichnet, wo wir Verpflegung deponiert haben. Wenn du weit genug und genau nach Plan marschierst, ist alles kein Problem. Du bekommst ausreichend zu essen. Und streng genommen bist du auch nicht allein, denn der Kameramann ist die ganze Zeit bei dir. Nach vierundzwanzig Stunden kreuzen sich dein und Nickys Weg, und ihr könnt den zweiten Tag gemeinsam verbringen.«

Nicky nickte. »Klingt cool. Lerne ich auch Slack Jones kennen?«

Ich nickte nicht. »Vergesst es.«

»Das ist deine Herausforderung«, warf Vanessa ein.

»Das ist so was von armselig«, gab ich zurück.

»Nein, genau darum geht es«, sagte sie.

»Das ist absoluter Schwachsinn«, schrie ich. »Das habe ich niemals unterschrieben!«

Nicky schaltete sich ein. »Komm schon, Tante Willa! Das wird bestimmt lustig.«

In diesem Moment spürte ich einen eigentümlichen Anflug von Mutterinstinkt in mir aufkeimen, vermischt mit dem Drang, Nicky nicht zu enttäuschen, indem ich einen Rückzieher machte.

»Na gut«, sagte ich mit einem melodramatischen Seufzer, obwohl ich sicher war, dass es alles andere als lustig werden würde.

»Ich hasse deine verdammte Theorie des Gegenteils«,

warf ich Vanessa an den Kopf, als sie in den Transporter stieg.

»Hasse nicht den Spieler, sondern das Spiel!«, gab sie zurück und zog die Wagentür zu.

Als würde das irgendetwas ändern …

Nicky und ich umarmten uns zum Abschied, dann warf er einen Blick auf seine Karte und marschierte los, dicht gefolgt von seinem Kameramann. Ich sah ihm nach, bis seine Gestalt immer kleiner wurde und schließlich um eine Biegung verschwand, dann war ich allein. (Abgesehen von Rick, meinem eigenen Kameramann. Er war derselbe Typ, der mir das Foto von meinem Bungeesprung gemailt hatte. Aber er durfte nur im Notfall mit mir sprechen, wenn ich krank wurde oder mich verletzte oder so, deshalb war ich in Wahrheit eben doch auf mich allein gestellt.)

Sechsunddreißig Stunden allein. Auf einem Berg. Ganz toll.

Da mir nichts anderes übrig blieb, ging ich los, setzte einen Fuß vor den anderen, immer weiter den Berg hinauf. Laut Karte war der erste Zwischenstopp etwa drei Meilen entfernt, was zu schaffen sein sollte. Es war wärmer als erwartet, und ich wischte mir die Schweißperlen ab, dann setzte ich meinen Weg fort. Ich konzentrierte mich auf den Staub unter meinen Füßen, dachte über meinen neu gewonnenen Mut nach. Alle anderen Gedanken schob ich beiseite. Ich dachte nicht an Theo, nicht an meinen Vater, nicht an Shawn. Das System, mit dem die Produktionsfirma die Fallen angelegt hatte und den Kandidaten ein trügerisches Gefühl der Sicherheit vorgaukelte, war unübersehbar: Vipern, Bären und giftige Beeren entfalteten ihr Gefahrenpotenzial stets erst auf den zweiten Blick. Und war man erst einmal nahe genug herangekommen, ging der Ärger los.

Die erste Meile war noch ein Kinderspiel. Schließlich stand ich vor einem felsigen Abgrund. Ich wandte mich Rick zu.

»Ihr wollt mich wohl verarschen!«

Doch Rick reagierte nicht, er durfte ja nicht mit mir sprechen. Stattdessen hielt er mit der Kamera auf meine riesigen Poren, aus denen eine wahre Armee zorniger Schweißperlen quoll. Also drehte ich mich wieder um.

»Scheiß drauf«, fluchte ich.

Ich las die Anleitung für das Haltegeschirr, band das Seil um einen Felsbrocken und schwang mich über die Kante. Inzwischen begriff ich, dass Vanessa mich perfekt vorbereitet hatte, wie einen Soldaten, wie ein Kind, bevor es hinaus in die weite Welt geschickt wurde.

Ich mochte von der Brooklyn Bridge gesprungen sein, aber an einer Felswand hatte ich mich noch nie abgeseilt. Wieder und wieder knallte ich gegen die glühend heißen Steine, schrie und fluchte vor Schmerz und vor Wut. Mein Ellbogen blutete, und auf meiner linken Wange klaffte ein böser Schnitt. Auf halber Höhe blickte ich in die Tiefe und sah endlich, was ich hier eigentlich trieb: Ich baumelte gut dreißig Meter über dem Boden, lediglich mit einer Tüte Studentenfutter in der Tasche, während die Sonne gnadenlos auf meine Schultern herunterbrannte. In diesem Moment kam Panik in mir auf, das vertraute Gefühl der Galle, die in meiner Kehle aufzusteigen drohte, doch ich atmete tief ein und durch die Nase aus und sammelte mich ein wenig.

Was jetzt? Wie geht es weiter? Was kommt als Nächstes?

Ich umfasste das Seil ein wenig fester und ließ mich ganz langsam abwärtsgleiten, bis ich endlich festen Boden unter den Füßen spürte. Halleluja!

Rick erwartete mich bereits am Fuß der Steilwand, was ich ein klein wenig fies fand, aber als ich ihn fragte, was das sollte, machte er nur eine stumme Geste, als zöge er einen Reißverschluss vor seinem Mund zu. Supernervig! Trotzdem unterdrückte ich meinen Unmut und ging weiter. Nach zwei weiteren Meilen gelangte ich zur ersten Proviantstation.

»Ich schaffe das. Das ist doch der reinste Witz und keine Herausforderung!«

Ich saß da, nuckelte genüsslich an meinem isotonischen Drink, verputzte die beiden Müsliriegel und eine Banane, genoss die Sonnenstrahlen auf meinen Wangen und war einen kurzen Moment lang mit mir und der Welt zufrieden. Ich dachte an Nicky, der bestimmt schon sein Nachtlager aufgeschlagen hatte. Ich war die beste Ersatzmutter der Welt! Ich meine, wie cool war das denn? Seinen Neffen zu *DareYou!* mitzunehmen! Ich würde die coolste Mom in der Geschichte der Menschheit werden.

Sobald die Sonne hinter den Bergen untergeht, wird es gleich merklich kühler. Als Stadtmensch, dessen Bergerfahrung sich auf eine kurze Wanderung ein paar Wochen zuvor, einen Familienausflug in die Alpen mit acht Jahren, bei dem einen die Eltern auf dem Berg vergessen haben, und den »Auch Mädels können Berge bezwingen«-Link auf Cilla Zuckerbergs Facebookseite beschränkt, denkt man an so etwas natürlich nicht.

Rückblickend betrachtet, war ich mir meiner Sache wohl ein bisschen zu sicher. Ich blieb zu lange sitzen. Die Sonne war so angenehm, ich fühlte mich gut, und wie Sie mittlerweile wissen, liebe Leser, gibt es nur wenige Momente, in denen sich Willa Chandler wirklich gut fühlt, deshalb habe ich mir mein Getränk vielleicht ein bisschen zu lange schmecken lassen (es ist der Hauptsponsor von *DareYou!*) und die Zeit vergessen (außerdem durften wir keine Uhr tragen).

Ich war hier! Ich war bei *DareYou!* Ich hatte den Mut aufgebracht, es zu tun!

Ich trank die Limonade, als wäre es Champagner, und überlegte mir, wie ich meinem Vater von diesem Abenteuer erzählen würde. Ich bezwang einen Berg! Die Episode in den Alpen hatte mich also nicht fürs Leben gezeichnet. Dann beschloss ich, nicht länger an ihn zu denken, was sich jedoch als nicht ganz einfach entpuppte. Wir sind alle lebende Baustellen, deshalb gebe ich es offen zu: Ja, ich habe auf dem Felsen gesessen und *Leck mich, Dad! Das hier ist eine Million Mal besser als die Alpen!* gedacht. Und dann: *Ich hoffe bloß, er verzeiht mir, was ich tue.* Und danach dachte ich lange darüber nach, weshalb mir seine Absolution so wichtig war, weshalb ich sie auch heute noch um jeden Preis brauchte.

Ich dachte über das Schicksal und die Wichtigkeit des richtigen Timings nach. Hätte Vanessa mir vor zwei Monaten diese Herausforderung nicht aufs Auge gedrückt, wäre ich immer noch mit Shawn zusammen und würde nicht hier auf diesem Berg sitzen, den Geschmack der Freiheit auf der Zunge, und die Verheißung eines großen Abenteuers genießen, die durch meine Adern pulsierte. Ich dachte an das geplatzte Kondom und daran, dass das Schicksal womöglich durchaus eine Bedeutung hat, nur eben nicht die allumfassende, wie mein Vater stets behauptet.

Als ich mich von meinem Rastplatz hochstemmte, war die Sonne hinter den Gipfeln untergegangen. Ich warf einen Blick auf meine Karte und sah, dass ich mich unmittelbar vor einer Weggabelung befand. Ich wandte mich Rick zu, um ihn zu fragen, welche Richtung ich einschlagen sollte, doch er packte seine Ausrüstung zusammen und machte sich zum Abstieg bereit.

»Du lässt mich hier zurück?«

»Überall auf dem Berg sind Kameras installiert.«

»Jetzt redest du also auf einmal mit mir, ja?«

»Ich halte mich lediglich an die Anweisungen. Begleitung bis Sonnenuntergang. Wir sehen uns morgen früh.«

»Du nervst, Rick.«

»Ich mache nur meine Arbeit. Glaub mir, ich würde auch lieber für Spielberg hinter der Kamera stehen, wenn dir das irgendwie weiterhilft.«

Dann war er fort, und ich war endgültig allein.

Allein. Vor einer Weggabelung. Zwei Optionen. Eine Wahl. Selbst mir blieb die Metapher nicht verborgen.

Ich starrte auf die Karte, bis die Sonne vollends untergegangen war. Wie sollte ich mich entscheiden? Ich hatte keine Ahnung, was mich links erwartete und was passieren würde, wenn ich nach rechts ging. Dies war einer jener Momente, in denen mir die Philosophien meines Vaters Trost spenden sollten: Spielte es überhaupt eine Rolle, welchen Weg man einschlug? Würden mich nicht sowieso alle zu Nicky, zu etwas Essbarem, zu einer Unterkunft und einer warmen Dusche führen? Vielleicht. Vielleicht aber auch nicht. Doch in diesem Moment war all das nicht wichtig. Links oder rechts, richtig oder falsch, Shawn oder Theo, mein altes Leben oder mein neues? Wenn wir immer nur den Weg des geringsten Widerstands gehen, uns weigern, gegen den Strom zu schwimmen, wenn wir niemals ins kalte Wasser springen und nicht akzeptieren, dass wir für unsere Entscheidungen die Verantwortung übernehmen müssen, wie sollen wir uns jemals über unsere Siege freuen oder unsere Fehler bereuen?

Trotzdem sah ich mich nicht imstande, in diesem Moment eine Entscheidung zu treffen. Als ich den Kopf von der Karte hob, herrschte tiefe Dunkelheit ringsum. Eine tintige Schwärze, die den gesamten Berg einzuhüllen schien. Ein Berg bei Nacht ist etwas völlig anderes als bei Tag im angenehmen Sonnenschein. Es fehlt jegliche Tiefenwahrnehmung, und man hat nicht die leiseste Ahnung, was sich unmittelbar vor einem befindet, wohin der Weg führt. Mein Puls beschleunigte sich, und ich versuchte, ganz ruhig ein- und auszuatmen, so wie Ollie es von mir verlangen würde. Mir fiel ein, dass ich ja eine Stirnlampe bei mir hatte. Ich schaltete sie ein und tastete reflexartig nach meinem Handy, in der Annahme, dass das Display zusätzliches Licht spenden würde. Aber natürlich hatte man es mir abgeknöpft wie alle anderen persönlichen Gegenstände.

Der trübe Schein der Funzel erhellte den Weg bestenfalls einen halben Meter vor mir. Nach wenigen Schritten trat ich prompt in ein Erdloch und knickte so heftig um, dass das Knacken meines Knöchels durch den ganzen Canyon hallte.

»Scheiße!« (Dies ist der erste von zahlreichen Flüchen, der bei der Ausstrahlung wohl mit einem Piepsen überblendet wird. Tut mir leid.)

Ich setzte mich hin, um den Schaden in Augenschein zu nehmen. Die Sehnen und Bänder in meinem Knöchel pochten bereits. Ich holte die Elastikbinde aus meinem Notfallset und verband meinen Knöchel, so gut es in völliger Finsternis mitten auf einem Berg und ohne Hilfe einer Krankenschwester ging. Als ich weiterhumpelte, dämmerte mir, dass ich immer noch keine Entscheidung getroffen hatte. Links oder rechts. Oder bergab. Auch das wäre eine Alternative. Und es wäre nicht das erste Mal, dass ich eine Bergtour mittendrin abbrach. *Ich steige aus!* Genau das hatte ich wenige Monate zuvor ebenfalls gesagt, hier, auf demselben Berg.

Aber bevor ich es laut hinausschreien konnte, drang ein Geräusch an mein Ohr. Es kam aus dem Gebüsch. Ein Kläffen, eindeutig. Nein, ein Winseln. Dann knackten Zweige, Blätter raschelten. Einen Moment lang vergaß ich meinen schmerzenden Knöchel, und mein einziger Gedanke war: Das muss ein Berglöwe, ein Luchs oder ein Bär sein. Definitiv kein Mensch. Ich fing an zu laufen. Hinkend, aber egal.

Links oder rechts, links oder rechts, links oder rechts?

Ich konnte nicht denken, sondern rannte nur. Und ergab mich damit den Theorien, die mir mein Vater mein ganzes Leben lang gepredigt hatte: In Wahrheit spielt es keine Rolle, wohin man läuft, Hauptsache, man tut es. Lauf! Lauf einfach in eine Richtung und lass alles hinter dir. Wo du am Ende landest, ist ohnehin längst vorherbestimmt.

Die Geräusche begleiteten mich den ganzen Weg hinauf – das Rascheln, das endlose Geknirsche, das Knacken von Zweigen und getrockneten Blättern. Leider war ich in nicht einmal annähernd so guter Verfassung, wie ich gedacht hatte – ich war fitter als im Frühsommer, das stimmte, aber bei Weitem nicht durchtrainiert –, und ich wurde stetig langsamer. Mit jedem Meter, den ich mich vorwärtsschleppte, spürte ich, wie das Vieh hinter mir die Entfernung zwischen uns verkürzte. Nach einer Weile begann ich mir auszumalen, wie ich auf diesem verdammten Berg zu Tode kommen würde. Man würde mich finden, blutüberströmt, zerfetzt und bis zur Unkenntlichkeit verstümmelt, weil mir ein Berglöwe das Gesicht herausgebissen hatte.

»Ich werde auf diesem Scheißberg sterben!«, brüllte ich. »Und dann wird meine große Schwester Raina Chandler-Farley euch verklagen, dass euch Hören und Sehen vergeht. Ich hoffe, du kannst das hören, Vanessa Pines! Dass ich Raina hiermit den Auftrag erteile, euch alle zu ruinieren!«

Dann fielen mir all die Dinge ein, die ich selbst ruiniert hatte. Sekunden später trat ich mit dem linken Fuß in das nächste Scheißerdloch, stolperte und landete mit dem Gesicht voran auf dem Boden. Blut strömte aus einer Wunde über meinem rechten Auge.

Und dann übergab ich mich. Klar.

Als Nächstes brach ich in Tränen aus. Ich weinte und schluchzte und stöhnte, reckte wütend die Faust gen Himmel und schrie: »Das war die beschissenste Idee der ganzen beschissenen Welt! Hast du das gehört, Welt? DIE. BESCHISSENSTE. IDEE. IN. DER. GESCHICHTE. DEINER. BESCHISSENEN. EXISTENZ!«

Als ich mich endlich wieder einkriegte, fiel mir auf, dass das Knirschen aufgehört hatte. Trotzdem spürte ich, dass mich etwas beobachtete, mich keine Sekunde aus den Augen ließ und sich schätzungsweise fragte, ob ich vielleicht ein schmackhaftes Abendessen abgäbe. Ich war ziemlich sicher, dass es nicht nur die Kameras waren, die überall entlang des Weges postiert waren, deshalb rappelte ich mich umständlich hoch, schlich auf Zehenspitzen weiter, wobei mir die Stirnlampe den Weg erhellte. Und ich will nicht lügen – ich fühlte mich tatsächlich wie mitten in *Blair Witch Project* (und später, im Fernsehen, sah es auch genauso aus)! Wie in Zeitlupe arbeitete ich mich weiter den

Pfad entlang und suchte nach der Kreatur, die mir auf den Fersen war.

Plötzlich erstarrte ich. Die Stirnlampe schien geradewegs in ein Augenpaar, tiefschwarz wie die Landschaft rings um mich herum (nur hungriger). Mein schriller Schrei hallte von den Felswänden wider. Ich sprang auf und begann zu laufen. Der Schmerz in meinem Knöchel war auf einen Schlag verschwunden, und das Blut, das aus der Wunde über meinem Auge sickerte, war unwichtig geworden. Wichtig war nur, dass jeder irgendwann sterben muss, und nun, da ich noch die winzige Chance sah, dafür zu sorgen, dass mein Leben noch nicht komplett versaut war, sah ich nicht ein, dass meine Zeit bereits gekommen sein sollte.

Ich lief, bis mein Knöchel einknickte. Er versagte einfach seinen Dienst, ohne dass ich etwas dagegen unternehmen konnte. Ich strauchelte, fiel zu Boden und spürte, wie mein Kopf auf der festgebackenen Erde aufschlug. Ein kalter Luftzug schien über mich hinwegzuwehen, dann schoss der Schmerz durch meine linke Körperseite, ehe ich (an dieser Stelle muss ich meinem Vater recht geben, manche Dinge können wir einfach nicht kontrollieren, auch wenn wir es noch so gern täten) das Bewusstsein verlor.

Bei Sonnenaufgang kam ich wieder zu mir. Ich hatte einen säuerlichen Geschmack nach Erbrochenem im Mund, mein Auge war nahezu vollständig zugeschwollen und mit getrocknetem Blut verkrustet, und ich zitterte vor Kälte. Ich stemmte mich hoch und ließ den Kopf zwischen die Knie sinken. Dann riss ich die Tüte Studentenfutter auf und zwang mich, drei Rosinen mit Joghurtüberzug hinunterzuwürgen.

Was jetzt? Wie geht es weiter? Was kommt als Nächstes?

»Kann vielleicht mal jemand kommen und mich holen?«, schrie ich. »Ich weiß, dass ihr da seid. Reicht das noch nicht für einen Abtransport mit dem Hubschrauber?«

Aber es kam niemand. Man ließ mich einfach dort auf diesem Berg (ich hatte schon Angst, es wäre für immer) sitzen, überließ mich meinem Schicksal. Mutterseelenallein.

Ich rappelte mich auf, trotz des brüllenden Schmerzes in meinen Knöcheln. Ich warf einen Blick auf die Karte und erkannte nun, was mir gestern Abend entgangen war, nicht nur wegen der Dunkelheit, sondern auch wegen meiner irrigen Annahme, dass es keine Rolle spielte, wofür ich mich entschied, sondern dass mich alle Wege zu Nicky führen würden: Der Weg, für den ich mich entschieden hatte, war eine Sackgasse gewesen. Vor mir befand sich eine schmale Felsspalte. Oder eine Kluft. Egal. Mein Marsch durch die Dunkelheit war für die Katz gewesen. Das war nicht der Weg, der mich zurück nach Hause bringen würde.

»Leckt mich!«, schrie ich. »Ganz im Ernst, Vanessa, ich hasse dich!« Ich war außer mir vor Wut. »Das war so nicht vereinbart!«, zeterte ich, ehe ich aus einem Impuls heraus tief Luft holte und aus vollem Halse »ICH STEIGE AUS!!!!!« schrie.

Doch meine Worte hallten lediglich von den Felswänden wider. Die Vögel zwitscherten eine Erwiderung, die Bäume schienen resigniert zu seufzen, und die Berglöwen (ich wusste, dass die Burschen sich irgendwo dort draußen herumtrieben) schliefen in aller Seelenruhe weiter.

Es gab nur einen Weg zurück nach Hause, liebe Leser: Ich musste all meinen Mut zusammennehmen, aufstehen und meinen Masterplan des Universums neu schreiben. Ich musste zurück und dann weitergehen. Es gab im wahrsten Sinne des Wortes keinen anderen Weg. Tränen der Verzweiflung stiegen mir in die Augen, heiß und schwer. Sie wuschen einen Teil des getrockneten Blutes fort und brannten in den Wunden, die darunter zum Vorschein kamen. Ich wischte mir das Gesicht mit meinem schmutzigen T-Shirt ab, während mir allmählich aufging, dass »vorherbestimmt« eine ganze Menge bedeuten kann: Es gibt stets mehr als nur einen einzigen Weg, um zu einer Lösung zu gelangen, und das zu leugnen bedeutet, dass man resigniert und sich seinem Schicksal kampflos ergibt.

Als Vanessa und ich uns zu diesem Buch entschlossen, war die Idee dahinter, meinem Vater zu widersprechen und zu beweisen, dass nicht alles aus einem bestimmten Grund geschieht, dass Kontrolle, Wahlmöglichkeiten und die richtige Einstellung sehr wohl wichtig sein können. Und nun, am Ende dieses Abenteuers, ist der Drang, das Gegenteil seiner Denkansätze zu beweisen, plötzlich verschwunden. Mein Vater ist ein weltweit anerkannter Akademiker und Wissenschaftler, und ich werde niemals dieselbe Sachkenntnis besitzen wie er, werde niemals die mathematischen oder physikalischen Gleichungen aufstellen können, die zeigen, dass er sich irrt. Aber eines weiß ich genau: Ich weiß, was heute Nacht auf diesem Berg passiert ist, weiß, wie sich mein Leben in den letzten zwei Monaten verändert hat. Nicht mein Vater hat unrecht, sondern es gibt unendlich viele Möglichkeiten, recht zu haben. Diese Nacht auf dem Berg hat mir endlich Klarheit geschenkt, hat mir geholfen, mich zu befreien. William zu sein. Einfach ich.

Niemand kann wissen, ob pures Glück, Zufall, gutes Timing, Schicksal, das Universum oder eine Handvoll kluger Entscheidungen dafür verantwortlich sind, ob jemand ein schönes und glückliches Leben führt. Wir können lediglich beschließen, Entscheidungen zu treffen und hinter ihnen zu stehen und sie und uns selbst wertzuschätzen. Denn was wir selbst in der Hand haben (und das ist eine ganze Menge), gehört auch uns. Dafür übernehmen wir Verantwortung. Dafür entwickeln wir Leidenschaft und Hingabe. Diese Lektionen habe ich in den letzten Stunden, Tagen und Wochen gelernt, und ich bringe sie von diesem Ausflug auf den Berg mit nach Hause.

Das mag sich alles ganz einfach und für viele nicht nach einer bahnbrechenden Erkenntnis anhören. Aber für einige von uns ist sie das. Für sie lautet die große Erkenntnis: Sieh zu, dass du nicht von deinem ureigenen Weg abkommst.

Im Zeitlupentempo arbeitete ich mich den Berg hinunter. Wie diese verdammte Schildkröte, die ich für einen Tag so gern hätte sein wollen. Oder ein ganzes Leben lang. Meter für Meter schleppte ich mich den Pfad entlang bis zur Weggabelung und schlug dann den richtigen Weg ein. Ich brauchte geschlagene elf Stunden, um zu Nicky zu gelangen. Im Fernsehen wird mein Gewaltmarsch im Zeitraffer gezeigt, weil es zu qualvoll wäre, mein Leiden in Echtzeit zu senden.

Aber litt ich dabei? Zuerst ja. Als ich um die letzte Biegung kam, sah ich Nicky in den Strahlen der Spätnachmittagssonne unter dem *DareYou!*-Banner schlafen. Er hatte auf mich gewartet, im festen Glauben, dass ich es schaffen würde. Bei seinem Anblick fiel jeglicher Schmerz, jegliches Leiden schlagartig von mir ab.

So fühlt sich Mut an.

So fühlt es sich an, wenn man Entscheidungen trifft.

Und auch wenn ich zuerst den falschen Weg eingeschlagen hatte, war mir immer noch die Möglichkeit geblieben, umzukehren und den richtigen Weg zu nehmen.

»FREI LEBEN ODER STERBEN, NICKY!«, schrie ich.

Er fuhr hoch und sah mich an, während ein breites Grinsen auf seinem Gesicht erschien. Ich humpelte zu ihm hinüber wie ein verwundeter Soldat, der ich letztlich ja auch war, und er sprang auf und schlang die Arme um mich, zog mich auf den Boden, wo wir lachend liegen blieben, bis uns die Tränen kamen.

»Ich hab mit meinem Dad geredet. Gestern Abend, als ich allein war«, sagte er, als wir wieder zu Atem kamen. »Er hat gesagt, es sei okay, jetzt loszulassen.«

»Seltsam«, sagte ich. »Denn genau dieselbe Botschaft habe ich auch bekommen.«

Frei leben oder sterben. Ich war endlich bereit. Endlich hatte ich es kapiert.

Und endlich wusste ich, was als Nächstes kommen musste.

36

Nachdem man uns ins Hotel zurückgebracht hatte, schlief ich gefühlte tausend Stunden. Der Arzt hatte meinen Knöchel bandagiert und die Wunde über meinem Auge versorgt, und abgesehen von ein paar violett verfärbten Beulen und Flecken, die mir als eine Art Ehrenabzeichen wohl noch ein paar Wochen bleiben werden, geht es mir gut. Als ich endlich zu mir komme, ziehe ich die Vorhänge zurück und muss die Augen gegen die grelle Sonne zusammenkneifen. Nach einer Weile haben sie sich an das Licht gewöhnt, sodass ich die Schönheit des Anblicks genießen kann. Vor mir liegt der Hafen von Seattle mit all seinen Farben und Schattierungen, den Verheißungen des Lebens.

Mein Magen krampft sich zusammen. Ich gehe ins Bad und greife nach meinem Kulturbeutel. Eine Nagelschere, ein paar gebrauchte Wattestäbchen sowie eine einzelne, längst vergessene Xanax fallen mir in die Hände. Und der Schwangerschaftstest, der wie erwartet ganz unten liegt, wo er in meinen Augen hingehört. Mir fällt wieder ein, dass ich an jenem Morgen ja gleich zwei Tests gekauft hatte, für den Fall, dass der erste positiv ausfallen würde und ich zur Sicherheit noch einen zweiten machen musste. Damals hinterfragte ich jeden Test, selbst die positiven, weil ich viel zu lange nur negative Ergebnisse gesehen hatte.

Was hatten die Frauen im Internet-Chatroom über die Schwangerschaftstests gesagt? *Die Dinger sind doch alle*

Mist! Natürlich hat der erste Test keine Klarheit ergeben. Aber obwohl ich inzwischen klüger bin und weiß, dass mein Schicksal nicht in den Händen des Universums liegt, frage ich mich, ob es nicht doch ein Wink des Schicksals war. Hätte ich damals allerdings das Plus gesehen, hätte ich mich niemals auf dieses *DareYou!*-Experiment eingelassen. Ich hätte niemals den Mut aufgebracht.

Ich hole tief Luft und versuche, meine innere Stimme, die etwas von Zweifeln, Mutterinstinkt und all meinen zahllosen Fehlentscheidungen flüstert, zu ignorieren. *Nein!* Ich hole noch einmal Luft, und dann gehe ich abrupt nach links, wo ich früher stets nach rechts gegangen bin. Ganz einfach. Und dann sitze ich mit dem Slip um die Knöchel auf dem Toilettendeckel und warte, so wie ich es acht Monate lang getan habe.

Es dauert noch nicht einmal zwei Minuten. Die zweite rosa Linie erscheint genauso schnell wie die erste. Mein Vater würde es Schicksal nennen, aber ich weiß es besser. Ich bin klug genug, um es als Leben zu bezeichnen, ganz einfach.

Ich bitte den Fahrer der Limousine auf der Fahrt vom Flughafen nach Hause bei meinem Vater anzuhalten. Nicky wartet in der Lobby, während ich nach oben gehe. Dad macht mir im Bademantel die Tür auf. Sein Haar steht ihm wie fast immer in letzter Zeit in sämtlichen Richtungen vom Kopf ab, seine Haut wirkt bleich und wächsern. Er sieht traurig aus, verbraucht. Und er scheint überrascht zu sein, dass jemand an der Tür klingelt.

»Oh. William«, sagt er und öffnet die Tür vollends. »Ich habe keine Zeit. Ich muss mich für Piers Morgan fertigmachen.«

»Es wird nicht lange dauern«, sage ich. »Ich bin auf dem Heimweg.«

»Okay. Was gibt's?«

»Ich war bei der Sendung. Und ich schreibe das Buch. Es ist allein deine Entscheidung, ob du danach noch ein Wort mit mir reden willst, obwohl ich mir wünschen würde, dass du es tust.«

Er sieht wütend aus, wie eine Altmännerversion von Chucky, die Mörderpuppe, wenn auch nur für einen kurzen Moment, dann winkt er ab und entspannt.

»*Qué será, será.*«

»*Qué será, será*?«

»Es kommt, wie es kommt.«

»Du glaubst diesen Mist tatsächlich, hab ich recht?«, sage ich.

»Jeder muss an irgendetwas glauben«, sagt er.

»Ja, das ist wahr«, sage ich und wende mich zum Gehen.

Am Tag der Ausstrahlung meiner *DareYou!*-Folge Anfang September schmeißt Raina eine Fernsehparty für mich, die auch gleichzeitig eine Abschiedsparty für Ollie ist. Er muss für drei Monate in den Knast, das war Teil der Vereinbarung mit dem Staatsanwalt. Obwohl es Knast vielleicht nicht hundertprozentig trifft, zumindest hat Raina uns das versichert.

»Im Grunde ist es genau dasselbe wie bei Martha Stewart, nur für Jungs. Es ist ein Gefängnis für Leute, die wegen Insiderhandels verknackt wurden. Stellt es euch als eine Art Spa für Männer mit zweifelhafter Moral vor«, beruhigte sie uns nach der Urteilsverkündung. »Ich meine, irgendeine Strafe musst du bekommen, Ollie. Selbst wenn du es nicht mit Absicht getan hast.«

Ollie legte die Hände zum Gebet aneinander und presste sie auf sein Herz. »Ich verstehe es«, sagte er. »Und sie sind einverstanden, dass ich dort Yoga unterrichte. Es könnte sogar ganz cool werden. Kunden von morgen.« Raina verdrehte die Augen, doch Ollie stemmte die Hände in die Hüften. »Das war doch nur ein Scherz. Niemand will so sein wie Dad, deshalb ist es höchste Zeit, endlich Verantwortung zu übernehmen.« Und dann drückte er meine Hand, weil er genau wusste, dass auch ich längst kapiert hatte.

Meine Mom und Nancy sind aus Palm Beach angereist, und Amanda und Nicky sind aus Brooklyn herübergekommen. Nicky hat drei Freunde von sich eingeladen, die sich pausenlos abklatschen und Sätze wie »Heilige Scheiße, Alter, echt krass, dass du das gemacht hast! Du rockst, Bro!« vom Stapel lassen. Und Amanda checkt pausenlos ihr Handy. »Tut mir leid, ich will wirklich nicht unhöflich sein, aber in Nigeria gibt es im Moment eine schwere Krise«, entschuldigt sie sich, aber Nicky scheint es nichts auszumachen. Wahrscheinlich weil er längst daran gewöhnt ist und vielleicht auch (ein schöner Gedanke), weil er mich hat (und natürlich Shawn).

Nancy nippt an einem Pellegrino, Mom gießt sich einen Scotch ein.

»Vielleicht hätten wir ja doch deinen Vater einladen sollen«, sagt sie.

»Ich bitte dich, Mom«, wirft Raina ein. »Er ist doch selbst schuld. Schließlich hat er Willa nicht gerade unterstützt.«

Meine Mutter seufzt. »Ich weiß. Er tut mir einfach nur leid. Wie es aussieht, hat er niemanden auf seiner Seite.«

»Ich glaube, er hat eine neue Freundin«, sagt Raina. »Ich hab so etwas auf Facebook gesehen.«

»Dad ist auf Facebook? Großer Gott«, stöhne ich.

»Ich bin auf seiner Seite«, erklärt Ollie. »Das war ich schon immer. Allerdings finde ich es nicht gut, sich auf eine Seite zu schlagen, weil auf diese Weise das Yin und Yang aus der Balance gerät und die Stabilität der Mitte darunter leidet …«

»Halt doch einfach die Klappe, Ollie«, unterbricht Raina ihn.

Sie verdreht die Augen, aber da sie gerade erst ihr Botox hat auffrischen lassen, kann sie nicht annähernd so wütend dreinschauen, wie sie schätzungsweise ist, deshalb schnaubt sie nur und gesellt sich zu Jeremy, der die Bar übernommen hat, und macht sich dann auf die Suche nach Gloria, um sicherzugehen, dass die Kinder gebadet und bettfertig sind.

Vanessa kommt hereingerauscht und umarmt mich. »Du meine Güte, ich fasse es nicht, dass du tatsächlich mitgemacht hast!«

»Wir haben es doch gemeinsam getan.«

»Das stimmt. Trotzdem war es dein großes Ding!« Sie gibt mir einen Kuss auf die Wange.

Kurz vor acht summt mein Handy.

SMS von: Shawn Golden
An: Willa Chandler-Golden
Glückwunsch zu deiner abenteuerlichen N8 auf dem Berg
und alles Gute für 2night. Wird bestimmt super.
ggg.

Ich muss grinsen, weil er immer noch diese nervigen Akronyme verwendet, statt sich die Zeit zu nehmen, die Worte auszuschreiben. Bestimmt benutzt er nach wie vor zu viel

Haarschaum und spricht andere Leute mit »Alter« an, obwohl er doch bloß wieder der alte Shawn sein möchte. Bei dem Gedanken wird mein Lächeln noch eine Spur breiter. Aber ohne mich musste er erst einmal herausfinden, was dieser alte neue Shawn überhaupt ist.

Sicher kann ich es nicht sagen, da ich seit seinem Umzug nach Palo Alto nicht mehr auf seiner Facebook-Seite war – nachdem ich ihm die Nachricht überbracht habe, ist er endgültig nach Kalifornien gezogen.

Nach meiner Rückkehr aus Seattle habe ich mich mit ihm im Hop Lee getroffen (ich habe den Termin sogar in unserer *Together-To-Do!*-App eingetragen, aber gleich wieder gelöscht) und ihm gesagt, dass ich schwanger bin. Im ersten Moment war er völlig aus dem Häuschen, doch als er nachrechnete, ließ seine Begeisterung merklich nach. Ich biss von meiner Frühlingsrolle ab und erklärte ihm, dass meine Schwangerschaft nicht ausschlaggebend für meine Entscheidung, dass es künftig kein Shilla mehr gebe, gewesen sei. Von jetzt an seien wir Shawn und Willa. Jeder für sich, denn ich hätte gelernt, eine Entscheidung zu treffen und dahinterzustehen, hätte gelernt, Mut zu haben und nach Höherem zu streben. Mit ihm, Shawn, werde es auch weiterhin sonntags bloß Eier zum Frühstück geben. Ich hätte nie Laufen gelernt, sagte ich, obwohl ich genau das mein ganzes Leben lang getan habe: laufen, weglaufen. Vor allem und jedem.

Shawn sah mich einen Moment lang verwirrt an. »Aber wenn du gern gelaufen wärst oder keine Eier mochtest, hättest du es doch einfach nur sagen müssen. Dafür hättest du nicht schwanger zu werden brauchen«, meinte er.

»Dir ist doch klar, dass das nicht der Punkt ist«, erwiderte ich.

»Das alles wäre nie passiert, hätte ich mich nicht wie ein Vollidiot benommen.«

»Kann sein. Aber es ist besser so.«

Genau darüber dachte ich noch eine ganze Weile nach, nachdem er gegangen war. Wie das Leben sich entwickelt und uns beide überrascht hat. Aber in Wahrheit geht es nicht nur darum, dass unser Leben sich entwickelt hat, sondern darum, dass wir beide uns entwickelt haben. Wir haben unser Leben verändert, indem wir neue Wege eingeschlagen haben. Links oder rechts? Diese Frage kann über alles entscheiden. Nichts ist vorherbestimmt, außer vielleicht im Märchen, und eine Prinzessin war ich nie.

Ich schrieb Theo aus Seattle eine SMS und fragte ihn, ob wir uns treffen könnten, wenn ich wieder zu Hause sei. Es gebe einiges zu besprechen. Er hielt sich gerade in Washington auf, wo er ein streng geheimes Projekt des Verteidigungsministeriums betreute, nahm aber den Zug nach New York und traf sich am Morgen nach dem Shilla-Aus im Krankenhaus mit mir, wo ich eine Reihe von Nachuntersuchungen über mich ergehen lassen musste. Ich wollte ihn bei mir haben, für den Fall, dass ich die Produktionsgesellschaft verklagen musste.

Er hielt mir die Tür zum Mount Sinai Hospital auf, als ich auf Krücken hineinhumpelte, und strich mit dem Finger über die Wunde an meinem Auge.

»War es so schlimm, wie es aussieht?«

»Ich habe die Erfahrung gemacht, dass es das fast nie ist.«

Er sah mich lange Zeit an, als wartete er auf eine weitere Erklärung, und ich erwiderte seinen Blick, in der festen Überzeugung, dass er mich gut genug kennen sollte, um zu wissen, dass ich hier war, bereit, tapfer und voller

Kraft und Entschlossenheit, und dass keine Worte dem je gerecht werden könnten.

»Okay«, sagte er schließlich.

»Und jetzt lass uns gehen. Wir haben einen Termin.«

»Du meinst, *du* hast einen Termin. Ich bin nur hier, um dich zu beraten, falls du klagen willst.«

»Nein. *Wir* haben einen Termin. Hier geht es um uns drei.«

»Um … uns drei? Wir drei haben einen Termin?«

»Manchmal funktioniert der erste Test nicht.« Ich lächle.

»Was?«

»Aber die zweite Chance sollte man niemals anzweifeln.«

»Wie?«

»Es gibt also doch Dinge, die du noch nicht weißt, ja?«

»Ist es das, was ich denke? O mein Gott, ist es das?«

Und ich sagte: »Y.E.S.«

◊◊◊

***DareYou!* – Das Leben ist nichts für Feiglinge! Wage den Sprung in ein neues Leben!**
Von Vanessa Pines und Willa Chandler

Danksagung

Es gibt so viele Leute, denen wir danken müssen, aber als Allererstes danken wir Ihnen, liebe Leser. Kaum zu glauben, dass ***DareYou!* – Das Leben ist nichts für Feiglinge!** mittlerweile in die zwanzigste Auflage geht. Wir haben zwar Schlagzeilen gemacht, weil es uns gelungen ist, Richard Chandlers Buch vom Thron der *New-York-Times*-Bestsellerliste zu schubsen, doch mit Abstand das schönste Geschenk sind die Rückmeldungen von Ihnen, unseren Fans, die in den letzten Monaten zu Freunden, ja sogar zu unserer Familie geworden sind. Mehr als 400.000 Kommentare wurden mittlerweile auf unserer Facebook-Seite (Facebook.com/daringyourself) gepostet, und all die Tweets, Kommentare und Anregungen versüßen uns immer wieder aufs Neue den Tag. Ja, das sind tatsächlich wir, die darauf antworten und die Herausforderungen liken, die ihr uns täglich schickt.

Dank Ihnen und Ihrer Unterstützung, liebe Fans, konnten wir gemeinsam mit *DareYou!* eine Stiftung gründen, die Kindern von 9/11-Opfern (und auch anderen Kindern, die ihre Eltern verloren haben) Wanderungen durch die Wildnis ermöglicht, wodurch wir nicht nur unser eigenes Leben, sondern auch das anderer Menschen verändert haben.

Außerdem danken wir folgenden Menschen (die Reihenfolge ist willkürlich gewählt):

Richard Chandler, der mir kürzlich eine Freundschaftsanfrage auf Facebook geschickt hat, die ich angenommen habe. *Qué será, será*, sage ich nur.

Ich danke Kylie Chandler-Brackton, die nach zwanzigstündigen Wehen (in deren Verlauf ich jeglichen Glauben an Gott verloren habe) geboren wurde, nur um mit acht Wochen bereits durchzuschlafen (was dazu geführt hat, dass ich meinen Glauben wiedergefunden habe), und die manchmal dem Himmel so nah ist, dass sowohl Vanessa als auch ich selbst geneigt sind, an glückliche Zufälle zu glauben.

Ich danke Raina Chandler-Farley, die der personifizierte Mut auf zwei Beinen ist, und ihrem Ehemann Jeremy, der sich als erstaunlich talentierter Notfall-Babysitter entpuppt hat. (Wer hätte das gedacht?)

Ich danke Ollie Chandler, der mich überhaupt erst auf den Gedanken gebracht hat, für seine Überzeugung einzustehen, und mir darüber hinaus eine Menge über den inneren Frieden beigebracht hat. Mittlerweile hat sich herausgestellt, dass ich diese ganze Atemsache vollkommen falsch gemacht habe.

Ich danke Theodore Brackton, der mich auf Facebook aufgestöbert und damit alles verändert hat.

Ich danke meiner Mutter, die mir gesagt hat, dass eine Veränderung keineswegs das Ende der Welt bedeuten muss.

Ich danke Nicky, der auf diesem verlassenen Berg auf mich gewartet hat, weil er wusste, dass ich nicht aussteigen würde.

Mut.

Frei leben oder sterben.

Was kommt als Nächstes?

Wir sind bereit.

Danksagung

Eigentlich sollten die Danksagungen mit jedem Buch, das man schreibt, kürzer werden. (Man will ja schließlich cool sein.) Aber es gibt so viele Leute, denen ich zu Dank verpflichtet bin, Menschen, die mich ermutigt haben, dieses Buch zu schreiben, meinen Weg (auch auf die Gefahr hin, dass ich mich wiederhole) zu finden und ihn konsequent zu gehen. Aber ich bin so glücklich und dankbar für all ihre Unterstützung, ihre guten Ratschläge und ihre Großherzigkeit, dass ich auf die Gepflogenheiten pfeife.

Also …

… Elisabeth Weed: Ich bin so ein Glückspilz, dich als Komplizin an meiner Seite zu haben. Acht Jahre, und ich liebe dich immer noch so wie am ersten Tag.

… Laura Dave: klug und wunderbar wie immer.

… Allie Larkin und Claire Cook: Was für ein ehrgeiziges und hilfsbereites Trio wir abgegeben haben. Danke, Ladys.

… Ann-Marie Nieves, Jon Cassir, Jessica Jones, Jenny Meyer, Jennifer Garner, Juliana Janes Joudi, Liz Pearsons: Es ist eine wahre Freude, mit euch allen zusammenarbeiten zu dürfen.

… Robin Beerbwoer, Liz Egan, Kimberly Hitchens, Jess Riley, Michelle Visser: Ihr habt euch aus purer Herzensgüte für mich ins Zeug gelegt. Leslie Wells – danke für die tolle Lektoratsbetreuung. Jennifer O'Connor – danke für das wunderschöne Cover.

Mein bedingungsloser und tief empfundener Dank gebührt meiner Mutter, die dieses Manuskript mit gezücktem Rotstift und kritischem Auge häufiger gelesen hat, als man von einer Mutter (na ja, eigentlich von gar niemandem) verlangen könnte. Und meinem Vater, der die Rohfassung gelesen hat und mich anrief, um mir zu sagen, ich hätte den »Fänger im Roggen meiner Generation« geschrieben. Was könnte sich eine Tochter Schöneres wünschen?

Ich danke auch meinem Mann und meinen Kindern, die mir stets zeigen, wo Norden ist und Sonne, Mond und Sterne für mich sind.

Und *last, but not least*… Vor nicht allzu langer Zeit, liebe Leser, saß ich, genauso wie Willa, auf meinem imaginären Berg und überlegte mir, einfach auszusteigen. Ihr alle habt dafür gesorgt, dass ich am Ball bleibe, habt mich – ohne es zu merken – ermutigt, nach links zu gehen, obwohl es vielleicht klüger gewesen wäre, nach rechts abzubiegen. Dafür stehe ich tief in eurer Schuld. Ich bin ein echter Glückspilz! Niemand kann sagen, ob wir tatsächlich unseres Glückes Schmied sind oder ob so etwas wie Bestimmung existiert, aber wie auch immer es sein mag – ich bin zutiefst dankbar dafür, wohin das Universum mich geführt hat.

Danke. An alle. Für alles.